Timo Blunck

DIE **OPTIMISTIN**

Roman

WILHELM HEYNE VERLAG
MÜNCHEN

Unter www.heyne-hardcore.de finden Sie das komplette Hardcore-Programm, den monatlichen Newsletter sowie alles rund um das Hardcore-Universum.

@heyne.hardcore

MIX
Papier aus verantwortungsvollen Quellen
FSC® C014496

Penguin Random House Verlagsgruppe FSC® N001967

Copyright © 2021 by Timo Blunck
Copyright © 2021 by Wilhelm Heyne Verlag, München,
in der Penguin Random House Verlagsgruppe GmbH
Redaktion: Joscha Faralisch
Lektorat: Markus Naegele
Umschlaggestaltung: Johannes Wiebel / punchdesign, München
unter Verwendung von Motiven von shutterstock.com
(the24studio, moonshome, Reddavebatcave, h.yegho)
Satz: Satzwerk Huber, Germering
Druck und Bindung: GGP Media GmbH, Pößneck
Printed in Germany

ISBN: 978-3-453-27291-0

Für meine Mutter, Juschka Blunck.

Alles stimmt, aber nichts ist wahr.

Toygar Bayramoğlu schwitzt.

Sein bescheuerter Leih-Smoking ist aus Polyester und mindestens eine Nummer zu klein. Unter der bordeauxroten Plastikpelle klebt ihm das Hemd am Körper, in seinen Boxer-Briefs hat sich ein munteres Feuchtbiotop breitgemacht. Seine Hochglanz-Lackschuhe sind das genaue Gegenteil von atmungsaktiv, außerdem passen seine Füße nur ohne Socken hinein. Der Schweiß schwappt zwischen den nackten Zehen und macht jeden Schritt zu einer Wattwanderung. Pitsch, patsch! Sogar die Schneeglöckchen, die ihm seine Mutter ans Revers gesteckt hat, sind aus Kunststoff. Während Toygars Outfit wahrscheinlich den nächsten Atomschlag überleben wird, bekommt er selbst nicht mal diese Hochzeit hin. Die unglücklicherweise seine eigene ist.

Damp 2000

Willkommen in Dystopia! In Toygars Kopf läuft Elisabeth Taylor im Dauerloop:»What a dump!«

Toygar grinst bitter. Wo ist das noch mal her? Ach ja, *Wer hat Angst vor Virginia Woolf.* Die Taylor hat recht – was für eine Müllhalde! Das kleine Ostseebad nördlich von Eckernförde ist ein einziger Depressionsverstärker. damp 2000 – der ursprüngliche Schriftzug ziert noch immer die kratzigen Handtücher, die im grün-orange gekachelten Badezimmer hängen. Genau wie das antike Logo ist das ganze Resort im retro-futuristischen Stil gehalten. So hat man sich in den Siebzigern die Zukunft vorgestellt. Also die heutige Gegenwart. Zum Glück ist es anders gekommen, denn dieses vermeintliche Urlaubsparadies hat den Charme eines sowjetischen Gulags. Die runtergekommenen Apartmenthäuser sehen aus wie die übrig gebliebenen Kulissen vom Planeten Krypton aus *Supermann II*, die Strand-Promenade ist ein Alptraum aus moosigem Beton und rostigem Stahl. Sie erinnert Toygar an die Anfangsszene von *Der Soldat James Ryan*:

Omaha Beach in der Normandie, kurz vor der Invasion der Alliierten. Er zeigt auf sein Spiegelbild und imitiert Tom Hanks als Captain Miller: »Wir alle haben Befehle und müssen sie befolgen.«

Toygar steht vor dem Panoramafenster seines Hotelzimmers und blickt auf die Ostsee, die er noch nie bei Sonne gesehen hat. Über dem baltischen Binnenmeer liegt ein ewiges Tiefdruckgebiet, auch heute strahlt der Himmel in einem satten Grau. Die dunklen Wolken nehmen gerade Fahrt auf, kündigen ein weiteres Unwetter an. Die ersten Regentropfen klatschen gegen die Scheibe, glitzern im Licht der bunten Blinklicht-Girlanden, die Celâl Dinç hat aufhängen lassen. Die aufkommende Brise zerrt nervös an den weißen Plastikzelten, in denen die zahlreichen Hochzeitsgäste schon ungeduldig an ihren Rakis nippen. Das riesige Sonnensegel, unter dem die Trauung stattfinden soll, flattert wie ein Spinnaker. Daneben hat sich eine Tanzkapelle platziert, auch ihr Podest schwankt gefährlich im Wind. Die Band trägt schwarze Anzüge mit weißen Hemden und Schlipsen im Union-Jack-Design. Alle vier Musiker haben die gleiche Pilzkopf-Perücke auf dem Kopf, der Schlagzeuger tritt eine Bassdrum, auf der in bunter Sixties-Schrift »The Beatlelesques« prangt.

DIE STRAND**HOCHZEIT**

»Na, aufgeregt?«

Toygars Vater Latif stellt sich neben seinen Sohn ans Fenster, legt ihm die Hand auf die Schulter. Toygar seufzt und zeigt auf den dunklen Himmel.

»Pappa, bist du sicher, dass wir das bei diesem Wetter durchziehen wollen?«

»Wollen? Wollen? Wollen ist Luxus, den wir uns nicht leisten können. Wir dürfen nicht wollen, mein Sohn, wir müssen müssen!«

Toygar muss lachen. Im Gegensatz zu ihm ist Latif Bayramoğlu in der Türkei aufgewachsen und erst mit zweiundzwanzig nach Deutschland ausgewandert. Sein Umgang mit der deutschen Sprache ist höchst kreativ, er kommuniziert gerne in selbstgemachten Ausdrücken und Redewendungen, die Toygar immer wieder in seine Artikel einfließen lässt (und die ihm sein Chef regelmäßig streicht).

»Was sind das eigentlich für Farben? Honiggrün? Weinorange?«

Sein Vater deutet auf die bunten Balkons auf der gegenüberliegenden Seite ihres im Stil einer aztekischen Pyramide gestalteten Hotels.

»Wer hat bloß diese Designs verbrochen? Der Architekt hat in den Sechzigern offensichtlich zu viel LDS geraucht.«

Meint Pappa LSD? Oder zitiert er Captain Kirk in *Star Trek IV: Zurück in die Gegenwart*? Wahrscheinlich Letzteres. Latif Bayramoğlu ist ein Nerd. Von ihm hat Toygar die Leidenschaft für Spielfilme, die Liebe zu Musik und Literatur, das grundsätzliche Interesse an allem Neuen. Sein Vater inspiriert ihn, er bewundert seine Energie, seine Neugier, seinen Mut. Die Band hat angefangen zu spielen, trotzt unter einer Plastikplane dem Regen.

»Hey, das ist ›Got to Get You Into My Life‹ von den Beatles.«
Pappa schwingt die Hüften.

»Die sind gar nicht so schlecht!«
Er schließt die Augen.

»Der Song hat so viel Soul. Den haben sogar Earth, Wind and Fire gecovert!«

Toygars Vater kennt sich aus! Dabei kommt er aus einfachsten Verhältnissen, hat kaum Lesen und Schreiben gelernt. In Deutschland hat er erst Toiletten geputzt, dann als Kellner im Istanbul-Grill und Schlemmerbuffet in Berlin-Moabit gearbeitet. Als sein Chef zurück nach Kadiköy ging, hat Latif ihm erst den Laden abgekauft und dann seine Tochter geheiratet. Oder war das umgekehrt? Das Geschäft lief jedenfalls gut, die Familie Bayramoğlu war wohlhabend. Latif stöhnt: »O Gott, ist das Ömer auf der Bühne?«

Ja, leider. Ömer, der mittlere der drei Dinç-Söhne, ist auf die Bühne gesprungen, hat sich das Mikro geschnappt. Er macht den Paul McCartney, schüttelt Bauch und Reime. Pappa schlägt die Hände über dem Kopf zusammen.

»Was für ein Bauer! Der kann ja nicht mal Englisch!«
Bildung ist sein Lieblingsthema. Latif wollte immer, dass seine Kinder es mal besser haben als er, also bestand er auf eine ordentliche Ausbildung. Toygar und seine jüngere Schwester Nisel haben beide das Gymnasium besucht, Toygar ist Absolvent der Henri-Nannen-Schule für Journalisten, Nisel studiert Kommunikationsdesign an der UdK Berlin.

»Und singen kann er auch nicht.«
Toygar nimmt seinen Vater in den Arm, küsst ihn auf die Glatze.

»Ich liebe dich, alter Mann.«

Latif wischt sich den Kuss vom Kopf, befreit sich aus Toygars Umarmung und schimpft: »Ich bin gar nicht so alt!«

Er ist fast zwei Köpfe kleiner als sein hoch aufgeschossener Filius, die beiden sehen sich auch sonst kaum ähnlich. Toygar kommt nach seiner Mutter Defne, die jetzt zu Vater und Sohn ans Fenster tritt. Zu dritt betrachten sie das Treiben am Strand. Defne schüttelt den Kopf.

»Was für ein Aufstand!«

Auch sie überragt ihren Ehemann, spricht über seinen Kopf hinweg mit ihrem Ältesten. Genau wie Toygar ist sie in Deutschland geboren. Wenn sie einen Akzent hat, dann höchstens einen Berliner.

»Toy, dir ist klar, dass du das nicht machen musst, oder?« Toygar lässt die Schultern hängen. Ach Mamma, wenn du wüsstest!

Berlin-Kreuzberg, Bergmannkiez. Vor drei Monaten

Das Hinterzimmer des Istanbul-Grill und Schlemmerbuffet 2 in der Marheineke Markthalle platzt aus allen Nähten. Sechs Männer drängeln sich in der besseren Besenkammer, allein Celâl Dinç nimmt schon fast die Hälfte des kleinen Raumes ein. Ein Mann wie ein Öltank. Oder wie der Audi Q7, in dem der Zwei-Meter-Mann und seine drei Söhne vorgefahren sind. Celâl hat eine rostrote Takke auf dem Kopf, in seinem weißen Trainingsanzug ist er eine zeitgenössische Version von Sydney Greenstreet in *Casablanca*. Genau wie der klassische Filmbösewicht strahlt Celâl selbst im Ruhezustand eine permanente Gefahr aus, ist ein massiver Vulkan, der jederzeit ausbrechen kann. Neben diesem Fleischberg wirken seine Söhne mickrig, obwohl Ömer staturmäßig zumindest die Voraussetzungen hat, es seinem Vater eines Tages gleichzutun. Die Gebrüder Dinç sehen aus, als hätten sich Al Pacino, DJ Khaled und Elyas M'Barek in einem Paralleluniversum zusammengetan und ein Gangster-Rap-Trio gegründet. Allerdings sind die drei ungefähr so *street* wie die Fanta 4. Die Jungs kommen aus Dahlem, Celâl ist schon Anfang der Neunziger von Moabit in das noble Villenviertel gezogen. Aber wenigstens stimmt der Look: Bora ist Pacino als Michael Corleone in *Der Pate 2*, der älteste Bruder ist auch der kleinste. Er bevorzugt Anzüge von Bruno Banani, denn die gibt es auch in Größe 25. Ömer ist Khaled, und das nicht nur, weil er beinah ausschließlich die Snipes-Sportswear-Kollektion des Hip-Hop-Produzenten trägt. Auch sein Body-Mass-Index und die Vollbart-Topffrisur-Kombi sind dem DJ-Schwergewicht aus Miami nachempfunden. Apropos Schwergewicht: Ömer ist passionierter Boxer, trainiert täglich in Ahmets Pumpaction Gym. Der jüngste Bruder heißt Cem und ist erst achtzehn, aber er sieht älter aus. Tatsächlich wird er oft mit M'Barek, dem Schauspieler aus *Fack ju Göhte,* verwechselt. Und das gefällt ihm jedes Mal sehr. Gerne gibt er geduldig Autogramme und steht selbstverständlich für Selfies zur Verfügung. Er strebt eine Karriere als Unterwäsche-Model an, hat auch schon ein Testshooting bei U-Models hinter sich und rechnet täglich mit seiner ersten Buchung. Man spricht Türkisch, was für Toygar nicht immer ganz leicht ist. Zu Hause unterhielten sich seine Eltern nämlich hauptsächlich auf Deutsch mit ihm. Eine weitere Bildungsmaßnahme seines Vaters.

»Soll ich ihm ein paar Backpfeifen verpassen?«

Cem ist immer in Bewegung, tänzelt vor Latif Bayramoğlu hin und her, fuchtelt ihm mit der flachen Hand im Gesicht herum. Toygar stellt sich schützend vor seinen Vater und schiebt Cem zur Seite. Dabei gerät das Topmodel ins Straucheln und muss von Ömer aufgefangen werden.

»Ey, bist du verrückt? Baba, hast du das gesehen?«

Hat er. Celâl gibt Ömer ein Zeichen, woraufhin der seinen Bruder festhält. »Hey, was soll das, lass mich los. Der Penner hat mich geschubst, ich will ihm eine reinhauen!«

Celâl zischt: »Halt's Maul, du kleiner Scheißer. Hier reden nur Erwachsene!« Er wendet sich an Latif.

»Kinder. Man kann sie sich nicht aussuchen. Zum Glück hat mich Allah mit Bora hier gesegnet. Der ist zwar ein Zwerg, aber dafür nicht ganz so schwachsinnig wie der Rest meiner Brut.« Toygar muss schlucken. Die Dinç-Brüder sind extreme Unsympathen, aber so eine Behandlung hat kein Sohn verdient, nicht mal dieser traurige Trupp von Möchtegern-Gangstern. Celâl beugt sich herab zu Latif, hält ihm den rechten Zeigefinger vor die Nase. »Alter Freund, du steckst knietief in Schwierigkeiten. Du hast ernsthafte Probleme! Zum Glück nur mit mir, denn wir haben Geschichte.«

Was man so Geschichte nennt. Celâl und Latif kommen beide aus Tepeköy, einem kleinen Dorf in Zentralanatolien, aber da hören die Gemeinsamkeiten auch schon auf. Latif ist Wirt, Celâl verdient sein Geld mit Im- und Export. Was genau er im- und exportiert, weiß man nicht und möchte es vielleicht auch gar nicht wissen. Auf jeden Fall muss die Gewinnspanne phänomenal sein, denn neben seinen Handelsgeschäften »hilft« der selbsterklärte Philanthrop immer wieder Menschen in Geldnot aus der Patsche – gegen einen saftigen Zinssatz natürlich. So rettete Celâl auch Latif, als der mit seinem schicken Istanbul-Ableger in finanzielle Schieflage geriet.

Was in der Turmstraße in Moabit funktioniert, läuft nicht unbedingt auch im Bergmannkiez.

Schick ist relativ. Der Bayramoğlu-Stand ist ein Traum in Purpur, Gold und Weiß, die Barhocker sind mit Samt und Brokat bezogen, die Theke ist aus Marmor. Kristallleuchter und eine flauschige Textiltapete runden das Bild ab. Der Laden passt in die Markthalle wie Dwayne »The Rock« Johnson in einen Wes-Anderson-Film. Die Speisekarte kommt direkt vom Original-Istanbul, hier gibt es praktisch kein Gericht ohne Fleisch, und das ist nicht mal Bio. Deshalb stimmen die Preise, aber dieses Argument kommt beim Marheineke-Publikum nur bedingt an. Celâl Dinç zeigt auf seinen Ältesten.

»Bora, was schuldet uns der Kollege?«

Bora zückt sein iPhone, tippt, scrollt, vergrößert mit zwei Fingern. Er hält das Handy hoch. Auf dem Display blinkt eine 37 mit drei Nullen auf. Gibt's jetzt schon Kredithai-Apps? Toygar stellt sich die Frage nur im Kopf, aber Cem beantwortet sie trotzdem: »Loan shark, die App mit den nach oben offenen Zinssätzen!« Eben noch technikbegeistert, registriert Toygar jetzt die Höhe der Summe: 37 000 Euro! Sein Vater hat sich doch nur 20 000 geliehen, ein kleiner Überbrückungskredit, um die Forderungen der ungeduldigsten Lieferanten zu befriedigen. Sonst hätte Pappa bei seiner ohnehin schon dünnen Finanzdecke dichtmachen müssen.

»17 000 Euro Zinsen? Habt ihr alle Crack geraucht?«

Bora erklärt. Seine Stimme klingt wie ein frühes Text-to-Speech-Programm, blechern und vollkommen emotionslos.

»20 000 Euro plus 35% Zinsen mal zwei Monate plus Bearbeitungs- und Bereitstellungsgebühr. Macht 37 000 Euro.« Toygar blickt zu seinem Vater, der alte Herr schrumpft vor seinen Augen um einen weiteren Kopf. Mit aufgerissenem Mund starrt er auf die blinkende Zahl. Toygar flüstert:

»Es tut mir so leid, Pappa.«

Cem befreit sich aus dem Griff seines Bruders. Er spottet:

»*Es tut mir so leid, Pappa!* Dir wird gleich noch viel mehr leidtun!«

Er springt vorwärts, wird aber mitten in der Luft von Ömers starken Armen eingefangen. Cem zappelt und windet sich, kann aber der eisernen Umklammerung des gut vierzig Kilo schwereren Hobbyboxers nicht entkommen. Er schreit: »Was tut dir leid, du Wurst?«

Celâl lacht, seine tiefe Stimme lässt nicht nur seinen Oberkörper vibrieren, sondern auch das Blech mit den Baklavas, das zum Abkühlen auf einer Anrichte steht.

»Ihm tut leid, dass er seinen Vater dazu überredet hat, hier in seinem Kiez ein zweites Istanbul aufzumachen. Ja, ja, der feine Kreuzberger, mit seiner Designer-Hornbrille, den schlabbrigen T-Shirts und der kunstgestopften Hose. Mit seinen bunten

Mädchen-Turnschuhen und dieser lächerlichen Elvis-Frisur ...«
Cem mischt sich ein.

»Das nennt man einen *Fade Pompadour.*«

Celâl macht das Halsabschneider-Zeichen.

»Halt die Klappe! Wie auch immer, Bayramoğlu Junior hier hat dieses Desaster verursacht.«

Er beugt sich wieder runter zu Latif, diesmal stößt er ihm mit dem Zeigefinger auf die Brust.

»Aber zahlen musst trotzdem du, alter Freund! Zumindest die Zinsen sind fällig. Und zwar jetzt!«

Jeder Stoß macht eine tiefe Delle in Latifs Daunenweste, drückt den ungefähr halb so großen Mann weiter in die Zimmerecke. Toygars Vater schnappt nach Luft.

»Celâl, wenn ich das Geld hätte, würde ich es dir sofort geben, glaub mir, aber wie du siehst ...«, er zeigt durch die Tür auf den gähnend leeren Food-Stand, »... die Geschäfte laufen immer noch nicht so gut. Aber das wird, wir haben Veränderungen gemacht, vegetarische Gerichte, sogar veganes Fleisch ist jetzt auf der Karte! Das wird, das wird! Gib mir noch ein paar Wochen Zeit, dann kriegst du dein Geld, ganz bestimmt!«

»Ein paar Wochen? Ein paar Wochen? Du musst mich missverstanden haben. Wenn ich sage ›jetzt‹, dann meine ich nicht in ein paar Wochen. Bei Allah, dann meine ich noch nicht mal in ein paar Minuten! So schwer es mir fällt, aber du hast es nicht anders gewollt. Aktion – Reaktion. Wie du mir, Sodomie, haha!«

Toygar hat den Spruch leicht anders in Erinnerung, aber er lacht pflichtbewusst mit. Auch Cem freut sich.

»Baba, Baba, kann ich jetzt endlich jemandem eine zimmern?«

Mit einem Kopfnicken lässt Celâl seinen Sohn von der Kette. Ömer lockert den Griff, Cem rutscht zwischen seinen Armen durch und stellt sich neben seinen Vater. Der sagt:»Nein, nein, Cem, mein Junge. Latif ist ein Freund der Familie, gegen ihn wenden wir keine Gewalt an.«

Der jüngste Dinç ist frustriert.

»Ach komm schon, Baba, nur eine kleine Backpfeife!«

»Lass mich ausreden! Gegen Latif wenden wir keine Gewalt an, aber seinem Sohn kannst du gern …!«

Cem brüllt: »Yessss!«

Er will ausholen, aber Latif springt zwischen ihn und Toygar. Er nimmt die Hände hoch, so als würde Celâl mit einer Waffe auf ihn zielen.

»Celâl, Celâl, nicht mein Sohn, nicht Toygar! Es muss doch irgendetwas anderes geben, das du von mir willst, du kannst immer umsonst in meinen Restaurants essen, du und deine Familie, ich liefere dir jeden Morgen frisches Ekmek, ich …«

»Ich esse jetzt schon in der halben Stadt umsonst. Außerdem frühstücke ich nicht. Ich bin auf Acht-Stunden-Diät, Intervallfasten nennt man das.«

»Na gut, dann putz ich dein Klo, mäh deinen Rasen, wasch dir die Füße, ich …«

»Hör auf, dich zu erniedrigen. Brauch ich alles nicht. Cem, mach dir die Hände schmutzig!«

Das angehende Unterwäsche-Model kichert begeistert, baut sich vor Toygar auf, nimmt die Fäuste vor die Brust.

»Jetzt bist du dran, du Schwuchtel!«

»Ich bin nicht schwul!«

Celâl hebt die Hand.

»Moment, du bist NICHT schwul?«

Toygar schüttelt den Kopf.

»Nein, wie kommt ihr darauf? Ich steh auf Frauen.«

»Bist du Single?«

»Ja.«

Celâl Dinç grinst diabolisch.

»Mmmh, vielleicht gibt es dann ja doch eine Lösung.«

Freitag, der 30.8.2019, 13 Uhr

Der Wind hat etwas nachgelassen, es hat aufgehört zu regnen. Der Himmel droht zwar immer noch mit Sturm, aber wenigstens ist es trocken. Hier und da zwängen sich sogar ein paar Sonnenstrahlen durch die Wolkendecke. Toygar geht über das nasse Ziegelpflaster zur Ostsee, deren leicht fauliger Geruch ihm seltsam angenehm um die Nase streicht. Auch die hässliche Gabionenmauer, die die Promenade vom Strand trennt, erscheint ihm ungewöhnlich formschön. Alles besser als diese Hochzeit! Dass ausgerechnet er, der aufgeklärte Freidenker und komplett säkulare Deutschtürke, einer arrangierten Heirat zustimmt, noch dazu mit einer Braut, die er nie zuvor gesehen hat, schickt ihm immer noch multiple kalte Schauer den Rücken runter. Aber wie sagt Latif so richtig?

»Wir dürfen nicht wollen, wir müssen müssen!«

Am Eingang zum Strand bleibt er stehen. Er betrachtet seine Lackschuhe. In dem Hochglanz-Material spiegelt sich seine gesamte Zukunft wie in einer Kristallkugel. Die windschiefen Zelte, die flackernden Lichter, darüber der dramatische Mix aus dunklen Wolken und kleinen Oasen blauen Himmels. Das hat er sich ganz anders vorgestellt! Toygar schiebt die Treter in den Sand, zerstört das Bild mit Anlauf. Sofort klebt ihm eine Schicht Schlamm an den Hacken, bedeckt sein schuhgewordenes Orakel. Er taucht ein in die Strand-Akustik: eine Kakophonie aus Meeresrauschen und Möwengeschrei, dazu die Boote, die an der Einfahrt des nahen Jachthafens ihre Signalhörner dröhnen lassen. Auf der Bühne mischen sich E-Gitarren und Schlagzeug zu einem amorphen Klangbrei. Die Party ist in vollem Gange. Mittlerweile sind fast alle Hochzeitsgäste eingetroffen. Je näher Toygar den Zelten kommt, desto mehr übertönen lautstarke Konversation, Lacher und Begrüßungsschreie Meer und Musik. Einige der festlich gekleideten Gäste sitzen an den mit weißem Damast-Imitat gedeckten Klapptischen und genießen einen ersten Snack, andere drehen schon mal ein paar Runden auf der Sperrholztanzfläche. Die Raucher unter ihnen stehen vor den Zelten an mit Hussen überzogenen Stehtischen und nutzen die kurze Schönwetterphase für eine schnelle Zigarette.

»Hey Brüderchen, Zeit, dass du auch mal auftauchst! Ist ja schließlich deine Party.«

Nisel Bayramoğlu zieht an ihrem Glimmstengel. Sie wirkt unter den sonstigen Gästen wie ein Alien. Wenn Toygar weltlich ist, dann ist seine kleine Schwester außerweltlich. Nisel kümmert sich auch heute wieder einen Scheißdreck um Konventionen. Sie ist in ihrem rot-weißen Fahrradtrikot und den silbernen Balenciaga-Sneakern erschienen. An ihren nackten Armen und Beinen leuchten kunstvolle Tattoos, ihre langen schwarzen Dreadlocks hat sie mit einem Tuch zu einem Turban hochgebunden. Wo Toygar nach seiner Mutter kommt, ähnelt seine Schwester ihrem Vater. Sie ist zierlich und geht ihrem Bruder nur knapp bis zur Schulter. Nisel lächelt nie, aber ihr hübsches, schmales Gesicht ist trotzdem immer in Bewegung. Ihre Kiefermuskeln arbeiten nonstop, ihre Stirn wechselt ständig zwischen Sorgen- und Zornesfalten. Ihr Schmollmund macht seinem Namen alle Ehre. Heute hat sie ihn mit einem knallroten Lippenstift noch extra betont. Ist das ihr Zugeständnis an den feierlichen Anlass?

»Hey Toy, wer ist der süße Knabe da vor der Bühne?«

Zu Toygars Entsetzen zeigt Nisel auf Cem Dinç, der auf der Tanzfläche sein Können unter Beweis stellt. Macht er den Robot? Oder ist das schon Electric Boogie?

»Das ist Cem Dinç, einer der Cousins der Braut. Der jüngste Sohn von Celâl Dinç.«

»Oh.«

Die Erwähnung Celâls bringt sie zum Schweigen, aber Toygar weiß, dass niemand seine Schwester stoppen kann, wenn sie sich für einen Typen interessiert. Er gibt Nisel einen Kuss auf die Stirnfalten und betritt die Tanzfläche. Gegenüber der Bühne steht der lange, mit senffarbenem Spiegelsamt bezogene Trauungstisch, dahinter der schneegelbe Doppelthron für Braut und Bräutigam. Wer denkt sich bloß derartige Monstrositäten aus? Nicht mal Donald Trump würde diesen Overkill an Quasten, Blattgold und Seidenstickerei in seinem Apartment im Trump-Tower dulden. Aber Celâl Dinç ist entzückt. Winkend läuft er über die Tanzfläche, bewegt seinen schweren Körper mit ungewöhnlicher Anmut. Erst jetzt fällt Toygar auf, was für kleine Schuhe der Onkel der Braut trägt. Wie balanciert er dieses Gewicht auf derart winzigen Füßen? Er hat Latif und Defne Bayramoğlu im Schlepptau, dahinter folgt ein weiteres Paar, das Toygar nicht kennt. Celâl klatscht in die Hände.

»Ist es nicht fantastisch? Ist dies nicht die großartigste Hochzeit, die ihr jemals gesehen habt? Ich habe keine Kosten gescheut!«

Er zeigt auf die Beatlelesques, die gerade »She Loves You« anstimmen.

»Und, was haltet ihr von der Band? Die spielen nur Lieder von den Beatles! Ich liiiiiieeebe diese lustigen Pilzköpfe!«

Er stellt sich zwischen die zwei Unbekannten, legt ihnen seine mächtigen Arme auf die Schultern.

»Toygar, das sind die Eltern der Braut, mein Bruder Dursun und seine Frau Leyla. Dursun, Leyla, darf ich vorstellen: euer neuer Schwiegersohn, Toygar Bayramoğlu.«

Artig geben sich Bräutigam und Schwiegereltern in spe die Hände. Dursun und Leyla sind offensichtlich Direktimporte, kommen geradewegs aus Zentralanatolien. Ihre sonnengegerbten Gesichter mit den weißen Linien um Augen und Mund, die Schwielen an ihren Fingern, die leicht gebeugte Haltung – die beiden arbeiten auf dem Feld, sind Bauern, und das macht sie Toygar sympathisch. Gleichzeitig sind seine zukünftigen Schwiegereltern auffallend attraktiv, vor allem Leyla ist eine bildschöne Frau. Sie erinnert ihn an Carole Bouquet in *Dieses obskure Objekt der Begierde* von Luis Buñuel. Er ist kurz hingerissen, dann holt ihn die Wirklichkeit wieder ein. Celâl hat seinen Blick bemerkt.

»Warte, bis du ihre Tochter kennenlernst. Meine Nichte ist die schönste Frau der Welt! Du bist ein Glückspilz, junger Bayramoğlu.«

Ja, sicher. Abgang Familie Dinç. Defne nimmt ihren Sohn von hinten in die Arme.

»Und, wie fühlst du dich?«

Toygar muss nachdenken.

»Die Frage kann ich nicht so einfach beantworten. Ist alles ganz schön absurd. Aber was weiß ich schon? Vielleicht gehört absurd dazu. Ich war ja noch nie verliebt.«

»Was? Und was ist mit Fatme?«

»Mamma, das war in der 9. Klasse, da war ich fünfzehn! ›Willst du mit mir gehen? Ja, nein, bitte ankreuzen‹. Verschossen, verknallt, ja – aber verliebt? Nein. Noch nie. Jetzt bin ich dreißig und habe nicht das Gefühl, dass sich das jemals ändern wird. Möglicherweise ist eine arrangierte Ehe ja doch der richtige Weg, um mit Liebe umzugehen. Ich …«

»Bröööah!!!«

Ein brachialer Schrei zerfetzt die Luft über den Köpfen der Hochzeitsgesellschaft.

»Bröööaaaaaah!«

Erschrocken fahren die Gäste zusammen, Defne hält sich die Ohren zu.

»Was ist das für ein höllischer Lärm? Gibt es an der Ostsee noch Drachen?«

»Bröööaah!«

Celâl Dinç trippelt zurück zu den Bayramoğlus.

»Das ist das Kamel. Ich habe keine Kosten gescheut!«

Toygar bemerkt, dass Celâl schon zum zweiten Mal Richard Attenborough in *Jurassic Park* zitiert. Mit Absicht? Wohl kaum. Der Onkel der Braut fährt fort: »Das machen wir alles für Gülşen. Deine Zukünftige hat es sich so gewünscht. Du wirst sehen, sie ist unwiderstehlich.«

Latif mischt sich ein.

»Die Braut wollte ein Kamel?«

»Ja, genau wie in *Eyyvah Eyvah 2*.«

»*Eyyvah Eyvah 2*?«

»Der erfolgreichste Film in der Türkei 2011. Wird dauernd im Fernsehen wiederholt. Gülşen wollte genau die gleiche Hochzeit wie die von Hauptdarsteller Ata Demirer. Deshalb sind wir auch am Meer.«

»Bröööaaaaaah!«

Und da ist sie: die Braut auf dem Kamel! Beziehungsweise, Moment, Toygar zählt die Höcker. Er kommt nur bis eins. »Das ist kein Kamel, das ist ein Dromedar!«

Gülşen Dinç ist überirdisch schön.

Egal ob Kamel oder Dromedar, die Frau, die auf dem exotischen Paarhufer sitzt, ist nicht von dieser Welt. Toygar verschlägt es den Atem. So ein Geschöpf ist ihm noch nicht begegnet. Oder doch? Toygar hat ein kurzes Déjà-vu, aber trotz mehrfachen Blinzelns bekommt er die Erinnerung nicht zu fassen. Stattdessen fällt ihm wieder *Dieses obskure Objekt der Begierde* ein, diesmal ist es die junge Ángela Molina, die da gerade über die Tanzfläche reitet. Sie trägt ihr langes schwarzes Haar offen, eine funkelnde Tiara krönt ihr Haupt. Sie sitzt seitwärts auf einem perlenverzierten Schlangenledersattel, ihr schneeweißes Brautkleid hängt in hundert gleichmäßig arrangierten Falten über dem Dromedararsch. Ab der Taille ist es vorbei mit der ausladenden Schleppe, das schulterfreie Oberteil ist aus einem raffinierten Stretchmaterial und folgt sehr gewissenhaft ihren Kurven. Gülşen sieht umwerfend aus, Toygar weiß gar nicht, wo er hingucken soll. Er flüstert seiner Mutter ins Ohr:

»Ich muss zugeben, dass ich nicht mehr hundertprozentig abgeneigt bin, der Sache doch auch etwas Positives abzugewinnen. Zumal ich ja eh keine Wahl habe.«

Defne grinst und zieht mit dem Zeigefinger ein Augenlied nach unten.

»Na klar.«

Sie schnaubt verächtlich: »Männer!«

Jetzt macht das Dromedar einen Knicks, Gülşen gleitet zu Boden. Dursun nimmt ihre Hand, führt sie über die Tanzfläche. Die Braut bewegt sich mit anmutiger Grazie, Toygar kann nicht aufhören zu starren. Als sie allerdings näherkommt, stellt er fest, dass irgendetwas nicht stimmt. Er blickt sich um, auch Latif und Defne haben es bemerkt. Toygar kneift die Augen zusammen, der

Eindruck verstärkt sich: Gülşen wird mit jedem Schritt kleiner und jünger, sie ist noch ein Kind! Als sie schließlich vor ihm steht, geht sie ihm nur noch bis zur Brust und ist höchstens sechzehn. Ein Mädchen aus Tausendundeine Nacht, aber keine Frau, schon gar nicht eine in Reichweite eines heiratsfähigen Alters. Das scheint aber außer Toygar kaum jemanden zu stören, der Rest der Gesellschaft ist weiterhin enthusiastisch und fängt jetzt auch noch an, im Takt der Musik zu klatschen. Nisel hat fertig geraucht, sie verpasst ihrem Bruder einen liebevollen Nierenhaken.

»Ich wusste gar nicht, dass du auf Kinder stehst!«

»Ha, ha.«

Toygar ist nicht zum Lachen zumute. Celâl tritt neben ihn.

»Na, habe ich dir zu viel versprochen? Ist sie nicht wunderschön?«

Cem klatscht besonders laut, er springt auf der Stelle, kiekst begeistert: »Mann, ist die heiß! Die würde ich sofort nehmen. Scheiße, dass sie meine Cousine ist. Du bist ein Glückspilz, Toy!«

Ömer pflichtet ihm bei: »Was für ein Geschoss! Mega!«

Toygar nimmt Cems Hände, hindert ihn daran, weiter zu klatschen. Er ruft verzweifelt:

»Habt ihr alle Pilze gegessen? Ich kann doch keine Sechzehnjährige heiraten!«

Auch Defne ist entsetzt.

»Was ist das denn für ein völlig idiotischer Plan? Latif, sag du auch mal was!«

Aber Latif steht nur mit offenem Mund neben ihr, lässt die Arme hängen und schwingt den Oberkörper hin und her. Celâl lacht jovial.

»Werte Defne, dein hoch geschätzter Ehemann wird wohl kaum eingreifen. Wir haben ein Abkommen, und ich muss leider darauf bestehen, dass es eingehalten wird. Sollten die Bayramoğlus von unserem Vertrag zurücktreten, wären die Konsequenzen nicht auszumalen. Ich verabscheue rohe Gewalt, aber meine Söhne sind nicht solche Menschenfreunde wie ich.«

Bora nickt nur zustimmend, aber Ömer schlägt die rechte Faust in die linke Hand, unterstützt seine Geste mit einem kolossalen Rülpser. Cem fletscht die Zähne, schmatzt mit den Lippen und streckt die Zunge raus. Was für Edelmänner! Defne versteht genug, um nicht weiter nachzufragen. Sie beschränkt ihre Reaktion auf einen vernichtenden Blick in Richtung ihres Ehemanns. Der schrumpft noch mal fünf Zentimeter. Celâl zeigt auf den Trauungstisch.

»Wenn ich dann bitten darf?«

Nach kurzem Zögern bewegt sich Toygar, setzt sich rechts auf den Thron. Gülşen nimmt links neben ihm Platz. Sie lächelt ihn unsicher an, dabei offenbart sie eine Zahnspange. Sie riecht nach Juicy Fruit und billigem Deodorant. Celâl nimmt ein Mikrofon in die Hand.

»Guten Tag, meine lieben Gäste, ich begrüße euch an diesem herrlichen Freitag hier an der wunderschönen Ostsee.« Begeisterte Schreie, Pfiffe.

»Wir sind heute zusammengekommen, um die Hochzeit von Toygar und Gülşen festlich zu begehen und die Verbindung ihrer Familien zu feiern. Überhaupt, Familie: Ist das nicht das Wichtigste auf der Welt?«

Lautstarke Zustimmung.

»Die heutige Trauung wird mein alter Freund Emirhan Büyükburç vollziehen, der Bürgermeister dieser pittoresken Gemeinde direkt am Meer. Vielen Dank, mein Lieber, dass du diese Strandhochzeit möglich gemacht hast! Eine Hand wäscht die andere, nicht wahr, Emirhan?«

Der schmerzverzerrte Blick des Bürgermeisters signalisiert, dass auch er Schulden bei dem Kredithai aus Berlin hat. Er setzt sich an das Kopfende des Tisches, ihm gegenüber nehmen Cem und Nisel Platz, die Trauzeugen. Nisel schenkt Cem ein strahlendes Lächeln, aber der jüngste Dinç hat nur Augen für die Braut. Celâl reicht Emirhan das Mikro, der beginnt lustlos zu nuscheln: »Wir sind heute zusammengekommen, um diese zwei jungen

Menschen in eine glückliche Zukunft zu verabschieden.« Applaus, Bravo-Rufe.

»Wertes Fräulein, wie ist Ihr Vor- und Nachname?«

Celâl hält Gülşen ein zweites Mikrofon hin, die Braut flüstert: »Gülşen Dinç.«

»Der Name Ihrer Mutter?«

»Leyla.«

»Der Name Ihres Vaters?«

»Dursun.«

»Jetzt der Bräutigam. Ihr Vor- und Nachname?«

Emirhan Büyükburçs Enthusiasmus ist kaum zu unterbieten, aber Toygar kriegt es hin, seine Stimme noch etwas gleichgültiger klingen zu lassen.

»Toygar Bayramoğlu.«

»Name der Mutter?«

»Defne.«

»Name des Vaters?«

»Latif.«

Der Bürgermeister hat ein weißes Buch in Größe DIN A3 dabei. Er öffnet es, fragt: »Ihr habt eure Absicht zu heiraten schriftlich niedergelegt?«

Celâl assistiert.

»Haben sie.«

Er zeigt auf die entsprechende Seite. Emirhan Büyükburç setzt die Lesebrille auf, liest, dann verkündet er in einem etwas feierlicheren Ton: »Herr Toygar Bayramoğlu und Fräulein Gülşen Dinç, es ist eure Absicht zu heiraten, und ich werde euch gesetzlich im Bund der Ehe vereinen. Gülşen, nimmst du …«

Wieder applaudiert das Publikum, ruft: »Gülşen, Gülşen!«

»… nimmst du Toygar zu deinem rechtmäßig angetrauten Ehemann?«

»Ja.«

Mehr Applaus, Pfeifen, Jubeln.

»Toygar, nimmst du Gülşen zu deiner rechtmäßig angetrauten Ehefrau?«

Pause.

»Toygar?«

Stille. Erwartungsfrohe Spannung. Die etwas zu lange anhält. Räuspern. Hüsteln. Besorgte Spannung. Tuscheln. Raunen. Gülşen schickt Toygar einen bösen Blick. Sie rempelt ihm den Ellenbogen in die Seite. Aber es ist, als hätte der Bräutigam seinen Körper verlassen, am Tisch sitzt nur noch seine sterbliche Hülle. Die starrt auf einen Punkt im Nichts, tausend Meter hinter der Hochzeitsgesellschaft. Das Publikum beginnt sich zu bewegen, in Richtung des Brautpaares zu drängen. Was ist da los? Ist der Bräutigam ohnmächtig geworden? Defne, die direkt vor ihrem Sohn steht, zischt: »Toygar, bist du okay?«

Keine Reaktion. Gülşen hat genug. Sie hebt das Bein, tritt Toygar mit voller Wucht auf den Fuß. Der Kick bringt ihn zurück ins Leben, er schreit:

»Aua! Was soll das?«

Gülşen keift zurück: »Das ist so Tradition!«

»Ja, aber erst nach dem Ja-Wort!«

Toygar steht auf. Mit einem Hechtsprung fliegt er über den Tisch. Er dreht sich zu Gülşen um und schüttelt den Zeigefinger.

»Erst NACH dem Ja-Wort.«

Dann bahnt er sich den Weg durch die verdutzte Menge. Auf der Tanzfläche steht immer noch das Dromedar. Mit einem Satz springt er auf das Huftier, greift sich die Zügel und gibt ihm die Sporen.

»Bröööaah!«

Das Dromedar setzt sich in Bewegung. Erst langsam, dann immer schneller läuft es in Richtung Meer.

»Brööööööaaaaah!«

Die Partygäste sind vollkommen verdattert. Sie stehen wie festgefroren da, mit offenen Mündern beobachten sie Toygars Flucht. Celâl fängt sich als Erster. Er schlägt Ömer auf den Hinterkopf, reißt Cem von seinem Stuhl, tritt Bora in den Hintern.

»Los, hinterher! Lasst den kleinen Scheißer nicht entkommen!«

Die drei Brüder gehorchen. Sie laufen durch die Schneise, die Toygar im Publikum hinterlassen hat.

DAS **DROMEDAR**

Mann, ist das hart! Das einzige Mal, das Toygar in seinem Leben auf dem Rücken eines nicht-menschlichen Lebewesens gesessen hat, war auf dem kleinen Ponyhof in Pankow, zu dem ihn seine Mutter an drögen Sonntagnachmittagen manchmal mitnahm. Nisel war noch ein Baby, schlief im Kinderwagen, während Toygar seine Runden auf einem sehr gelangweilten Shetland-Pony drehte. Er erinnert sich an das Wiegen, die gemütliche Bewegung, die das Miniatur-Pferd im Schritt vollführte. Ponys gehen im Kreuzgang, das heißt, dass sie das linke Hinter- und rechte Vorderbein heben, während sie hinten rechts und vorne links am Boden bleiben. Und umgekehrt. Dromedare gehen im Passgang, sie bewegen die Beine auf einer Körperseite gleichzeitig, was den Schaukelfaktor ungefähr vervierfacht. Toygar muss sich mit aller Kraft an dem eisernen Knauf festhalten, zu dem sich der Schlangenledersattel verjüngt. Irgendein Instinkt scheint das große Tier in den Fluchtmodus versetzt zu haben, denn es hört nicht auf zu rennen. Richtung Norden, immer den Strand entlang. Toygar fühlt, dass das Dromedar im Stress ist, denn seine Flanken sind feucht, es hat Schaum vor dem Mund, der dem Reitnovizen immer wieder um die Ohren fliegt. Toygar gibt ihm schon lange nicht mehr die Sporen, im Gegenteil: Er versucht eher, dem Wüstentaxi ein bisschen auf die Bremse zu treten, wie auch immer man das macht. Er versucht es mit Streicheln, freundlichen Worten und natürlich Zügelziehen, aber das alles klappt nicht so recht: Nach kurzen Verschnaufpausen wird das Tier nur noch schneller. Schließlich entscheidet sich Toygar, auf den Erschöpfungsfaktor zu setzen, der ja irgendwann mal eintreten muss. Aber denkste: Das Dromedar hat noch einiges im Tank, beziehungsweise im Höcker. Mittlerweile sind Paarhufer und Reiter außerhalb der Ortschaft, nur umgeben von Feldern und Gattern. Vor ihnen erscheint eine Wohnanlage, ein Park mit Hauptgebäude und ein paar kleineren Apartmenthäusern. Toygar hat eine Eingebung. Ganz langsam hebt er das rechte Bein über den Eisenknauf, lässt sich auf der linken Seite seines Reittiers vorsichtig hinabgleiten. Er hält sich am Knauf fest, bis seine Füße den Boden berühren. Bingo! Er beginnt, mitzulaufen, bis er gefühlt fast das Tempo des Dromedars erreicht. Dann lässt er los. »Fast« war wohl etwas optimistisch, denn er ist viel zu langsam, stolpert über die eigenen Beine und überschlägt sich mehrfach. Zum Glück fällt er in den Sand, landet weich. Er bleibt liegen. Camelus dromedarius hat kaum mitbekommen, dass es nun um einen Menschen leichter unterwegs ist. Es läuft unbeirrt weiter und verschwindet in Richtung Dänemark. Gut so! Hinterlass fein weiter deine paarhufigen Fußspuren, mein nordafrikanischer Freund, von mir aus bis nach Kopenhagen. Toygar hebt einen Zweig auf, verwischt die Spuren seines Sturzes und die Schuhabdrücke, die er hinterlässt, während er auf die Wohnanlage zugeht. Nach ungefähr fünfzig Metern stößt er auf Asphalt. Er steht auf einem kleinen Kreisel. Ein Weg zweigt ab gen Westen, führt zum Eingang des Gebäudekomplexes. Toygar schmeißt den Zweig über die Hecke, die links und rechts der Einfahrt wächst und gelangt zu einem hohen Gatter aus schwarz gestrichenem Metall. Darüber steht in geschwungener Schrift:

Zu Hause im Lilienhof

Das Tor ist einen Spaltbreit geöffnet, Toygar schiebt sich durch die Fuge, betritt das Gelände.

»You can't always get what you want …«

Vom hell erleuchteten Hauptgebäude weht Musik zu ihm herüber. Ein krächzender Bariton mit viel Vibrato vergewaltigt die Rolling Stones, begleitet von klatschenden Händen. O Gott, nicht noch eine Party! Toygar macht einen Bogen um die Veranstaltung und nimmt Kurs auf die Apartments. Das Tiefdruckgebiet hat sich mittlerweile in eine Schlechtwetterfront verwandelt, über der Ostsee braut sich ein heftiger Sturm zusammen, verdunkelt den Himmel. Fallwinde drücken Toygar immer wieder gegen die Wand des überdachten Weges vom Haupthaus zu den Wohngebäuden. Betontreppen führen zu balkonartigen Gängen, die Wohnungen haben individuelle Türen nach außen. Er sucht nach Licht, aber hinter den Fenstern ist alles dunkel. Es scheint niemand zu Hause zu sein. Er versucht es trotzdem, hetzt von Apartment zu Apartment, klingelt, klopft, ruft, aber er bekommt keine Antwort. Er läuft weiter. Im zweiten Stock des hinteren Gebäudes findet Toygar, was er sucht: In B-23 brennt Licht. Er steht vor einer dunkelgrünen Tür mit eckigem Relief, links und rechts leuchten Milchglasscheiben mit einem filigranen, byzantinischen Muster. Er sucht den Klingelknopf, will schon klopfen, als er ein schmales Kabel entdeckt, das zu einem kleinen, weißen Plastikrechteck neben dem Briefkasten führt. Darauf steht in Schreibschrift »C. Keller«. Toygar drückt. Ding-ding-dong-ding-dong. Eine Glocke erklingt, er erkennt die Melodie. Es ist »People Are People« von Depeche Mode. Die Tür öffnet sich nach innen, eine junge Frau erscheint. Ihre Haut schimmert in einem intensiven Goldbraun. Sie steht vor einer grellen Wandleuchte, im Gegenlicht sieht es aus, als wäre sie nackt. Außerdem hat sie eine Glatze. Toygar ist kurz geschockt. Beim näheren Hinsehen erkennt er aber, dass sie einen hautengen, beigen Hosenanzug anhat, dazu trägt sie ihre Haare in Cornrows, schmalen Zöpfen, ganz dicht an ihrem Kopf geflochten. Hinter ihr hört er eine Frauenstimme rufen. Nein, Moment, rufen ist das falsche Wort. Sie jubiliert, reiht die Worte aneinander wie eine Koloratur:

»Kommen Sie ruhig herein! Keine Angst vor Miriam, sie ist meine Adoptivtochter. Sie kommt aus dem Osten.«

Miriam rollt mit den Augen, schnauft. Sie betrachtet Toygar prüfend, lässt ihren Blick misstrauisch nach unten wandern. Er folgt ihren dunkelbraunen Augen und weiß warum: Er ist wahrlich kein Bild für die Götter. Von der beschlagenen Brille bis zu den sandigen Lackschuhen – das einzige Adjektiv, das ihm zu seinem Look einfällt, ist »zerfleddert«. Er kämmt sich mit den Fingern die Haare, streicht sich den knittrigen Smoking glatt. Miriam lächelt mitleidig. Dann dreht sie sich um. Toygar folgt ihr durch den engen Flur. Sie erreichen das Wohnzimmer. Seine Augen müssen sich erst an das schummrige Licht gewöhnen. Er bleibt stehen. In der Mitte des Raumes steht ein großer Lehnstuhl in grünem Velours, darin sitzt, was er zunächst nur als eine riesige Perücke wahrnimmt. Ein mächtiger Lockenschopf in einem rötlichen Grau. Erst auf den zweiten Blick erkennt Toygar inmitten des Haarwusts ein Gesicht. Zwei neugierige Augen mustern ihn eindringlich, dann sagt ein knallrot geschminkter Mund:

»Mmmh, Sie sind offensichtlich nicht von der Hausverwaltung.« Die Locken gehören zu einer alten Dame, sie zwinkert Toygar zu.

»Ganz egal, setzen Sie sich, gleich hier gegenüber. Nehmen Sie sich die Pianobank.«

Sie lächelt verschmitzt, dabei legt sich ihr Gesicht in tausend Falten; ein Eindruck, der durch ihr dramatisches Make-up verstärkt wird. Toygar fällt das Wort »Kabuki« ein, obwohl er gar nicht so genau weiß, was das ist. Japanisches Theater? Jedenfalls erinnert er sich an Bilder von weiß-rot-schwarz geschminkten Schauspielern mit weit aufgerissenen Augen. Er zieht die Bank unter dem Flügel hervor und setzt sich wie angewiesen. Er legt sein rechtes Bein auf sein linkes Knie und beugt sich vor, um auf Augenhöhe mit der Kabuki-Lady zu sein. Die alte Dame setzt sich auf, klappert mit den Wimpern, spitzt die Lippen.

»Sie haben schöne Fesseln.«

»Wie bitte?«

Sie säuselt:

»Sie tragen keine Socken. Ich liebe Männer, die barfuß in ihre Schuhe steigen. Da wurde mir früher ganz schlecht vor Lust!«

Toygar schluckt. Er hat Probleme, umzuschalten. Eben noch auf der Flucht, jetzt auf einmal in Gesellschaft des wahrscheinlich seltsamsten Wesens, das ihm jemals begegnet ist. Und das nun auch noch anfängt, mit ihm zu flirten. Erstaunlicherweise fühlt er sich geschmeichelt, wird sogar leicht rot. Die Lady hat die Augen eines jungen Mädchens, ihre Charmeoffensive ist trotz ihres offensichtlich hohen Alters kein bisschen gruselig. Toygar stottert:

»Äh … äh, danke.«

Die alte Dame schnurrt: »Kommen Sie erst mal zu Atem. Aus Ihrem Aufzug schließe ich, dass Sie kürzlich durch Dick und Dünn gegangen sind.«

Sie kichert.

»Und dann nochmal durch Dick. Miriam, bring dem jungen Mann doch bitte ein Wasser.«

Miriam holt Toygar ein Glas aus der Küche, er leert es in gierigen Zügen. Er stammelt:

»Sie … Sie fragen sich bestimmt, warum ich hier einfach so … so auftauche, ich …«

»Was riecht denn hier so?«

Sie hebt die Nase.

»Riecht es hier etwa nach … Kamel?«

Die Frage haut Toygar fast von der Pianobank.

»Was?«

»Ja, Kamel. Den Geruch kenne ich, aus Marrakesch. Obwohl, in Marokko gibt es keine Kamele, also ist es wohl ein Dromedar. Ja, Sie riechen nach Dromedar, junger Mann.«

»Das können Sie, äh … erschnuppern?«

Er lächelt verlegen. Sie nickt.

»Das und so einiges mehr. Ihr ganz spezieller Schweiß-Mix riecht nach Angst und körperlicher Betätigung. Sie sind auf der Flucht, cher ami!«

Toygar wird rot, verliert komplett den Faden.

»Ja, das … stimmt, ich, äh, komme gerade, wollte, ich war … ach verdammt, Entschuldigung, ich …«

»Sie brauchen sich bei mir nicht zu entschuldigen, junger Mann. Sie sind nicht der Erste, den ich aus dem Konzept bringe. Ich habe diese Wirkung auf Männer schon immer gehabt. Auf Frauen auch, wenn ich es mir recht überlege. Ich verwirre. Das ist mein Schicksal. Aber wo sind meine guten Manieren? Ich darf mich vorstellen: Mein Name ist Charlotte Keller.«

Sie macht einen angedeuteten Knicks, klimpert wieder mit den Wimpern. Jetzt sieht Toygar, dass diese angeklebt sind, sich an den Rändern schon leicht lösen. Auch er erinnert sich an seine Manieren. Er verbeugt sich, sagt: »Guten Tag, Frau Keller. Schön Sie kennenzulernen. Ich bin Toygar Bayramoğlu.«

»Ah, Sie kommen aus der Türkei. Wie aufregend!«

»Eigentlich bin ich aus Berlin. Mein Vater kommt aus Anatolien. Er ist 1974 als Gastarbeiter nach Deutschland eingewandert.«

»Spannend!«

Charlotte Keller stülpt die Unterlippe nach vorn, bläst sich die Haare aus der Stirn. Sie lehnt sich zurück in ihren Sessel. »Nun denn, Toygar Bayramoğlu aus Berlin, dann erzählen Sie doch mal, warum Sie nach Dromedar riechen …«

»Hey Gimli, wird das heute noch mal was?«

Cem Dinç steht aufrecht am Rand der Steilküste und schreit in den Wind. Er ist Legolas Grünblatt, der Elbenprinz. Wie sein Lieblingscharakter aus dem alten PlayStation-Spiel *Der Herr der Ringe: Die Zwei Türme* legt er die Hand an die Stirn, scannt den grauen Strand, der an beiden Seiten seines Gesichtsfeldes in den ebenso grauen Himmel übergeht. Nichts als Wasser, Sand und Wolken. Genau wie die Grauen Anfurten.

Unter ihm rennt Ömer wie Aragorn, der mysteriöse Waldläufer, das Kliff hoch. Cems mittlerer Bruder bewegt seinen massigen Körper mit überraschender Leichtigkeit. Nur Bora hängt hinterher, in dieser Neuausgabe von Electronic Arts' *Gefährten* ist er Gimli, der Zwerg. Hat Cem seinen großen Bruder überhaupt schon mal rennen gesehen? Bora hatte immer ein ärztliches Attest für alles, hat wahrscheinlich nie an irgendeinem Sportunterricht teilgenommen. Sein Körper ist nur dazu da, Blut durch sein riesiges Gehirn zu pumpen. Immer wieder bleibt er stehen, stützt sich atemlos auf seine Oberschenkel. Er bildet die Nachhut bei dieser wilden Verfolgungsjagd.

Schon seit zwei Stunden hetzen sie dem Dromedar hinterher, verfolgen seine Spuren im Sand. Ob sie wohl schon in Schweden sind? Oder Dänemark? Egal, Hauptsache Mittelerde! Was für ein großer Spaß! Cem kann sich nicht erinnern, jemals in seinem Leben so lange an der frischen Luft gewesen zu sein. Er fühlt, dass sein Health Bar voll aufgeladen ist. Er lehnt sich zurück, genießt das Sauerstoff-High. Ömer ist fast oben, ruft: »Siehst du irgendwas?«

»Nein.«

»Bist du sicher? Was ist, wenn der Heini irgendwo im Hinterhalt liegt?«

Cem lacht.

»Na und? Dann nehmen wir ihn uns vor. Der Penner ist ja kein Ork!«

Er spannt einen imaginären Bogen, legt auf Bora an, der unten am Strand wieder stehen geblieben ist. Der Zwerg beugt sich vor, untersucht die Dromedar-Spuren genauer. Cem ruft: »Bist du jetzt Indianer? Seit wann kannst du Fährten lesen?« Bora richtet sich auf, kratzt sich am Kinn. Er winkt die Brüder zu sich runter. Widerwillig verlässt Cem seine Aussichtsposition, auch Ömer dreht wieder um. Bora zeigt auf die Spuren.

»Mir ist gerade aufgefallen, dass die Hufabdrücke nicht mehr so tief sind wie vorher. Das Kamel ist leichter geworden.«

Cem korrigiert: »Dromedar. Die Dinger reite ich immer bei *Assassin's Creed*.«

Ömer grunzt: »Hat das Kamel abgenommen?«

Bora ignoriert beide: »Toygar sitzt gar nicht mehr im Sattel. Der ist irgendwo abgestiegen.«

»Oder runtergefallen!«

Cem lacht sich einen Ast. Ömer stöhnt: »Verdammt – dann sind wir ganz umsonst gelaufen?«

Er wischt sich den Schweiß von der Stirn. Bora bläst die Oberlippe auf.

»Nicht unbedingt. Wir gehen zurück, sehen, ab wo die Spuren tiefer werden. Da ist unser Bräutigam abgestiegen.«

Cem blökt: »Oder runtergefallen!«

»Na, wenn das kein Drehbuch für einen Fatih-Akin-Film ist!«

Die Keller freut sich.

»Sowas kann sich ja kein Mensch ausdenken. Die besten Geschichten schreibt eben immer noch das Leben!«

Toygar ist leicht atemlos, er hat seine Story in einem Rutsch durcherzählt. Mittlerweile hat er sich etwas entspannt, die alte Dame verbreitet eine angenehm ungezwungene Atmosphäre, ihre offene Art ist ansteckend. Sie reibt sich die Hände.

»Und dann sind Sie von Wohnung zu Wohnung gelaufen, haben geklingelt, geklopft, gerufen und sind schließlich bei mir gelandet?«

»Ja, und Miriam hat Gott sei Dank die Tür aufgemacht.«

»Gott hat damit nichts zu tun. Schon eher Jan Plewka. Sie haben Glück, dass der heute Nachmittag mit seinem Rolling-Stones-Programm im Ballsaal auftritt. Ich hasse die Stones. Deshalb bin ich als einziger Lilienhof-Einwohner nicht hingegangen.«

»Jan Plewka? Der Selig-Sänger?«

»Genau der. Den finde ich eigentlich gar nicht schlecht. Der war auch schon mit seiner Simon-&-Garfunkel-Show hier.«

Toygar ist überrascht.

»Die habe ich auch gesehen. Gefiel mir außerordentlich.«

Charlotte nickt zustimmend.

»Simon & Garfunkel sind mir eigentlich zu kitschig, aber sie haben ein paar schöne Lieder …«

»›The Only Living Boy in New York‹!«

»Das kennen Sie? Der Song ist meine Lieblingskomposition von Paul Simon!«

Sie legt den Kopf zurück und singt.

»I get the news I need on the weather report …«

Toygar ist beeindruckt. Die Keller hat eine großartige Stimme, aus ihrem zierlichen Körper klingt ein kräftiger Alto. Die alte Dame legt ihm die Hand aufs Knie.

»Sie können übrigens so lange Sie wollen bei mir untertauchen. Ich freue mich immer über …«

Plötzlich kippt Charlottes Kopf nach hinten, sie gibt ein leichtes Röcheln von sich. Toygar springt erschrocken auf, will ihren Puls fühlen, bereitet sich schon auf einen Erste-Hilfe-Einsatz vor, aber je näher er kommt, desto mehr klingt ihr Röcheln wie ein Schnarchen. Schläft sie? Ihre Lider sind geschlossen, zucken leicht, ein friedliches Lächeln umspielt ihre Lippen. Toygar dreht sich zu Miriam um, die an der Küchentheke steht und in einem Magazin kritzelt. Sie zuckt nur mit den Schultern. Kurz darauf öffnet Charlotte Keller wieder die Augen.

»DA VORNE WIRD'S
SCHON WIEDER HELL!«

Die alte Dame hebt die linke Hand zum Fenster. Wobei, Hand? Ihre Finger ähneln einer Ingwerwurzel, in Form und Farbe. Auch die Textur stimmt: Charlottes Haut ist faltig, rissig, borkenartig, erinnert eher an einen Baum als an einen Menschen. Zwischen den Gelenkknoten prangen goldene Ringe, gekrönt von grünen und roten Steinen, die im Schein der durch die schweren Arco-Gardinen fallenden Lichtstrahlen funkeln. Charlotte bemerkt Toygars Blick.

»Sie starren!«

»Oh, Entschuldigung.«

Schon wieder schießt ihm das Blut in die Wangen, er fängt an zu schwitzen. Sie flötet: »Das ist schon in Ordnung, ich weiß, ich habe schöne Hände. Und diese Rubine und Smaragde hat mir Hasso geschenkt, erst letzte Woche war er hier. Er weiß, wie sehr ich Geschmeide liebe!«

Sie streckt Toygar die Juwelen entgegen. Bei näherem Hinsehen stellt er fest, dass gut die Hälfte der Ringe aus einem Kaugummi-Automaten stammen müssen. Er lügt: »Sehr schön. Wer ist Hasso?«

Aber die Keller ist schon wieder eingeschlafen.

Zu Hause im Lilienhof

Neben Toygar liegt ein violetter Prospekt auf dem Beistelltisch. Er hat mittlerweile begriffen, dass er in einer Seniorenwohnanlage gelandet ist. Er blättert planlos durch die Broschüre, konzentriert sich dabei auf seine Umgebung. Außer dem leisen Schnarchen der alten Dame wird die gedämpfte Stille nur durch das dezente Ticken einer Kuckucksuhr durchbrochen. In der Luft hängt ein leichter Dunst, es riecht nach Räucherstäbchen und Patchouli. Diesmal überrascht Toygar das plötzliche Wegnicken der Keller nicht mehr so sehr, sie ist offensichtlich narkoleptisch. Sein ursprünglicher Instinkt, sie wiederzubeleben, weicht einer gewissen Gelassenheit. Miriam erscheint mit einem violetten Holztablett, sie reicht ihm eine Kaffeetasse mit einem geschwungenen »L« als Griff. Er bedankt sich, stellt das Heißgetränk auf den Beistelltisch. Toygar inspiziert wieder den Prospekt. Auf der Rückseite findet er einen Grundriss der Lilienhof-Apartments. Die Wohnungen sind normiert, Wohnzimmer mit Küche hinter einer Anrichte, Schlafzimmer mit daran anschließendem Bad und ein kleines Arbeitszimmer. Er lässt den Blick schweifen. Das Design hat den Charme eines amerikanischen Franchise-Hotels der frühen Zweitausender. Holiday Inn Express oder Courtyard by Mariott. Wände und Decke mit aufgesprühter Textur in Zitronenbeige, in den Ecken jeweils zwei Farbtöne dunkler. Den Boden bedeckt himmelgraue Auslegeware, ein fleckiger Trampelpfad führt in die Küche. Himbeerbraune Möbel aus Pressholz. Die Einrichtung macht einen abgewetzten, aber funktionalen Eindruck; wahrscheinlich könnte man diese Räume auch mit dem Gartenschlauch reinigen. Charlotte Keller hat sich alle Mühe gegeben, dem Zimmer die runtergekommene Klinikatmosphäre zu nehmen. Perserteppiche, Spitzendeckchen, bunte Kissen. Über dem Fake-Kamin (mit Kupferstich-Einlage) stehen ein Eiffelturm und zwei unterschiedlich große Manneken Pis. Daneben sitzt Woody aus Disneys *Toy Story*. Die lustige Cowboypuppe hat keck den Kopf zur Seite gelegt, grinst mit eingefrorenem Dauerlächeln. Am Fenster streckt ein staubiger Ficus benjamina die Blätter nach dem Licht, auf der Fensterbank räkeln sich Scindapsus und Sansevieria. Was den Raum aber wirklich besonders macht, sind die Fotografien, die Charlottes Wohnzimmer vollständig dominieren. Sie sind überall. In allen Größen und Formen. Farbig, sepia, schwarz-weiß. In den unterschiedlichsten Rahmen, von modern bis antik. Chrom, Lack, Keramik, Birkenrinde. Volkskunst aus Mexiko, Art déco, Gelsenkirchener Barock. Nicht nur auf den diversen Tischen und Tischchen, sondern auch auf dem Flügel, den Schränken, der Anrichte, auf jeder halbwegs waagerechten Oberfläche stehen sie, fein neben- und hintereinander geordnet, wie Soldaten in exaktem Abstand, eine Armada der Erinnerungen. Vor allem aber bedecken sie die Wände. Bis knapp unter die Decke hängen die Bilder, es gibt kaum eine freie Fläche. Die verschiedenen Formate passen wie ein Puzzle zusammen, sind mit Zollstock und Wasserwaage in perfekter Symmetrie und exaktem Abstand aufeinander abgestimmt. Toygars Augen folgen dem Muster der Andenken, durchqueren die Zwischenräume wie Pacman sein Labyrinth. Ihm wird schwindelig. Sein iPhone vibriert in seiner Hosentasche, es ist nicht das erste Mal. Er holt das Handy raus, schaut auf das Display. Fünf verpasste Anrufe, drei Sprachnachrichten, sieben SMS. Mamma, Pappa Mobil, Celâl Dinç, Sista Nisel. Ohne die Messages zu hören oder zu lesen, legt er das Telefon wieder weg.

»Willkommen in Ihrem Zuhause.«

Eine sanfte Frauenstimme tönt aus dem in die Decke eingegipsten Lautsprecher. Toygar kennt die Stimme, die gleiche Sprecherin säuselt auch aus seiner Navi-App.

»Die Lilienhof-Seniorenwohnanlagen ermöglichen Ihnen ein angenehmes Leben im Alter in einer familiären Atmosphäre. Dabei müssen Sie auf nichts verzichten. Es ist alles da, was Sie brauchen. Und noch viel mehr. Wie unser liebevoller Service. Jeden Tag.«

Ist das eine Werbeeinblendung? Und wenn ja, an wen ist sie gerichtet? An die Insassen? Die haben sich doch schon entschieden. An die Besucher? Das Personal? An Toygar Bayramoğlu? Nein, es ist wohl nur die offizielle Ansprache in der Wohnanlage, freundlich wird er unterrichtet: »Und weiter geht es mit unserer Themenwoche Hawaii. Heute: Trockensurfen, der neue Trend aus Waikiki! Sie sind gelangweilt von Brustschwimm-Ball und Sessel-Yoga? Dann versuchen Sie doch einmal die sichere Alternative zum hawaiianischen Nationalsport, den wasserlosen Wellenritt. Das große Freizeitvergnügen beginnt heute um 17 Uhr mit einer Schnupperstunde in der Gymnastikhalle. Gary ›Chief‹ Kahanamoku und sein Team freuen sich auf Sie! Hawaii begleitet uns natürlich auch weiter kulinarisch – genießen Sie Lū'au Poké und andere erlesene Köstlichkeiten in der Cafeteria Lilie. Dazu empfehlen wir wie immer unseren Lilienhof-Kokossaft mit Blutorangenextrakt. Übrigens auch zum Mitnehmen, eine wohltuende Erfrischung für unterwegs … «

»Hasso ist mein Ehemann, Dummchen, die Liebe meines Lebens.«

Charlotte Keller ist wieder aufgewacht, meldet sich zurück, als hätten die letzten fünf Minuten Powernap nie stattgefunden. Sie beugt sich vor, tippt ihrem Gegenüber an die Stirn.

»Hallo, jemand zu Hause?«

Toygar schaut verdutzt, weilt noch auf Hawaii. Trockensurfen, was ist das? Wellenreiten mit Stützrädern? Die Keller betrachtet ihre Ringe. Sie schwärmt: »Ach, Hasso. Was für ein schöner Mann! Am Sonntag kommt er zu meinem Geburtstag.«

»Sie haben Geburtstag?«

»Natürlich. Jeder Mensch hat Geburtstag. Jedes Jahr wieder. Ich immer am 1. September. Ich wurde nämlich pünktlich zum Ausbruch des Zweiten Weltkriegs geboren. Also vor fast achtzig Jahren!«

Sie seufzt, dann betätigt sie einen Hebel an der linken Seite ihres Lehnstuhls, den Toygar bislang noch gar nicht bemerkt hat. In einer flüssigen Bewegung manövriert der Mechanismus den Sessel in die Waagerechte, die Keller liegt plötzlich. Unter ihren Waden erscheint eine Beinstütze, bringt ihre Füße in die Höhe. Sie trägt türkise Hausschuhe mit Monogramm. CK, die Buchstabenkombi findet sich auch auf der Brusttasche ihres Bademantels in gleicher Farbe. Ihren Hals wärmt ein grob gestrickter Schal mit blau-rosa Streifen. Die alte Dame legt den Kopf zurück und spricht an die Decke: »Nicht gerade der günstigste Zeitpunkt, um auf die Welt zu kommen. Schlechter hätten es meine Eltern eigentlich gar nicht treffen können. Zumal mein Vater nur zwei Tage vorher eingezogen worden war und sich schon auf dem Weg nach Polen befand. Ich habe ihn nie kennengelernt.«

1939

Mein Großvater väterlicherseits war ein erfolgreicher Viehhändler. Otto Knoop kam aus Eutin in Schleswig-Holstein. Er hatte seine Stallungen am Neuen Pferdemarkt 13 in Hamburg, nahe dem Schlachthof, wo er sich die Hofflächen mit Carl Hagenbeck teilte. Auch die Anfänge des Tierparks Hagenbeck befanden sich dort. Auf diesem Hof hatte Hagenbeck seine erste Manege mit einer Seelöwen-Schau und einem alten Walross. Otto Knoop und Carl Hagenbeck waren gute Freunde. Meine Großeltern bekamen regelmäßig Freikarten für den Tierpark und wurden einmal jährlich zu einem Bärenessen eingeladen. Meine Großmutter Alma Knoop war Dänin, eine geborene Prinzessin von Blixen-Finecke. Sie war eine Cousine zweiten Grades von König Christian X., und ihre Familie war sehr wohlhabend. Zur Hochzeit bekam sie eine Villa mit

Elbblick geschenkt, und so wohnte die Familie Knoop in Hamburg-Altona, das ja früher zu Dänemark gehörte. Alma wurde nie müde, auf ihre noble Abstammung hinzuweisen und ließ sich von ihren Hausangestellten mit ›Eure Hoheit‹ ansprechen. Ihr Sohn Thomas war ›der kleine Prinz‹, und entsprechend wurde er behandelt. Während seine Altersgenossen zur Schule am Hohenzollernring gingen, hatte er Unterricht bei einem Privatlehrer im grünen Salon seines Elternhauses. Wenn die Nachbarskinder auf dem Bolzplatz am Fischers Park Fußball spielten, stand er am Fenster im ersten Stock und schaute sehnsüchtig zu. Er saß nie auf einer Schaukel oder in einem Sandkasten. Ohne seine Gouvernante Fräulein Ellie durfte er nicht auf die Straße, und die achtete penibel darauf, dass er sich nicht schmutzig machte. Der kleine Prinz lebte ein ziemlich einsames Leben. Seine einzige Freundin war die drei Jahre ältere Corinna, genannt Coco, die Tochter der Knoop'schen Köchin. Die beiden waren unzertrennlich, denn auch Coco war ein Einzelkind. Sie wohnte mit ihrer Mutter in einer der Bedienstetenwohnungen unter dem Dach des Anwesens im Hamburger Westen. Coco half in der Küche und machte Besorgungen in der Nachbarschaft. Von Zeit zu Zeit gelang es Thomas Knoop, sich aus der Hintertür hinauszuschleichen und sie bei ihren Exkursionen zu begleiten. Diese seltenen Momente der Freiheit waren die Höhepunkte seines sonst eher tristen Lebens. Coco war nicht nur seine beste Freundin, sie war sein einziger Kontakt zur Außenwelt. Umso niederschmetternder war es, als ihre Mutter entlassen wurde – die Gründe dafür wurden Thomas nie mitgeteilt. Zu diesem Zeitpunkt war Coco fünfzehn und Thomas zwölf, und die beiden schworen sich beim Abschied unter Tränen, einander nicht aus den Augen zu verlieren. Dieses

Versprechen hielten sie. Sie schrieben sich lange Briefe, trafen sich heimlich im Fischers Park. Kaum war Thomas achtzehn und Coco einundzwanzig, wurden sie ein Liebespaar.

»Soll ich weitererzählen?«
Toygar will etwas sagen, aber die Keller wartet gar nicht auf seine Antwort. Die Frage ist rhetorisch. Sie ist im Flow. Sie spricht weniger, als dass sie singt. Ihre Worte bekommen eine leichte Melodie, einen Rhythmus. Wäre Charlotte ein paar Jahrzehnte jünger, würde man sagen, sie rappt. Sie hebt beide Arme, beginnt mit den Händen in der Luft zu fuchteln, betont jede Silbe mit einem Schütteln der Handgelenke. Sie taucht in ihre Story ein, scheint sie sich selbst vorzuspielen. Ihre Finger sind immer in Bewegung, zeigen, schnipsen, spielen Klavier in der Luft. Von Zeit zu Zeit ballt sie die Faust, droht einem imaginären Gegenüber.

»Kind, du hast halt unter deinem Stand geheiratet.«

Die geborene Prinzessin von Blixen-Finecke schüttelt mitleidig den Kopf.
»Deshalb ist es kein Wunder, dass ihr, also ähem, diese … Person und du, all diese Probleme habt. Die Tochter einer einfachen Köchin! Das konnte ja nichts werden.«
Sie spricht über Corinna Knoop, als wäre die gar nicht anwesend. Dabei sitzt sie direkt neben ihrem Ehemann. Coco schnauft entrüstet: »Hallo, ich bin hier! Und überhaupt, welche Probleme? Uns geht es gut!«
Thomas Knoop rauft sich die Haare. Die Aussprache im grünen Salon läuft nicht so, wie er sich das vorgestellt hat.

»Mutter, zwischen mir und meiner Frau ist alles in Ordnung.«

»Hast du nicht eben gesagt, dass du dein Betriebswirtschaftsstudium abbrechen willst?«

»Ja, aber das hat nichts mit meiner Ehe zu tun. Ich möchte Naturphilosoph werden!«

Alma Knoop lacht verächtlich.

»Naturphilosoph? Damit kann man doch kein Geld verdienen. Ist das überhaupt ein Beruf?«

»Das ist kein Beruf, das ist eine Berufung!«

»Ach Herrje, und was tut ein Naturphilosoph auf dem Schlachthof? Hast du da mal drüber nachgedacht? Dein Vater wird sich freuen!«

»Mutter, das ist es ja gerade: Ich will nicht in Vaters Betrieb einsteigen. Ich …«

Coco hat genug. Sie spring auf und ruft:

»Wir sind Vegetarier!«

Ihre Schwiegermutter schaut perplex.

»Ihr seid Wegelagerer?«

»Vegetarier. Wir wollen nicht, dass wegen uns Tiere getötet werden.«

Alma begreift immer noch nicht.

»Ein Viehhändler, der keine Tiere töten will? Und wie soll denn dann das Schnitzel auf den Tisch kommen, bitte schön?«

Coco stützt die Faust in die Hüfte und rollt mit den Augen.

»Das ist es ja gerade. Vegetarier essen kein Fleisch.«

Jetzt dämmert es der Prinzessin. Sie wendet sich an ihren Sohn.

»Das ist doch absurd. Diese Flausen hat dir doch deine Buhlschaft in den Kopf gesetzt. Junge, ich flehe dich an, es ist noch nicht zu spät. Du hast dein ganzes Leben vor dir! Wirf es nicht weg für diese Plebejerin, die auch noch älter ist als du!«

Jetzt platzt auch dem kleinen Prinzen der Kragen. Er steht auf und richtet sich das Jackett.

»Mutter, ich glaube es ist besser, wenn wir gehen.«

»Thomas, wenn du jetzt das Haus verlässt, brauchst du gar nicht erst wiederzukommen. Thomas … Thomas!«

Aber der junge Knoop ist nicht mehr aufzuhalten. Ohne ein Wort nimmt er seine Frau bei der Hand und eilt aus dem Salon.

An der Tür dreht sich Coco noch mal um und skandiert: »Fleisch ist Mord, Fleisch ist Mord!«

Dann sind die beiden weg.

Toygar stoppt Charlottes Redefluss.

»Die Dialoge klingen so, als wären Sie dabei gewesen.«

»War ich ja auch. Zu dem Zeitpunkt war meine Mutter schon schwanger mit mir.«

Die Keller lächelt schelmisch.

»Nein, im Ernst: Meine Mutter hat mir die Situation wiedererzählt. Und zwar nicht nur einmal. Das war der Wendepunkt in ihrem Leben. Es kam anschließend zu keiner Versöhnung mehr. Otto Knoop enterbte seinen Sohn, worauf Thomas den Kontakt zu seiner Familie vollständig abbrach. Mein Vater hat sein Elternhaus nicht wieder betreten. Ich habe die Familie Knoop nie kennengelernt, dafür sorgte vor allem meine vegetarische Mutter. Und so kam es, dass ich trotz adeliger Herkunft an jenem 1. September nicht in einer Jugendstil-Villa an der mondänen Elbchaussee, sondern in einer Drei-Zimmer-Wohnung in einem Rotklinkerbau an der Breitenfelderstraße in Eppendorf geboren wurde.«

Toygar will seine Kaffeetasse vom Beistelltisch nehmen, dabei schmeißt er beinahe die darauf wie Dominosteine aufgereihten Bilder um. Mit einer blitzschnellen Bewegung vermeidet er die Katastrophe, schnappt sich den ersten Rahmen. Der ist aus Holz, liegt schwer in der Hand, die filigranen Schnitzereien sind leicht splittrig, fühlen sich rau an. Hinter einer milchigen Glasscheibe ist ein kleiner Junge in einer viel zu großen Wehrmachtsuniform zu sehen. Auf der Schulter trägt er einen riesigen Karabiner. Ist das Oskar Mazerath? War der nicht bei der Waffen-SS? Nein, das war Günter Grass. Charlotte betätigt den Seitenhebel, verlässt kurz die Waagerechte.

»Das ist Hasso. Da war er elf.«

Toygar klickt mit dem Fingernagel auf die Glasscheibe.

»Wieso trägt denn ein elfjähriger Junge eine Wehrmachts-uniform?«

»Alle Achtung, der Herr kennt sich aus!«

Toygar errötet.

»Ja, der Zweite Weltkrieg ist so ein bisschen mein Hobby.«

»Dafür müssen Sie sich nicht schämen. Das war eine sehr aufregende Zeit! Wenn Sie sich wirklich dafür interessieren, kann ich Ihnen eine ganze Menge erzählen. Das Foto da zum Beispiel – das wurde gemacht, als Hasso in der Napola war.«

»Die Napola?«

»Ja, die nationalpolitische Erziehungsanstalt Reichenau, am Bodensee. Das war so ein Internat. Eine Eliteschule. Da wurden nur besonders begabte Schüler zugelassen. So wie Hasso.«

»Bu-de-li, bu-de-li, bu-de-li ...«

Charlotte formt mit den Fingern zwei Fächer, wedelt in der Luft wie eine indische Tänzerin. Von unten nach oben, immer wieder, dabei imitiert sie ein Arpeggio.

»Bu-de-li, bu-de-li, bu-de-li ...«

Toygar fragt: »Was soll das?«

»Das ist meine pantomimische Harfe. So wie im Kino, wenn das Bild verschwimmt und wir auf einmal woanders sind. Dann kommt immer dieses Harfen-Glissando, bu-de-li, bu-de-li, bu-de-li ... Entweder rutschen wir in die Vergangenheit oder die Perspektive wechselt. Oder beides. Sie waren doch schon mal im Kino, junger Mann?«

»Natürlich war ich schon mal im Kino. Ich liebe Filme, und Perspektivwechsel sind ein gängiges Stilmittel. *Rashōmon* von Akira Kurosawa zum Beispiel. Aber an eine Harfe kann ich mich nicht erinnern.«

»Da war bestimmt eine drin! Also, wir springen durch Zeit und Raum, und wir wechseln die Perspektive. Eben noch Thomas Knoop im grünen Salon, jetzt Hasso Keller in der Napola. Ich war natürlich auch da nicht dabei, damals kannte ich ihn ja noch gar nicht. Aber Hasso war ein großartiger Erzähler, hat mir seine Lebensgeschichte immer wieder in so bunten Bildern geschildert, ich erinnere sie wie meine eigene.«

Die Keller legt die pantomimische Harfe weg und bewegt sich zurück in die Horizontale.

»Hassos Vater war ein hohes Tier in der Partei, hatte eine grandiose Karriere hingelegt. Er war Generalstabsarzt an der Ostfront, natürlich musste sein Sohn da in die Kaderschule. Aber wenn Hasso nicht so ein hervorragender Schüler gewesen wäre, hätte er keine Chance gehabt.«

1945

Hasso Friedrich Keller ist der Zweitkleinste in seinem Zug. Die Jungs in seiner Klasse überragen ihn alle um mindestens einen halben Kopf, nur Anton ist noch kürzer als er. Außerdem ist Hasso der Einzige mit schwarzen Haaren in der 6b, seine Mitschüler hänseln ihn immer wieder als »Judenjungen«. Erschwerend kommt hinzu, dass er schon seit frühester Kindheit einen ziemlichen Zinken im Gesicht trägt. »Das wächst sich noch zurecht«, sagt Mamma immer und vergisst dabei, dass sie als Gegenbeweis die gleiche Hakennase hat.

Seine Mutter Paula ist groß und blond, aber ihre Gene hat Hasso leider nicht mitbekommen, bis auf

den Riechkolben. Er sieht aus wie sein Vater, und
der ist Schlesier, stammt aus Glatz in der Nähe von
Breslau. Pappa Wolfgang hat nur eine kleine Stups-
nase, ist auch sonst eher von mickriger Statur. Und
hat pechschwarze Haare. Was Hasso an Körpergröße
vermissen lässt, macht er mit seiner großen Klappe
wett. Auch die hat er von seinem Vater. Der ist
trotz seines völlig unarischen Äußeren ein hohes
Tier in der NSDAP, fährt einen Adler Tatra mit Berg-
motor. Mit dem hat er seinen Sohn über den Damm nach
Reichenau chauffiert. Es war einer der seltenen,
wunderbaren Tage, die er in seinem noch kurzen Leben
mit seinem Vater verbracht hat. Wolfgang Kellers
Tatra ist ein Cabriolet, und der Fahrtwind während
ihres Trips von St. Blasien (wo Hasso vorher zur
Schule ging) auf die Bodenseeinsel weht ihm noch
immer durch die Haare. Sein Vater war gut aufgelegt, scherzte, erzählte Anekdoten. Wolfgang Keller
ist ein toller Hecht. Er hat zwei riesige Narben auf
Kinn und Wange, er war in einer schlagenden Verbindung. Das sind so aufregende Vereine, wo sich Stu-
denten mit scharfen Säbeln ins Gesicht schlagen und
dann Salz in die Wunden streuen, damit die Schnitte
schlecht verheilen, gefährlicher aussehen. Das will
Hasso später auch mal machen. An dem Tag durfte Hasso auch zum ersten Mal mit Pappas Pistole schießen,
und dieser zeigte ihm, wie man die Luger seitwärts
hält und flach über den See ballert. Wenn man den
Winkel richtig hinbekommt, springen die Kugeln wie
flache Steine über die Wasseroberfläche. Leider war
keiner seiner Mitschüler auf dem Hof, als die Kellers vorfuhren, denn sein Vater trug seine Uniform
mit den Blitzen und Kreuzen, und wenn sie ihn gesehen hätten, hätten sie bestimmt mehr Respekt vor
Hasso Keller.

47

»Hey, Judenjunge, gib mir mal die Seife!«

Albert Schlotterbeck haut Hasso auf den Oberarm, weckt ihn aus seinem Tagtraum. Der blonde Hüne streckt die Hand aus, schnippt fordernd mit den Fingern. Wie immer stehen Anton und Hasso ganz am Rand der großen Gruppendusche, mit dem Rücken zu den restlichen Jungmännern aus ihrem Zug. Die meisten von ihnen sind schon in der Pubertät, der erste, vornehmlich blonde Flaum sprießt ihnen nicht nur an den Wangen. Die dreitägige Aufnahmeprüfung, der sich alle NPEA-Aspiranten unterziehen müssen, hatte ergeben, dass Hasso und Anton zwei Klassen überspringen durften, aber das ist nur bedingt ein Segen.

»Hier bitte.«

Hasso nimmt das Stück Seife aus der Schale, reicht es dem bulligen Schlotterbeck. Der schlägt es ihm mit einer schnellen Bewegung aus der Hand.

»Pass doch auf!«, brüllt Albert und verpasst Hasso einen weiteren blauen Fleck auf dem Oberarm. Die anderen Jungs kichern, prusten. Albert zeigt auf die auf dem Boden liegende Seife, macht wieder die gleiche fordernde Geste mit der flachen Hand. Hasso bückt sich, Albert lacht.

»Früh krümmt sich, was ein Haken werden will.« Er tritt dem kleineren Kaderschüler in den Hintern, Hasso knallt mit dem Kopf gegen die Wand, dreht sich um, richtet sich auf. Der Rest des Zuges hat sich um Albert versammelt, der zeigt auf Hassos Körpermitte.

»Wohl eher ein Häkchen!«

Die Gruppe grölt, schlägt sich auf die Schenkel. Hasso hält sich die linke Hand vor sein Häkchen, mit der rechten reibt er sich die Stirn, auf der schon ein leichtes Horn sprießt. »Wenn das mein Vater erfährt, der sagt's dem Führer!«

»Jetzt geht das schon wieder los mit deinen Ange-
bereien!«

Albert greift ihn beim Kinn, schüttelt ihm den
Kopf, aber Gerd Molineus mischt sich ein, schiebt
Albert zur Seite.

»Dein Vater kennt den Führer?«

»Aber natürlich, ich habe ihm auch schon die Hand
geschüttelt. Er ist ein sehr netter Mann, hat mich
mit einem freundlichen ›Heil Hasso‹ begrüßt und
dann auf den Arm genommen. Er roch nach dieser exotischen Zwiebel, wie heißt die noch, Knoblauch? Ja,
Knoblauch. Der Führer roch nach Knoblauch. Das war
auf dem Heiligengeistfeld, ich war erst vier, aber
ich kann mich erinnern, als wäre es gestern gewesen. Dann hat der Führer eine großartige Rede gehalten, mein Vater hatte Tränen in den Augen, ich habe
mir große Sorgen gemacht, weil ich meinen Vater
noch nie weinen gesehen hatte …«

»Jetzt reicht es, du verdammter Aufschneider!
Halt das Maul, sonst kommt Keller in den Keller!«

Albert Schlotterbeck blickt sich grinsend um, er
ist höchst zufrieden mit seinem Wortspiel. Die Jungmänner fangen wieder an zu lachen, klopfen ihm auf
die Schulter. Aber Gerd hakt nach:

»Kannst du das beweisen?«

»Ja, ich besitze sogar ein Foto. Hab ich in meiner Gasmaskentasche.«

Die Gruppe hört auf zu feixen, jetzt ist sich auch
Albert seiner Sache nicht mehr so sicher. »Das will
ich sehen.«

Toygar unterbricht die Keller.

»Jetzt flunkern Sie aber, Ihr Schwiegervater hat Adolf Hitler
gekannt? Er hat Ihren Mann auf dem Arm gehalten?«

»Ich flunkere nie! Das habe ich gar nicht nötig.«

Charlotte schnauft irritiert. Sie zeigt mit ihrem knotigen Finger auf den Flügel.

»Die Zweite von links in der dritten Reihe.«

Toygar steht auf, geht zum alten Bösendorfer. Tatsächlich, da steht sie, im silbernen Rahmen mit Emaille-Blumen: eine vergilbte Schwarz-weiß-Fotografie. Hitler hält einen kleinen Jungen im Arm, hebt die Hand zum Hitlergruß. Toygar ist nicht überzeugt.

»Das kann irgendein Junge gewesen sein, Adolf Hitler hat sicher Hunderte auf den Arm genommen.«

»Junger Mann, wer auf dem Dromedar sitzt, soll nicht mit Datteln werfen! Ich habe Ihnen vorhin zugehört, ohne Sie ein einziges Mal zu unterbrechen. Können Sie mir den gleichen Gefallen tun?«

Toygar schweigt betreten. Die alte Dame fährt fort.

»Hitler hat nicht wahllos Kinder gehoben, das hätte sein Rücken gar nicht mitgemacht. Diese Ehre hat er nur ein paar Auserwählten gewährt. Wie eben Wolfgang Keller. Der war seine Geheimwaffe gegen das Fleckfieber, deshalb hat er ihn auch zum Generalstabsarzt befördert. Das Foto hat übrigens Heinrich Hoffmann gemacht, der Leibfotograf Adolf Hitlers. Hoffmann war Wolfgangs bester Freund, schon seit seiner Zeit als Bannarzt in der Hitlerjugend.«

Charlottes Kopf kippt nach hinten, sie ist wieder weggenickt.

Die Kuckucksuhr schlägt vier.

Der krächzende Schrei des kleinen Keramikvogels unterbricht die Stille. Toygar Bayramoğlu muss schmunzeln. Beim vierten Krächzer wird die Keller wieder wach.

»Ach Hasso. Wie schön, dass du mich besuchst. Hast du Blumen gebracht? Sind es Nelken? Du weißt, ich liebe Nelken. Weiße Nelken. So romantisch!«

Toygar wendet sich fragenden Blickes an Miriam. Die gießt mit einer grünen Plastikkanne die Sträucher auf der Fensterbank und sagt: »Charlotte, das ist nicht Hasso, das ist der wildfremde Mann, der einfach so an Ihrer Tür geklingelt hat und den Sie netterweise völlig ohne Sicherheitsvorkehrungen hereingebeten haben.«

Das sind die ersten Worte, die Toygar Miriam sprechen hört. Ihre Stimme ist speziell. Hoch, fast schon piepsig, mit einem ganz seltsamen Frequenzgang. Sie klingt, als ob sie aus einem kleinen Transistorradio übertragen wird. Und trotz des beißenden Sarkasmus sehr attraktiv. Die Keller raunt: »Das weiß ich doch, ich bin ja nicht senil! Herr … wie war noch Ihr Name?«

»Toygar, Toygar Bayramoğlu.«

»Also gut, Herr Toygar Bayramoğlu, wollen Sie jetzt wissen, wie es mit Hasso weitergeht?«

Toygar will. Charlotte Keller ist eine aufregende Erzählerin, er fiebert jetzt schon mit dem kleinen Hasso mit. Außerdem ist es ja nicht so, dass er unbedingt sonst irgendwo sein müsste.

»Bitte machen Sie weiter.«

Charlotte nickt zufrieden.

»Wo war ich? Ach ja, Reichenau, die Napola. Hasso war sehr athletisch. Vor allen Dingen auf Skiern war er unschlagbar!«

DER SKISPRINGER

Es ist ein besonders kalter Tag in einem besonders kalten Winter.

Hassos Zug stapft schon seit Stunden durch den Schnee, mit schwerem Gepäck. Das Gelände ist uneben, außerdem ist sein linker Ski an der Spitze gebrochen, die Metallmanschette, mit der Zugführer Bierer den Bruch geschient hat, bleibt immer wieder an Wurzeln oder Steinen hängen. Aber neue Skier gibt es nicht, sie werden alle an der Ostfront gebraucht.

Die Jungmänner marschieren in Dreierreihen, Hasso und Gerd Molineus haben Anton in die Mitte genommen, alle paar Minuten müssen sie ihn stützen. Anton Herbig ist nicht für den Skilanglauf gemacht, schon gar nicht mit einem Zwanzig-Kilo-Rucksack auf dem Rücken. Zugführer Bierer ruft:»Da vorne ist das Kloster Hegne, Männer, jetzt wird gesungen! ›Spieß voran, drauf und dran, setzt auf Klosters Dach den roten Hahn!‹«

Der Zug stimmt ein, allen voran Hasso. Er liebt sein neues Leben. Er war noch nie Teil einer Gruppe, hatte wenig Freunde und ist seit der Scheidung seiner Eltern praktisch Einzelkind.

Sein älterer Bruder wohnt beim Vater, er blieb bei seiner Mutter. Die Kameraderie unter den Jungmännern ist rau aber herzlich. Hasso ist ein guter Schüler und ein hervorragender Sportler. Bis auf den Schlagballweitwurf, da kommt sogar Anton weiter. Fünfundzwanzig Meter, lächerlich! Aber er ist ein talentierter Skiläufer, obwohl er vor Reichenau noch nie auf Brettern stand. Im Skispringen auf dem Exerzierplatz schlägt er alle. Gerd, Anton und er haben aus gerollten Schneebällen eine kleine Schanze gebaut, der hinter dem Platz aufsteigende Hügel ist ideal für dieses Unterfangen.

»Ich muss mal.«

Anton kneift die Augen zusammen, beißt sich auf die Unterlippe. Hasso blickt zu Gerd rüber, der seufzt: »Du weißt doch, Anton, Austreten nicht erlaubt.«

»Ja, ja, aber …«

Anton stolpert. Hasso greift ihn unter dem Arm, sagt: »Halt durch, Bruder, wir sind fast bei den Gräben, da kannst du pinkeln.«

»Zu spät.«

Antons Gesicht entspannt sich. Ein würziger Geruch steigt auf, Herbig guckt kurz verlegen. Hasso rümpft die Nase.

»Igitt!«

Aber Gerd lacht.

»Kann ja mal passieren. Genieß die Wärme, Kleiner. Und keine Sorge, das friert sofort, da sieht man nicht mal einen Fleck.«

Stimmt, auch Hasso hat diese Erfahrung schon gemacht, die groben Winteruniformen halten so einiges aus. Sie gelangen zu den Schützengräben, die sie seit ein paar Tagen ausheben.

»Skier ab, Spaten raus!«, befiehlt Zugführer Bierer, ein kastenförmiger Physik- und Chemielehrer mit rotem Glatzkopf. Seine Schüler gehorchen. »Männer, wie ihr wisst, der Feind schläft nicht, die Jungs von der SS-Schule Radolfzell bereiten sich eifrig auf den Angriff vor. Also, haut rein, die Verteidigungslinie muss bis zum Sonnenuntergang stehen!«

Was für ein Spaß! Die Geländespiele, die von der NPEA Reichenau veranstaltet werden, sind ein großes Vergnügen. Eigentlich ist die Schule auf der Bodenseeinsel eine »Marine-Napola«, aber Segeln wird nur theoretisch unterrichtet, es fehlen die Boote. Also werden aus den verhinderten Matrosen Infanteristen, der Zug wurde zuerst am Luftgewehr und dann am Kleinkaliber ausgebildet – Anton und Hasso sind echte Kunstschützen. Zuletzt wurde die Munition knapp, aber auf die Kollegen von der SS-Schule hätten sie sowieso nicht geschossen. Leider gab es noch keinen »Feindkontakt« mit den Radolfzellern, Hasso, Gerd und Anton können es kaum erwarten. Die drei Freunde schaufeln fleißig, vor allem Hasso genießt das Gefühl der körperlichen Ertüchtigung, er fühlt seine Muskeln wachsen. Soll der Schlotterbeck doch kommen, zumal er Gerd Molineus an seiner Seite weiß. Gerd sieht aus wie Siegfried der Drachentöter aus seinem Nibelungen-Sammelband. Plötzlich hört Hasso ein lautes Geräusch am See. Sind das Schüsse? Sein Herz fängt an, laut zu klopfen, eine aufgeregte Spannung erfasst seinen Körper, jetzt geht es los! Dass die Radolfzeller schießen, ist ihm allerdings nicht ganz geheuer. Verunsichert schaut er auf zum Zugführer, sucht nach einer Erklärung, aber Herr Bierer scheint mindestens genauso überrascht. Er greift zum Fernglas, hält es in die Richtung, aus der die Schüsse kommen. Dann lässt er es ruckartig fallen, taumelt mit ausgestreckten Armen ein paar Schritte rückwärts. Stolpernd dreht er sich um und beginnt zu laufen. Ohne sich noch einmal umzublicken, verschwindet er zwischen den Bäumen. Die Schule ist eigentlich in genau der entgegengesetzten Richtung. Fragend sehen die Jungmänner einander an, stützen sich auf ihre Spaten. Albert Schlotterbeck ruft spöttisch: »Typisch Akademiker, hat Angst vor ein paar SS-Schülern. Wir sind vorbereitet, was, Leute?« Aber Gerd schüttelt den Kopf.

»Das sind nicht die Jungs aus Radolfzell, die würden nicht schießen, da ist was anderes los.« Auch Hasso hat Zweifel.

»Und warum läuft der Bierer vom See weg, Reichenau liegt IM See. Wir sollten zur Schule zurückgehen.«

Albert brüllt: »Quatsch, das sind nur die Startschüsse für das Geländespiel, jetzt geht es endlich los.«

Aber noch während er den Satz sagt, schlägt neben ihm eine Kugel in den Baum, zerfetzt mit einem lauten Knall Rinde und Stamm. Ein paar mehr Kugeln zischen den Jungmännern um die Ohren. Voller Panik flüchten die Schüler tiefer in den Wald, weg vom Ufer. Hasso versucht sie aufzuhalten.

»Nein, wir müssen zum Damm, Reichenau liegt in dieser Richtung.«

Er zeigt in die Richtung, aus der die Schüsse kommen. Albert kreischt: »Bist du verrückt, Keller, da werden wir abgeknallt.«

Der Trupp läuft weiter. Anton meldet sich.

»Wir müssen zurück zu den Schützengräben, da sind wir sicher.«

»Das waren die Franzosen und ihre marokkanischen Kettenhunde!«

»Im Winter '45? Es tut mir leid, Frau Keller ...«

»Sagen Sie Charlotte. Frau Keller war meine Schwiegermutter.«

»Schön, Charlotte, aber das stimmt nicht: Tatsächlich ist die 1. Französische Armee unter General Jean de Lattre de Tassigny zusammen mit der 4. Marokkanischen Gebirgsdivision erst im April '45 zum Bodensee vorgerückt.«

»Papperlapapp, das war im Winter, warum wären Hasso und seine Kameraden denn sonst auf Skiern unterwegs gewesen!«

Dieser Logik hat Toygar zunächst nichts entgegenzusetzen. Als ihm etwas einfällt, ist die Keller schon zwei Gedanken weiter.

»Haben Sie studiert, junger Mann?«

»Ja, wieso? Erst Geschichte, und dann war ich an der Henri-Nannen-Schule für Journalismus.«

Die Keller stülpt wieder die Unterlippe nach vorn, bläst sich die Haare aus der Stirn.

»Ah, Journalist. Das erklärt einiges.«

»Wie meinen Sie das?«

»Nun, Sie sind offensichtlich durchaus gebildet. Gleichzeitig laufen Sie rum wie eine Figur aus einem Charles-Dickens-Roman.«

»Charles Dickens?«

»Die abgewetzten Lackschuhe. Das Loch in ihrem Dinnerjacket. Das antike iPhone.«

»Welches Loch?«

Toygar untersucht seinen Leih-Smoking.

»Da, am Ellenbogen.«

Er dreht den Arm, tatsächlich, da ist ein Riss im schon fadenscheinigen Polyester, auf der anderen Seite ist es auch bald so weit.

»Der ist nur geliehen.«

»Ja klar, aber wo? Bei Aldi?«

Die Keller lacht über ihren kleinen Witz. Toygar wird kurz wütend.

»Mal darüber nachgedacht, dass ich vielleicht gar nichts anderes als Journalist sein will? Soll ich mit Drogen dealen, so wie die Dinç-Brüder? Die haben keine Löcher in ihren Tuxedos!«

»Nun seien Sie mal nicht so empfindlich. Ich beliebte zu scherzen.«

Aber Toygar ist noch sauer.

»Mein Vater hat seine Heimat verlassen, sich ein Leben lang krumm gemacht, um mir und meiner Schwester eine bessere Zukunft zu ermöglichen. Er wollte immer, dass wir etwas Vernünftiges lernen, einen Abschluss machen. Pappa hat meine Ausbildung finanziert, und der schönste Tag in seinem Leben war, als ich feierlich mein Abschlusszertifikat überreicht bekommen habe.«

Charlotte blickt Toygar mit großen Augen an. Sie ist offensichtlich leicht erschrocken über seinen Gefühlsausbruch. Er beruhigt sich.

»Entschuldigung, ich hätte nicht laut werden sollen.«

Die Keller schüttelt den Kopf.

»Das ist schon in Ordnung. Ein bisschen Leidenschaft steht Ihnen ganz gut.«

»Sie können das vielleicht nicht verstehen. Wir Kinder mit Migrationshintergrund machen nicht immer unbedingt, was WIR wollen. Unsere Eltern haben so viel für uns aufgegeben, dass wir uns verpflichtet fühlen, das Leben zu leben, das sie sich für uns wünschen. Wir müssen IHRE Träume erfüllen, auch wenn es vielleicht gar nicht unsere eigenen sind.«

»Das verstehe ich besser, als Sie denken. Wir Nachkriegskinder sind auch nicht immer geworden, was wir uns vorgestellt haben. Hasso wollte eigentlich zum Zirkus.«

Jetzt muss Toygar lachen.

»Zum Zirkus?«

»Ja, aber das ist eine andere Geschichte. Jedenfalls hat er auf Skiern gegen die Franzosen gekämpft, das war sein Vorteil. Vor allem die Marokkaner waren ihm nicht gewachsen!«

Sie winkt Miriam.

»Noch einen Kaffee? Diesmal vielleicht mit Schuss, zur Beruhigung?«

Sie zwinkert Toygar zu, zieht eine kleine, bunte Flasche aus der Bademanteltasche und gießt ihm einen kräftigen Schluck in die Tasse.

»Cardenal Mendoza, mein Seelenwärmer.«

Hätten sie die Gräben doch bloß ein bisschen tiefer ausgehoben!

Albert und Gerd müssen in die Hocke gehen, sogar Hasso muss sich bücken, um nicht über den kleinen Schutzwall hinauszuragen. Nur Anton kann aufrecht stehen. Die Schützengräben liegen rechtwinklig zum Ostufer des Untersees, auf der für die französische Invasion vermuteten Marschroute auf Konstanz. Die Franzosen haben aufgehört zu schießen, aber es liegt immer noch eine gefährliche Spannung in der Luft. Es kribbelt Hasso unter der Kopfhaut, aber er bleibt ruhig. Ganz im Gegenteil zu Albert, der hektisch durch den Graben tigert. Er fängt an zu singen.

»SS marschiert in Feindesland
Und singt ein Teufelslied
Ein Schütze steht am Wolgastrand
Und leise summt er mit …«

»Psst, halt's Maul!« Gerd legt den Zeigefinger an die Lippen, aber Albert macht weiter.

»Wo wir sind, da geht's immer vorwärts
Und der Teufel, der lacht nur dazu
Ha, ha, ha, ha, ha!

Wir kämpfen für Deutschland
Wir kämpfen für Hitler.«

Bei »Deutschland« macht seine Stimme einen Hand-
standüberschlag, kommt erst bei »Hitler« wieder zurück in eine normale Männerlage. Er zeigt mit zit-
terndem Finger auf die kleine Truppe.
»So ein feines Aufgebot von aufrechten Deutschen,
der Führer wäre stolz auf euch!«
Diesmal vollführt sein Kehlkopf eine Sturzrolle
rückwärts, das »ü« in »Führer« klingt wie die Sirene
auf dem Dach ihrer Schule. Das finden wohl auch die
Vögel in den umliegenden Bäumen, sie verlassen flucht-
artig ihre Nester, steigen im Schwarm auf. Jetzt
kommt zur akustischen auch noch die visuelle Preis-
gabe ihrer eigentlich guten strategischen Position
auf einem kleinen Hügel. Gerd zischt: »Mann, da können wir ja auch gleich eine Leuchtpistole abfeuern!«
Er flüstert viel zu laut: »Ruhe jetzt!«
Aber es ist zu spät.

Im Gestrüpp vor ihnen hören sie Schreie in einer
fremden Sprache, es raschelt, dann stürmen drei
marokkanische Gebirgsjäger auf die Lichtung unter-
halb des Schützengrabens. Im ersten Moment ist Hasso
geblendet von den weißen Uniformen der afrikanischen
Soldaten. Sie tragen Pumphosen, darüber eine wallen-
de Djellaba, auf dem Kopf rote Feze. Um die Schultern
und über der Brust hängen goldene Patronengurte, an
den Hüften prangen Krummdolche. Die Männer haben
dunkle Gesichter mit noch dunkleren Schnurrbärten,
darunter blitzen weiße Zähne in der Sonne. Die Soldaten grinsen verwegen, zeigen mit grimmigem Blick
in Richtung der Jungmänner. Sie halten kleine silberne Maschinenpistolen in den Händen. Ohne Vorwar-

nung eröffnen sie das Feuer. Die Kugeln schlagen in den Schutzwall vor Hasso und Anton, die Erde spritzt, regnet auf die Schüler herab. Albert wirft sich hin, dabei landet er auf einer Holztür, die in den Boden eingelassen ist. Darunter befindet sich eine Waffenkiste, Albert schnappt sich eine Panzerfaust. Hasso ist entsetzt.

»Was machst du denn, lass das!«

Aber der junge Schlotterbeck lässt sich nicht aufhalten, er legt die Kanone auf die Schulter und lächelt grimmig.

»Männer, wisst ihr eigentlich, dass wir die letzte Verteidigungslinie des deutschen Reiches sind? Des Führers Speerspitze gegen die dreckigen Froschfresser und ihre afrikanischen Barbaren!«

Er blickt sich fragend um, aber der Rest der Truppe reagiert eher ratlos. Albert beginnt wieder zu singen:

»SS wird nicht ruh'n, wir vernichten
Bis niemand mehr stört Deutschlands Glück
Und wenn sich die Reihen auch lichten
Für uns gibt es nie ein Zurück
Wo wir sind geht's immer nur vorwärts …«

Mit einem Schrei steht er auf, klappt das Visier seiner Panzerfaust hoch. Gerd brüllt: »Nein!«

Aber ohne lang zu zielen drückt Albert Schlotterbeck ab. Das Feuer des Rückstoßes schießt mit furchtbarer Gewalt aus dem Ende der Waffe, trifft Gerd Molineus aus kürzester Distanz. Der wird von dem Druck umgeworfen, kollabiert an der Rückwand des Grabens. Wo vorher sein Gesicht war, ist nur noch eine blutige Wunde zu sehen. Anton gleitet das Gewehr aus den Händen. Er greift Hasso bei der Schulter, blickt ihn mit weit aufgerissenen Augen an, dann kippen ihm die Pupillen nach hinten. Er bricht ohnmächtig zusammen, bleibt auf dem Bauch liegen. Gleichzeitig pfeifen immer mehr Schüsse über ihre Köpfe hinweg. Albert lässt die Panzerfaust fallen, stolpert rückwärts, ächzt: »Und der Teufel, der lacht nur dazu, ha, ha, ha … so ein Mist!«

Dann fällt er ungebremst auf den Rücken, bleibt liegen. Auf seiner Brust öffnet sich eine rote Blüte, ihre Blätter breiten sich über seinen gesamten Oberkörper aus. Von unten hört Hasso mehr Schreie, die Marokkaner kommen näher. Er schüttelt Anton.

»Wach auf, Bruder, wir müssen hier weg!«

Anton rührt sich nicht. Hasso versucht ihn hochzuheben, aber sein Freund ist zu schwer, er kann ihn gerade mal in die stabile Seitenlage wuchten. Dann fasst er einen Entschluss.

Auf allen Vieren kriecht er seitwärts, dorthin, wo seine Skier stehen. Im Liegen schnallt er die Lederriemen über seine Stiefel, dann rutscht er auf dem Hintern zum Rand des Grabens. In der Hocke gleitet er den Hügel hinab, gerade noch rechtzeitig, denn die Marokkaner erscheinen auf dem Schutzwall.

Einer der Gebirgsjäger greift sich ein MG 42, klemmt sich die riesige Waffe unter den Arm. Er eröffnet das Feuer auf den flüchtenden Kindersoldaten. Aber der ist schon gute zwanzig Meter weiter, in Schlangenlinien hetzt er über die Lichtung. Die Marokkaner laufen ihm hinterher, aber sie haben weder die Erfahrung noch die Ausrüstung, um es im Schnee mit dem Spitzensportler Hasso Keller aufzunehmen. Sie rutschen in ihren Sandalen den Hügel hinab, landen immer wieder im Dreck. Sie fluchen, schießen wild um sich. Keine Chance, Hasso vergrößert den Abstand sekündlich, ist in Nullkommanix außer Reichweite. Am

Ufer angekommen, flüchtet er weiter in Richtung Norden. Er beginnt hemmungslos zu weinen. Die Tränen fließen ihm in den Mund, gefrieren auf seinen Wangen. Immer wieder stammelt er: »Anton, Anton …«

Ein umgefallener Baum versperrt den Weg, seine Wurzeln haben ein Loch im Boden aufgebrochen. Hasso kriecht in die Erdspalte, zieht ein paar Äste über sich. Er kann gerade noch die Skier abschnallen, dann wird er bewusstlos.

»Die Marokkaner trugen Sandalen? Und Krummdolche?«

»Junger Mann, ich würde es sehr begrüßen, wenn Sie meine Ausführungen nicht permanent infrage stellen würden.« Toygar hält sich die Hand vor den Mund.

»Natürlich, Sie haben recht. Normalerweise bin ich ein sehr guter Zuhörer, aber …«

Er betrachtet seine zitternden Finger.

»Ich bin so nervös, der Stress … entschuldigen Sie bitte.« Charlotte winkt ab, ihre Ringe klicken an ihrer Knollenhand. »Entschuldigung angenommen.«

Toygar steht auf, geht zum Fenster. Er schiebt die Gardine zur Seite, riskiert einen Blick auf die Gartenanlage und den dahinter liegenden Strand.

»Haben Sie Angst, dass Sie immer noch verfolgt werden?«

Toygar lacht verächtlich.

»Ich werde definitiv immer noch verfolgt. Celâl hat ganz bestimmt seine Söhne hinter mir hergeschickt. Und es ist nur eine Frage der Zeit, bis die mich aufgespürt haben. Bora ist nicht auf den Kopf gefallen und Cem zumindest hoch motiviert. Die werden über kurz oder lang den Trick mit dem Sprung vom Dromedar durchschauen. Oder das Tier ohne Reiter finden. Und dieses Altersheim …«

»Seniorenwohnanlage …«

»Diese Seniorenwohnanlage ist der einzige Gebäudekomplex in einem Umkreis von mehreren Kilometern.«

»Mmh …«

Charlotte schließt die Augen, massiert ihre Nasenspitze mit Daumen und Zeigefinger der rechten Hand.

»Ich habe eine Idee. Sind Sie auf Instagram?«

»Ja.«

»Haben Sie in Ihrem antiken iPhone ein Bild von zu Hause gespeichert, irgendwas aus Ihrem Viertel?«

Toygar zückt das Handy und durchforstet seine Fotos.

»Hier, ich habe gerade gestern ein Bild vom Istanbul 2 gemacht.«

»Perfekt. Dann posten Sie das jetzt und geben als Standort ›Berlin-Kreuzberg‹ ein. Schreiben Sie so was wie ›Zu Hause schmeckt's immer noch am besten‹ dazu.«

»Wie soll ich denn bitte in so kurzer Zeit nach Kreuzberg gekommen sein? Soweit ich sehen konnte, hatte das Dromedar keine Flügel.«

»Da machen Sie sich mal keine Sorgen. Die Leute glauben doch alles, was im Internet steht. Wer Kim Kardashians Hintern für echt hält, der wundert sich auch nicht darüber, dass Sie in drei Stunden von Damp nach Berlin gekommen sind. Falls ihre Verfolger überhaupt darüber nachdenken.«

Toygar schreibt, postet, steckt sein iPhone wieder weg. Charlotte grinst zufrieden.

»Das wird die Dinç-Brüder von Ihrer Fährte abbringen. So, und jetzt setzen Sie sich wieder.«

Toygar gehorcht, nimmt auf der Pianobank Platz. Die alte Dame reibt sich die Hände.

»Weiter geht's! Ja, die Marokkaner trugen Krummdolche. Und waren der Witterung in ihren Berberkostümen überhaupt nicht gewachsen.«

Kostüme? Berber? Toygar Bayramoğlu verkneift sich weitere Einwände. Die Keller begibt sich wieder in ihre Trance.

DIE **AUTOBAHN**

Die oberrheinische Tiefebene ist zum großen Teil kahl. Was die Deutschen nicht für ihre Öfen abgeholzt haben, ging als Reparationsleistung an die Franzosen. Man überblickt weite Flächen brachliegenden Landes, und darauf, dem Verlauf der Autobahn folgend, lange Menschenketten.

Hassos Blick schweift vom östlichen Rand dieser Einöde gen Westen. Mannheim liegt im fernen Hintergrund, davor die dunklen Silhouetten langsam gehender Gestalten, manche einzeln, andere in kleinen Gruppen oder auch in größeren Pulks. Sie marschieren in beide Richtungen, nach Norden und nach Süden, begegnen sich und werden zum Horizont hin immer kleiner. Die Schlange lässt die Köpfe hängen, es herrscht eine gespenstische Totenstille. Die Sonne scheint in einem kalten Gelb, es ist keine Wolke am Himmel.

Hasso schwitzt. Er hat immer noch die viel zu große Wehrmachtsuniform an, die ihm kurz vor der französischen Invasion ausgehändigt wurde. Die grobe Wolle kratzt am Hals, die Hose hängt im Schritt und scheuert an den Oberschenkeln.

»Ein Stück Brot in der Tasche ist besser als eine Feder auf dem Hut!«

Ein Schatten schiebt sich zwischen Hasso und die Sonne, die Luft füllt sich mit einem Aroma, das Hasso irgendwo schon mal gerochen hat. Ist das Knoblauch? Der Schattenmann deutet auf eine eckige Beule in seiner Hosentasche, Hassos erster Gedanke ist: Achtung, Pistole! Erschrocken springt er zurück und nimmt die Hände hoch.

»Nicht doch!«

Der Schatten hebt den linken Zeigefinger, dann schiebt er langsam die rechte Hand in die Tasche. Er zieht eine Tafel Schokolade aus der Hose.

»Lindt & Sprüngli aus der Schweiz. Willst du ein Stück?«

Jetzt sieht Hasso zum ersten Mal sein Gesicht. Zwischen tiefen Ringen funkeln knallblaue Augen, die Nase sieht aus wie eine ägyptische Pyramide. Seine Zähne sind braun-graue Stummel unter schmalen Lippen, er hat mehrere Zahnlücken. Der Schattenmann reißt die Schokolade auf, bricht eine Ecke ab.

»Hier, ist Vollmilch.«

Er ist ein kleiner, magerer Herr mittleren Alters mit kurzen schwarzen Haaren. Er trägt eine glänzende Offiziers-Uniform, von der aber alle Rangabzeichen abgetrennt wurden. Hasso hat das dumpfe Gefühl, ihn irgendwo schon mal gesehen zu haben. Obwohl ihn seine Mutter immer wieder vor fremden Männern gewarnt hat, greift er nach der Tafel. Schokolade schafft Vertrauen. Gierig verschlingt er die süße Köstlichkeit. Der Offizier lacht.

»Nicht so hastig, sonst verschluckst du dich noch!«

Er gibt Hasso die Hand.

»Gott zum Gruß, junger Mann. Mein Name ist Alois Matzelsberger.«

»Guten Tag.«

Der Offizier beugt sich vor, greift Hasso bei den Oberarmen.

»Lass dich mal ansehen. Wie alt bist du?«

Hasso antwortet wahrheitsgemäß: »Elf.«

Alois Matzelsberger mustert ihn eindringlich.

»Ja, das könnte passen.«

Je näher er kommt, desto stärker wird sein Geruch, Hasso schmeckt den Knoblauch auf der Zunge. Instinktiv weicht er zurück. Matzelsberger schüttelt den Kopf.

»Keine Angst, ich beiße nicht. Ich bin nurr ein einfacherr Soldat auf dem Weg nach Arrrgentinien.«

Er rollt alle drei »R«, spricht in einem gepressten Staccato, betont jede Silbe mit einer dramatischen Handbewegung.

Hasso fragt: »Argentinien?!«

Wie unter Schmerzen kneift Matzelsberger die Augen zusammen und zuckt mit den Schultern. Sein linker Arm beginnt zu zittern. Er ächzt, zischt durch die Zähne: »Ja, ich muss leider das Vaterland verlassen.« Er atmet tief durch, das Zittern lässt nach.

»Genug von mir. Was macht ein Junge in deinem Alter allein auf der Autobahn?«

»Ich will nach Hause, nach Hamburg. Aber erst marschiere ich nach Heidelberg, da soll es am Bahnhof eine Suppenküche geben.«

»Du hast Hunger, was?«

»Ja, großen, ich habe seit gestern nichts gegessen.«

Matzelsberger reicht Hasso die ganze Schokolade, der beißt in die Tafel, als wäre sie ein Wurstbrot. Alois nimmt ihm die Süßigkeit wieder weg.

»Langsam, langsam, die muss noch bis Heidelberg reichen.«

Er zeigt in Richtung Norden.

»Wollen wir?«

Die beiden brechen auf. Alois Matzelsberger humpelt, zieht leicht das linke Bein nach. Er sagt: »Du kommst von irgendeiner Napola, stimmt's?«

»Woher wissen Sie das?«

Matzelsberger zeigt auf Hassos Feldbluse. »Deine Schulterklappen.«

»Ja, ich komme vom Bodensee, Reichenau.«

Er hebt stolz das Kinn.

»Wir haben gegen die Franzosen gekämpft. Und ihre marokkanischen Späher!«

»Alle Achtung. Hattest du Feindkontakt?«

»Ja, die Marokkaner, aber ich habe keinen von den Derwischen erwischt.«

Hasso denkt an Gerd und Albert. Und an Anton. Er wird still. Matzelsberger fragt: »Kamerraden zurückgelassen?«

Mehr Staccato, wieder dieses extrem gerollte »R«.

»Drei. Einer lebte noch.«

»Mach dir keine Sorgen. Die Froschfresser behandeln ihre Kriegsgefangenen gut. Anders als die Russkis! Zeig mal deine Papiere.«

Zögernd reicht Hasso Matzelsberger den schon leicht zerfledderten Schein, den er bekommen hat, nachdem die französischen Soldaten ihn in seinem Erdloch gefunden hatten. Da war die Front schon lange an ihm vorübergezogen, Konstanz widerstandslos von den Franzosen eingenommen. Die Soldaten waren tatsächlich freundlich, haben ihn sogar auf dem Lastwagen bis nach Karlsruhe mitgenommen. Seitdem ist er zu Fuß unterwegs.

Alois Matzelsberger zeigt auf das Papier.

»Das ist ein ›Laissez faire‹. Habe ich auch. Der gilt aber nur in der französischen Besatzungszone. Damit kommst du nicht nach Hamburg.«

»Aha. Ich dachte, ich marschiere erst mal nach Frankfurt, von da ist es ja nicht mehr so weit nach Hause.«

»Geographie ist nicht gerade deine Stärke, was?«

»Ich kenne alle Orte am Bodensee auswendig. Im Uhrzeigersinn!«

»Sehr schön. Aber von Frankfurt sind es noch mal fünfhundert Kilometer nach Hamburg. Außerdem läufst du auf der Route zu weit östlich. Zu dicht an den Russkis. Und du musst dich durch die amerikanische Zone schlagen. Kein guter Plan. G.I. Joe ist nämlich auch nicht viel besser als der Iwan. Lauf lieber den Rhein runter, da bleibst du lange auf französischem Gebiet. Bei Remagen kommen dann allerdings die Tommys. Die sind zwar nicht so schlimm wie die Yankees, aber hängen bleibst du da ohne Passierschein trotzdem.«

Alois Matzelsberger hebt die flache Hand, macht eine zackige Geste in Richtung Nordwesten.

»Als Erstes musst du sowieso durch die Rheinwiesen! Da werden Hunderttausende unserer Kameraden von den Alliierten festgehalten. Die sterben wie die Fliegen. Es ist eine Schande!«

Er hält den Handrücken nach vorne, macht eine Kralle, lehnt sich ins Hohlkreuz. Er wirft den Kopf zurück, das Wort »Schande« unterstützt er mit einem Schütteln des ganzen Oberkörpers.

Die Geste kennt Hasso, jetzt weiß er auch, wo er den Mann schon mal gesehen hat: auf dem Heiligengeistfeld, seinerzeit mit seinem Vater. Allerdings trug Alois damals noch diesen komischen Schnurrbart. Natürlich, deshalb kam ihm auch der Geruch so bekannt vor. Es bricht aus ihm heraus: »Sie sind doch der Herr Hi…?«, aber bevor er den Satz vollenden kann, hält ihm sein Gegenüber die Hand über Mund und Nase.

»Pssst, Kamerad, diesen Namen gibt es nicht mehr. Ich bin Alois Matzelsberger.«

»Aber … aber ich dachte, Sie seien tot. Es hieß, Sie seien glorreich beim letzten Widerstand gefallen. Mit der Waffe in der Hand!«

Alois hält an, legt dem Weggenossen die Hand auf die Schulter.

»Das war mein Bruder. Oder besser Halbbruder. Der hat mich öfters mal vertreten. Mehr schlecht als recht. Aber zum Schluss hat er seine Sache gut gemacht.«

Der vermeintliche Führer legt die Stirn in tiefe Sorgenfalten, Hasso blickt ihm skeptisch in die darunter fast verschwindenden Augen.

Aber bevor er noch etwas einwenden kann, beginnt Matzelsberger leise zu singen: »Wir fahrr'n, fahrr'n, fahrr'n auf der Autobahn.«

Seine Miene hellt sich auf, er setzt sich wieder in Bewegung.

»Wir fahrr'n, fahrr'n, fahrr'n auf der Autobahn.«

Hasso bleibt stehen, ruft Alois hinterher: »Wir fahren doch aber gar nicht!«

Der angebliche Führer macht wieder die Kralle, winkt den jungen Keller zu sich. Er zwinkert ihm zu.

»Aber früher sind wir gefahren. Und wie! Ich erinnere mich gut, wie ich diesen Teil der Strecke eingeweiht habe. Auch da haben wir schon dieses Lied gesungen.«

Er wird lauter, sein kehliger Tenor presst die Töne heraus, am Hals schwellen ihm die Adern. Er begleitet seinen Gesang zackig mit den Zeigefingern,

dirigiert sich selbst. Wieder rollt er das »R«:
»Wirr fahrrr'n, fahrrr'n, fahrrr'n auf derr Autobahrrn!«

Hasso will ihn gerade korrigieren, Autobahn
schreibe sich ohne »R«, da fängt Matzelsberger an,
in die Hände zu klatschen.

»Komm, Soldat, mach mit, wer singt, dem tun die
Füße nicht so weh.«

Hasso zuckt mit den Schultern, dann stimmt er
ein: »Wirr fahrrr'n, fahrrr'n, fahrrr'n auf derr
Autobahrrn.«

Der womögliche Führer freut sich.

»Siehst du, geht doch. Apropos ›gehen‹ – das reimt
sich doch auch gar nicht auf Autobahrrn!« Die beiden wandern im Gleichschritt, halten den Takt mit
den Händen.

»Wirr fahrrr'n, fahrrr'n, fahrrr'n auf derr Autobahrrn. Wirr fahrrr'n, fahrrr'n, fahrrr'n auf derr
Autobahrrn.«

»Wir fahrrr'n, fahrrr'n, fahrrr'n auf der Autobahrrn.«

Charlotte gibt Stoff, sie schmettert das Lied mit operettenhaf-
tem Timbre. Toygar hebt die Hand.

»Sorry, Schweigegelübde schön und gut, aber bei Musik hört
der Spaß auf. Musik ist nämlich zufällig auch eins meiner Spezialgebiete: ›Autobahn‹ ist ein Stück der Gruppe Kraftwerk, Pioniere
der elektronischen Musik aus den späten Siebzigerjahren. Den
Song gab es 1945 noch nicht!«

»Schnickschnack, dieses Lied habe ich schon im Kindergarten
gesungen. Machen Sie mal Ihre Hausaufgaben: ›Autobahn‹ ist
Volkskunst, genau wie ›99 Luftballons‹ von Nena. Musik ist nämlich zufällig auch eins MEINER Spezialgebiete!«

Toygar gibt auf. Dabei hat er noch gar nichts zum Auftauchen
des mutmaßlichen Führers gesagt …

»*Der Herr der Ringe* gibt's auch als Buch?«

Cem bleibt stehen, blickt sich ungläubig um. Bora zuckt frustriert mit den Schultern, rollt die Augen gen Himmel, der immer dunkler wird.

»*Der Herr der Ringe* IST das Buch. Von J.R.R. Tolkien. Damit hat alles angefangen. Gibt's schon seit 1954. Danach haben sie die Filme gedreht und die Games designt.«

Bora sitzt mittlerweile auf Ömers Schultern. Sie rennen jetzt seit drei Stunden, und der kleine Mann ist für derlei Anstrengungen nicht geschaffen. Ömer hingegen scheint auch mit dem Extragewicht keinen Schritt langsamer zu werden. Er ist klitschnass geschwitzt, aber er balanciert weiterhin ohne Probleme seinen großen Bruder im Huckepack, hält ihn an den Unterschenkeln fest. Ömer stinkt wie ein Bär, sein strenger Geruch weht zu Cem rüber, der im Wind steht. Zur Sicherheit hebt der jüngste Dinç den linken Arm, schnuppert an seiner Achselhöhle. Das AXE-Deo hält weiterhin, was es verspricht. Er erklärt: »Na, ich finde jedenfalls die Filme besser!«

Bora schüttelt nur den Kopf, aber diesmal hat sogar Ömer aufgepasst.

»Wie willst du denn das wissen? Du hast das Buch doch gar nicht gelesen!«

Cem kontert: »Wenigstens KANN ich lesen.«

Touché! Ömer leidet an Dyslexie, kann weder richtig lesen noch schreiben. Er sprintet vor, verpasst seinem kleinen Bruder einen kräftigen Tritt in den Hintern.

»Ich hab das Hörbuch gestreamt, du Blindgänger!«

Bora haut Ömer mit der flachen Hand über den Schädel. »Schnauze jetzt!«

Er zeigt auf die Hufspuren.

»Was macht unsere Fährte?«

Cem geht wie ein Trapper in die Knie, steckt den Zeigefinger in den nächsten Abdruck.

»Immer noch nur zwei Gelenke tief.«

»Okay, dann weiter.«

Die Gefährten setzen sich wieder in Bewegung. Cem kneift die Lippen zusammen. Schnauze jetzt? Maul halten ist nicht so sein Ding. Für eine Weile umgibt ihn tödliche Stille, dann beginnen sich seine Sinne zu schärfen. Cem ist wieder Legolas Grünblatt. Er hört das Knirschen seiner Schuhe im Sand, das Meeresrauschen von links, den aufkommenden Sturm von oben, Ömers Keuchen hinter ihm. Nur rechts passiert nichts, das grasbewachsene Kliff schluckt jeden Klang. Auch die Gerüche jenseits seines Bärenbruders erreichen seine Nase, Salz und rottender Seetang, sein eigener Atem, der ihm zurück ins Gesicht schlägt. Außerdem spürt er die Elektrizität, mit der sich das Unwetter ankündigt. Die Luft britzelt, die Haare an seinen Unterarmen richten sich auf. Cem zählt an den Fingern ab: Hören, Sehen, Schmecken, Tastsinn, Geruchssinn. Und womit fühlt man das Wetter? Elektrizitätssinn? Plötzlich ist er rechts nicht mehr taub, das Kliff verschwindet im Boden, die Landschaft öffnet sich. Ungefähr hundert Meter entfernt taucht eine Wohnanlage auf. Cem konzentriert sich wieder auf die Fährte. Ist es nur das schwindende Licht oder sind die Spuren tiefer geworden? Er hält an, steckt wieder den Finger in einen der Hufabdrücke. Drei Gelenke! Er hebt beide Arme, schüttelt die Hände.

»Bora, Bora, die Spuren werden tiefer!«

Ömer bleibt stehen. Gemeinsam gehen die Brüder zurück, finden den Punkt, an dem die Abdrücke schlagartig flacher werden. Bora steigt von Ömers Schultern.

»Hier ist es. Hier ist der Knaller abgestiegen. Allerdings seh ich sonst keine Spuren.«

Er untersucht den Boden um die Dromedar-Abdrücke herum. Nichts. Cem zeigt in Richtung Westen auf die Wohnanlage. »Lass uns da anfangen zu suchen. Ins Meer ist er ja wohl kaum gelaufen.«

Ömer und Cem nehmen Kurs auf den Gebäudekomplex, Bora folgt zögernd. Immer wieder sucht er nach Fußabdrücken. Er spricht mit sich selbst: »Kann der Typ fliegen?«

Nach gut fünfzig Metern erreichen die Brüder festen Boden. Von einem Asphaltkreisel gehen drei schmale Straßen ab, die mittlere führt zum Eingang der Wohnanlage. Über dem Tor steht in geschwungener Schrift:

Zu Hause im Lilienhof

Als sie näherkommen, erkennen sie, dass die Tür einen Spaltbreit geöffnet ist. Schring! Boras Handy imitiert den Klang einer Registrierkasse, er holt es aus der Tasche, blickt auf das Display.

»Halt, stopp, wartet mal eben!«

Er grinst verschlagen.

»Ich hab vorhin bei Instagram die Benachrichtigungen für Toygar angestellt und Bingo! Der Idiot hat tatsächlich gerade gepostet. Er ist in Berlin!«

Er hebt triumphierend das Handy hoch, dann hält er es sich an den Mund.

»Hey Siri, ruf Baba an.«

Nach einer kurzen Weile erklingt Celâl aus dem Lautsprecher: »Was gibt's? Wo seid ihr?«

»Wir sind ein ganzes Stück nördlich von Damp, immer noch am Strand. Aber Toygar ist lange weg. Baba, der ist schon in Kreuzberg. Der Blödmann hat seine Location auf Instagram gepostet! Ein Foto aus dem Istanbul 2!«

Celâl bellt: »Nisel.«

Bora senkt die Augenbrauen, guckt seine Brüder fragend an. Die zucken mit den Schultern. Celâl fährt fort:

»Seine Schwester, Nisel. Die ist nämlich auch nicht mehr zu finden. Polnischer Abgang. Ich wette, die hat Toygar abgeholt und ist mit ihm zurück nach Berlin gefahren.«

Bora nickt.

»Das kommt hin, Baba. Toygar ist irgendwo hier vom Kamel gesprungen, wir haben es an den Spuren erkannt.«

»Okay, bleibt, wo ihr seid, ich lasse euch abholen. Wo ist das Kamel?«

»Das ist einfach weitergelaufen.«

»Verdammt, das ist nur geliehen. Das wird teuer! Jetzt kommt erst mal zurück zur Hochzeitsfeier, dann sehen wir weiter. Schreib mir die Adresse, ich schicke Emirhan, der kennt sich hier aus.«

Bora hängt auf. Cem flüstert: »Dromedar.«

Ömer fragt: »Was?«

»Das ist kein Kamel, das ist ein Dro... ach, verdammt.«

Er setzt sich neben seine Brüder auf den Bordstein.

DAS **U-BOOT**

»Wie heißt du eigentlich, junger Mann?«

Hasso antwortet brav: »Hasso. Hasso Keller.«
Matzelsberger hebt die flache Hand.
»Heil Hasso!«
»Heil … äh, Alois? Matzelsberger?«
»Sehr richtig. Ich bin Alois Matzelsberger. Und
niemand sonst. Das ›Heil‹ lassen wir aber in Zukunft
besser weg.«
Eine Gruppe Reisender kommt ihnen entgegen, Matzelsberger stellt seinen Uniformkragen auf und vergräbt sein Kinn darin. Er spricht durch den Jacken-
stoff.
»Pass auf, mein lieber Hasso, du hast ein Problem.«
»Habe ich?«
»O ja, denn du hast nur Papiere für die französische Zone. Ich hab's dir schon gesagt, ab der Goldenen Meile ist für dich Schluss.«
»Die Goldene Meile?«
»Ja, so heißt das Kriegsgefangenenlager in Remagen. Ohne Passierschein für die englische Seite
kommst du da nicht durch. Zum Glück habe ich hier
ein entsprechendes Papier.«

Matzelsberger holt ein gefaltetes Dokument aus der Innentasche seiner Uniform, zeigt es seinem jungen Reisegefährten. Der liest, aber er versteht nicht.

»Was soll das? Dieser Schein ist auf Alois Matzelsberger jr. ausgestellt. Der ist zwar genauso alt wie ich, aber ich heiße Hasso Keller!«

»Ja, aber fällt dir was auf?«

Hasso denkt scharf nach.

»Nein.«

Matzelsberger nimmt das Dokument, wedelt es vor Hassos Augen hin und her. Er triumphiert: »Kein Foto!«

Das Gesicht des mutmaßlichen Führers erfährt eine schlagartige Verwandlung. Eben noch wohlwollender älterer Herr mit Hang zur Schrulle, nimmt es plötzlich fast schon teuflische Züge an. Alois Matzelsberger grinst wie ein böser Clown, seine Stimme bekommt einen giftigen Unterton, er zischt wie eine Schlange.

»Was hältst du von einem kleinen Tauschgeschäft, junger Keller?«

»Was denn für ein Tauschgeschäft?«

Hassos Weggefährte bleibt stehen und faltet die Hände vor der Brust.

»Weißt du, selbst mit meiner neuen Identität bin ich höchst verdächtig. Die Alliierten sind immer noch misstrauisch, ob sie wirklich MEINE Leiche im Führerbunker gefunden haben. CIC, MI6 und der KGB halten weiterhin die Augen offen nach Männern in meinem Alter, vor allen Dingen, wenn sie alleine reisen.«

Er drückt dem jungen Keller den Zeigefinger auf die Brust.

»Einen Vater mit Sohn aber verdächtigt keiner. Ergo: Alois Matzelsberger jr.«

Bei Hasso fällt der Groschen.

»Sie wollen, dass ich Ihren Sohn spiele!?«

»Sehr richtig. Vater und Sohn Matzelsberger in trauter Zweisamkeit, Junior und Senior auf der Flucht aus dem schönen Ostpreußen.«

»Wieso denn Ostpreußen?«

»Das ist unsere Hintergrundgeschichte. Wir kommen aus Königsberg, wir wurden von der Roten Armee vertrieben. Mamma ist tot, deine Schwester wurde von den bösen Russkis verschleppt. Die Tränendrüsennummer zieht immer.«

»Ich weiß nicht …«

Matzelsberger schaltet wieder um auf väterlicher Freund. Der vermutliche Führer säuselt: »Ach komm schon Kamerad, eine Hand wäscht die andere. Freie Passage in die britische Zone, wenn du erst mal drin bist, kann dich keiner mehr aufhalten. Die Tommys besetzen den gesamten Norden, inklusive Hamburg.«

Hasso ist nicht überzeugt. Er setzt sich wieder in Bewegung, lässt den eventuellen Führer stehen. Der ruft ihm hinterher: »Soll ich dir mal mein U-Boot zeigen?«

Hasso bleibt stehen.

»Ihr was?«

Matzelsberger holt auf.

»Meine Unterwasserjacht. Meine Fähre in die Freiheit, das schönste Rettungsboot der Welt! Und das schnellste!«

Er greift wieder in seine Uniformjacke, diesmal holt er ein kleines Foto hervor.

»Hier, das ist sie, die ›Eva Braun‹. Gebaut in der Kriegsmarinewerft Wilhelmshaven, für den Fall der Fälle; um mich nach Argentinien zu bringen. Ist sie nicht ein absolutes Traumschiff?«

Hasso bleibt stehen und betrachtet die Fotografie. So etwas hat er noch nicht gesehen. Das Bild ist in

Farbe, eine Hochglanzschicht reflektiert das Licht der über der Autobahn untergehenden Sonne. Die »Eva Braun« liegt im Dock vor einer Hafenkulisse mit diversen Zerstörern und Fregatten. Sie ist wirklich ein Traumschiff. Obwohl, Schiff ist eigentlich das falsche Wort. Sie sieht aus, als hätte jemand die Rakete aus *Tim und Struppi: Reiseziel Mond* waagerecht ins Wasser gelegt und darauf ein Periskop befestigt. Hasso ist begeistert. Die »Eva Braun« funkelt in einem leuchtenden Rot, am Bug hat ein Kunstmaler orange-gelbe Flammen aufgepinselt. Die Flanke ziert ein rot-weißes Karomuster, am Heck ragt eine spitze Flosse wie eine Haifischfinne aus dem Hafenbecken. Es bricht aus ihm heraus: »Mann, sieht die super aus!«

»Großartig, oder? Habe ich selbst entworfen!«

Alois Matzelsberger streichelt die Fotografie mit zwei Fingern.

»Das war 1943. Da war der Krieg noch nicht verloren.«

Er verschränkt die Arme vor der Brust und legt den Kopf in den Nacken.

»Pass auf, Soldat, ich mach dir einen Vorschlag: Warum nehm ich dich nicht einfach mit? Wir fahren den Rhein hoch, an der Nordsee biegen wir kurz rechts ab und fahren zur Elbe-Mündung. Von da aus ist es nicht mehr weit bis zum Hamburger Hafen. Ich bring dich bis vor die Haustür. Was meinst du?«

Er streckt Hasso die Hand entgegen, der überlegt kurz, dann schlägt er ein. Der höchstwahrscheinliche Führer klopft ihm auf die Schulter.

»So ist's recht, Matzelsberger junior. Eine gute Entscheidung!«

Die beiden Wanderer machen sich wieder auf den Weg. Hasso blickt auf seine neuen Papiere, er ist immer noch ein bisschen misstrauisch.

»Das hatten Sie doch die ganze Zeit geplant, oder? Unser Zusammentreffen war kein Zufall!«

Matzelsberger spitzt die Lippen.

»Ach, weißt du, Junge, das darfst du nicht persönlich nehmen. Auf der Autobahn stromern so viele Waisen herum, es hätte auch jeden anderen treffen können. Sieh es doch mal positiv: Hasso Keller bleibt auf den Rheinwiesen stecken, Alois Matzelsberger jr. aber fährt in der schicken ›Eva Braun‹ nach Hause. Wer von beiden ist besser dran?«

Plötzliches Schnarchen. Die Keller ist wieder eingeschlafen. Toygar ist leicht benommen. Die alte Dame schwebt irgendwo zwischen *Unternehmen Petticoat* und *Jojo Rabbit*. Eine U-Boot-Rakete im Tim-und-Struppi-Design, und das bereits 1943? Kam *Reiseziel Mond* nicht erst zehn Jahre später raus? Aber all sein Fachwissen hilft ihm hier nicht weiter. Charlottes Geschichte ist zwar überaus unterhaltsam, aber offensichtlich frei erfunden. Trotzdem kann sich Toygar ihrer hypnotischen Erzählweise kaum entziehen, taucht immer tiefer in ihr magisches Universum ein. Er zückt sein iPhone. Schon fast 18 Uhr! Er hat über Charlottes Erzählungen nicht nur die Zeit, sondern auch seine Flucht vollständig vergessen. Oder verdrängt.

Gülşen Dinç ist nicht zu trösten.

Sie sitzt am Rand der Tanzfläche, blickt mit glasigen Augen auf die Bühne. Die Band spielt »It's Only Love«, aber die Braut kann mit den Beatles nicht viel anfangen.

»Was ist das bloß für eine bescheuerte Musik? Die ganze Zeit dudelt diese Oldie-Mucke. Können die nicht mal was von The Weeknd spielen? Oder wenigstens Robin Schulz?«

Cem hockt sich vor sie auf den Holzboden, er hat ihr ein Glas alkoholfreie Erdbeerbowle geholt.

»Was hast du gegen die Beatles? Die haben tolle Songs geschrieben. Baba ist großer Fan, er hat alle Platten auf Vinyl. Läuft bei uns zu Hause durchgehend.«

»Was ist denn Vinyl?«

»Oh, das sind diese schwarzen Plastikscheiben, hast du bestimmt schon mal gesehen. Die legt man auf einen Plattenspieler und dann drehen die sich. So hat man früher Musik gehört.«

»Was du nicht sagst.«

Gülşen lässt den Kopf hängen und kaut an ihren Fingernägeln.

»Scheiß Toygar!«

Cem nimmt ihr Kinn in die Hand und schenkt ihr ein aufmunterndes Lächeln.

»Nun mach mal nicht so ein langes Gesicht. Dein Zukünftiger hat sicher nur kurz kalte Füße bekommen, das ist ganz normal bei Hochzeiten. Der kriegt sich schon wieder ein.«

»Wer's glaubt, wird selig.«

Cem gibt nicht auf.

»Ich wette, wenn wir ihn erstmal gefunden haben, wird er ganz schnell einsehen, dass er einen Fehler gemacht hat. Vertrau mir, der ist im Handumdrehen wieder da.«

Gülşen wirft wütend ihren Plastikbecher auf die Tanzfläche. Sie schnauft: »Ja ja, schon klar.«

Sie reibt sich die nackten Oberarme.

»Mir ist kalt.«

Ohne zu überlegen, steht Cem auf und zieht sein Jackett aus. Er legt es Gülşen um die Schultern. Die zuckt zusammen, das hat sie nicht kommen sehen. Erst zieht sie ärgerlich die Augenbrauen zusammen, aber dann lächelt sie.

»Danke.«

Sie schließt das Sakko vor der Brust und zwinkert ihm mit ihren Smaragdaugen zu.

»Was für ein Kavalier. Vielleicht hätte ich lieber dich heiraten sollen.«

Mit einem leisen Kichern steht sie auf und verschwindet in Richtung der Zelte. Cem blickt ihr hinterher, es geht ihm nicht gut. Wird er krank? Seine Hände zittern, ihm steht der kalte Schweiß auf der Stirn. Dazu kommt dieses seltsame Kribbeln im Bauch, als hätte jemand da drinnen ein paar Schmetterlinge freigelassen. So hat er sich nicht gefühlt, seitdem er sich in Mulan, das Mädchen aus dem alten Disney-Streifen, verliebt hat. Da war er sechs. Wie hieß noch mal das Lied aus dem Film? Ach ja! Er murmelt in seinen Dreitagebart: »›Eine Frau, für die ein Kampf sich lohnt‹.«

»Cem, Ömer, kommt her, ihr Missgeburten!«

Celâl Dinç steht mit Bora und dem Bürgermeister von Damp 2000 an der Tanzfläche. Emirhan Büyükburç schwitzt, er knetet die eigenen Hände, als wären sie Teig, die Knöchel sind schneeweiß, die Fingerkuppen tiefrot.

»Celâl, das kann ich nicht machen, wir haben Sommergäste, Damp ohne Strand ist wie Istanbul ohne die Hagia Sophia.« Celâl Dinç verzieht keine Miene.

»Emirhan, ich glaube, ich muss dich nicht daran erinnern, dass du überhaupt nur Bürgermeister bist, weil ich deinen Wahlkampf finanziert habe. Also pass gut auf: Die Zimmer sind ab sofort bis Sonntag gebucht, und so lange bleiben auch die Zelte stehen. Ende der Diskussion.«

Büyükburç wimmert nur leise, er weiß, dass er keinen Verhandlungsspielraum hat: Der Berliner Kingpin hat ihn komplett in der Hand. Cem und Ömer stoßen zu den drei Männern. Celâl wendet sich an seine Söhne: »Okay, ihr Stinker: Wahrscheinlich ist der Bräutigam zurück nach Berlin geflohen. Wer so dämlich ist, seine Position per Instabook zu verbreiten …«

»Instagram.«

Cem korrigiert seinen Vater. Der herrscht ihn an: »Halt's Maul! Noch mal: Wer so dämlich ist, seine Position per Instagram zu verbreiten, wird bestimmt nicht schwer zu finden sein. Ihr fahrt sofort los, bringt Toygar hierher zurück, egal wie! Die Hochzeit findet statt, auch wenn der Bräutigam im Rollstuhl sitzt!«

»Willkommen zu Hause. Es ist 18 Uhr und damit Zeit für unser Abendessen.

Genießen Sie heute Schaschlik mit Pommes Frites und dazu ein Glas Rotwein ›Fleur-de-lis‹. Zum Nachtisch dann ein Stück Rhabarber-Torte oder alternativ ein Schälchen Pistazien-Pudding.«

Mit einem Ruck wird Charlotte Keller wieder wach.

»Mmmh, Rhabarber-Torte. Mein Leibgericht. Was gucken Sie denn so entgeistert? Haben Sie den Antichrist gesehen? Soll Miriam mal Ihren Blutdruck messen?«

Sie schnippt mit den Fingern.

»Miriam, kommst du mal eben? Was machst du da eigentlich die ganze Zeit?«

Miriam steht wieder an der Küchentheke. Sie blickt von ihrem Magazin auf.

»Sudoku.«

»Na gut. Würdest du dem jungen Mann bitte kurz die Manschette anlegen?«

Toygar hebt abwehrend die Hände.

»Nein danke, mir geht es gut. Ich … mir ist nur gerade wieder eingefallen, warum ich eigentlich hier bin. Ich war so in Ihrer Story, ich habe völlig vergessen, dass da draußen halb Berlin hinter mir her ist.«

»Papperlapapp, halb so wild. Ihre Lage ist verzwackt, aber nicht aussichtslos. Da war Hasso in viel größeren Schwierigkeiten. Der Zweite Weltkrieg war keine Butterfahrt! Aber er ist nie verzagt! Im Gegenteil, es war sein großes Abenteuer. Welcher Elfjährige hat schon die Chance, bei derart weltbewegenden Ereignissen dabei zu sein? Das hat sein ganzes Leben geprägt.«

»Das kann ich mir vorstellen.«

»Klar, Sarkasmus, die letzte Verteidigung des intelligenten Mannes.«

»Nein, so war es nicht gemeint. Ihre Story war mitreißend, sie haben den kleinen Hasso so plastisch entworfen, als würde er hier im Raum stehen.«

»Plastisch entworfen? Okay, ab sofort war ich aber dabei, kann mich selbst erinnern. Bislang habe ich Hasso meine Stimme gegeben, jetzt erzähle ich Ihnen meine eigene Geschichte. Bude-li-budeli-budeli-budeli.«

Charlotte spielt wieder die pantomimische Harfe.

**Es ist nicht das erste Mal,
dass ich einen Elefanten reite.**

Ich sitze heute auf Shiva, einer indischen Elefantendame. Der vierzehnjährige Hagenbeck-Enkel Dietrich hat sie vom Zoo mitgebracht, er thront auf ihrer Mutter Maya. Sein Großvater hat die Dickhäuter zur Verfügung gestellt, sie sollen die ganz großen Holzbalken aus den Trümmern ziehen.

»Moment, Moment, das geht mir jetzt ein bisschen arg schnell. Wir waren noch gar nicht fertig mit den Rheinwiesen. Hat es Alois Matzelsberger zu seinem U-Boot geschafft? Es wurde gerade spannend!«

»Junger Mann, damit ich eins mal gleich klarstelle: Wir sind hier nicht in Hollywood! Wenn Sie Action-Kino wollen, mit harten Kerlen, die sich nicht nach Explosionen umdrehen, dann sind Sie bei mir an der falschen Adresse. Geschichte wird nicht nur von Männern gemacht. Und schon gar nicht von vermeintlich großen Männern.«

»Das weiß ich doch. Aber trotzdem, bitte: Ist Hasso gut nach Hause gekommen?«

»Sie lassen aber auch nicht locker! Also gut: Vater und Sohn Matzelsberger gelangten ob ihrer guten Tarnung und den entsprechenden Papieren ohne Probleme durch die Goldene Meile ans Rheinufer bei Remagen. Dort tauchte just im richtigen Moment kurz vor Mitternacht das kunterbunte U-Boot ›Eva Braun‹ auf, und zwar trotz der tückischen Strömungen, die gerade zu dieser Jahreszeit die Flussschifffahrt auf dem Rhein extrem schwierig gestalteten. Bei Vollmond und klarer Sicht gelang es den beiden Abenteurern, mit Hilfe einer Klappbrücke vom Ufer auf das schwankende Deck zu gelangen. Aber der Führer wäre nicht der Führer gewesen, wenn er sein Wort gehalten hätte – bei Cuxhaven schmiss er Hasso raus. Vom Turmdeck winkte er noch Adieu, dann transportierte die ›Eva Braun‹ ihn in sein Exil bei Bariloche in der argentinischen Schweiz. Hasso verbrachte den Rest der Reise die Elbe hoch auf einem Fischkutter. Aber ja, er kam zurück nach Hamburg.«

Die Keller schnippt mit den Fingern.

»Zufrieden? Oder brauchen Sie noch ein paar brennende Hubschrauber oder Schurken, die mit dem Messer im Mund aus einem Schlammloch auftauchen?«

»Nein, ist ja schon gut. Ich wollte das nur zu Ende bringen. Bitte machen Sie weiter.«

TRÜMMER**MÄDCHEN**

Es klopft an der Wohnungstür.

Miriam verschwindet kurz im Flur, kommt zurück mit einem violetten Plastik-Tablett. Sie stellt es vor Charlotte auf den Kaffeetisch, die Keller beugt sich vor, nimmt die Haube vom Teller. Sie rümpft die Nase.

»Schaschlik mit Pommes Frites – die Köchin hat wohl früher im Imbiss gearbeitet.«

Sie schiebt den Teller rüber zu Toygar.

»Möchten Sie? Ich halte mich lieber an die Rhabarber-Torte.«

Toygar nickt, er ist hungrig, hat seit dem Frühstück keine Nahrung zu sich genommen. Miriam schenkt der alten Dame eine weitere Tasse Kaffee ein. Charlotte freut sich.

»Ah, Kaffee aus Äthiopien. Der beste der Welt. Miriam, gib dem Herrn Bayramoğlu mal den Prospekt.«

Miriam öffnet eine Schublade in der Küche, kramt einen Moment, dann reicht sie Toygar eine vergilbte Broschüre mit dem Titel »Köstlicher Kaffee aus Äthiopien – jetzt auch in Hamburg«. Unter dem altertümlich geschwungenen Schriftzug lächelt eine afrikanische Familie in bunter Stammestracht in die Kamera.

»Das sind die Gebretsadik aus Tigray. Die Broschüre habe ich selbst gestaltet!«

Die Keller beginnt erneut mit ihrem Singsang.

1947

»Negerkrause, Negerkrause!«

Den Kindern aus der 2a fällt auch wirklich nichts Neues mehr ein. Die sind bloß neidisch. Die fahren mit dem Fahrrad nach Hause, aber ich, ich werde von zwei Elefanten abgeholt!

»Was ist das denn für ein Mantel?«

Mechthild Rothaug lässt sich von den Dickhäutern nicht einschüchtern. Ich antworte stolz:

»Das ist ein Dufflecoat von Ladage & Oelke!«

»Ja? Sieht eher aus wie die Wolldecke, die meine Mutter neulich in die Mülltonne geworfen hat. Passt aber hervorragend zu deinem Pulli. Kotzgrün ist ja DIE kommende Modefarbe!«

O Mann, Mechthild ist wirklich nicht sonderlich originell. Unter ihrem blonden Pony stehen die blauen Augen gefährlich dicht beieinander, der dümmliche Gesichtsausdruck wird verstärkt durch die permanent hochgezogene Oberlippe, die ihre leicht vorstehenden Hasenzähne entblößt. Aber sie ist immer adrett gekleidet, auch heute glänzt sie in einem rosa Rüschenkleid mit weißer Bluse, dazu trägt sie himmelblaue Ballarinas. Ihre Seitenzöpfe werden von Schleifen im gleichen Blau gehalten. Der puppenhafte Eindruck wird durch die rote Paillettentasche verstärkt, die sie sich keck über die Schulter geworfen hat.

»Zum wievielten Mal hat deine Mutter eigentlich den stinkenden alten Pullover von deinem Opa aufgeribbelt, um dir ein paar neue Laibchen zu stricken, häh?«

Schallendes Gelächter. Wir stehen vor meiner Grundschule in der Löwenstraße in Hamburg-Eppendorf, die Kinder aus meiner Klasse kennen keine Gnade. Vor allen Dingen, weil Mechthild Rothaug recht hat. Mein

Dufflecoat ist nicht von Ladage & Oelke, dem noblen Modegeschäft am Neuen Wall. Meine Mutter Coco hat ihn tatsächlich aus einer alten Wehrmachtsdecke genäht. Sie ist Schneidermeisterin und verdient ihr Geld mit Änderungsarbeiten und sonstigen kleinen Aufträgen. Ihre Spezialität ist es, aus alten Pullovern und anderen Strickwaren neue Kleidungsstücke zu machen. Dafür löst sie die Maschen der teilweise antiken Klamotten und gewinnt so die Wolle zurück, die sie anschließend mit Shampoo wäscht. Dann strickt sie daraus frische, flauschige Pullis, in die sie bevorzugt mich und meine Schwester Helene steckt. Ich liebe meine Kleider, aber im Vergleich zu meinen Mitschülern in der Löwenstraße sind wir bitterarm. Wegen eines Verwaltungsfehlers bezieht Coco Knoop keine Kriegswitwenrente, deshalb muss sie viel härter arbeiten als die anderen Mütter meiner Klassenkameraden, deren Männer nicht von der Front zurückgekehrt sind.

Eppendorf war vor dem Krieg eine gut situierte Gegend, und trotz der »Operation Gomorrha« (bei der die Engländer mit ihren Bombenangriffen 1943 fast siebzig Prozent der Stadt zerstörten), ist der Stadtteil wieder auf dem besten Weg zurück in den Wohlstand. Inklusive höherer Töchter mit Prinzessinnen-Syndrom.

»Hey Negerkrause, stimmt es, dass in eurer Wohnung in jedem Zimmer mindestens vier Leute leben?«

Stimmt leider, meine Mutter muss untervermieten. Unser Haus in der Breitenfelderstraße ist eines der wenigen unversehrten Gebäude in der Gegend, und so können wir in unserer Wohnung Familien aufnehmen, mit denen es das Schicksal nicht so gut meinte.

»Das nenne ich mal ein tapferes Schneiderlein!«

Obwohl Mechthilds dämliche Sprüche weder lustig noch gut formuliert sind, geschweige denn in irgendeinem erkennbaren Sinnzusammenhang stehen, fällt mir keine clevere Antwort ein. Zum Glück hebt just in diesem Moment Maya den Rüssel, trompetet zum Abmarsch. Wir gehen ein paar Meter, dann drehe ich mich zu den noch immer spottenden Mitschülern um.
»SchneiderMEISTERlein. Und sie näht mit goldenen Nadeln!«
Mechthild Rothaug lacht sich kaputt.
»Schon klar, Negerkrause! Jetzt reite mal deinen Elefanten heim nach Afrika!«
»Shiva ist eine INDISCHE Elefantin!«

Toygar wirft ein: »Negerkrause?«
Charlotte Keller zeigt mit beiden Zeigefingern auf ihre Haare. »Mein Spitzname bis zur siebten Klasse. Kinder können so grausam sein.«

Hamburg liegt in Schutt und Asche, aber ich finde es toll.

Von Eppendorf kann man bis nach Lokstedt schauen, dahinter ragen die Felsen der Löwenschlucht von Hagenbecks Tierpark auf. Das Afrika-Panorama aus Stahl und Beton unterscheidet sich kaum vom restlichen Hamburg. Die ganze Stadt ist eine riesige Löwenschlucht. Herrlich! Zwischen den Ruinen gibt es viel Platz für Shiva und ihre Kollegen, mit denen wir uns jetzt in der Fruchtallee in Eimsbüttel treffen. Die ganze Tierpark-Truppe ist im Einsatz. Neben Shiva und Maya arbeiten noch drei weitere Elefanten. Sie ziehen die dicken Holzbalken aus den Trümmern, stemmen sich gegen Mauerreste und stützen übergangsweise einsturzgefährdete Dächer. Außerdem sind vier seltene Rothschild-Giraffen im Dienst. Ihre extralangen Hälse wirken wie Kräne, sie bringen Ziegel aus den oberen Etagen zu den Trümmerfrauen, die am Straßenrand den Mörtel abklopfen. Das Klacken ihrer Spitzhacken mischt sich mit dem Schnaufen der konzentriert arbeitenden Menagerie.

Eine milchige Märzsonne scheint durch den staubigen Nachmittag, die Luft steht, es weht kein Lüftchen. Außer mir und den beiden Hagenbeck-Cousins Carl Claus und Dietrich sitzen der indische Elefantenpfleger Sanjay Khan und der Chef des Affenhauses, Kurt Koch, hinter den Elefantenohren und geben Anweisungen. Die Tiere sind mit Spaß bei der Arbeit, gehorchen aufs Wort. Shiva und ich sind ein gutes Team. Ich bin barfuß, habe die Schuhe an den Schnürsenkeln zusammengebunden und über die Schultern geworfen. Mit leichten Tritten dirigiere ich die Dickhäuter-Dame, führe sie zu den massiven Bohlen, die immer wieder aus dem Schutt ragen. Bevor Shiva ihren Rüssel um das Holz legt, befreien muntere Schimpansen sie von Nägeln und Splittern. Mukasa, der freundliche Berggorilla, lockert die teilweise festsitzenden Pfosten, hilft Shiva, die längeren Stücke beim Abtransport in der Waagerechten zu halten. Die Trümmerfrauen lieben den alten Silberrücken, der trotz seines furchterregenden Aussehens ein sehr friedlicher Zeitgenosse ist. Der muskulöse Menschenaffe ist der geborene Entertainer, immer wieder unterhält er die Damen mit seinen Kapriolen, macht Purzelbäume, schlägt sich scherzhaft auf die Brust, wirft Kusshände …

Charlotte greift einen Rahmen aus Birkenrinde vom Beistelltisch neben ihrem Lehnstuhl.

»Hier.«

Toygar blickt auf einen Elefanten, der inmitten einer Ruinenlandschaft einen großen Holzpfahl an zwei schweren Ketten hinter sich herzieht. Im Hintergrund hält ein weiterer Dickhäuter eine zerborstene Planke im Rüssel. Die Keller zeigt auf den hinteren Elefanten.

»Sehen Sie? Das da, das bin ich.«

Das Rüsseltier hat einen Reiter, aber Toygar erkennt nicht mal, ob es sich dabei um eine Frau oder einen Mann handelt.

»Und wo sind die Giraffen?«

»Die müssen Sie sich vorstellen.«

Feierabend. Nilay, der große Elefantenbulle, stößt in seinen Rüssel, signalisiert das Ende des heutigen Tagwerks. Die Tiere scharen sich um den grauen Riesen, der von Sanjay geritten wird. In freudiger Erwartung der Fütterung in den Stallungen, geht es flott die Lappenbergsallee hinunter, dann trampelt der Trupp auf der Kieler Straße weiter nach Norden. Die Straßen sind menschenleer, auf den Bürgersteigen treffen wir vereinzelt Leute, die uns fröhlich zuwinken. In Stellingen biegen wir rechts ab, erreichen Hagenbecks Tierpark. Es wird schon dunkel, als wir die Elefanten verpflegen. Shiva streicht mir dankbar mit dem Rüssel über die Wange. Ich gehe ihr kaum bis zum Knie, aber sie ist so sanft, ich habe nie Angst in ihrer Gegenwart. Ich tätschle ihre faltige Haut. Dietrich beobachtet mich interessiert.

»Du hast echtes Talent im Umgang mit den Dickhäutern. Du weißt, Elefanten sind sehr intuitiv, sie wissen, ob ein Mensch etwas Böses im Schilde führt. Sie können auch anders! Aber dir fressen sie aus der Hand.«

Wie zum Beweis klaut mir Shiva den Apfel, den ich eigentlich meiner Schwester mitbringen wollte.

Dietrich lacht und gibt mir einen neuen Boskop aus dem Futterkorb. Er ist wie ein großer Bruder für mich, ich kenne ihn schon mein ganzes Leben. Sein Onkel Carl Heinrich blieb auch nach der Enterbung meines Vaters sein bester Freund, und die Familie Hagenbeck hilft meiner Mutter seit Pappas Tod mit Helene und mir. Dietrich nimmt mich bei der Hand.

»Komm, ich bring dich noch zum Ausgang.«

Wir gehen durch den verlassenen Park. Die Notbeleuchtung ist angegangen, wir werfen lange Schatten in einer mondlosen Nacht. Plötzlich höre ich eine Kinderstimme rufen: »Hey! Hey du!«

Ich blicke mich um, sehe niemand auf dem Weg vor oder hinter mir.

»Was machst du denn auf der anderen Seite des Zauns?«

Jetzt erkenne ich, wo die Stimme herkommt. Unter einer gelben Laterne steht ein kleines Mädchen an einem Gatter, guckt mich mit großen Augen an. Ich sage: »Das Gleiche könnte ich dich fragen. Kinder haben in den Gehegen nichts zu suchen.«

»Gehege? Was meinst du damit?«

Dietrich mischt sich ein.

»Hey Afkarit, wie geht es dir?!! Das ist Charlotte, sie hilft uns mit den Aufräumarbeiten. Sie reitet Shiva.«

»WAS? Seit wann darf ein afrikanisches Mädchen im Elefantensattel sitzen? Das ist SO unfair!« Ich schrecke zurück.

»Was meinst du damit? Afrikanisches Mädchen? Ich bin aus Hamburg.«

Afkarit zeigt auf meine Haare.

»Du spinnst doch. Du bist Tigray, genau wie ich. Mir kannst du nichts vormachen.« Entgeistert blicke ich Dietrich an.

»Was ist Tigray?«

Der sagt: »Die Tigray. Das ist ein Volk in Äthiopien. Afkarit ist Teil der afrikanischen Völkerschau.«

»Völkerschau? Was ist das denn nun wieder?«

»Das Erfolgsrezept meines Großvaters. Schon seit vielen Jahren bringt der Tierpark Hagenbeck Menschen von überall aus der Welt in unseren Zoo, um sie der Öffentlichkeit zu zeigen. Letten, Indianer, Afrikaner. Auch Südseevölker und Eskimos waren schon hier. Was für die Tiere gilt, gilt auch für diese exotischen Völker: Die ›Exemplare‹ werden in ihrem natürlichen Habitat gezeigt. Die Tigray zum Beispiel leben in Original-Lehmhütten.«

»In denen es auch im März immer noch eiskalt ist!«

Afkarits Stimme überschlägt sich. Dietrich ignoriert sie. Er fragt: »Sag mal, hättet ihr vielleicht noch ein Tässchen Kaffee für mich? Charlotte, trinkst du Kaffee?«

»Nein, dafür bin ich noch zu jung.«

Afkarit lacht.

»Zu jung? Wie alt bist du, Charlotte?«

»Sieben.«

»Genau wie ich. In Äthiopien fangen die Kinder noch viel früher an, Kaffee zu trinken. Ich hatte meine erste Tasse schon mit fünf!«

Neugierig betrachte ich die Äthiopierin. Sie erscheint mir sehr erwachsen. Sie ist etwas dunkler, aber nicht viel größer als ich. Außerdem sieht sie mir tatsächlich ähnlich. Die gleiche kleine, schmale Nase, die vollen Lippen, die hohe Stirn. Und die gleichen Haare. Unter der gelben Lampe glänzen ihre dunkelbraunen Locken, die sie am Ansatz geflochten hat. Darüber türmen sie sich auf, genau wie meine. Auch funkeln ihre Augen in einem ähnlichen

Bernstein-Ton. Sie trägt ein sehr schickes, oranges Kleid mit daraufgestickten Glasperlen, darunter eine leuchtend weiße, offene Bluse, die am Revers ebenfalls mit bunten Perlen verziert ist. Auf der Stirn und über den Ohren hängt eine goldene Kette mit drei roten Steinen.

»Natürlich haben wir Kaffee für euch. Sanjay, Kurt und dein Cousin sind auch schon da.« Afkarit öffnet das Gatter, winkt uns herein. Ich frage: »Wozu eigentlich der Zaun? Ihr seid doch keine wilden Tiere.«

Die Äthiopierin lacht.

»Das erzähl mal den Zoobesuchern! Wir sehen es aber eher als Schutzwall gegen die übergriffigen Hanseaten. Du glaubst nicht, wie oft mir die Leute in die Haare fassen wollen. Das ist eine echte Krankheit.«

Kenne ich. Solange ich denken kann, stecken mir Freunde und Verwandte, sogar wildfremde Passanten die Finger in die Frisur, rufen entzückt: »Fühlt sich toll an!«

Auch ich kann darauf gut verzichten. Wir folgen Afkarit in ihr »Gehege«. Auf einer kleinen Weide stehen ein paar graue Kühe mit großem Buckel und langen Hörnern. Sie kauen friedlich. Dietrich sagt: »Das sind Zebus. Früher war das ganz allein ihr Gehege.«

Hinter den Zebus stehen drei rotbraune Hütten. Sie haben spitze Strohdächer und keine Fenster. Aus dem mittleren Häuschen klingt Gelächter, die Tür ist offen, Kerzenlicht flackert. Ein großer Mann in einem langen, beigen Kaftan mit Kapuze tritt vor die Hütte.

»Ah, Tochter, du bist zurück. Und du bringst mehr Gäste! Kommt rein, kommt rein. Hallo junger Dietrich – wer ist deine Begleitung? Ich dachte, ich kenne hier alle Ausstellungsstücke im Park.«

»Hallo Tesfaye. Nein, Charlotte gehört nicht zum Zoo. Sie kommt aus Hamburg.«

Tesfaye wendet sich an mich: »Bist du sicher, dass du keine Tigray bist?« Ich nicke, dann schüttele ich den Kopf. Tesfaye sagt: »Na gut, dann geh ich mal die Zebus melken. Bin gleich zurück.«

Wir betreten die Hütte. Der Raum ist klein, die Decke niedrig. An einem runden Esstisch sitzen neben Sanjay, Carl Claus und Kurt drei weitere Äthiopier. Eine erwachsene Frau, ein Junge und ein Mädchen, beide im Teenager-Alter. Dietrich stellt vor: »Charlotte, das sind die Gebretsadiks, Gebretsadiks, das ist Charlotte Keller.«

Die Frau schüttelt meine Hand.

»Willkommen, ich bin Shitaye, das sind meine Kinder, die Zwillinge Merhawit und Tafari, meine kleine Afkarit hast du ja wohl schon kennengelernt.«

Es ist ein lustiger Anblick. Die zwei Hagenbeck-Boys sind blond und tragen fleckige, kurze Lederhosen mit Hirschhornknöpfen. Carl Claus ist ungefähr so alt wie ich, beide Jungs sind trotz der allgemeinen Lebensmittelknappheit eher übergewichtig. Dietrich hat ziemliche Pickel. Neben ihnen sitzt der vierschrötige Kurt Koch, er hat eine Glatze mit einem grauen Haarkranz. Auch dem hochgewachsenen Sanjay Khan gehen die Haare aus. Er muss irgendwann mal einen Betriebsunfall gehabt haben, denn er kann sich nicht mehr ganz aufrichten, steht und sitzt immer gebückt, zieht die rechte Schulter hoch. Beide Männer sind um die fünfzig, tragen die olivgrünen Pflegeruniformen des Tierparks. Gegen diese Trolle sehen die Äthiopier aus wie Elfen. Ich habe noch nie so schöne Menschen gesehen. Die Mädchen und Shitaye leuchten in ihren bunten Kleidern, alle drei tragen Kopfschmuck in den Flechtfrisuren.

In seinem himmelblauen Kaftan erinnert mich Tafari an Aladin aus *Tausendundeine Nacht*, allerdings mit krauserem Haar. Er hat es an den Seiten kurz geschnitten, über seiner Stirn steht es noch mal um gut eine halbe Kopflänge nach oben. Shitaye sagt: »Komm Charlotte, setz dich zwischen uns.«

Ich gehorche, sitze den Hagenbecks gegenüber. Carl Claus bemerkt: »Zwischen den Gebretsadiks fällst du gar nicht auf.«

Tatsächlich fühle ich mich sofort wohl, geborgen, zu Hause. Viel mehr zu Hause als unter meinesgleichen in Eppendorf. Tesfaye kommt zur Tür rein.

»Nachschub!«

Äthiopischer Kaffee mit Zebu-Milch ist wie Weihnachten und Geburtstag an einem Tag.

So etwas Köstliches habe ich noch nie getrunken. Auch der Rest des Tisches genießt den von Shitaye und Tesfaye servierten Heißgetränk-Mix. Tafari hat mir und Carl Claus je einen kräftigen Schuss Honig in die Tasse gerührt, das süße Gebräu rollt mir die Kehle runter wie flüssiges Geschmacksgold. Kurt Koch seufzt.

»Kaffee. Es gibt nichts Besseres gegen Hunger!« Tesfaye schmunzelt.

»Davon können meine Leute ein Lied singen. Wir Äthiopier haben den Kaffee erfunden. Und den Hunger.«

Ich frage: »Wieso?«

Tafari antwortet: »Kaffee kommt ursprünglich aus dem abessinischen Hochland, aus dem längst vergangenen Königreich Kaffa im Norden von Äthiopien. Da kommt aber auch der Hunger her, denn mein Land wird

Jahr für Jahr von Dürren und Überschwemmungen heimgesucht. Ihr denkt, euch geht es nach dem Krieg schlecht? Da lach ich nur, denn ihr bekommt Lebensmittelmarken für immerhin 1250 Kalorien am Tag. Davon träumt der Äthiopier!«

»Warum sprecht ihr eigentlich so gut Deutsch?«

Merhawit erklärt: »Wir sind hier aufgewachsen. Mamma und Pappa sind schon vor fünfzehn Jahren nach Deutschland gekommen. Der Vater von Carl Claus hat sie nach Hamburg eingeladen.«

Shitaye lächelt.

»Meine Kinder waren noch nie in Äthiopien.«

Charlotte Keller nimmt einen großen Schluck aus ihrer Lilienhof-Kaffeetasse.

»O du äthiopischer Kaffee! Du meine einzige Sucht! Seit jenem Tag im März 1947 bin ich abhängig. Leider kann ich Ihnen keine Zebu-Milch anbieten. Die gibt es nicht im Lilienhof-Shop.«

Afkarit und ich sitzen vor dem Elefantenhaus.

In den letzten Monaten ist sie meine beste Freundin geworden, ich verlebe so viel Zeit mit den Gebretsadiks, dass meine Mutter schon eifersüchtig wird. Allerdings hat die sowieso nie Zeit für mich, verbringt die Tage mit Anstehen nach rationierten Lebensmitteln und die Nächte mit dem Nähen und Stricken von Kleidungsstücken, für die sie sich von ihren Kunden mit Kippen bezahlen lässt. Zigaretten sind die Währung, mit der Coco Knoop auf dem Schwarzmarkt am Hansaplatz in St. Georg ihre wirklichen Einkäufe tätigt. Von ihrem letzten Schwarzmarkt-Trip hat Mamma mir eine Tafel Schokolade mitgebracht, die ich jetzt mit Afkarit teile. Aber meine Freundin

scheint keinen rechten Appetit zu haben. Ich frage:
»Was ist los?«

»Ach Charlotte, die Frage ist eher: Was ist nicht los? Bei uns bricht gerade alles zusammen.«

Ich nehme ihre Hand.

»Na was, das kann doch gar nicht so schlimm sein. Die Sonne scheint, wir haben Schokolade …«

»Nein, unsere Probleme kann keine Schokolade der Welt lösen.«

Wir schweigen. Vor uns liegt ein riesiger Elefantenhaufen, aus dem ein paar weiße Krokusse sprießen. Ich zeige auf die Blüten. »Siehst du, Afkarit: Dem Krokus ist es ganz egal, dass er in einem Scheißhaufen wächst. Hauptsache, die Nährstoffe stimmen. Was dem Krokus der Elefantenkot, ist für uns die Vollmilchschokolade!«

»Mein Gott, Charlotte, du bist so eine unverbesserliche Optimistin! Aber unsere Probleme sind um einiges größer als dieser Elefantenhaufen. Der Tierpark ist halb zerstört, und die Völkerschau ist das Letzte, was die Menschen sehen wollen. Die Hagenbecks schrammen immer gerade so an der Pleite vorbei, und gestern hat Carl Heinrich meinem Vater eröffnet, dass wir wohl zurück nach Abessinien müssen. Ha, zurück! Ich war ja noch nie da. Und Äthiopien macht gerade wieder eine Hungersnot durch. Da geht überhaupt nichts. Aber ohne Beschäftigung gibt es keine Aufenthaltsgenehmigung.«

»Beschäftigung?«

»Ja, wir sind offiziell Schausteller; Artisten, so wie Clowns im Zirkus. Meine Eltern waren Angestellte der Firma Carl Hagenbeck. Das ist jetzt vorbei. Wenn Mamma und Pappa nicht bald einen Job finden, fliegen wir raus aus Deutschland. Ausweisung, Abschiebung, lauter so hässliche Worte.

Aber was sollen sie machen? Sie haben die letzten fünfzehn Jahre ja eigentlich nur Kaffee gekocht.«
Ich schnippe mit den Fingern.
»Ich habe eine Idee!«

»Idee? Was für eine Idee?«
Die Keller trumpft auf: »Sie halten sie in den Händen!«
Toygar blickt wieder auf die Broschüre. Jetzt erkennt er die Gebretsadiks: Vater Tesfaye, Mutter Shitaye, davor Merhawit und Tafari, ganz vorne die kleine Afkarit. Sie sehen exakt aus wie Charlotte sie beschrieben hat, sogar die Outfits stimmen. Er ist kurz geblendet: was für unfasslich attraktive Menschen! Die Keller zirpt: »Die Tigray – das schönste Volk der Welt! Jetzt klappen Sie mal auf.«
Der Prospekt ist eigentlich nur ein Faltblatt, vier bedruckte Seiten. Innen sieht man mehrere Fotos, die zeigen, was man heute einen »Food Cart« nennt. An der Theke stehen Shitaye und Tesfaye. Dazu sieht man einen Handwagen, der von den Teenagern und Afkarit geschoben wird. An den Vehikeln sind große Schilder angebracht, darauf wird »Original Äthiopischer Kaffee«, »Das Zaubermittel gegen Hunger« und »Jetzt mit Zebu-Milch« angepriesen. In der Broschüre selbst wird die Geschichte Kaffas und die besondere Wirkung des Wundergetränks aus dem Abessinischen Hochland erklärt. »Nicht schlecht, oder?«
Die Keller ist zufrieden. Und schläft ein.

Die Braut kaut Kaugummi.

Wieder zwinkert sie Cem zu, der vor ihr neben seinem Vater und Emirhan Büyükburç auf der Bühne steht. Celâl Dinç hat die Gäste auf der Tanzfläche versammelt, jetzt tritt er ans Mikrofon, umschließt es mit seiner massigen Hand. Eine mörderische Rückkopplung fährt durch die Lautsprecher, schockt das Publikum, auch Cem zuckt zusammen. Gülşen steckt sich die kleinen Finger in die Ohren. Sie formt die Lippen zu einem großen »O«, dann lächelt sie vielsagend. Dabei lässt sie die Augen nicht von Cem, hält ihn fest mit ihrem Blick. Flirtet sie mit ihm? Celâl nimmt die Hand vom Mikro, räuspert sich.

»Liebe Gäste, es scheint, als hätte unser Bräutigam nicht nur kurzfristig kalte Füße bekommen. Aber keine Sorge, wir wissen, wo er sich aufhält: Mein zukünftiger Schwiegerneffe wurde eben in Kreuzberg gesichtet. Ich habe vollstes Vertrauen, dass er morgen hier in Damp mit der bezaubernden Gülşen vermählt wird.«

Er zeigt auf die Braut.

»Es kann sich bei Toygar nur um eine Form von temporärem Wahnsinn handeln, denn wer würde nicht alles geben, um so ein entzückendes Geschöpf zu ehelichen. Ich bin mir sicher, dass der Bräutigam das bei seiner Rückkehr sofort einsehen wird. Und bis dahin feiern wir weiter, als wäre nichts geschehen.«

Celâl legt den Arm um den Bürgermeister von Damp.

»Mein guter Freund Emirhan hier ist so großzügig und stellt uns Strand und Hotel bis Sonntag zur Verfügung. Diese Gelegenheit solltet ihr für einen kleinen Kurzurlaub nutzen.«

Er grinst diabolisch.

»Ich muss euch ja nicht daran erinnern, dass ihr mir alle auf die eine oder andere Art verbunden seid.«

Leises Murren im Publikum. Celâl hebt beide Zeigefinger.

»Ich empfehle euch dringlichst, mögliche Pläne für das Wochenende zu verschieben. Ihr bleibt alle bis Sonntag! Also: Amüsiert euch, trinkt, esst, tanzt. Alles vom Feinsten, ich habe keine Kosten gescheut!«

Kein Widerspruch mehr von der Tanzfläche, an der Bar bildet sich eine neue Schlange.

»Help, I need somebody …«

Die Beatlelesques beginnen zu spielen. Cem wird auf einmal sehr traurig. Eben noch seine Traumfrau, ist Gülşen nun wieder die Braut eines anderen. Der auch noch zu seinem Glück gezwungen werden muss. Von ihm! Zusammen mit Ömer und Bora trottet er zu Celâls Audi Q7.

»Hey Cem, warte!«

An der Beifahrertür holt ihn Gülşen ein.

»Wusstest Du eigentlich, dass man seine Cousine heiraten kann? Schlimm, oder?«

Sie gibt ihm einen Kuss auf die Wange.

»Pass gut auf dich auf. Und komm schnell zurück.«

Cem wird knallrot.

»Bora, du Zwerg, komm her!«

Celâl pfeift seinen Ältesten noch mal zurück.

»Ja, Baba?«

»Das mit dem Rollstuhl war natürlich nicht ernst gemeint. Wir brauchen den Bräutigam in einem Stück, ist das klar?«

»Ist klar.«

»Also, alles ganz legal, keine krummen Dinger, okay? Und keine Extratouren, du verstehst?«

Er tippt sich mit dem Finger an die Nase.

»Wer dealt ist doof.«

»Wer dealt ist doof, ich weiß, Baba.«

»Pass auf deine Brüder auf.«

»Mach ich, Baba.«

»Hier, für Spesen.«

Celâl steckt Bora ein Bündel Hunderter in die Brusttasche.

»Und jetzt hau ab, du Niete.«

Die Eltern des flüchtigen Bräutigams stehen etwas abseits. Defne fragt: »*Auf die eine oder andere Art verbunden?* Hat Celâl hier eigentlich jeden in der Hand?«

Ihr Ehemann zuckt nur mit den Schultern.

»Scheint so.«

»Gilt das auch für uns?«

Latif schweigt, nimmt Kurs auf die Bar. Defne ruft ihm hinterher: »Hallo, gilt das auch für uns?«

Keine Antwort. Sie spricht mit sich selbst: »Da stimmt doch was nicht.«

Sie legt den Zeigefinger an die Wange, stützt den rechten Ellenbogen mit der linken Hand.

»Und das gilt auch für Toygar. Erst die Flucht auf dem Dromedar, und jetzt auf einmal in Berlin – wie soll denn das gehen? Der Junge ist doch gerade mal vier Stunden weg!«

»Der Kaffee ist verdammt gut. Stammt der wirklich aus Äthiopien?«

Miriam kann sich kurz das Lachen nicht verkneifen.

»Ja, Charlotte hat immer noch Connections nach Addis Abeba, importiert die Bohnen direkt. Hier, gerade vorgestern ist wieder eine Ladung gekommen.«

Sie wirft Toygar einen wattierten Umschlag zu. Der betrachtet das Couvert.

»Da steht sogar eine Absenderadresse drauf.«

Er liest: »›Gebretsadik. Fine Coffee. Since 1947.‹ Erstaunlich.«

»Nein, Hasso, tu das nicht, das ist viel zu gefährlich! Hasso …« Charlotte spricht im Schlaf. Oder wimmert eher.

»Hasso, nein. Nicht springen!«

Miriam schüttelt ihre Schulter.

»Charlotte, wach auf, du hast einen Albtraum. Charlotte!« Miriam blickt zu Toygar rüber.

»Das passiert manchmal. Sie bleibt hängen.«

Jetzt gibt sie der alten Dame kleine Klapse auf die Wangen, ohne Erfolg. Sie geht in die Küche, dreht den Wasserhahn auf. Sie kommt mit einem nassen Handtuch zurück, legt es Charlotte auf die Stirn. Die erwacht, kneift die Augen zusammen. Sie versucht, Toygar scharf zu stellen.

»Hasso, bist du das? Du sollst doch keine Kohlen mehr klauen!«

SALTO MORTALE

1948

Afkarit, Merhawit, Tafari und ich schieben den Kaf-
feewagen die Schröderstiftstraße hoch. An der Verbindungsbahn, die Altona und Hamburg, nun ja, verbindet, biegen wir rechts ab. Wir drücken den
schweren Handwagen über die Rentzelstraßen-Brücke.
Merhawit hebt die Hand. »Lasst uns eine Pause
machen.«

Wir stehen am Geländer, blicken in Richtung Westen hinab auf die Gleise. Neben uns lehnt ein großer, dicker Mann mit schwarzen Locken und einem
Schnurrbart, den er mit Wachs an den Enden nach oben
gebürstet hat. Rechts daneben sitzen zwei hochge-
wachsene Jungs auf dem Geländer, die ich auf ungefähr fünfzehn schätze. Beide tragen ihr Haar mäd-
chenhaft lang, der eine ist brünett, der andere
blond. Sie stecken in eng anliegenden Trainingsho-
sen und knappen Rollkragenpullovern, sind genau wie
der Schnurrbart-Mann ganz in Schwarz gekleidet. Ein
eiskalter Wind fegt um die Ecken, aber keiner von
ihnen trägt einen Mantel. Die beiden Jungs mustern
mich und meine afrikanischen Freunde. Der Brünette

sagt: »Na, ihr kommt wohl aus Äthiopien, oder?«
Afkarit fragt: »Woher weißt du das?«

Der Junge zeigt auf das Schild »Original Äthiopischer Kaffee«, knufft dem blonden Knaben den Ellenbogen in die Seite. Beide lachen. Ich hebe den Zeigefinger, tippe mir auf die Brust. »ICH komme aus
Eppendorf.«

Der Brünette hält inne.

»Was? Du siehst aber nicht so aus.«

Wohl wahr. Merhawit hat mir die Haare geflochten
wie die ihrer Schwester, außerdem trage ich eins
von Afkarits bunten Kleidern. Der brünette Junge
zwinkert mir zu.

»Ich bin übrigens Hasso Keller, und das sind mein
Onkel Don Carlo und sein Sohn Sascha Doria. Der da
unten ist mein anderer Cousin Mischa.«

Er zeigt auf die Gleise, wo ein weiterer Roll-
kragenträger auf einem Motorrad mit Beiwagen sitzt.
Er ist etwas älter, winkt mit der linken Hand, die
in einem festen Lederhandschuh steckt. Hasso winkt
zurück. »Zusammen sind wir die fliegenden Dorias.«

Ich frage verdutzt: »Ihr könnt fliegen?«

»Ja, pass mal auf.«

Unter uns fährt im langsamen Bummeltempo ein
Güterzug heran, er hat in offenen Waggons Kohle gela-
den. Don Carlo steckt Daumen und Zeigefinger der
rechten Hand in den Mund, pfeift dreimal kurz hintereinander. Die Dorias laufen zur Ostseite der Brücke. Zu meinem Entsetzen bleiben weder Hasso noch
Sascha stehen, springen ohne Warnung mit einem Kopf-
sprung über das Geländer. Mit einem lauten Schre-
ckensschrei renne ich hinterher, sehe gerade noch,
wie die beiden Jungs von der Oberleitung schwingen,
sich mit je einer Riesenfelge und einem Flugsalto in
die Waggons stürzen. Beide landen perfekt auf den

Füßen. Hasso verbeugt sich. Don Carlo schnauft: »Angeber!«

Mischa fährt langsam den kleinen Pfad neben den Gleisen entlang. Er bewegt sich im Tempo des Zuges. Wieder pfeift Don Carlo, diesmal vier kurze Töne. Mischa nimmt zwei Flechtkörbe aus dem Beiwagen, wirft sie Hasso und Sascha zu. Die füllen diese mit Kohle, schleudern sie zurück. Mischa schmeißt ihnen zwei weitere Körbe zu, schüttet den Inhalt der ersten zwei in den Beiwagen. Die beiden Akrobaten füllen die Behälter, sie landen erneut bei Mischa. Don Carlo steckt wieder die Hand in den Mund, diesmal erklingen zwei Pfiffe. Mischa wendet das Motorrad, die zwei Seilartisten springen zurück an die Oberleitung. Sascha macht einen Aufzug, Hasso eine lässige Kippe. Mit mehreren Riesenfelgen und ein paar Rückwärtssaltos schwingen sie entgegen der Zugrichtung von Kabel zu Kabel, landen im folgenden Waggon. Pfiffe, Körbe, Kohlen. Die drei Dorias bewegen sich kaum fort, wiederholen die Aktion zwei weitere Male. Dann schmettert Don Doria einen einzigen langen Pfiff. Mischa fährt die Böschung hoch, Hasso und Sascha schwingen sich wieder auf die Oberleitung, balancieren auf den Seitenstreben zurück zur Brücke. Mit einem beherzten Sprung landen sie auf dem Geländer, laufen wie zwei Seiltänzer auf dem schmalen Metallrahmen zurück zu den staunenden Äthiopiern und mir. Wir können nicht anders, wir müssen applaudieren. Diesmal verbeugt sich Sascha, Hasso macht einen dramatischen Hofknicks. Don Carlo winkt ab.

»Lasst das, Kinder, die Jungs sind eingebildet genug!«

Sascha zeigt auf unseren Wagen.

»Na, für die Vorstellung gibt es jetzt aber einen Kaffee, oder? Was ist eigentlich Zebu-Milch?«

Toygar lacht.

»Die fliegenden Dorias? So wie in der Fernsehserie aus den späten Sechzigern? *Salto Mortale* hieß die, glaube ich.«

»Ja, genau die. Die Familie Doria ist später als The Flying Dorias in der Zirkus-Welt sehr berühmt geworden.«

»Aber *Salto Mortale* war doch eine fiktive Story.«

»Quatsch, so was kann man sich doch gar nicht ausdenken. Das war eine Dokumentation. Haben Sie nicht die vielen Original-schauplätze erkannt, Marseille, Athen, Istanbul? Und den Trapez-akt der Dorias hätte man ja gar nicht schauspielern können. Die sind wirklich geflogen, das waren alles authentische Aufnahmen aus dem Circus Krone.«

Toygar schüttelt den Kopf.

»Baron Münchhausen dreht sich im Grab wie am Gyrosspieß: Das stimmt einfach nicht! Carlo Doria war ein fiktiver Charakter, gespielt von Gustav Knuth. Sascha war Horst Janson, Mischa Helmut Lange. Und einen Hasso gab es sowieso nicht, höchstens einen Viggo. Und den hat Hans-Jürgen Bäumler verkörpert.«

»Na bitte, da haben wir's ja: Sie haben einfach überhaupt keine Ahnung. Hans-Jürgen Bäumler war Eiskunstläufer, der hatte auf einem Trapez nichts zu suchen!«

Mischa Doria macht mir Angst.

Sein Gesicht ist übersät mit unzähligen kleinen Narben, seine linke Hand in dem braunen Handschuh ist eher eine Klaue, er hält sie seltsam gekrümmt am Körper. Immer wieder schielt er rüber zu Merhawit, lässt seine Schweinsäuglein über ihren wohlgeformten Körper gleiten. Als auch Tafari sein Starren bemerkt und ihm einen bösen Blick zuwirft, verzieht Mischa das Gesicht zu einem seltsamen, schrägen Lächeln, winselt wie ein Hund. Ich blicke beunruhigt zu Hasso hinüber, der beschwichtigt: »Keine Sorge, Mischa ist harmlos. Früher ist er auch gesprungen, war sogar der beste von uns. Leider war er etwas leichtsinnig und hat Don Carlos Regel Nummer 1 missachtet. Er hat sich einen heftigen Stromschlag geholt. Seitdem ist er nicht immer ganz bei uns.«

Tafari fragt: »Don Carlos Regel Nummer 1?«

Don Carlo streicht seinem ältesten Sohn über den Kopf.

»Kein Bodenkontakt, wenn man die Oberleitung berührt. Non è vero, Mischa, wenn man am Stromseil hängt, sollte man nicht nach dem Zugdach greifen!«

Mischa nickt, kichert.

»Ja Pappa, mach ich auch nicht noch mal.«

Er holt ein Päckchen Lucky Strikes aus der Hosentasche, klopft die Schachtel auf den ledernen Handrücken, bietet sie den Zwillingen an.

»Kippe?«

Die Gebretsadiks lehnen ab. Zu meinem Erstaunen stecken sich die fliegenden Dorias die Zigaretten in den Mund, Don Carlo zückt ein silbernes Feuerzeug, zündet sie an. Voller Panik schreie ich auf: »Was macht ihr denn, ihr verbrennt ja die Zigaretten, die sind doch viel zu wertvoll! Dafür bekommt ihr alles Mögliche auf dem Schwarzmarkt, Brot, Butter, Schokolade, vielleicht sogar Obst! Womit wollt ihr denn bezahlen? Seid ihr total verrückt geworden?«

Die Dorias brüllen vor Lachen. Sascha sagt: »Was wir damit machen? Wir rauchen sie natürlich, Dummchen. Dafür sind sie doch da. Das macht sie ja so wertvoll.«

Er inhaliert tief, bläst eine dicke Wolke Qualm in meine Richtung. Ich schnuppere.

»Darf ich auch mal?«

Hasso sagt: »Bist du dafür nicht noch etwas zu jung?«

Ich stemme die Faust in die Hüfte.

»Bist DU dafür nicht noch etwas zu jung? Außerdem: Ich bin alt genug, um Kaffee zu trinken, also werde ich ja wohl auch alt genug sein, um zu rauchen. Gib her!«

Hasso reicht mir seine Zigarette. Ich ziehe, muss sofort furchtbar husten. Wieder lacht die ganze Truppe. Sascha schlägt mir auf den Rücken.

»Lass das mal lieber, Kleine.«

Er nimmt mir die Kippe aus der Hand, will sie zurück an Hasso geben. Aber ich greife mir den Glimmstengel, inhaliere aufs Neue. Diesmal bleibt der Rauch in der Lunge. Schmeckt trotzdem scheiße. Tapfer mache ich weiter. Jetzt kommt Freude auf. Die Dorias feixen, applaudieren, feuern mich an. Hasso fragt mich: »Wie heißt du eigentlich?«

Ich keuche: »Char-lot-te.«

Ich fühle mich auf einmal so leicht, ein hohes Summen füllt meinen Schädel, ich glaube, ein paar Zentimeter über dem Boden zu schweben. Don Carlo knurrt: »Vai vai, Kinder, wir müssen weiter. Die Kohlen verkaufen sich nicht von selbst, die Talstraße ruft.«

Tafari horcht auf.

»Oh, der Schwarzmarkt in St. Pauli? Da wollen wir auch hin. Allerdings haben wir gehört, dass die Geschäfte nicht mehr so gut laufen.«

»Wer sagt denn so was?«

»Na ja, wegen der Währungsreform. Die Leute horten, halten die Waren zurück.«

Carlo bellt: »Sehe ich so aus, als würde ich irgendetwas zurückhalten? Heute ist der 20. Februar, wir haben weit unter null Grad. Die Leute frieren, ich habe Kohlen. Angebot und Nachfrage, capisci? Währungsreform, dass ich nicht lache. Politik ist für Memmen und Nieten. Für mich gilt das Recht des Stärkeren, das Gesetz der Straße! Klauen, Schmuggeln, Schachern. Geschoben wird immer, basta. Es lebe die freie Marktwirtschaft!«

Mir wird schlecht. Dabei weiß ich gar nicht, ob es sein unappetitlicher Vortrag oder die leichte Nikotinvergiftung ist, jedenfalls kotze ich dem Don ohne Warnung vor die Füße. Der springt zurück, verliert das Gleichgewicht, fällt beinahe um. Seine Söhne Mischa und Sascha halten ihn fest. Hasso reicht mir die Hand. »Komm her, Kleine, setz dich erst mal hin.«

Er hilft mir auf den Bordstein. Afkarit gibt mir einen Schluck Zebu-Milch aus der Thermoskanne. Es geht mir schon besser.

»SO haben Sie Hasso kennengelernt?«

»Ja, schon mit acht Jahren, ist das nicht romantisch?«

»Ich weiß nicht, zum Einstand haben Sie ja seinem Onkel auf die Schuhe gereihert.«

»Schnickschnack. Meine Mutter hat immer gesagt: ›Die besten Beziehungen beginnen mit einem Unfall‹. Bei der ersten offiziellen Verabredung mit meinem Vater hat sie sich so schlimm den Knöchel verstaucht, dass Pappa sie ins Krankenhaus bringen musste.«

»Wie ging es weiter mit Hasso?«

»Erst mal gar nicht. Die Dorias hatten es eilig, Kohlen verkaufen sich nur bei kalten Temperaturen. Hasso hat mich einfach auf dem Bürgersteig sitzen lassen. Ich habe ihn erst sieben Jahre später wiedergetroffen.«

DER **MOTORROLLER**

1955

»Na, rauchst du immer noch?«

Der schlaksige junge Mann im beigen Parallelo-Pullover wischt sich seine dunkelbraune Tolle mit einer verwegenen Kopfbewegung aus dem Gesicht. Ich denke: Kann ich das bitte noch mal sehen?, sage aber: »Wie meinen?«

Ich gehe weiter die Treppe runter, auf dem Absatz unter mir wartet der flotte Tollenwischer, grinst breit. Was macht dieser hübsche Mann im Haus meiner Mutter?

»Du bist doch Charlotte. Wir kennen uns von der Verbindungsbahn.«

Ich verstehe nur Bahnhof, aber der Typ gefällt mir trotzdem. Sehr sogar. Er sagt: »Die fliegenden Dorias?«

Jetzt fällt der Groschen.

»Hasso?«

»Genau der. Was machst du hier?«

»Was ich hier mache? Ich wohne hier. Im dritten Stock.«

»So ein Zufall. Oder auch nicht. Mein Kommilitone Kasper lebt hier, ich bin andauernd im Haus. Ich hätte dich eigentlich schon viel früher mal treffen müssen.«

»Vielleicht hättest du mich nicht einfach so auf dem Bürgersteig sitzen lassen sollen, dann wärst du …«

Ich bin wohl doch etwas aufgeregter als mir bewusst ist, denn Treppensteigen und gleichzeitig schnippische Bemerkungen machen überfordert mein Equilibrium. Ich stolpere, rutsche aus, stürze vorwärts. Zum Glück steht mir Hasso im Weg. Er breitet die Arme aus, stoppt meinen Fall. Er greift mich bei den Hüften, hält mich fest. Ich lande mit meinem Gesicht ganz dicht an seinem, spüre seinen Atem. Er schaut mir tief in die Augen.

»Hoppla!«

Ich werde dunkelrot, ich möchte mich jetzt nicht im Spiegel sehen. Das scheint Hasso aber nicht zu stören, er lehnt sich zurück, betrachtet mich ausgiebig. Sein Blick geht abwärts. Nase, Lippen, Kinn, Hals, Schultern, je tiefer seine grünen Augen wandern, desto mehr erfüllt mich ein intensives Kribbeln, eine angenehme Panik. So etwas habe ich noch nie erlebt. Seine Augen haben Hände, er berührt mich, ohne mich anzufassen. Sein Blick landet auf meinen Beinen, die in einer hellgrauen Wollstrumpfhose aus meinem grünen Faltenrock ragen. Was für ein Glück, heute trage ich meine Lieblingsklamotten, außer Rock und Strümpfen meinen flauschigen Mohair-Pullover und die blaue Kapuzenjacke, die Mamma mir aus einem alten Vorhang genäht hat. Nicht auszudenken, wenn ich Hasso gestern getroffen hätte, da hatte ich die schäbige Leinenhose an, die ich von meiner Schwester geerbt habe.

»Wie kommst du eigentlich darauf, dass ich dich auf dem Bürgersteig zurückgelassen habe? Wir haben euch doch noch bis zur Talstraße begleitet, Mischa hat dich sogar auf seinem Motorrad sitzen lassen.«

»Wie bitte? Das wüsste ich aber. Don Carlo blies zum Abmarsch, und weg wart ihr.«

»Vielleicht hat deine erste Zigarette doch mehr Schaden angerichtet als nur den kurzen Brechreiz: Wir haben euch definitiv nach St. Pauli mitgenommen und euch dann im Schwarzmarkt-Getümmel aus den Augen verloren.«

»Wirklich?«

»Ja, wirklich. Don Carlo hat sich noch große Sorgen um euch gemacht.«

»Ich dachte, dein Onkel mochte uns nicht.«

»Wie kommst du denn darauf?«

»Er war so griesgrämig … Hey, was ich damals nicht verstanden habe: Carlo ist ja offensichtlich Italiener, wie kann er dann dein Onkel sein?«

»Schweizer. Er ist mein angeheirateter Onkel, der Mann von Tante Tilla, der Schwester meiner Mutter. Aber die Dorias kommen ursprünglich aus Italien, das stimmt, aus Genua, um genau zu sein. Sie sind direkte Nachkommen des Admirals Andrea Doria. Du weißt schon …«

Er singt: »… aber sonst ist heute wieder alles klar, auf der Andrea Doria.«

Sein warmer Bariton bringt die Luft zum Schwingen, die Vibrationen durchdringen Vorhangstoff und Mohair-Wolle, landen unter meiner Haut, in meinem Herzen.

»Aber sonst ist heute wieder alles klar auf der Andrea Doria …«

Charlotte Keller schunkelt, trällert den alten Udo-Lindenberg-Hit mit fröhlicher Inbrunst. Sie ist in ihrem Element, wenn sie singt, fallen die Jahre von ihr ab, sie wird wieder zum sechzehnjährigen Mädchen. Aber Toygar kann nicht anders: »›Alles klar auf der Andrea Doria‹ von Udo Lindenberg kam erst 1973 raus. Den Song hat Hasso 1955 noch gar nicht kennen können!«

»Gott, sind Sie kleinlich!«

Hasso und ich stehen mittlerweile vor unserem Haus in der Breitenfelderstraße. Er holt eine Schachtel Luckies aus der Hosentasche, steckt sich eine Kippe in den Mund.

»Und, rauchst du noch?«

»Nicht noch, aber wieder. Meine ältere Schwester Helene hat's mir beigebracht.«

»Nicht ganz billig, oder?«

»Ach, bei uns im dritten Stock wohnt immer noch in jedem Zimmer ein Untermieter, da liegen reichlich Zigaretten rum.«

»Das heißt, ihr klaut?«

»Fragt der Mann, den ich beim Kohle-Diebstahl kennengelernt habe. Seid ihr immer noch im organisierten Verbrechen beschäftigt?«

Hasso schmunzelt.

»Du bist ganz schön kiebig, weißt du das? Nein, mit der Akrobatik habe ich aufgehört. Ich wollte ja eigentlich immer zum Zirkus, so wie die restlichen Dorias. Die arbeiten mittlerweile auch in der Manege, beim Circus Krone. Aber ich studiere Medizin. Das ist was Vernünftiges. Meine Position am Trapez hat mein jüngster Cousin Viggo übernommen.«

Hasso guckt mich mit seinen wassergrünen Augen an, wieder erfasst mich diese wohlige Nervosität. Ich weiß nicht, ob ich ihm um den Hals fallen oder weglaufen soll. Er bietet mir eine Lucky an.

»Was wurde eigentlich aus deiner anderen Schwester, wie hieß sie noch, Aquavit?«

Ich muss lachen.

»Afkarit!«

Wir rauchen.

»Sie war nicht meine richtige Schwester. Sie und ihre Familie sind zurück nach Addis Abeba gegangen, haben dort einen Kaffee-Export aufgezogen.«

Auf einmal beginnt das ganze Zimmer zu leuchten.

»Willkommen zu Hause.«

Wieder klingt die sanfte Stimme aus dem Lautsprecher, sie ist ganz dicht am Mikrofon, haucht: »Es ist 21 Uhr und damit Schlafenszeit. Nordlichter oder Tropendämmerung? Wählen Sie jetzt zwischen den exklusiven Stimmungsbildern der Lilienhof-Kollektion in Zusammenarbeit mit Philips Hue. Lassen Sie sich von unseren Lichtkreationen inspirieren und auf eine angenehme Nachtruhe vorbereiten. Und vergessen Sie nicht, Ihren Luftbefeuchter einzuschalten.« Charlotte Keller klatscht in die Hände, ruft: »Tropendämmerung!«

Sofort ändert sich das Lichtspektakel von minzgrün zu orangeviolett. Toygar Bayramoğlu fragt: »Möchten Sie schlafen gehen?«

»Ich gehe nicht schlafen. Das habe ich schon lange aufgegeben. Mein Körper macht sowieso nicht, was ich ihm sage. Wenn er müde wird, nimmt er sich sein Recht. Ich gehe nicht schlafen, ich schlafe.«

Quod erat demonstrandum: Der alten Dame rutscht das Kinn auf die Brust, ihre Augen bewegen sich unter ihren Lidern wie Kugellager. Sofortige Tiefschlafphase. Toygars Handy summt. Zwölf verpasste Anrufe, sechs Sprachnachrichten, neun SMS. Wenn er bloß wüsste, wie man das verdammte Vibrieren abstellen kann! Männer und Technik …

Miriam steht hinter Toygar, flüstert: »Soll ich Ihnen Ihr Bett zeigen?«

Er dreht sich um, auch er spricht mit gedämpfter Stimme. »So weit habe ich noch gar nicht gedacht.«

»Wie meinen Sie das?«

»Was ich mache, wenn es Nacht wird. Dass ich ja irgendwo pennen muss.«

»Ich denke, es bleibt Ihnen nichts anderes übrig, als hier zu übernachten. Das wäre wohl auch in Charlottes Sinne.«

»Vielen Dank. Das ist überaus gastfreundlich von Ihnen.«

»Danken Sie nicht mir, danken Sie der alten Dame. Kommen Sie, Sie schlafen im Schlafzimmer. Charlotte verbringt die Nächte schon seit Jahren in ihrem Liegesessel.«

Toygar steht auf, folgt Miriam. Sie gehen durch den engen Flur, vor der Haustür biegen sie rechts ab. Sie kommen in ein kleines Zimmer mit einem sehr seltsamen Bett. Es sieht aus wie eine zu groß geratene Kinderkrippe, die Matratze ist komplett von einem Gitter aus weiß lackiertem Holz umgeben. Miriam lässt den vorderen Teil herab, Toygar setzt sich. Eine harte Pritsche. Aus dem Wohnzimmer jubiliert die Keller: »Hey, wollen Sie hören, wie Hasso mich entjungfert hat?«

Meine Mutter mag Hasso nicht.

Coco Knoop hat seit dem Tod meines Vaters sowieso schon eine starke Antipathie gegen alle Männer entwickelt, aber Hasso scheint sie noch mal extra aufzuregen.

»Pass bloß auf, ich kenne Typen wie den. Macht auf feiner Pinkel, aber will eigentlich nur in dein Höschen. Und dieses Arzt-Getue. Der hat doch gerade erst angefangen zu studieren.« Leider muss ich meiner Mutter da recht geben. Hasso ist zwar erst im dritten Semester, aber er hat schon jetzt einen schlimmen Gott-Komplex entwickelt. Er begrüßt mich täglich mit: »Na, wie geht es uns denn heute?«

Worauf ich ihm mit steter Regelmäßigkeit ein »Mir geht es gut, wie es dir geht, musst du schon selber wissen« um die Ohren haue. Dazu fällt Hasso meistens nichts ein, er ist nicht sonderlich schlagfertig. Zum Glück habe ich Humor für zwei, und so haben wir viel Spaß, obwohl es Mitte der Fünfzigerjahre für ein junges Liebespaar eigentlich nicht viel zu lachen gibt. Das gilt nicht nur für die blöden Schlager und die bescheuerten Heimatfilme. Das Schlimmste ist die beißende Verklemmtheit, diese spießige Prüderie, das völlige Ausklammern der menschlichen Bedürfnisse. Und meine Mutter ist ganz vorne mit dabei!

»Du weißt, mein Kind, wenn du nach Mitternacht küsst, wirst du schwanger!«

Das Konzept Schwangerschaft ist für mich noch ziemlich nebulös, aber es muss wohl etwas ganz Furchtbares, Lebensbedrohliches sein. Schlimmer als der Tod, wenn man den Worten meiner Mutter Glauben schenkt. Es scheint die natürliche Konsequenz zu sein, wenn man dem nachgibt, was ich fühle, wenn Hasso den Raum betritt. Oder mir von der anderen Straßenseite zuwinkt. Wenn ich seinen Motorroller die Straße runterbrausen höre. Dieser angenehme Schock, dieser herrliche Angstzustand. Mir fallen keine besseren Vergleiche ein, denn mit Freude hat das nichts zu tun. Es ist wie eine Explosion in meinem Bauch, rutscht tiefer, sammelt sich zwischen meinen Beinen. Ich weiß, dass ich mich eigentlich nicht so fühlen darf, und das macht es erst recht gut. Hasso ist schön und gefährlich, ich bin manchmal ganz sprachlos, und das will etwas heißen bei so einer Quasselstrippe wie mir. Dabei haben wir uns, seitdem ich in seine Arme gefallen bin, noch kein einziges Mal berührt! Alles, was wir tun, ist auf seinem Motorroller irgendwo hinfahren, wo wir allein sind. Meistens an die Alster, wenn wir mehr Zeit haben auch mal an die Elbe, ans Falkensteiner Ufer. So wie heute Abend. Es ist Vollmond, der Himmel ist wolkenlos. Die Möwen schreien, es weht ein milder Sommerwind. Wenn man sich die Hände links und rechts an die Schläfen hält und nur in Richtung Nordsee schaut, kann man sich beinahe vorstellen, dass man im Urlaub ist. Hasso hat seine Zündapp Bella R 200 am Strand geparkt, ich sitze mit dem Rücken zum Fluss auf dem Sattel. Er steht vor mir, beobachtet die vorbeiziehenden Schiffe. Er hat mich nach seinem Anatomiekurs abgeholt, er ist noch ganz voll der Eindrücke.

»Stell dir vor, Lotti, dann haben wir den Dünndarm der Länge nach aufgeschnitten, und ich durfte ihn auswaschen. Da waren noch Essensreste drin!«

Igitt.

»Unsere Leiche ist an Krebs gestorben, im Bauch ist alles zusammengewachsen. Ihr Kopf steckt in einer Plastiktüte, weil da oben immer noch das Formaldehyd raustropft. Der Tote ist männlich, morgen präparieren wir seinen Penis.«

Penis?

»Aha.«

Ich nicke wissend, aber meine Augen verraten wohl mein absolutes Unverständnis. Hasso lächelt.

»Du kennst dich wohl nicht sonderlich aus mit dem menschlichen Körper, was? Aber der Unterschied zwischen Männlein und Weiblein ist dir schon bekannt, oder?«

Ich öffne den Mund, hebe die Brauen, rolle die Augen gen Himmel. Hasso schlägt sich die Hand gegen die Stirn.

»Das kann doch gar nicht wahr sein. Hat deine Mutter dich denn nie aufgeklärt?«

Aufgeklärt? Was ist das? Wieder kann ich nur mit etwas Gesichtsgymnastik antworten. Diesmal ziehe ich die Mundwinkel nach unten, lege die Stirn in Falten. Ich akzentuiere meine Mimik mit einem Schulterzucken, unterstützt von meinen nach oben geöffneten Handflächen. Hasso seufzt.

»Ach du liebes Lieschen, Lotti.«

Er macht einen Schritt nach vorne, jetzt steht er zwischen meinen geöffneten Beinen. Ich trage die neue Caprihose, die Coco mir aus einer Tischdecke genäht hat. Das rot-weiße Karomuster war auf dem Tisch oll, ist an meinen Beinen aber sehr attraktiv. Findet Hasso wohl auch, denn er streicht mir über den Oberschenkel. O Gott, wieder dieser Schwächeanfall im Schritt, für einen kurzen Moment glaube ich, mir in die Hose zu machen. Aber es ist etwas anderes, begleitet von einem wunderbaren Kribbeln, einem Jucken, das kein Kratzen der Welt heilen kann. Warum auch, es ist so schön, wird umso schöner, als Hasso die Arme um mich legt. Er beugt sich zu mir runter, bringt seinen Mund ganz dicht an meine Lippen. Ich reiße den Kopf zurück.

»Was machst du?«

»Ich möchte dich küssen.«

»Bist du verrückt? Wie spät ist es?«

»Kurz nach Mitternacht.«

»Genau! Weißt du nicht, dass man schwanger wird, wenn man nach Mitternacht küsst?«

Jetzt muss Hasso lachen.

»Lotti, ich glaube, es ist an der Zeit, dir etwas Allgemeinbildung zu vermitteln. Was weißt du von der Fortpflanzung?«

Wieder so ein Wort. Als Antwort knete ich meine Unterlippe mit den Schneidezähnen.

Hasso fragt: »Wo die Kinder herkommen?«

Jetzt sauge ich mir beide Lippen in den Mund, mit einem Ploppen kommen sie wieder raus. Das ist das Signal für Dr. Hasso, er beginnt mit dem Aufklärungsunterricht.

»Mein Liebchen. Wo Männer einen Penis haben, haben Frauen eine Scheide.«

Er tritt zurück, legt die Hand an die Stirn, dreht sich einmal um 360 Grad. Wir sind allein am Strand. Er macht sich den Gürtel auf. Seine graue Stoffhose fällt zu Boden. Er zögert kurz, dann zieht er sich die Unterhose runter. Mir entfährt ein kleines »Huch!«, ich bin angenehm überrascht. Was auch immer da zum Vorschein kommt, ich mag es. Ganz instinktiv. Und es mag mich wohl auch, denn es bewegt sich relativ schnell in die Senkrechte, wird dabei wundersam länger. Innerhalb einer Sekunde ist es zu dreifacher Größe angeschwollen. Jetzt fängt es an zu winken. Ich winke zurück. Hasso nimmt es in die Hand.

»Das hier ist der Penis. Den haben nur wir Männer.«

Stimmt. So was habe ich nicht. Ich weiß zwar nicht, was ich da unten habe, aber es reagiert sehr positiv auf diesen sogenannten Penis. Ich stehe auf, mache den Reißverschluss an der Seite meiner Capri-Hose auf. Hasso hebt die Hände.

»Hallo, Lotti, was machst du denn?«

Aber ich lasse mich nicht aufhalten. Gleiches Recht für alle. Ich steige aus der Hose, lasse auch das Höschen fallen. Ich blicke an mir hinab.

»Und was habe ich statt Penis?«

Hasso zögert kurz, dann kniet er sich zwischen meine Beine.

»Du hast eine Vagina, auch Scheide genannt.«

Er kommt mir gefährlich nahe, jetzt legt er seinen Zeigefinger knapp über meine, Moment, Vagina.

»Und das ist deine Klitoris.«

Treffer! Volltreffer! Knüller, Hit, Hauptgewinn! Die Gefühlsbombe haut mich um, ich falle rückwärts über den Roller. Die Explosion jagt mir durch den ganzen Körper, sendet Wellen der Wonne. Ich zittere, Hasso hilft mir zurück auf die Beine.

»Ja, Klitoris heißt auf deutsch ›Kitzler‹, der Begriff kommt wohl nicht von ungefähr.«

»Und was hat das jetzt mit dem Kinderkriegen zu tun?«

Hasso stöhnt verzweifelt. Er zeigt auf das untere Ende seines Penis, daran hängen zwei lustige Ostereier in einem blau-rosa Hautsack. »Das hier sind die Hoden. Darin produziert der Mann das Sperma, so eine Art Sauce Béarnaise. Im Sperma sind ganz klitzekleine Samenzellen, die musst du dir wie Kaulquappen vorstellen. Die schwimmen deine Vagina hoch, in deinen Bauch. Genauer gesagt in deinen Uterus. Die Samenzellen kraulen richtig um die Wette, nur die ganz schnellen gelangen zu deinen Eizellen. Die befruchten sie dann und daraus wächst ein Baby.«

»Also kriegt man vom Küssen nach Mitternacht keine Kinder?«

»Nein.«

Ich greife mir Hassos Arm, ziehe ihn zu mir heran. Ich lege ihm die Hand in den Nacken und drücke meine Lippen ganz fest auf seine. Ich spüre einen leichten Unterdruck im Kopf, anscheinend saugen wir uns gegenseitig die Luft aus dem Körper. Mit einem Schmatzen lösen wir uns voneinander, schnappen nach Sauerstoff. Ich keuche: »Und wie kommt der Samen in die Vagina?«

Toygar Bayramoğlu steht der Mund offen.

Die Keller gluckst:»Na, junger Mann, zu viel des Guten?«
Toygar weiß nicht, was er sagen soll. Er stammelt:»Nein,
nur … das kam so unerwartet, ich meine, schließlich sind Sie …«
»… eine alte Schachtel? Vielleicht. Aber ich war auch mal jung.
Und kann mich gut erinnern, wie sich das anfühlte.«
»Offensichtlich.«
»Höre ich da wieder diesen herablassenden Unterton? Passen
Sie mal auf, Toygar Bayramoğlu aus Berlin, Dromedar-Cowboy
und Hochzeits-Asylant, wenn Sie sich nicht von Ihren Vorurteilen
gegenüber Frauen und älteren Menschen verabschieden, können
wir dieses Gespräch auch gleich abbrechen. Es ist ja nicht so,
dass ich verpflichtet bin, Ihnen Unterschlupf zu bieten. Ich war
und bin nicht prüde und lasse mir von niemandem erklären, wie
ich mich als Frau fortgeschrittenen Alters zu verhalten habe!«
Mit einem lauten Grunzen fallen Charlotte erst die Augen zu,
dann rollt der Kopf zur Seite. Totenstille. Toygar hört sich atmen.
Er könnte genauso gut im All schweben, so leise ist es auf einmal.
Es vergehen ein paar Minuten. Als plötzlich der Kuckuck aus der
Uhr springt und anfängt zu krächzen, bekommt Toygar beinahe
einen Herzinfarkt vor Schreck. Es ist zehn Uhr. Beim letzten
Schrei erscheint Miriam in der Tür. Toygar fragt:»Haben Sie
gehört, was Charlotte gesagt hat?«
»Ihr kleiner Wutanfall?«
»Ja, das kam so überraschend, ich habe es doch gar nicht so
gemeint.«
Sie setzt sich neben ihn auf die Pianobank. Er spürt ihre Wär-
me durch seinen Smoking, riecht den Mix aus Desinfektionsmittel
und Blumenseife, den sie ausströmt.»Natürlich nicht. Machen Sie
sich keine Sorgen. So ist sie manchmal. Morgen hat sie alles ver-
gessen.«
»Sicher?«
»Sicher. Übrigens brauchen Sie mich nicht zu siezen.«
»Sie mich auch nicht.«

»Dann hätten wir das ja geklärt.«

Miriam steht auf, lächelt vielsagend.

»Ich habe dein Bett frisch bezogen. Gute Nacht, Toygar.«

»Gute Nacht, Miriam.«

Sie verschwindet im Flur, Toygar ruft ihr hinterher: »Was ist …«

Die Haustür fällt ins Schloss, er flüstert: »… mit Charlotte?«

Die schnarcht leise vor sich hin. Auf Zehenspitzen schleicht er sich in das Schlafzimmer. Miriam hat ihm einen altertümlichen Schlafanzug hingelegt, die Decke zurückgeschlagen. Auf dem Kopfkissen liegt ein Ferrero Rocher. Das wäre doch nicht nötig gewesen.

FANTOMAS

**»Good morning, good morning,
it's great to stay up late …«**

Toygar Bayramoğlu kommt langsam zu sich, im ersten Moment
hat er keine Ahnung, wo er gerade ist. Träumt er noch? Neben
ihm steht ein Wesen, das er zunächst als Indianerhäuptling wahrnimmt, und singt. Ist er in einem John-Ford-Musical aufgewacht?
Er richtet sich auf. Überrascht stellt er fest, dass er im Sitzen
genauso groß ist wie der indianische Krieger. Der Häuptling
spricht: »Guten Morgen, lieber Herr Bayramoğlu! Oder hatten wir
uns auf Toygar geeinigt?«

Jetzt erkennt Toygar die Keller.

»Toygar passt schon.«

Noch halb auf der Traumseite, fragt er: »Sie können laufen?«

»Natürlich kann ich laufen, was dachten Sie denn? Ich kann
noch viel mehr: schwimmen, kegeln, Billard spielen. Mein Arzt
sagt, ich habe Blutwerte wie eine Fünfzigjährige!«

Sie hüpft von einem Bein aufs andere.

»Haben Sie eigentlich vor, den ganzen Tag zu verschlafen?»

»Was? Nein. Wie spät ist es denn?«

»Schon beinahe zehn Uhr, Sie haben einen gesegneten Schlaf,
da kann man Sie nur beneiden. Hopp, hopp, Miriam hat schon
Kaffee gemacht. Duschen können Sie später, hier ist Hassos

Bademantel, werfen Sie den schnell über, er braucht ihn ja erst morgen. Sein Schlafanzug steht Ihnen übrigens ungewöhnlich gut!«

Sie faltet die Hände vor der Brust.

»Ach, Hasso! Habe ich schon erwähnt, dass ich morgen Geburtstag habe? Ich werde achtzig. Ich gebe eine große Party, unten im Ballsaal! Alle meine Freunde werden da sein. Und natürlich Hasso! Mein Gott, ich kann es kaum erwarten.«

Samstag, der 31. August 2019, 10 Uhr

Als Toygar ins Wohnzimmer schlurft, hat es sich die Keller schon wieder auf ihrem Lehnstuhl bequem gemacht. Mit einem Seufzer lässt er sich auf die Pianobank fallen. Charlotte hebt die Augenbrauen, fragt: »Was ist los?«

»Sie sind mir nicht mehr böse wegen gestern Abend?«

»Böse? Wieso denn? Ganz im Gegenteil. So einen netten, höflichen jungen Mann wie Sie habe ich lange nicht mehr kennengelernt.«

»Oh, ich hatte das Gefühl, Sie schwer beleidigt zu haben. Ich habe mir die halbe Nacht Sorgen gemacht. Ich bin erst im Morgengrauen eingeschlafen.«

»Ach, Pack schlägt sich, Pack verträgt sich. Ich hab schon völlig vergessen, worum es ging.«

»Wirklich?«

»Ja, wirklich. Außerdem glaube ich nicht, dass Sie sich nur wegen unseres kleinen Scharmützels die Nacht um die Ohren geschlagen haben. Ich würde sagen, Sie haben auch sonst genügend auf der Platte. Hallo?! Sie haben Schulden, sind auf der Flucht und weiß der Himmel was sonst noch!«

Toygar steht auf, geht zum Fenster. Draußen herrscht unverändert das gleiche Mistwetter. Er reibt sich die Augen, setzt die Brille auf. Dadurch wird es auch nicht viel besser. Er stöhnt: »Das kann man wohl laut sagen. Aber um ehrlich zu sein … die

Situation ist so surreal, vor allen Dingen hier, in Ihrem Wohnzimmer. Als wäre das alles auf einem anderen Planeten passiert. Oder in einer anderen Dimension.«

Er kommt zurück, nimmt wieder Platz. Nach einer kurzen Pause sagt er:»Nein, Charlotte, ihre Geschichten haben mich wachgehalten, ich konnte nicht aufhören, darüber nachzudenken.«

Charlotte betätigt den Hebel an ihrem Sessel, bringt ihn in die Waagerechte.

»Ja, und?«

»Das finden Sie jetzt bestimmt lächerlich, oder kindisch, oder ... oder ... wenn ich Ihnen so zuhöre, habe ich das Gefühl, ich habe mein Leben verschwendet. Ich ... ich bin schon dreißig Jahre alt und habe noch überhaupt nichts erlebt.«

Charlotte schmunzelt.

»Ich habe ja noch nicht mal richtig angefangen zu erzählen!«

Sie legt den Kopf zurück, spricht an die Decke:»Toygar, es waren andere Zeiten damals, Sie wissen, die Gnade der frühen Geburt. Alles war intensiver, Leben und Tod lagen dichter beieinander. Es muss ja nicht immer gleich ein Weltkrieg sein, aber ein bisschen mehr Wirklichkeit könnten wir heute schon vertragen.«

»Ja, aber ich will noch etwas anderes sagen. Mit ›erlebt‹ meine ich auch, dass ich immer nur so ... so durch mein Leben taumel, mich so durchschlage. Nicht nur finanziell, sondern auch emotional. Mir ist nichts wichtig, weder Mensch noch Ding noch Idee, alles geht mir am Arsch vorbei.«

Toygar ringt nach Worten.

»Auch die hinterste Ecke Ihrer Erzählungen strotzt vor Begeisterung, Liebe, Mitgefühl. Zeugt von einem unerschütterlichen Optimismus. Das ist sehr inspirierend. Und auch sehr deprimierend, denn ich habe das Gefühl, ich bin das genaue Gegenteil. Mir ist alles egal. Ich glaube an nichts, schon gar nicht an das Gute.«

Plötzlich fließen Toygar Tränen in die Augen, er wischt sie mit dem Daumen weg. Er lächelt verlegen.

»Entschuldigung, ich bin morgens immer so sentimental. Ich weine sonst nur, wenn Miles Davis auf dem Plattenteller liegt.«

Charlotte fischt eine Packung Tempos aus ihrer Bademanteltasche, reicht Toygar ein Taschentuch.

»Na, da beweisen Sie sich ja gerade selbst das Gegenteil. Wen Musik bewegt, der ist kein Eisblock. Und hören Sie mir bloß auf mit: *Ich bin schon dreißig Jahre alt* – dreißig ist kein Alter. Wirklich, das Leben ist so lang, verändert sich ständig. Man kann auch mit fünfzig noch mal neu anfangen. Oder mit achtzig. Sie sind noch so jung, im Ernst, Sie haben ja kaum angefangen zu leben. Wer weiß, was da noch alles passieren wird.« Charlotte hebt zweimal schnell die Augenbrauen, mit einem wissenden Schmunzeln begrüßt sie ihre Adoptivtochter, die jetzt neben Toygar erscheint. Miriam legt ihm eine Hand auf die Schulter.

»Guten Morgen!«

Sie reicht ihm eine Tasse Kaffee. Sie trägt heute einen Overall in lindgrün. Toygar wischt sich die letzte Träne aus dem Gesicht.

»Hallo Miriam. Gut geschlafen?«

»Kurz, aber tief.«

Wieder ist Toygar hingerissen von dem ungewöhnlichen Klang ihrer Stimme. Er will etwas Intelligentes sagen, aber ihm fällt nichts ein. Er stammelt: »Wo wohnst du eigentlich?«

Sofort ist ihm die Frage peinlich. Miriam lächelt mysteriös.

»Das möchtest du wohl gerne wissen …«

Sie geht in die Küche. Charlotte stichelt:

»Was glotzen Sie denn immer so nach meiner Tochter? Hier spielt die Musik!«

Erwischt! Toygar errötet.

Die alte Dame grinst spöttisch. Dann fängt sie an zu singen: »Quand Margot dégrafait son corsage …«

Toygar fragt: »Ist das nicht George Brassens?«

»Das hätte ich jetzt aber nicht gedacht. Sie kennen den größten Chansonier aller Zeiten?«

»Ja, da muss ich meinen Eltern danken. Die mochten französische Musik.«

»Ganz im Gegensatz zu Hasso. Der hasste Chansons. Ach, Hasso, du konntest dich immer so herrlich ärgern.«

Sie bringt sich für ein weiteres Kapitel in Position, will gerade anfangen zu erzählen, da hält Toygar die Hand hoch, sagt: »Moment, bevor Sie wieder in Ihre Erzählung eintauchen: haben Sie etwas dagegen, wenn ich Sie aufnehme?«

»Aufnehmen? Warum?«

»Ich weiß nicht, einfach nur so. Ohne Plan. Ich fände es schade, wenn diese tollen Geschichten verloren gingen.«

Die alte Dame legt die Stirn in Falten.

»Verloren gingen?«

Sie tippt sich gegen die Schläfe.

»Die gehen schon nicht verloren. Aber machen Sie nur, junger Mann. Ich sehe da ein Funkeln in ihren Augen, Sie leuchten von innen. Ich glaube, Sie haben in Wirklichkeit schon einen Plan. Sie wissen nur noch nichts davon.«

Toygar holt sein iPhone heraus, will gerade auf Aufnahme drücken, als es zu vibrieren beginnt. Reflexartig schiebt er den Schalter nach rechts.

Ein Glück, dass Eyüp Çiftçi nicht mit dem Rauchen aufgehört hat.

Sonst wäre er eben direkt in die Dinç-Brüder reingelaufen, die vor dem Istanbul 2 rumlungern und offensichtlich nichts Gutes im Schilde führen. So hat er auf dem Absatz kehrt gemacht und sich wieder in die kleine Raucherecke verzogen, in der es sich die schmökende Belegschaft der Marheineke Markthalle für gewöhnlich gemütlich macht. Was ein Nikotinabhängiger so gemütlich nennt. Ein bisschen Windschutz und ein überquellender Smoker's Pole, dazu ein paar feuchte Kippen auf dem Boden, fertig ist das Raucherparadies.

Eyüp zückt sein Handy, drückt auf eine Nummer in seiner Favoritenliste. Sofort meldet sich Toygar Bayramoğlu, seine Stimme klingt unsicher, brüchig.

»Eyüp? Äh … guten Morgen. Was geht?«

»Was geht? Eher: Was geht nicht! Bora, Cem und Ömer Dinç stehen vor dem Istanbul 2 und machen auf Gangster. So finster wie die schauen, ist heute Zahltag. Ich hab dir schon hundertmal gesagt, dass ich mit deinen halbseidenen Deals nichts zu tun haben will! Wo auch immer du bist, du kreuzt hier sofort auf! Ich rede kein Wort mit dem Mob! Ich bin Wirtschaftsstudent, kein Kleinkrimineller. Das Istanbul 2 ist nur ein Job, dafür halte ich nicht meine Eier hin!«

»Eyüp, du musst deine Eier nirgendwo hinhalten. Ist das überhaupt eine Redensart?«

Toygar lacht gequält.

»Mach dir keine Sorgen, die Brüder wollen kein Geld, die wollen mich.«

»Dich? Ich dachte, du heiratest gerade, irgendwo in der Pampa. Apropos: Warum hast du mich eigentlich nicht eingeladen? Ich dachte, wir sind Freunde!«

»Sind wir, Eyüp, sind wir. Aber die Sache mit der Hochzeit ist etwas komplizierter. Ich habe niemanden aus der Nachbarschaft eingeladen.«

»Na gut. Und warum sind die Dinçs hinter dir her?«

»Lange Geschichte. Hängt auch mit der Hochzeit zusammen. Erzähl ich dir alles beim nächsten Mal.«

Eyüp atmet schwer.

»Verdammt, das Trio macht mir Angst. Solange die da sind, mach ich den Laden nicht wieder auf!«

»Ja, das versteh ich, äh … aber ich kann jetzt nicht kommen. Ich … Mann, ich weiß auch nicht, wie wir die loswerden, vielleicht …«

Charlotte legt den Finger an die Lippen.

Eyüp spricht so laut, dass sie alles mitgehört hat. Toygar hält die Hand über das Mikro, guckt fragend. Die alte Dame flüstert: »Ich habe eine Idee. Sagen Sie ihm Folgendes …«

»Ömer, so früh und schon Lust auf'n Döner?«

Eyüp Çiftçi ist die Gelassenheit in Person. Ömer ist Stammkunde, denn er isst umsonst, und das muss man einem Koloss wie ihm nicht zweimal sagen.

»Tach och.«

Eyüp reicht dem großen Mann die Hand, Daumen nach hinten, Finger hoch. Ömer schlägt ein, kurze Umarmung. Eyüp probiert das gleiche Manöver mit Cem, kein Erfolg. Bei Bora versucht er es erst gar nicht. Eyüp wendet sich wieder an Ömer: »Was kann ich für dich tun, Digger? Der Spieß ist noch nicht ganz heiß, du musst einen Moment warten.«

Ömer leckt sich die Lippen. Bora ergreift das Wort: »Wo ist Toygar?«

»Welcher Toygar? Bayramoğlu?«

»Natürlich Toygar Bayramoğlu, wer denn sonst? Gibt's hier sonst noch einen Toygar?«

»Der Sohn vom Chef?«

»Genau, der. Wo ist die Flasche?«

Eyüp blickt sich um, scannt die Marheineke, sucht nach seinem imaginären Freund.

»Eben war er noch hier, ich bin nur kurz rauchen gegangen. Wahrscheinlich schwirrt er irgendwo in der Halle rum.«

Cem baut sich vor Eyüp auf, greift sich sein Ohr mit einer eisernen Klaue.

»Nein, tut er nicht. Wir haben schon alles durchsucht. Also, wo ist die Schlampe?«

»Vielleicht bei der Arbeit?«

Bora guckt ungläubig: »Bei der Arbeit, am Samstag?«

»Ja, Kreativwirtschaft, ihr wisst schon.«

Die Dinç-Brüder wissen nicht, Eyüp erntet nur ein kollektives »Häh?«. Er erklärt: »Toygar arbeitet bei BLSTR, das ist eine Agentur für Corporate Publishing.«

Ein weiteres kollektives »Häh??«, diesmal mit einem Fragezeichen mehr. Cem schüttelt Eyüps Ohr.

»Jetzt sag einfach, wo der Laden ist, du Penner. Wir checken das aus.«

»Hasenheide, gar nicht weit von hier.«

Cem lockert den Griff, tätschelt Eyüp die Wange.

»Na bitte, war doch gar nicht so schwer.«

»Und als Nächstes rufen Sie Ihren Chef bei Blitzer an!«

Charlotte zeigt auf Toygars iPhone. Toygar erwidert: »›Blister‹ heißt der Laden, geschrieben B-L-S-T-R.«

»So wie englisch ›Die Blase‹?«

»Ja, genau. So heißen solche Klitschen eben. Hauptsache keine Vokale!«

»Und was machen Sie bei BLSTR?«

»Na, was man heutzutage eben so macht als Journalist: Corporate Publishing.«

Die Keller muss lachen.

»Was auch immer das ist. Können Sie mal etwas deutlicher werden? Woran arbeiten Sie gerade?«

»O Gott, das ist mir peinlich.«

»Ach, kommen Sie, so schlimm kann es doch gar nicht sein ...«

Toygar seufzt:

»Ich arbeite für das Wirtschaftsministerium von Mecklenburg-Vorpommern.«

»Oha. Das ist zwar nicht unbedingt peinlich, aber bestimmt nicht das, was Sie sich mal vorgestellt haben, als Sie auf die Henri-Nannen-Schule gingen, oder?«

»Nein, ich wollte immer Filmkritiker werden. Das ist mein Traumberuf.«

»Den es wahrscheinlich gar nicht mehr gibt ...«

»Nein, der ist genauso ausgestorben wie Literaturkritiker. Das wäre meine zweite Wahl gewesen. Oder Musikkritiker.«

»Kennen Sie den Beach-Boys-Song ›I Just Wasn't Made For These Times‹?«

»Natürlich, der ist auf *Pet Sounds*, eine meiner Lieblingsplatten.«

»Das war klar. Der Text passt bei Ihnen wie die Faust aufs Auge. Sie sind irgendwie aus der Zeit gefallen, passen nicht richtig in die Gegenwart. Sie kennen sich viel zu gut aus mit der Vergangenheit.«

»Meinen Sie?«

»Ja, meine ich. Und noch was: Sie scheinen auch sonst keine Wurzeln zu haben. Sie sind der untürkischste Türke, den ich jemals kennengelernt habe.«

Wieder ist Toygar irritiert.

»Sie wissen schon, dass das ein bisschen rassistisch klingt?«

»Schickschnack, ich bin fast achtzig, ich darf das. Für diesen ganzen Political-Correctness-Kram habe ich keine Zeit. Halten Sie mich für eine Rassistin?«

»Nein, überhaupt nicht. Außerdem haben Sie recht. Ich sprech ja noch nicht mal richtig Türkisch.«

Toygar vergräbt das Gesicht in den Händen, nuschelt in Hassos Bademantel: »Ich habe nie wirklich das Gefühl, irgendwo dazuzugehören. Ich sitze immer zwischen den Stühlen.«

»Mal darüber nachgedacht, dass es keinen schöneren Ort als zwischen den Stühlen gibt?«

Charlotte beugt sich vor und berührt Toygars Schulter.

»Cher ami, Sie sind etwas ganz Besonderes. Das habe ich gleich gespürt. Glauben Sie bloß nicht, dass ich Sie sonst so einfach bei mir aufgenommen hätte, schöne Fesseln hin oder her.«

Toygar wird schon wieder rot, mit Komplimenten kann er nicht umgehen.

»Ich hatte bislang eher das Gefühl, dass ich hier wie ein Jammerlappen rüberkomme ...«

Die Keller nimmt sein Kinn in die Hand, blickt ihm tief in die Augen.

»Ach, Papperlapapp! Sie haben eine Künstlerseele. Ihre Aura hat vom ersten Moment an diesen Raum erleuchtet. Ich sehe so was.«

Toygar schluckt, er weiß nicht, was er sagen soll. Wieder kommen ihm die Tränen, so nah am Wasser hat er normalerweise nicht gebaut. Aber die alte Dame wirkt auf ihn wie ein emotionaler Dosenöffner. Sie fragt: »Hat Ihr Vater Ihr Studium bezahlt?«

Toygar nickt.

»Und Sie wollen ihn nicht enttäuschen, wollen beweisen, dass seine Investition kein Fehler war? Sie haben es selbst gesagt: Kinder mit Migrationshintergrund leben nicht unbedingt ihren eigenen Traum. Deshalb arbeiten Sie in dieser, wie haben Sie gesagt, ›Klitsche‹: um Geld zu verdienen, um was ›Vernünftiges‹ zu machen. Weil sich Ihr Vater so krummgelegt hat, damit Sie es mal besser haben als er! Sie fühlen sich ihm gegenüber verpflichtet.«

Schuldig in allen Anklagepunkten. Toygar wischt sich die Tränen aus den Augen. Charlotte lässt sein Kinn los, streicht ihm die Tolle aus der Stirn.

»Ein Künstler arbeitet nicht für Geld. Ein Künstler ist niemandem etwas schuldig. Außer seiner Kunst!«

Sie lehnt sich wieder zurück in ihren Sessel.

»Aber genug davon. Sie haben ein viel dringenderes Problem. Wie heißt ihr Chef?«

»Pablo.«

»Also, rufen Sie Pablo an.«

»Jetzt gleich?«

»Natürlich jetzt gleich. Wie weit ist ihr Office vom Istanbul 2 entfernt?«

»Vielleicht zehn Minuten.«

»Meinen Sie, das Trio Infernal geht zwischendurch noch Enten füttern? Die stehen wahrscheinlich schon in der Rezeption.«

Toygar macht den Anruf.

Glas.

Egal, wohin er blickt, Cem sieht nichts als Glas. Oder Plexiglas. Glaswände, Glastüren, Glastische, Glastühle. Gerade so eben zusammengehalten von etwas Chrom. Keine Schränke, keine Schubladen, keine sonstigen Behälter. Die Räumlichkeiten von BLSTR sind vollständig durchsichtig. Das einzige nicht Durchsichtige sind die Menschen. Sofort hat Cem Mitleid mit ihnen. In diesem Office gibt es keine Geheimnisse. Privatsphäre Fehlanzeige. Cem kann bis ganz in das hinterste Büro sehen, circa zwanzig Meter entfernt, wo ein mickriger Typ in einem grauen Hoodie aufgeregt telefoniert. Jetzt legt er auf, kommt auf die Brüder zu, die an der gläsernen Rezeption warten. Der Mickerling ist sichtlich mitgenommen, begrüßt das Trio mit zitternden Händen:»Meine Herren, guten Tag. Ich bin Pablo Günther, CD und GF von BLSTR.«

Er deutet mit einem Kopfnicken auf die Dame am Empfang.»Becky sagt mir, dass Sie nach Toygar suchen?«

Er hat Ömer als Letztem die Hand gegeben, der hält sie fest, drückt etwas stärker zu. Pablo kneift vor Schmerzen die Augen zusammen.

»Au!«

Bora zischt:

»Wo ist der Stinker?«

Pablo stammelt:»Sie haben ihn gerade verpasst, er war eben noch hier.«

Er versucht, seine Hand wiederzubekommen. Keine Chance. Ömers Faust ist wie ein Schraubstock. Mehr Druck. Bora wiederholt sich, diesmal etwas lauter:»Wo ist der Stinker?«

»Aber ich weiß es doch nicht, er hat mir nicht gesagt, wohin er geht. Nach Hause vielleicht?«

»Nach Hause? Wo ist das?«

Noch mehr Druck. Pablo windet sich seitwärts, wimmert:»Toygar wohnt am Mehringdamm. Becky hat die Adresse für Sie.«

Bora gibt Ömer ein Zeichen mit dem Kopf, der lässt Pablos Hand los. Der BLSTR-CD und -GF betrachtet seine Finger, als hätte er gerade sein Lieblingsspielzeug wiederbekommen. Becky reicht Bora einen kleinen Zettel. Sie flötet:»Sie können zu Fuß hingehen.«

»Na bitte, war doch gar nicht so schwer.«

Charlotte hebt beide Daumen.
»Damit wären wir diese Möchtegern-Gangster fürs Erste los. Der Plan hat funktioniert. Erst haben wir sie nach Berlin gelockt, jetzt laufen sie in Kreuzberg im Kreis herum.«
Die Keller kreischt: »Aah, ich liebe es!«
Sie reibt sich die Hände.
»Okay, Künstlerseele, zurück zur Haupthandlung – nehmen Sie auf?«
»Noch nicht ...«
Toygar drückt auf »Record«.
»... aber jetzt.«

1956

»Ach, du kriegst die Tür nicht zu!«

Hasso ist wütend.
»Jetzt geht das Gedudel schon wieder los. Es ist mitten in der Nacht! Diese verdammten Franzosen und ihre blöden Volkslieder! La la la la la la la! Hab ich ein ›La‹ vergessen?«
Hast du nicht, Liebster. Aber das ist kein Volkslied. Das ist »Brave Margot« von George Brassens. Der Sänger singt von einer Schäferin, die ihre Brüste entblößt, um eine kleine Katze zu säugen. Dabei schaut ihr das gesamte männliche Dorf zu. Außerdem ist es erst zehn Uhr abends, also wohl kaum nachtschlafende Zeit. Ich mag das Chanson. Ich mag die Franzosen. Ich mag unsere erste gemeinsame Reise. Und ich mag unsere Nachbarn. Links neben unserem kleinen Zelt steht ein riesiger Wigwam. Das Wort »Wigwam« kenne ich erst, seitdem Jean der Jüngere

mir gesagt hat, wie man das große Indianerzelt nennt, in dem die beiden Jeans wohnen. Der Wigwam ist nach oben hin offen, aber ein Dach braucht man auch gar nicht hier an der Atlantikküste, es ist August und deshalb scheint immer die Sonne. Gleich nach Ferienbeginn sind wir runter nach Cap Ferret gefahren und haben unser Zelt aufgeschlagen. Der Campingplatz liegt direkt am Strand und scheint ein Geheimtipp zu sein, denn außer uns sind hier nur Franzosen. Ich steige aus dem Zelt, lasse Hasso allein weiterschimpfen. Ich strecke mich. Obwohl wir schon zwei Tage hier sind, steckt mir die fast zwanzigstündige Fahrt auf der Zündapp Bella immer noch in den Knochen. Ich streichle den grauen Lederbezug, liebkose die rot-weiße Karosserie. Der treue Motorroller ist mir sehr ans Herz gewachsen, er ist wie ein Familienmitglied, wir drei haben schon so einiges erlebt.

»Salut Charlott, komm, setz dich zu uns!«

Die zwei Jeans sitzen vor dem Wigwam, trinken Rotwein. Der jüngere Jean prostet mir zu. Er sieht blendend aus mit seinem markanten Kinn und der üppigen Stirnlocke. Er hat einen Körper wie eine griechische Statue, und er spielt sehr gut Gitarre. Er ist Schauspieler, soweit ich ihn verstanden habe. Der andere Jean ist um einiges älter, ich schätze ihn auf Mitte sechzig. Er ist sehr viel kleiner als sein Namensvetter, hat einen grauen Lockenkopf, fast so krisselig wie meiner. Aber er beachtet mich kaum. Er spricht nicht mal mit mir! Ganz anders als Jean der Jüngere, der mir jetzt begeistert seinen Platz anbietet. Er setzt sich mit seiner Gitarre auf den Boden.

»Hat dir mein Chanson gefallen?«

»Ja, sehr. Meinem Verlobten allerdings klingeln die Ohren. Für ihn sind deine Lieder nur Lärm. Aber er kann auch kein Französisch.«

Der Schauspieler horcht auf: »Der gut aussehende Junge ist dein Verlobter? Ihr seid nicht verheiratet?«

»Nein, natürlich nicht, ich bin ja erst sechzehn.«

»Und trotzdem schlaft ihr im gleichen Zelt?« Ich werde rot.

»Aber in getrennten Schlafsäcken!«

»Na klar!«

Die Franzosen lachen. Adonis-Jean fragt: »Warum lädst du ihn nicht zu einem kleinen Umtrunk ein? Wir versprechen, auch nicht zu singen.«

Aber bevor ich etwas sagen kann, kriecht Hasso aus dem Zelt.

Charlotte spielt wieder die pantomimische Harfe.

»Budeli-budeli-budeli ...«

Toygar kramt kurz in seiner Erinnerung, aber er hat die Bedeutung der Geste vergessen.

»Was war das noch mal?«

»Perspektivenwechsel, ich gebe erneut Hasso meine Stimme. Was jetzt kommt, ist wieder seine Story. So wie am Anfang, wissen Sie nicht mehr, die Autobahn? Er hat mir die folgenden Ereignisse hundertfach erzählt, deshalb auch hier: Es ist, als wäre ich dabei gewesen.«

Hasso Keller ist genervt. Lotti fraternisiert schon wieder mit dem Feind. Er will gerade eine Ladung chauvinistische Flüche abfeuern, als ihn einer der nächtlichen Unruhestifter so anguckt, dass er seinen Nationalstolz mal kurz vollständig vergisst. Wieso ist ihm dieser Camper nicht schon früher aufgefallen? Ist der neu? Er sieht aus wie der Hauptdarsteller aus *Der Graf von Monte Christo*. Allerdings trägt er keinen

Gehrock mit Silberknöpfen, sondern Blue Jeans und einen weiß-blau gestreiften Matrosenpullover. Er winkt ihn heran. Verwirrt zeigt sich Hasso mit dem Finger auf die Brust, flüstert: »Meinst du mich?«

Der schöne Nachbar nickt. Er sitzt bei Lotti und dem Heini, den er schon kennt, dem alten Grauhaarigen mit der Hakennase. Hakennase trägt wie immer einen Anzug, was Hasso auf dem Campingplatz etwas deplatziert vorkommt. Der Matrosenpullover steht auf und legt die Gitarre weg. Er wirft eine imaginäre Angel nach Hasso aus. Der lässt sich einholen, er fühlt sich von dem Mann mit der verwegenen Stirnlocke magisch angezogen. Als er näherkommt, fängt sein Herz wild an zu schlagen. Heilige Scheiße, es IST der Graf von Monte Christo. Beziehungsweise der Schauspieler, der ihn dargestellt hat. Herr im Himmel, das ist Jean Marais! Hasso liebt Abenteuerfilme, vor allen Dingen, wenn die Helden in bunten Kostümen herumspringen, am liebsten mit Schwertern, oder noch besser mit den schlanken, biegsamen Degen. Dazu diese hautengen Stretchhosen und die flotten Hüte! Wenn ihn einer fragen würde, was sein Traumberuf ist, würde er sagen »Arzt«, aber denken würde er »Musketier«. Schüchtern gibt er dem Grafen, nein, Jean Marais die Hand. Der ist seltsam zappelig, macht so übertriebene Handbewegungen und benimmt sich überhaupt nicht wie ein Abenteurer. Er bewegt sich wie ein kleines Mädchen und redet in einem affektierten, hochgestimmten Tonfall, sehr un-männlich. Außerdem spricht er Französisch, Hasso versteht kein Wort. Hilfesuchend wendet er sich an Lotti, die übersetzt: »Jean freut sich, dass du endlich mal rauskommst aus deinem Dachsbau und wie ein zivilisierter Mensch ›bon soir‹ sagst.«

»Dachsbau? Sag ihm bitte, dass ich kein Französisch kann.«

Hakennase meldet sich zu Wort, er spricht deutsch:
»Als ich klein war, glaubte ich, die Ausländer hätten überhaupt keine Sprache, sie täten nur so, als sprächen sie miteinander. Ihnen sei verziehen, junger Mann. Wie heißen Sie?«

Hasso sagt artig seinen Namen. Jean Marais gackert:
»'Asso? Comme un chien?«

Wieder geht Hassos Blick zu Lotti. Die kichert:
»Das übersetze ich lieber nicht.«

Hasso will gerade beleidigt abrauschen, da knufft Hakennase dem Grafen von Monte Christo in die Magengrube.

»Jean, gutes Benehmen besteht darin, dass man verbirgt, wie viel man von sich selber hält und wie wenig von den anderen.«

Er nimmt Hassos Hand: »Schön Sie kennenzulernen, 'Asso. Mein Name ist Jean Cocteau, der freche Matrose ist mein Lebensgefährte Jean Marais.«

Halt, was, Lebensgefährte? Eigentlich hat Hasso keine sonderlich lange Leitung, aber die Bedeutung dieses Wortes bricht sich erst mit leichter Verzögerung an den Klippen seines Bewusstseins. Heißt das, dass …? Jetzt wird ihm auch klar, warum der Graf von Monte Christo kein Degenfechter ist. Er ist eher ein Flötenspieler, und was noch viel ungewöhnlicher ist, Hasso findet das sogar gut.

»Kurzer Einwurf: Das bedeutet, dass Jean Cocteau und Jean Marais Urlaub auf einem Campingplatz im Department Gironde an der französischen Atlantikküste gemacht haben?«

»Ja, und zwar in ihrer Ente.«

»In ihrer Ente?«

»Ja, ein tolles Auto. Die beiden Jeans haben mich auch mal fahren lassen. Dabei war ich ja erst sechzehn. Später hatte ich eine 2CV Charleston, in grau und weinrot. So schick!«

»Aber, ein Mitglied der Académie Française, das Urlaub auf einem Zeltplatz macht ...«

»... in einem Wigwam. Oder Tipi. Sehr komfortabel, sogar mit Kamin! Oh, Moment, ich kann auch das beweisen. Auf dem Klavier, dritte Reihe, das Zweite von links.«

Toygar steht auf, geht zum Flügel. Charlotte zirpt: »Was mir schon mehrfach auffiel: Sie sind ganz schön groß für einen Türken!«

Wieder bringt der politisch völlig unkorrekte Spruch Toygar kurz aus dem Konzept. Er stottert: »W-w-was?«

»Ja, was sind Sie, 1,90 Meter?«

»Äh, 1,92 Meter ... Das habe ich von meiner Mutter, äh ... also meine Mutter ist fast 1,80 Meter, in ihrer Familie sind alle ziemlich groß.«

Er findet das Bild auf dem Bösendorfer. Ein großer Mann in Blue Jeans und Matrosenpullover steht neben einem rot-weißen Motorroller. Hinter ihm erhebt sich ein gigantisches, gelbes Indianerzelt, aus dem Rauch aufsteigt. Es ist von Pinien umgeben, im Hintergrund sieht man das Meer. Der Mann hebt die rechte Hand, Daumen hoch. Allerdings kann man kein Gesicht erkennen, denn er trägt eine Maske. Toygar beschwert sich: »Hey, das ist doch Fantomas!«

»Sage ich ja, das war Jean Marais' größte Rolle, in den Filmen mit Louis de Funès.«

»Aber die kamen doch erst in den Sechzigerjahren raus!«

»Nein, den Fantomas hat Jean Marais schon in den Fünfzigern im Theater gespielt.«

Austern sehen aus, als hätte jemand in einen Aschenbecher gerotzt.

Hasso ekelt sich. Die Jeans haben ihn in ihrer Ente mit nach Arcachon genommen, ihm schon den gesamten Hinweg von der »erlesenen Köstlichkeit« vorgeschwärmt, die ihn am Boulevard de la Plage erwartet. Und jetzt das? Der Qualster schwimmt in Zitronensaft, immer wieder führen die beiden Jeans die grotesk gezackten Schalen zum Mund, spitzen die Lippen und schlürfen sie mit einem lauten Schmatzen, um sich dann mit einer überzogenen Geste die Münder mit den Handrücken abzuwischen. Sie spülen mit Weißwein nach, es ist gerade mal Mittag, und sie haben schon eine ganze Flasche geleert. Aber damit sind sie nicht allein, in dem vollbesetzten Bordstein-Restaurant an der Strandpromenade des beliebten Küstenstädtchens wird heftig getrunken. Auch Hasso nippt an seinem Glas, erst vorsichtig, dann etwas beherzter. Der Wein schmeckt vorzüglich, nimmt ihm zunehmend die Unbehaglichkeit, mit den beiden Franzosen allein zu sein. Sie sind das erste Mal ohne Lotti unterwegs, als sie mit der Ente aufbrachen, schlief seine Freundin noch. Hasso hatte kein gutes Gefühl, seine Liebste zurückzulassen. Er wollte eigentlich ablehnen, als die beiden Jeans an sein Zelt klopften.

»'Asso, 'Asso, réveillez-vous!«

Er war schon wach, las in seinem Lieblingsbuch *Reise um die Erde in 80 Tagen* von Jules Verne. Mit dem Zeigefinger auf den Lippen kletterte er vor das Zelt, wo die beiden Jeans in voller Montur auf ihn warteten. Beim Anblick des Grafen von Monte Christo fiel ihm erneut das Herz in die Hose, die aufgehende Sonne schien Jean Marais ins Gesicht, er sah aus wie ein Gott, so überirdisch schön, in seinem weißen Anzug, darunter nur ein Unterhemd, um den Hals ein hellblaues Seidentuch gebunden. Jean Cocteau rieb sich begeistert die Hände.

»'Oura, der 1. September! Die Sommerferien sind vorbei und die Touristen endlich weg. Wir haben unsere Atlantikküste zurück! 'Asso, komm, wir fahren nach Arcachon, erst ein köstlicher Lunch, dann ein bisschen baden an unserem Lieblingsstrand.«

Hasso fühlte sich überfahren, sein erster Impuls war »Nein, das geht nicht, Lotti schläft doch noch …«, aber Jean der Jüngere grinste ihn so seltsam an, Kopf gesenkt, dabei legte er die Hand kokett ans Kinn, rollte mit den Augen. Hasso kam das Wort »verführerisch« in den Sinn, er wusste gar nicht, dass er es im Vokabular hatte.

»Nein, wirklich …«

Aber die beiden Jeans hatten schon gewonnen. Zum Abschluss sprach Jean der Ältere, während der Jüngere die Tür zur Ente aufhielt: »Ja, ja, die Jugend weiß, was sie nicht will, bevor sie sich darüber im Klaren ist, was sie will.«

Hasso stieg ein.

Sein Glas ist halbvoll.

Jean Cocteau schenkt nach. Er trägt einen eleganten Dreiteiler aus grauem Tweed, er muss sich eigentlich zu Tode schwitzen in dem Aufzug.

»Ein halbleeres Glas Wein ist zwar zugleich ein halbvolles, aber eine halbe Lüge mitnichten eine halbe Wahrheit.«

So langsam versteht Hasso die kryptischen Sprüche des alten Mannes, auch wenn sie nicht immer ganz passen, sie verbreiten eine Atmosphäre der Weisheit, die ansteckend wirkt. Hasso nimmt einen weiteren Schluck, er erwidert: »Man darf Wahrheit nicht mit Mehrheit verwechseln.«

Die Jeans applaudieren, Hasso macht eine angedeutete Verbeugung mit dem Oberkörper. Marais wirft ihm

einen Blick zu, der ihn kurz aus der Bahn wirft. Darf
man sich so gegenüber einem Mann fühlen? Ein ste-
chendes Schuldgefühl überkommt ihn, er denkt an Lotti, aber bevor er seine Emotionen ordnen kann, legt
Cocteau ihm eine Auster an die Lippen. Er schreckt
zurück, aber der Franzose setzt nach. Widerwillig
schlürft Hasso den Glibber. Das hat er sich anders
vorgestellt! Der Geschmack überwältigt ihn. Das hap-
tische Erlebnis im Mund ist phänomenal. Ein absolut
sinnlicher Gesamteindruck. Haptisch? Sinnlich? Woher
kennt er auf einmal diese Worte? Wieder dieses
Schuldgefühl. Warum eigentlich? Er leert sein Glas,
lässt sich von Jean dem Älteren ein drittes einfül-
len. Der Wein steigt ihm zu Kopf, er fühlt sich wohl,
geborgen, unter seinesgleichen. Die Franzosen akzep-
tieren ihn, geben ihm das Gefühl, etwas Besonderes
zu sein. Sie machen ihm Komplimente, lachen über
seine Witze. Und sie schenken ihm Blicke, die er so
nicht gewohnt ist. Er findet sich in ihrer Gesellschaft schön. Auch eine neue Erfahrung, und eine
sehr angenehme. Sie lockert seine Muskeln, entspannt
seinen Körper. Sonst ist er immer der Macher, das
Subjekt. Mit den Jeans wird er zum Objekt. Er ertappt
sich dabei, wie er Jean Marais' Bewegungen imitiert.
Das fällt ihm leicht, kommt völlig natürlich. Jean
Cocteau klatscht in die Hände.
»Bon, on y va! Jetzt gehen wir baden!«

Sie flanieren auf der Strandpromenade.

Hasso hat noch nie flaniert. Oder heißt das »ist flaniert«? Egal, er genießt das gemächliche Gehen auf
dem Boulevard de la Plage, in Gesellschaft eines
französischen Superstars. Der wirft Kusshände,

schreibt seinen »Jean Marais« artig auf ihm hingehaltene Postkarten und Schreibblöcke. Die Fans sind hauptsächlich weiblich, wenn die wüssten! Hasso und die Jeans gelangen zu einem hohen Zaun, eigentlich eher eine Sichtblende aus dünnem Bast. Er hat eine Tür, davor steht ein dunkelhäutiger Jüngling in einer roten Badehose. Die Jeans tauschen Küsschen aus, stellen Hasso vor.

»C'est 'Asso, il est allemand.«

Die rote Badehose mustert den Deutschen, nickt anerkennend. Auf einmal fällt Hasso ein, dass ER keine Badehose dabeihat. Jean Cocteau liest seinen Gesichtsausdruck, sagt: »Keine Sorge.«

Sie betreten den Bereich hinter der Tür. Vier Umkleidekabinen mit blauen Vorhängen, dahinter liegt der Strand, blitzt das Meer. Hasso schlägt die Hand vor den Mund, ihm entfährt ein kleines »Oje!«. Jetzt weiß er, warum er keine Badehose braucht. Auf dem parzellierten Stück Strand tummeln sich mindestens zwanzig nackte Männer. Alle jung, alle gut gewachsen. Dazwischen ein paar ältere Herren, ausnahmslos bekleidet. Wieder dieses Schuldgefühl. Instinktiv faltet Hasso die Hände vor dem Schritt zusammen, dabei ist er noch angezogen. Jean Marais verschwindet in einer Umkleidekabine, keine dreißig Sekunden später schiebt er den Vorhang zur Seite. Hasso stockt der Atem. Wie in Zeitlupe erscheint der Graf von Monte Christo vor der Strandkulisse, hebt den Daumen und schenkt ihm ein Lächeln voll strahlend weißer Zähne. Er geht zum Wasser, Hasso kann die Augen nicht von seinem Körper nehmen, er verschlingt die Bewegung seiner Beine, seines Rückens, das Arbeiten der Muskeln in seinem Hintern, er …

»Du bist dran. Keine Angst, hier wird dir keiner was abgucken.«

Jean Cocteau zeigt auf die Kabine. Hasso betritt die kleine Kammer, zieht den Vorhang zu. Er zieht sich aus. So weit so gut. Gute zwei Minuten steht er nackt in dem Holzverschlag, pumpt die salzige Luft durch seine Lungen. Dann sagt er: »Scheiß drauf.«

Er schiebt den blauen Stoff zur Seite, tritt ins Licht. Cocteau legt ihm den Arm um die Hüfte, flüstert ihm ins Ohr: »Bienvenue, 'Asso.«

»Bu-de-li, bu-de-li, bu-de-li ...«

Die Keller spielt die pantomimische Harfe, ruft: »Perspektivenwechsel, jetzt blicken wir wieder durch meine Brille!«

Ich habe den ganzen Tag kein Wort gesagt.

Als ich gegen Mittag aufwachte, waren Hasso und die zwei Jeans nirgendwo zu finden, auch die Ente war weg. Aber nicht nur meine Reisegruppe fehlte, der gesamte Campingplatz war völlig verlassen. Wo gestern noch eine kleine Zeltstadt stand, ist heute nur noch Müll und stoppeliges Gras übrig. Und so habe ich diesen 1. September nur in Begleitung meiner trüben Gedanken verbracht. Heute werde ich siebzehn. Hat Hasso meinen Geburtstag vergessen? Ein leichter Wind weht, fegt die letzten Überreste menschlicher Zivilisation über den Strand. Ein seltsames Gefühl beschleicht mich. Die junge Frau und das Meer. Einsamkeit ist nicht so mein Ding. Ich kann mich nicht erinnern, wann ich das letzte Mal solo war. War ich überhaupt schon mal allein? Jedenfalls nicht so lange, denn mittlerweile geht die

Sonne unter. Das Wort »Sonnenuntergang« gefällt mir gut. Es beschreibt sehr passend das Drama, das sich schon seit einer Stunde vor meinen Augen abspielt. Die Sonne stirbt, sie begeht Selbstmord, stürzt sich kopfüber ins Meer. Kurz vor dem Ertrinken scheint jemand den großen Feuerball geschlachtet zu haben, er läuft aus wie ein blutrotes Ei. Das grausame Spektakel wird begleitet von einer Klangkulisse aus Meeresrauschen und Grillenzirpen, ein düsteres Fortissimo, das mir kalte Schauer den Rücken herunterjagt. Plötzlich höre ich Gesang, ich erkenne mein Lieblingschanson von Georges Brassens.

»Il n'y a pas d'amour heureux …«

Es gibt keine glückliche Liebe, der Sänger hat ja so recht. Moment, jetzt erkenne ich die Stimme, das ist doch Hasso, seit wann spricht er Französisch? Ich laufe zurück zum Campingplatz.

Schon von Weitem sehe ich die Ente der Jeans, ein Glück, sie sind zurück, und mit ihnen bestimmt auch Hasso, dem ich mich jetzt einfach nur in die Arme schmeißen möchte. Er ist nicht in unserem Zelt, auch sonst kann ich ihn nirgendwo finden. Der Gesang kommt aus dem Wigwam, aber ich muss mich getäuscht haben, denn es ist nicht Hasso, sondern Jean Marais, dessen sonorer Bariton zu mir rüberweht. Das Tipi ist hell erleuchtet, ich erkenne seine Silhouette durch die Zeltwand. Er spielt Gitarre und tanzt, sein wohlgeformter Körper wirft einen ungewöhnlich markanten Schatten. Es ist, als hätte Georges Brassens' Musik Michelangelos David zum Leben erweckt. Als ich näherkomme, sehe ich einen zweiten David, der jetzt einstimmt: »Il n'y a pas d'amour heureux …«

Es ist Hasso, er breitet die Arme aus, dreht sich im Rhythmus von Marais' Gitarrenspiel. Seit wann kann mein Liebster so tanzen? Ich bleibe stehen, betrachte fasziniert den Reigen der beiden Männer. Einem Scherenschnitt gleich drehen sich die Figuren umeinander, schwingen die Beine, rollen die Köpfe. Hasso schnippt mit den Fingern, wirft sich in Pose wie ein Tango-Tänzer. Ich höre eine dritte Stimme, es ist Jean Cocteau, er ruft aus dem Hintergrund: »Im Gemüsegarten der Gefühle bin ich der Sellerie!«

Wie bitte? Jetzt erscheint auch seine Silhouette, aber er ist kein David. Zwischen den Tänzern wirkt er wie ein Kobold, passt nicht in den eleganten Schattenriss.

»Ich rieche jenseits der Zwiebeln!«

Die Szene kippt. Was eben noch reizvoll war, wirkt jetzt bizarr. Ich gehe zum Wigwam, ohne anzuklopfen öffne ich den Vorhang. Ich erstarre. Der Anblick, der sich mir bietet, ist so grotesk, dass ich ihn nur ganz langsam verarbeite. Jean Marais und Hasso gleichen nicht nur als Schatten David. Sie sind fast vollständig nackt, als einziges Kleidungsstück trägt Marais einen blauen Seidenschal um den Hals. Michelangelo hätte seine Freude an den beiden gehabt. Sie sind offensichtlich betrunken, bei Licht ist ihr Tanzen eher ein Taumeln, vor allem Hasso scheint Probleme mit dem Gleichgewicht zu haben. Neben den Nackten hockt Jean Cocteau in seinem dreiteiligen Tweedanzug, er hat einen Fotoapparat in der Hand, beginnt in schneller Abfolge zu knipsen. Sein Blitzlicht funktioniert wie ein Stroboskop, er gibt den Tanzenden einen Licht-Rhythmus, der sie noch surrealer wirken lässt. Auch Cocteau hat einen sitzen, nun springt er wie Rumpelstilzchen um die Nackten herum, rezitiert in schnellem Staccato: »Die Bildhauerei ist die einzige Kunst, die uns zwingt, um sie herumzugehen!«

Ich bin so geschockt, dass ich mindestens zwei Minuten zusehe, bevor ich anfange, laut zu kreischen. Erst jetzt bemerken mich die drei Satyren, sie schrecken auf, blicken zu mir rüber, auch sie erstarren, drei Rehe im Scheinwerferkegel meiner Wahrnehmung. Mit diesem Bild im Kopf ergreife ich die Flucht, renne weg. Hasso und Jean Marais stürzen aus dem Tipi, beide immer noch nackt. Hasso ruft verzweifelt: »Lotti, meine Rose, meine Narzisse, bleib stehen, ich flehe dich an! Du darfst das nicht missverstehen, wir, wir … haben doch nur …«

Was soll ich bitte nicht missverstehen? Ich will etwas erwidern, aber mir fällt keine vernünftige Antwort ein. Die Situation ist einfach zu komplex, also schreie ich nur: »Du Schwein! Du hast meinen Geburtstag vergessen!«

Ich stürme zur Straße, lasse Rumpelstilzchen und die zwei Davids zurück. Ich habe meine Schuhe am Strand vergessen, meine Füße platschen auf den Asphalt, ich laufe, laufe, laufe. Schließlich kommt mir ein Auto entgegen, ich winke, es hält an. Ich springe auf den Rücksitz, der Fahrer fragt: »Où vas-tu, petite fille?«

Ich keuche: »Egal wohin, Hauptsache weg!«

»Was für eine Katastrophe!«
Toygar kneift die Augen zusammen, reibt sich die Stirn.
»Wie haben Sie das bloß überlebt?«
»Ach, ich halte es mit Nietzsche: ›Was mich nicht umbringt, macht mich stärker‹. Unsere erste gemeinsame Reise war allerdings vorbei. Hasso hat mich in Arcachon auf der Promenade gefunden, wir sind non-stop zurück nach Hamburg gefahren. Ich habe bis Lörrach nicht mit ihm gesprochen.«
»Aha. Wie sind Sie denn generell damit umgegangen?«

»Womit?«

»Na, mit Hassos offensichtlicher Bisexualität.«

»Lieber Toygar, mal ganz im Ernst – haben Sie noch nie ein gleichgeschlechtliches Techtelmechtel gehabt?«

»Nein.«

»Ganz ehrlich, wirklich nicht?«

»Nein, wirklich nicht.«

»Dann haben Sie was verpasst. Wie dem auch sei, bei Hasso war es jedenfalls nur eine Phase.«

Toygar steht auf, hebt die Hand.

»Einen Moment, ich gehe nur schnell duschen.«

»David Bowie war nicht schwul.«

Cem und Ömer stehen in Toygars Wohnzimmer, betrachten das riesige Poster von Ziggy Stardust über der rosa Couch. Ömer fragt nach: »Bist du sicher? Guck dir den Typen doch mal an. Wer trägt denn so bescheuerte Klamotten. Und dieser rosa Punkt auf der Stirn. Na ja, passt zum Sofa!«

»Die Couch hat mit dem Poster nichts zu tun. David Bowie war mit Iman verheiratet. Iman ist ein Topmodel aus Somalia. So ne Mischung zwischen Tyra Banks und Naomi Campbell. Super heiß. Die waren über zwanzig Jahre zusammen. Also war David Bowie nicht schwul.«

Ömer ist beeindruckt.

»Woher weißt'n das alles?«

»Von der PlayStation, *Metal Gear Solid*, da taucht Bowie dauernd auf.«

Er zeigt auf das Poster.

»Und das ist Ziggy Stardust. Den Song kennst du auch.«

»Echt? Woher denn?«

»Von *Guitar Hero*. Weißt du nicht mehr?«

Cem spielt Luftgitarre, singt: »Ziggy played guitar …«

Ömer tippt sich an die Stirn.

»Ach ja, viertes Level. Fand ich immer doof. Ich steh mehr auf die Red Hot Chili Peppers.«

Auch er hängt sich eine Luftgitarre um, fängt an zu hüpfen.

»Can't stop, addicted to the shindig, chop top ... «

Cem steigt ein.

»... choose not a life of imitation ...«

Bora kommt aus der Küche, brüllt:

»Seid ihr besoffen? Hoppst hier nicht so dämlich rum, sucht nach Anhaltspunkten, Hinweisen.«

Wenn Bora wütend wird, klingt seine Roboterstimme wie ein rostiger Rasenmäher. Ömer lässt die Luftgitarre fallen.

»Anhaltspunkte? Was meinst du? Ich hab doch schon unterm Bett und im Schrank geguckt, da ist er nicht.«

Bora schnauft: »Ach was?! Was meinst du, warum Cem so freundlich war, das Schloss zu knacken?«

»Warum denn?«

»Weil Toygar nicht aufgemacht hat, du Dumpfbacke. Und sich unterm Bett oder im Schrank zu verstecken, wär wohl das Bescheuertste, was man in so einer Situation machen kann. Nein, unser Bräutigam ist nicht zu Hause. Was ich wissen möchte ist, wo er sein könnte.«

Ömer grinst.

»Ach, das meinst du mit Anhaltspunkten!«

Aber er bleibt stehen, guckt von Bora zu Cem und zurück. Cem sagt: »Du hast keine Ahnung, wovon Bora spricht, stimmt's?«

Ömer blickt weiter unsicher von Bruder zu Bruder, dann nickt er. Cem schlägt ihm aufmunternd auf den Rücken.

»Das läuft genau wie bei Cole Phelps aus *L.A. Noire*, dem alten Xbox-Spiel. Erinnerst du dich? Detektiv-Arbeit: Telefonnummernabdrücke auf dem Notizblock, geheime Schubladen im Schreibtisch, blutiges Messer unter der Matratze.«

Bora verdreht die Augen.

»Genau das. Also los, Männer.«

Toygar Bayramoğlus Wohnung ist höchst ungewöhnlich geschnitten.

Fast wie ein Bagel, mit dem Treppenhaus als Loch in der Mitte. Alle Räume gehen ineinander über, Wohnzimmer, Schlafzimmer, Bad, Küche und schon ist man wieder im Wohnzimmer. Bora läuft im Kreis und durchsucht Schränke, Kisten und Schubladen. Ömer hat den Papierkorb in der Küche umgekippt, sortiert mit spitzen Fingern Joghurtbecher und Kartoffelschalen. Cem steht immer noch im Wohnzimmer. Er ist fasziniert. So was hat er noch nicht gesehen. Bis auf Ziggy Stardust und die Türen sind alle Wände mit Regalen verkleidet, gefüllt mit Büchern, DVDs und Schallplatten. Nur gegenüber der Couch hat Toygar einen Ausschnitt für Fernseher und Stereoanlage gelassen, auch die Boxen stehen in der Medienflut. Cem umrundet das Zimmer. Ohne Plan nimmt er DVDs und Bücher aus dem Regal: *Butch Cassidy and the Sundance Kid*, *Belle de Jour – Schöne des Tages*, *Little Big Man* von Arthur Penn, *Forrest Gump*, *Fantomas* und *Fantomas gegen Interpol*. Daneben lagern Jean Cocteaus *Kinder der Nacht*, *Die Pest* von Camus und das Gesamtwerk Hermann Hesses als Box-Set. Weiter oben sieht Cem Simone de Beauvoir, Virginia Woolf und Erica Jong, *Angst vorm Fliegen*. Dazwischen zwängt sich eine zerfledderte Ausgabe von Karl Marx' *Das kommunistische Manifest*. Alles völlige Unbekannte. Cem muss nachdenken. Hat er eigentlich schon mal ein Buch gelesen? Nicht dass er wüsste. Die Schallplatten sind alphabetisch geordnet, wahllos zieht er Vinyl aus dem Regal: Cat Stevens *Tea for the Tillerman*, Roxy Music *Country Life*, Elvis Presley *G.I. Blues*, *Ball Pompös* von Udo Lindenberg. *Die Seeräuber-Jenny* von Hildegard Knef, Jacques Loussier *Play Bach*, *Chelsea Girl* von Nico, The Rolling Stones *Aftermath*, *Autobahn* von Kraftwerk. Auch alles reine Exoten. Cem wird leicht schwindelig. Er hat das Gefühl, eine Tür aufgestoßen zu haben, die direkt in den Abgrund führt. Aber in einen faszinierenden Abgrund, funkelnd und glitzernd, in allen Farben des Regenbogens. Vor dem Plattenspieler hält er an. Auf dem Teller liegt noch die letzte Scheibe, die Toygar gehört hat. Cem nimmt sie in die Hand, streicht über das Vinyl. Er liest das Label: *Mad World*, Tears for Fears. Irgendetwas klingelt. Er schaltet die Anlage ein, legt die Platte auf, setzt die Nadel in die Rille.

»Hey, das kenn ich!«

Cem ist so überrascht, dass er gar nicht merkt, wie laut er schreit. Bora und Ömer stürmen ins Wohnzimmer, Bora herrscht ihn an: »Bist du verrückt geworden? Mach das sofort aus!«

»Nein, das kenn ich, das ist aus *Gears Of War 3*. O Gott, diesen Song habe ich geliebt!«

Mit einem lauten Kratzen reißt Bora den Tonarm vom Vinyl. Er schnauft verächtlich: »Was ist das bloß für ein Scheiß?!«

Er macht eine abfällige Geste in Richtung der Regale.

»Wo lebt der Typ eigentlich? In der Steinzeit? Der hat ja noch nicht mal einen Computer!«

Ömer lacht, den Witz hat er verstanden. Bora haut Cem im Dinç-Style mit der flachen Hand über den Hinterkopf.

»So, und jetzt hör auf zu träumen, Baby Brother! Mach dich nützlich. Wir haben noch nichts gefunden, und Baba wartet!«

Cems Blick fällt auf die PlayStation 4, die unter dem Fernseher steht.

»Moment mal.«

Er knipst die Konsole und den Monitor an, nach einem kurzen Sirren erscheint der Sony-Startup-Screen. Cem highlighted das Logo für *Destiny 2*. Er murmelt: »Ja, das könnte klappen.«

Bora ist verwirrt.

»Was könnte klappen?«

Cem erklärt: »Toygar hat *Destiny 2*, das ist ein MMORPG/FPS.«

»Ein was?«

»Ein Massively Multiplayer Online Role-Playing Game / First-Person Shooter.«

»Soso. Und inwiefern hilft uns das?«

»Pass auf.«

Er drückt ein paar Knöpfe, diverse Namen erscheinen. Bora versteht immer noch nicht.

»›PabLowGTO‹? ›CoolRobot102‹? ›SisNisBRMG‹? Was soll das sein?«

»Das sind Player, mit denen Toygar normalerweise spielt. Wenn sie da erscheinen, heißt das, dass sie online sind.«

Bora grunzt: »Selten dämliche Namen.«

Auf dem Screen leuchtet ein schwarzes Rechteck auf.

»You received an invitation. From: SisNisBRMG.«

Cem klickt. Augenblicklich erklingt eine aufgeregte Frauenstimme.

»Na Bruderherz, du hast Nerven! Erst machst du auf *Die Braut die sich nicht traut,* verschwindest vom Erdboden, blamierst deine Familie und zerstörst eine ausgezeichnete Party, und jetzt spielst du seelenruhig PlayStation?«

Ömer und Bora sehen sich verdutzt an: Hat Nisel ihrem Bruder nicht bei der Flucht geholfen?

Aber Cem dreht sich um, hebt triumphierend den Daumen.

»Bingo!«

Er nimmt ein kleines Headset von der Konsole, setzt es sich auf. Er räuspert sich, verstellt die Stimme.

Er krächzt: »Hey Sis, du hast ja recht. Tut mir so leid. Ich konnte das einfach nicht durchziehen.«

»Ja, ist schon klar. War auch nur 'n Joke. Aber sauer bin ich trotzdem. Toy, warum klingt deine Stimme so komisch?«

»Ich hab mich erkältet. Ich musste ein Stück schwimmen und bin dann in nassen Klamotten weiter …«

»Oha! Bist du immer noch in Schleswig-Holstein?«

»Nein, ich bin in Berlin, in meiner Wohnung. Hey, ich bin gerade etwas in Eile. Können wir uns vielleicht später treffen? Dann erzähl ich dir alles.«

»Mmh. Ich bin auch gerade erst wiedergekommen. Hab mich wohl etwas zu heftig druckbetankt gestern, nach deinem Abgang musste ich ganz schnell ein Nickerchen machen. Obwohl, Nickerchen? Ich bin erst heute morgen wieder aufgewacht. Und ab 15 Uhr muss ich schon im Mayfair-House arbeiten, die Schicht ließ sich nicht verschieben. Aber komm doch einfach da hin.«

»Roger Roger, bis gleich.«

Cem schaltet die PlayStation aus. Bora ist begeistert.

»Wow, das war so Gangster. Jetzt wissen wir wenigstens, wo die Schwester ist. Kleiner, du hast Talente, von denen ich überhaupt keine Ahnung hatte! ›Roger Roger‹?«

»Ja, das sagen die Roboter in *Star Wars* immer.«

Er verstellt wieder die Stimme, klingt wie Stephen Hawking im Stimmbruch.

»Roger Roger.«

DIE SECHSTE SCHWESTER

Als Toygar zurückkehrt, hat Charlotte einen braunen Ringordner auf dem Schoß, blättert gedankenverloren. Erst als er sich räuspert, nimmt sie ihn wahr. Sie erschrickt fast.

»Ah, da sind Sie ja.«

Sie legt das Buch auf den Kaffeetisch, taucht wieder in ihre erzählerische Selbsthypnose.

1957

»Entschuldigung, darf ich Sie mal ansprechen? Sie sind mir aufgefallen.«

Der freundliche ältere Herr mit der Glatze steht hinter mir in der Schlange vor der Toilette im Alsterhaus am Hamburger Jungfernstieg. Er ist sehr elegant gekleidet. Ein Ensemble aus harmonierenden Grautönen, Mantel, Jackett, Weste, nur die besten Stoffe. Seine Hose ist perfekt geschnitten, die Bundfalten verbergen clever sein recht beachtliches Hüftgold. Er trägt ein strahlend weißes Hemd, dazu eine noch weißere Krawatte. Für einen eigentlich unattraktiven Mann hat er das Bestmögliche aus sich herausgeholt, seine Hände sind frisch manikürt, seine Haut glänzt, er kommt direkt vom Barbier. Ich überlege gerade, ihn meiner Mutter vorzustellen, da sagt er: »Haben Sie mal daran gedacht, Schauspielerin zu werden?«

Die Keller schüttelt sich vor Lachen.
»Der Klassiker! Wer beantwortet DIE Frage schon mit ›Nein‹?«
Toygar fragt: »Und wer war der Mann?«
»Erich Engels. Ein Regisseur. Das habe ich allerdings erst später herausgefunden. Für mich war er zunächst nur der nette ältere Herr aus dem Alsterhaus.«

»Kennen Sie Heinz Erhardt?«
Natürlich kenne ich Heinz Erhardt. Der hat zwar nicht ganz meinen Humor, aber Hasso liebt ihn. Wir haben zusammen *Der müde Theodor* gesehen, ich wäre sicher eingeschlafen, hätte sich mein Liebster neben mir nicht ständig totgelacht. »Sie meinen den Komiker?«
»Genau den. Ein toller Künstler! Wir drehen in Kürze einen neuen Film mit dem Heinz, diesmal spielt er einen Witwer mit sechs Töchtern. Die Tschechowa ist dabei, Christine Kaufmann und natürlich der große Helmuth Lohner. Wir suchen noch die sechste Schwester.«
Der freundliche Herr tritt zurück, betrachtet mich eindringlich. Er nickt.
»Ich könnte Sie mir gut vorstellen. Wie alt sind Sie, wenn ich fragen darf?«
»Ich bin siebzehn.«
»Perfekt. Morgen Nachmittag findet ein Vorsprechen im Curio-Haus statt, ich würde Sie gerne dazu einladen.«
Ich bin erst mal platt.

»Wirklich?«

»Ja, hier ist die Karte meiner Produktionsfirma.«

Ich lese »Göttinger-Film-Atelier GmbH«. Göttingen?

»Wissen Sie, in so einer Kloschlange lernt man doch die nettesten Menschen kennen.«

Dem kann ich nur bedingt zustimmen, ich finde den Spruch irgendwie eklig. Mir stellen sich kurz die Nackenhaare auf. Aber in einem Spielfilm mitspielen? Der Mann setzt nach:

»Na, sind Sie interessiert?«

»Ja, sehr.«

Die Keller hält inne.

»Aus irgendeinem Grund kann ich mich an das Vorsprechen nicht erinnern.«

Sie legt den knorrigen Zeigefinger an die Lippen.

»Nein, totales Gedächtnisloch. Seltsam, das passiert mir doch sonst nie. Egal, ich habe die Rolle jedenfalls bekommen: Hanne Scherzer, die Zwillingsschwester von Vera Tschechowa. Hanne und Anne. Natürlich waren wir zweieiige Zwillinge, wir sahen uns ja kein Stück ähnlich. Die Tschechowa war so ein Hungerhaken, und ich … na ja, ich hatte eben schon immer eine frauliche Figur. BH-Größe 75 C, schmale Taille, aber reichlich Hüfte und Po. Das nannte man in den Fünfzigern eine ›Sanduhr-Figur‹. Ich war eher Elizabeth Taylor als Audrey Hepburn. Klein, aber oho!«

»Und jetzt wollen Sie mir erzählen, dass Sie in einem Kinofilm mitgespielt haben?«

»Ganz genau. Und zwar in Göttingen. Sie brauchen gar nicht so skeptisch die Stirn zu runzeln – wie immer habe ich Beweise.«

Sie zeigt auf den braunen Ordner auf dem Kaffeetisch, Toygar nimmt sich das zerfledderte Buch, öffnet es. An drei Klappringen hängen leicht vergilbte Klarsichtfolien, darin eingesteckt bunte Postkarten. Zwei Stück pro Folie, man kann Vorder- und

Rückseite durch einfaches Umblättern betrachten. Gleich die erste Karte zeigt eine schmucke deutsche Altstadt, darüber in gelber Schrift »Filmstadt Göttingen«. Charlotte erklärt: »Göttingen war in den Fünfzigerjahren das Hollywood Deutschlands. Alle großen Filmschlager wurden hier gedreht: *Königliche Hoheit, Frauenarzt Dr. Praetorius, Hunde wollt Ihr ewig leben?, Rosen für den Staatsanwalt.* Hans Albers, Peter Frankenfeld, Hans-Jörg Felmy und eben Heinz Erhardt gaben sich in Göttingen die Klinke in die Hand. Außerdem hat es in Südniedersachsen so gut wie nie geregnet! Drehen Sie mal um.«

Toygar liest die Rückseite der Karte:

»Liebster Hassomeiner: Göttingen ist wunderbar! Waren bis jetzt zwar nur am Bahnhof und im Hotel, aber hier scheint's immer noch so auszusehen wie vor dem Krieg, es sind kaum Bomben gefallen. Deshalb drehen die hier ja auch all diese tollen Filme. Ein echtes Paradies! Gleich treffe ich zum ersten Mal das Team, wünsch mir Glück! Ich vermisse dich so sehr, dicker Kuss, Lottideine.«

Willy Winterstein ist skeptisch.

»Mmmh. Kloa, sie is a fesche Katz', aber waaßt eh, mei lieber Erich: De Kamera haut immer zehn Kilo aufi, und die Puppn bringt schon jetzt fünfe zu vü auf die Waag.«

Wir befinden uns im Studio B des Filmateliers Göttingen, ich stehe in meinem türkisfarbenen Badeanzug mit dem »Hamburger Schwimm-Club von 1879«-Abzeichen auf einem wackeligen Schemel, vor mir Erich Engels und sein Kameramann Willy Winterstein. Mit Baskenmütze, Fliege und Hosenträgern sieht Winterstein aus wie ein Bilderbuch-Franzose, aber er spricht mit breitem österreichischen Akzent. Er färbt sich seinen kurzen Vollbart pechschwarz, ich habe den Verdacht, dass er außerdem Make-up aufgelegt hat, sein Gesicht strahlt in einem unnatürlichen Orange. Engels trägt heute eine Art Tropenanzug in beige, die Jacke mit kurzen Ärmeln, dazu braune Sandalen mit grauen Strümpfen.

»Willy, die Kleine hat Starpotenzial, guck dir mal diese Kurven an, das ist die deutsche Monroe.«

Die beiden älteren Herren reden über mich, als wäre ich gar nicht anwesend.

»Die Monroe is blond. Und net so ozwickt.«

»Flaschenblond, mein lieber, Flaschenblond, das weiß doch jeder. Und Marilyn Monroe misst auch nur 1,66 Meter. Die Taylor sogar nur 1,57!«

Willy Winterstein tritt heran, steckt mir die Finger in die Frisur. Ich zucke zurück.

»Hey!«

»Scheiß di net ah, ich wü doch nur die Qualität von deine Hoa testen.«

Ich lasse ihn. Er fummelt mir grob am Kopf herum.

»Eh urndlich. Müss ma hoit mit dem Brenneisen glätten. Über die Forb entscheid ma am Set. Is die Tschechowa zurzeit brünett oder blond?« Erich Engels erwidert: »So weit ich weiß, brünett.«

Willy Winterstein nickt, zeigt auf mich.

»Moch amoi an Kreisel, Klane.«

Ich gehorche. Winterstein macht mit seinen beiden Daumen und Zeigefingern ein Rechteck, hält es sich vors Gesicht, betrachtet mich intensiv. Er umkreist mich wie ein Schäferhund, geht in die Hocke, setzt sich in den Schneidersitz, legt sich auf den Betonboden. Dabei grunzt er, mal zustimmend, mal ablehnend. Schließlich steht er auf, klopft sich den Staub von den Knickerbockern.

»Na guat, des wird scho. Aber des Hascherl muass fünf Kilo obnehmn. Mindestens!«

»Mein liebster Schatz: Göttingen ist zauberhaft, aber ich bin zu dick! All die anderen Mädchen passen ohne Probleme in ihre Anzüge, nur bei mir spannt und quillt es. Ich kann tun, was ich will, ich werde nicht dünner. Soll ich denn ganz aufhören zu essen? Hassomeiner, was soll ich bloß machen? Verzweifelt, Lottideine.«

Toygar blättert durch die Postkarten aus Südniedersachsen. Er stößt auf ein Bild von den Hamburger Landungsbrücken. Die Keller flötet:»Die ist von Hasso!« Toygar liest:

»Herzallerliebste Lottimeine: Ich dulde nicht, dass jemand schlecht von meiner Verlobten spricht. Auch wenn du es selber bist! Du bist nicht dick, du bist genau richtig! Lass dir bloß von niemandem etwas anderes einreden. Und hör um Himmels willen nicht auf zu essen! Du benötigst doch deine Kraft, du darfst nicht unterzuckern! Um zu erreichen, was du dir vorgenommen hast, brauchst du dringend Kohlehydrate. Ich empfehle vor jedem Wettbewerb eine Schüssel Nudeln!«

»Wettbewerb?«
    »Ja, so empfand ich es. Zwischen den sechs Töchtern des Witwers Scherzer herrschte eine gnadenlose Konkurrenz. Um die Gunst des Regisseurs, des Kameramanns, des Drehbuchautors. Vor allen Dingen aber um die Aufmerksamkeit des Hauptdarstellers. Heinz Erhardt war der König der Dreharbeiten!«

»Das Erste, was man bei einer Abmagerungskur verliert, ist die gute Laune.«

Der ganze Set grölt. Immer wenn Heinz Erhardt einen von seinen Aphorismen abliefert, bricht größte Heiterkeit aus unter den rund dreißig Filmschaffenden, die an der heutigen Szene beteiligt sind. Wie so oft geht der Witz auf meine Kosten. Und wie so oft lachen die Frauen am lautesten. Meine Drehbuch-Schwestern Susanne Cramer, Christine Kaufmann, Angelika Meissner und Elke Aberle wiehern wie eine Herde Island-Ponys, am schallendsten aber belustigt sich mein vermeintlicher Zwilling Vera Tschechowa. »Lotti, mach dir nichts draus, du kannst ja nichts dafür, dass dir der liebe Gott von allem etwas mehr gegeben hat!«

Susanne Cramers Film-Verlobter Helmuth Lohner tritt von hinten an mich heran, legt mir die Hände auf die Schultern. Instinktiv ducke ich mich. Wieder richten sich meine Nackenhaare auf, ich spüre einen höchst atavistischen Fluchtimpuls. Aber Lohner hält mich fest, gibt mir ein väterliches Busserl auf den Scheitel. Er legt sein Kinn auf meinen Kopf, wienert jovial: »Na, na, Vera, des is aber net nett. Außerdem gefällt uns Männern des gewisse Etwas doch net amoi so schlecht, stimmt's, Heinz?«

Heinz Erhardt kichert verlegen, schiebt den Kopf zur Seite und wirft mir einen schrägen Blick zu.

»Frauen sind wie Juwelen. Man muss sie mit Fassung tragen.«

Haha. Ich finde unseren Hauptdarsteller reichlich seltsam und jenseits der Kamera auch ziemlich unlustig. Er vermeidet grundsätzlich jeden direkten Augenkontakt mit dem Team, sitzt meistens abseits, mit dem Gesicht zur Wand, betrachtet seine Hände. Er kommuniziert nur über seinen Drehbuchautor Rolf Becker. Wenn er überhaupt zum Rest der Mitarbeiter spricht, dann ausschließlich in seinen launigen Zweizeilern.

»Wenn eine Frau die Wahl zwischen Liebe und Geld hat, entscheidet sie sich für beides.«

»Furchtbar verklemmt war der. Und seine Sprüche pure Selbstverteidigung. Komiker? Dass ich nicht lache! Aber wenigstens war er kein Grabscher.«
Charlotte fächelt sich demonstrativ Luft zu. Toygar ist ganz woanders hängengeblieben.
»Vera Tschechowa? Hatte die nicht mal was mit Elvis?«
»Pah! Noch so eine Ente! Die konnte ja nicht mal Englisch.«
Sie setzt sich auf.
»Von Elvis habe ich doch auch ein Bild, wo ist das bloß?«
Sie lässt den Blick schweifen.
»Ah, da oben, ganz rechts in der Ecke!«
Toygar stellt sich auf die Zehenspitzen. Eine Schwarz-weiß-Fotografie zeigt Vera Tschechowa, Elvis und ein paar andere Gestalten auf einem Bahnsteig. Der Sänger trägt eine Armee-Uniform. Toygar bemerkt: »SIE sehe ich hier aber nicht.«
»Kein Wunder. Mich haben sie ja auch rausgeschnitten. Dabei hielten Elvis und ich sogar Händchen!«
»Sie haben mit dem King Händchen gehalten? Das ist ja Wahnsinn! Bitte mehr!«

Wir drehen heute die Abschiedsszene am Bahnhof von Lenglern, es ist die letzte Einstellung, dafür wurde extra der ganze Bahnsteig abgesperrt. Südniedersachsen besticht durch seine wenigen Regentage, aber heute brennt die Sonne dann doch etwas zu intensiv. Die gesamte Besetzung schwitzt, die Make-up-Dame muss regelmäßig nachschminken. Ich trage das ärmellose Sommerkleid, das Coco mir aus dem Kostüm genäht hat, das ich schon den ganzen Winter über getragen habe. Wie immer hat sie die Ärmel und den Kragen aufbewahrt, die kommen nächsten Oktober wieder dran, das hat sie schon zweimal gemacht. Ursprünglich saß

das Kleid um einiges lockerer, mittlerweile fülle
ich den himmelblauen Fummel bis in die letzte Ecke
aus. Meine Haare hat mir Gerlinde, die Set-Friseuse,
mit einer Dauerwelle von Afro auf Locken entspannt
und zusätzlich blondiert. Im Spiegel erkenne ich
mich selbst kaum wieder.

»Eine Frau, die vor ihrem Mann keine Geheimnisse
hat, hat entweder keine Geheimnisse oder keinen Mann.«

Heinz Erhardt ist in seinem Element. Umgeben von
der vornehmlich weiblichen Besetzung seines neuesten
Streifens, gibt er eine kleine Privatvorstellung im
Verpflegungszelt. Die Mädels sind entzückt, applaudieren im Takt seiner Sinnsprüche. Erhardt hält in
jeder Hand ein Quarkbrötchen mit Schnittlauch, krönt
jeden Satz mit einem beherzten Biss von der belegten
Backware. Er trägt ein weißes Oberlippenbärtchen aus
verschiedenen Milchprodukten, Revers und Schultern
sind übersät von einem bunten Muster aus Brotkrü-
meln. Ich finde Erhardt wie immer leicht gruselig.
Seine Körpersprache ist die eines Fünftklässlers, er
trägt gefühlt immer noch kurze Hosen. Er wippt auf
den Zehenspitzen, zieht die Schultern hoch, rollt
mit dem Kopf.

»Manche Frauen sind wie Löschpapier: Sie nehmen
alles in sich auf und geben es anschließend verkehrt
wieder.«

Vera Tschechowa und Christine Kaufmann liegen sich
in den Armen, wischen sich gegenseitig die Freuden-
tränen aus den Augen.

Plötzlich wird es still am Set.

Ein schlanker Mann in einer beigen Uniform schlendert
den Bahnsteig hoch. Er hat etwas Geisterhaftes, in

der flirrenden Hitze verwischen seine Konturen, es ist, als wäre er aus dem Nichts aufgetaucht. Er hat seine dunkelgraue Kappe keck in den Nacken geschoben, seine Hände halten ein schweres Fernglas, das ihm um den Hals hängt. Er wiegt sich in einem Rhythmus, den nur er zu hören scheint. Jetzt dreht er sich zweimal um die eigene Achse, macht einen Ausfallschritt. Je näher der Soldat kommt, desto klarer wird, warum sogar die Kichererbsen um Tschechowa und Kaufmann ausnahmsweise mal den Mund halten. Es ist Elvis Presley, und der Kerl ist so attraktiv, dass auch mir die Spucke wegbleibt. Schmollmund, Rehaugen, dazu eine Nase, wie ich sie so perfekt noch nie gesehen habe. Der Bahnsteig ist voll mit vermeintlichen Filmstars, aber gegen diese Erscheinung sind sie alle nur Sternchen. Elvis' Charisma überstrahlt das ganze Set, degradiert die anwesenden Schauspieler zu Statisten. Ich stehe durch Zufall am weitesten vorne, deshalb begrüßt mich der schöne Mann als Erste. Er zückt die Kappe, rollt in einem tiefen Bariton: »Ma'am.«

Er verzieht die vollen Lippen zu einem schiefen Lächeln und salutiert in Richtung der restlichen Damen.

»Ladies.«

Meine Schwestern erwachen aus ihrer Promistarre und beginnen, aufgeregt zu tuscheln. Hinter Elvis erscheint Margot Ellebrecht, die Pressesprecherin der Göttinger-Film-Atelier GmbH. Margot ist eine kleine Frau mit grauer Prinz-Eisenherz-Frisur und schwarzer Hornbrille. Wie ein Schild hält sie sich ein großes Klemmbrett vor die Brust. Ihr Ton ist wie immer förmlich, sie sagt: »Meine Damen und Herren, ich erlaube mir vorzustellen: Elvis Presley.«

Als wäre diese Einführung nötig gewesen. Wer Elvis nicht kennt, lebt auf dem Mond. Margot hat zwei mittelalterliche Gesellen im Schlepptau, sie sehen beide aus, als wären sie gerade aus dem Bett gefallen.

»Das sind Gustl und Joe von der *Bravo* aus München. Sie sind hier, um eine Story über Elvis und Vera zu machen.«

Gustl hat mehrere Fotoapparate um den Hals, er trägt kurze Hosen und Sandalen. Er beginnt sofort zu knipsen. Joe hat wohl in seinem Anzug geschlafen, das Leinenmaterial ist eine einzige Knitterfalte. Er ruft: »Danke, Margot. Dann fangen wir gleich an, das Ganze soll ja so realistisch wie möglich wirken. Elvis trifft Vera das erste Mal, Mr. Presley, würden Sie bitte?«

Joe macht eine Geste in Richtung der Damen, aber Elvis ist verwirrt.

»What?«

»Begrüßen Sie Vera.«

»Vera? Who is Vera?«

Margot Ellebrecht übernimmt.

»Vera ist Ihre deutsche Freundin.«

Elvis zuckt nur mit den Schultern.

Margot zeigt auf Vera. Sie wird lauter.

»Ihre deutsche Freundin! So wie gestern mit Ihrem Manager besprochen. Colonel Parker. Am Telefon!«

Sie hält sich einen unsichtbaren Telefonhörer ans Ohr. Sie brüllt:

»Am Te-le-fon!«

Aber Elvis begreift nicht. Er blickt sich hilflos um, die Situation überfordert ihn. Überhaupt scheint er nicht glücklich zu sein. Er wirkt erschöpft, bei näherem Hinsehen haben seine schönen Augen dunkle Ränder. Er runzelt die Stirn, zieht die Mundwinkel nach unten. Ich verstehe, was los ist.

»They want you to say hello to Vera.«

Ich stelle mich neben die Tschechowa, nehme sie bei den Schultern.

»This is Vera, she is supposed to be your girl-friend.«

Elvis' Züge entspannen sich.

»You speak English?«

»Sie sprechen Englisch?«

»Offensichtlich.«

Toygar ist beeindruckt.

»Faszinierend. Erst Französisch, jetzt Englisch. Sie sind ja ein echtes Sprachtalent.«

Die Keller winkt ab.

»Das ist ja noch gar nichts – ich spreche fünf Sprachen. Fließend! Der Einfachheit halber mache ich aber auf Deutsch weiter.«

Ich streiche mir kokett die blonden Locken aus der Stirn.

»Ja, wieso?«

Elvis presst die Hände zusammen wie zum Gebet.

»Weil hier sonst niemand meine Sprache spricht. Ich habe keine Ahnung, was ich an diesem Ort über-haupt soll. Wo bin ich eigentlich? Wer sind all die-se Leute?«

»Sie sind in Göttingen, im sonnigen Südniedersach-sen. Hier werden alle deutschen Spielfilme gedreht. So wie in Hollywood.«

Elvis nickt.

»Ah, Hollywood.«

»Und die Herrschaften sind die Crème de la Crème der deutschsprachigen Schauspielzunft.«

Margot Ellebrecht schaltet sich ein.

»Charlotte, Sie sprechen Englisch, das ist ja großartig! Eine Übersetzerin können wir gut gebrauchen. Herr Presley hat ja leider überhaupt keine Fremdsprachenkenntnisse.«

Heinz Erhardt rauscht heran, streckt Elvis die Hand entgegen.

»Herr Presley, ich bin Ihr größter Fan! Es ist mir so eine Ehre, Sie persönlich kennenzulernen.«

Elvis erschrickt beim Anblick des deutschen Filmstars, zögert mit dem Handschlag. Er wendet sich unsicher an mich.

»Wer ist das?«

Ich erkläre: »Das ist Heinz Erhardt. Der bekannteste Komiker Deutschlands. Unser Jerry Lewis. Anscheinend mag er Ihre Musik.«

Der schöne Sänger fasst Vertrauen, schüttelt Erhardts Pranke. Er findet sein schiefes Lächeln wieder.

»Und du bist Deutschlands Marilyn Monroe?«

Sehr charmant. Ich zwinkere ihm zu.

»Wohl kaum. Mein Name ist Charlotte Keller.«

»Ist das ein Gimpel?«

Elvis zeigt auf einen kleinen blauen Vogel mit roter Brust, der auf einem Strauch auf der anderen Seite der Gleise sitzt. Er zückt das Fernglas und richtet es auf den Piepmatz.

»Tatsächlich, ein Gimpel. Oder auch Dompfaff.«

Elvis ist begeistert.

»Ich habe vorher noch nie einen gesehen. Nur auf Bildern. Gimpel gibt es nicht bei uns in Amerika.«

Margot Ellebrecht tippt mir auf die Schulter.

»Charlotte, bitte sagen Sie Herrn Presley, dass er jetzt Vera Tschechowa begrüßen soll. Die US-Armee hat uns nur ein Zeitfenster von zwei Stunden gewährt, und wir haben noch so einiges vor.«

Elvis hat immer noch das Fernglas im Gesicht. Ich stelle mich auf Zehenspitzen und flüstere ihm ins Ohr: »Mr. Presley, Frau Ellebrecht möchte, dass ich Sie daran erinnere, warum Sie hier sind.«

»Warum bin ich denn hier?«

»Sie machen eine *Bravo*-Foto-Story über Ihre Romanze mit Vera Tschechowa.«

Ich zeige auf Vera. Elvis rümpft die perfekte Nase.

»Überhaupt nicht mein Typ. Viel zu dünn! Wer hat sich denn das wieder ausgedacht? Oh, der Gimpel fliegt weg. Hey, Gimpi!«

Der amerikanische Superstar springt vom Bahnsteig und rennt über die Gleise. Auf dieser Seite des Bahnhofs liegt ein kleines Buchenwäldchen, ich folge ihm einen ziemlich steilen Abhang hinunter. Hinter uns geht ein Raunen durchs Set, mit leichter Verzögerung reagieren die Filmschaffenden. Auch sie klettern von der Plattform, allen voran Margot Ellebrecht und die beiden *Bravo*-Reporter. Joe stöhnt: »Elvis Presley ist Vogelbeobachter?«

Gustl reißt die Kamera hoch.

»Eigentlich eine ganz gute Story.«

Joe legt ihm die Hand auf die Linse.

»Spar dir den Film. Das interessiert doch keinen.«

Weiter vorne ruft Elvis entzückt: »Gimpi, Gimpi!«

Ich schließe zu ihm auf, der blau-rote Vogel fliegt ein paar Meter vor uns in einem sportlichen Tempo, wir kommen gerade mal so mit. Die Gruppe um Margot Ellebrecht lassen wir weit hinter uns, vor allen Dingen Heinz Erhardt hat Schwierigkeiten auf dem unebenen Terrain. Der Dompfaff pfeift ein fröhliches Lied, es klingt ein bisschen wie »Muss I denn zum Städtele hinaus«. Elvis übernimmt die Melodie, Mann und Vogel zwitschern zusammen. Ich stimme ein:

»Muss i denn, muss i denn
zum Städtele hinaus, Städtele hinaus,
Und du, mein Schatz, bleibst hier.«

Elvis wundert sich.

»Der Gimpel-Song hat einen Text?«

»Ja, das ist ein altes deutsches Volkslied.«

»Wie heißt das? ›Suum schtäiddle-a henause‹?«

Nicht ganz, aber nahe genug. Ich nicke aufmunternd. Elvis beginnt zu radebrechen, bei ihm klingen die Worte, als hätten die Wiener Sängerknaben Steine im Mund. Aber das ist egal, denn hier singt der King, und mit DER Stimme könnte er auch die Straßenverkehrsordnung trällern, die Nummer wäre trotzdem ein Hit.

»Mouss-eeh däin, mouss-eeh däin suum schtäiddle-a henause … halt, stopp!«

Elvis bleibt plötzlich stehen, hält mir die Hand vor den Bauch. Er legt den Zeigefinger auf seinen Schmollmund, flüstert: »Pssst. Er hat sich hingesetzt.«

Der Gimpel hat es sich auf einer Birke gemütlich gemacht, die an einem kleinen Bach steht. Der bunte Vogel hört auf zu zwitschern, beobachtet Elvis und mich neugierig. Der Sänger nimmt die Kappe ab, setzt sie mir auf den Kopf. Er zückt das Fernglas, richtet es konzentriert auf den Dompfaff.

»Was für ein besonders schönes Exemplar. Ich liebe Vögel! Als kleiner Junge schon bin ich mit meiner Mutter losgezogen und habe die niedlichen Kreaturen beobachtet. Bei uns zu Hause in Tennessee. Mein Gott, wie sehr ich meine Heimat vermisse.«

Er setzt sich auf den Boden, ich platziere mich neben ihm. In der Ferne hören wir Margot rufen: »Herr Presley! Hallo, Herr Presley!«

Elvis stöhnt: »Oje, dieses dauernde Gehetze! Vor allen Dingen die dämlichen Presseaktionen! Mein Manager Colonel Parker verplant jede freie Minute. Interviews, Fotosessions, Auftritte bei irgendwelchen blöden Partys. Aber am schlimmsten sind diese seltsamen Verkupplungsversuche! Als würde mir der Sinn nach einer Romanze stehen. Ich will einfach nur meine Ruhe haben!«

»Herr Presley, wo sind Sie?«

Wieder schallt die schrille Stimme der Pressesprecherin durch die Buchen, der Trupp kommt näher. Ich greife Elvis am Ärmel.

»Ich habe eine Idee.«

Ich ziehe ihn die Böschung zum Bach hinab, wir verstecken uns unter einem überhängenden Busch.

»Herr Presley, ihre Foto-Story! Verdammt.«

Das sind die Jungs von der *Bravo*. Gustl und Joe kommen uns ziemlich nahe, die beiden Reporter streichen durch das Unterholz wie zwei Beagles auf der Fuchsjagd. Joe schimpft: »Verfluchter Yankee! Was glaubt der, wer er ist?«

Gustl ist völlig außer Atem.

»Weiß der nicht, dass in Deutschland ohne *Bravo* nichts geht?«

»Dem geb ich höchstens noch ein Jahr, dann ist der weg vom Fenster. Diese Affenmusik will doch keiner hören!«

»Ja, ein Peter Alexander ist das nicht.«

Gustl steht direkt über uns, wir hören sein Keuchen. Elvis und ich halten die Luft an. Aber die rasenden Reporter ziehen weiter, auch der Rest der Suchmannschaft entfernt sich. Gimpi beginnt wieder zu zwitschern, er sitzt direkt über uns. Elvis lehnt sich zurück, summt eine Weile mit. Er nimmt meine Hand.

»Wie heißt du noch mal?«

»Charlotte.«

»Ach ja. Also, liebe Charlotte: danke!«

»Danke wofür?«

»Dass du mir diese kleine Pause beschert hast.«
Er schließt die Augen und schläft ein. Ich betrachte den berühmten Sänger neben mir. Im Schlaf entspannen sich seine Züge, er ist eigentlich noch ein Kind. Wie alt er wohl sein mag? Bestimmt kaum älter als ich. Ich schmiege mich an die moosige Böschung, nach ein paar Sekunden wechsel auch ich auf die Traumseite.

Toygar seufzt.

»Wie romantisch! Und wie ging's weiter mit Ihnen und dem King?«

»Gar nicht. Zwei Stunden später kamen die amerikanischen Militärpolizisten den Bach hoch und haben Elvis festgenommen. Der hatte echten Ärger, konnte gerade noch eine Anklage als Deserteur vermeiden. Ich war allerdings in viel größeren Schwierigkeiten. Am Set war ich plötzlich Persona non grata, man behandelte mich, als hätte ich Elvis gegen seinen Willen verschleppt. Dabei hatte ich ihm doch nur zu einer kleinen Pause verholfen! Nach einer Standpauke vor versammelter Mannschaft feuerte mich Erich Engels. Meine Schauspielerkarriere war vorbei, bevor sie überhaupt angefangen hatte.«

»Und dann?«

»Dann haben sie mich rausgeschnitten. Regie, Drehbuch, Produktion. Aus *Witwer mit sechs Töchtern* wurde *Witwer mit fünf Töchtern*. Teilweise mussten sie Szenen sogar neu drehen. Hanne Scherzer hatte nie stattgefunden. Die große *Bravo*-Story über Elvis Presley und die Tschechowa wurde aber trotzdem gemacht. Armer Elvis.«

Toygar will noch fragen, ob Elvis nicht erst 1958 in Deutschland stationiert war, aber die Keller ist bereits wieder eingeschlafen.

Er blättert zur letzten Seite des Ringbuchs. Ein paar malerische Ansichten der Göttinger Altstadt umrahmen den Schriftzug »Ich liebe Göttingen«, das »liebe« ist ein Herz. Er schlägt die Folie um, auf der Rückseite steht:

»Mein liebster Mensch! Ich komme nach Hause. Ich bin für dieses Leben nicht gemacht. Ich bin heute einfach aus der Halle gegangen und habe mich nicht mal umgedreht! Ich lasse alles hinter mir, nehme den nächsten Zug zurück zu dir. Mit etwas Glück komme ich noch vor dieser Karte an. Ich kann es kaum erwarten. Ich liebe dich, Lottideine!«

»Aus welchem Museum stammt dieses Telefon eigentlich?«

Defne zerrt nervös an dem verknoteten Ringelkabel, das den antiken Plastikhörer mit dem lindbeigen Tastentelefon verbindet. Latif steht am Fenster, betrachtet die Hochzeitsgäste, die sich in kleinen Gruppen zu einem späten Frühstück in den Festzelten einfinden. Er fragt: »Was tust du?«

»Na was wohl? Ich rufe die Polizei! Toygar ist schon seit vierundzwanzig Stunden verschwunden.«

Sie fängt an zu wählen. Mit einem Schnaufen eilt Latif heran, reißt ihr den Hörer aus der Hand und drückt auf die Gabel.

»Das kannst du nicht machen!«

»Was kann ich nicht machen? Dafür sorgen, dass es unserem Sohn gut geht?«

Sie greift nach dem Telefon, aber Latif zieht ihre Hand weg. Defne keift: »Was soll denn das? Was ist bloß los mit dir? So kenne ich dich gar nicht. Ist dir Toygars Schicksal komplett egal?«

»Unsinn! Natürlich nicht. Es ist nur …«

»Was?«

Defne schüttelt wieder den Zeigefinger.

170

»WAS? Als Celâl irgendwas von einem Vertrag faselte, da dachte ich noch, dass es um das Catering geht. Aber Pustekuchen! Ich glaube, es wird Zeit, dass du endlich mit der Wahrheit rausrückst!«

Latif schließt die Augen, legt den Kopf zurück.

»Puh … okay, hör zu: Die Sache ist etwas komplizierter. Vielleicht solltest du dich besser hinsetzen …«

»So etwas Dämliches habe ich ja noch nie gehört!«

Latif ist fertig mit seiner Beichte, und Defne zittern nicht nur die Knie.

»Was für ein Desaster! Und jetzt soll unser Sohn deine Finanzprobleme ausbaden?«

»Ja, ich weiß, es ist alles meine Schuld. Ich hätte mich niemals mit Celâl Dinç einlassen sollen.«

Latif schlägt sich mit der flachen Hand gegen die Stirn.

»Ich war so ein Idiot!«

»Du BIST so ein Idiot! Bei Allah!!«

Defne legt die Ellenbogen auf die Oberschenkel, lässt den Kopf hängen. Nach einer kurzen Pause sagt sie: »Moment – wie kommt Celâl eigentlich auf Toygar? Warum muss es unbedingt unser Sohn sein?«

Latif seufzt.

»Das ist auch meine Schuld. Ich hätte ihn niemals mit nach Tepeköy nehmen sollen.«

Tepeköy, Zentralanatolien. Vor vier Jahren

Gülşen Dinç hasst Ziegenhüten. Das ist so was von unter ihrer Würde! Außerdem gibt es hier auf der anderen Seite des Hügels, auf dem Tepeköy steht, keinen Handyempfang. Was nützt ihr das schicke iPhone 5s, das ihr Onkel Celâl aus Deutschland geschickt hat, wenn man selbst auf dem Marktplatz nur zwei Balken 3G kriegt? Zum Glück hat die Moschee Wi-Fi, das Passwort war ganz leicht zu erraten: Muhammed. Wenn man sich vor dem Eingang auf die Treppe setzt, kann man sogar YouTube sehen! Aber hier im digitalen Nirgendwo bleibt ihr nichts anderes übrig, als ein paar Selfies zu schießen. Gülşen ist erst zwölf, aber bereits jetzt sieht man, dass sie einmal eine sehr schöne Frau sein wird. Das sagen alle im Dorf. Ihre Mutter Leyla macht ihr schon seit frühester Kindheit die Haare, aktuell im Mariah-Carey-Look, mit Seitenscheitel und Korkenzieherlocken. Dazu hat sie ihre tief brünette Tochter leicht aufgehellt, wobei das Wasserstoffperoxid allerdings eher einen orangen Ton hervorgerufen hat. Gülşen zückt ihren Konturenstift und zieht sich die Lippen nach. Sie setzt sich in Pose, will gerade ihr bestes Duckface machen, als Said, der große alte Ziegenbock, von hinten durchs Bild läuft. Er drückt ihr die feuchte Schnauze gegen das Bein. Gülşen quietscht und verscheucht den grauen Bock mit ein paar wilden Handbewegungen. Als ihr Said zu langsam geht, tritt sie kurzerhand nach.

»Na, das ist aber nicht sonderlich nett.«

Irgendwo über ihr spricht eine tiefe Männerstimme mit einem starken deutschen Akzent. Gülşen ist zunächst erschrocken, sie hat niemanden herantreten sehen. Normalerweise ist sie ungestört auf dieser Hügelseite. Sie blickt auf, jetzt verwandelt sich ihr Schock in eine angenehme Überraschung. Vor ihr steht der größte Mann, den sie jemals gesehen hat. Und auch der schönste. Sofort denkt sie an Zachary Quinto, den Darsteller des Sylar aus *Heroes*, ihrer Lieblingsserie. Die gleichen tollen Haare, die buschigen Augenbrauen und das selbstsichere Lächeln, bei dem ihr immer leicht schummrig wird. Aber Moment, halt, Sylar ist ein psychopathischer Serienkiller, instinktiv springt Gülşen auf, weicht zurück. Zachary Quinto lacht.

»Keine Angst, kleines Fräulein, ich tu dir nichts. Ich möchte nur die herrliche Aussicht genießen. Weißt du eigentlich, wie schön ihr es hier habt?«

Schön? Gülşen schüttelt den Kopf.

»Hallo?! Meinst du etwa das Scheißtal hier, die paar vertrockneten Sträucher und verkrüppelten Bäume? Oder vielleicht die blöden Ziegen?«

Mehr Kopfschütteln.

»Also wirklich!«

Wieder lacht der süße Typ.

»Sie spricht!«

Er macht eine ausladende Handbewegung Richtung Horizont. »Ich meine die Berge, den strahlend blauen Himmel, die frische Luft, der süße Geruch der Hyazinthen, und ja, auch die Ziegen. Ich liebe den Klang ihrer Glocken.«

Der Klang ihrer Glocken? Gülşen würde dem Mann einen Vogel zeigen, wäre er nicht so verdammt attraktiv! Er reicht ihr die Hand.

»Hallo, ich bin Toygar. Ich bin mit meinem Vater hier, Latif. Wir besuchen meine Großeltern, die Bayramoğlus.«

Schüchtern schüttelt Gülşen seine langen Finger, dabei bekommt sie eine Gänsehaut. Toygar fragt: »Und wer bist du?«

»Ich heiße Gülşen.«

»Merhaba Gülşen. Sehr erfreut, dich kennenzulernen. Ich will dann mal weiter. Hab noch einen schönen Tag.«

Der Filmstar schlendert den Hügel hinab, auch fünfzig Meter weiter erscheint er Gülşen immer noch übermenschlich groß. Said hat sich wieder herangeschlichen, er leckt ihr den Handrücken. Sie krault ihm den Bart, legt verträumt den Kopf zur Seite. Sie flüstert dem Ziegenbock ins Ohr: »Das war Toygar Bayramoğlu. Eines Tages werde ich ihn heiraten.«

»Noch einen Kaffee, Toygar?«

Miriam ruft aus der Küchennische.

»Ja, sehr gerne, Miriam.«

Toygar steht auf, stellt sich links neben sie an die Spüle. Sie fragt: »Und, du kommst also aus Berlin?«

»Ja, ich bin dort geboren und aufgewachsen. Moabit, Turmstraße. Jetzt wohne ich allerdings in Kreuzberg, Bergmannkiez.«

»In Berlin habe ich auch lange gelebt, Prenzlauer Berg, Helmholtzplatz. Dann ist es mir aber zu teuer geworden, und ich bin hierhergezogen. Ich wohne auf einem alten Bauernhof, hier gleich um die Ecke. Mmmh.«

Das »Mmmh« versieht Miriam mit einem melodischen Rutscher, sie endet in einem schnellen Vibrato. Der seltsame Klang schickt Toygar einen wohligen Schauer über den Rücken. Er spürt einen starken Impuls, ihr den Arm um die Hüfte zu legen. Leicht erschrocken über sich selbst, legt er die Hände auf den Spülenrand. Einen Moment schweigen die beiden, hören dem Blubbern der Kaffeemaschine zu. Dann legt Miriam ihre linke Hand auf seine rechte. Ihre Haut ist ein Material, das ihm noch nicht begegnet ist. Weich wie Samt wäre stark untertrieben, ein so feiner Stoff muss erst noch erfunden werden. Außerdem funktioniert das Material wie eine Induktionsfläche, sofort fließt eine beruhigende Energie von ihrem in seinen Körper. Toygar wendet sich ihr zu, sie erwidert die Bewegung. Ihre Köpfe kommen sich näher, Miriam öffnet die Lippen. Toygar spürt ihren Atem, ihr Mund ist ihr magnetischer Nordpol, ihre Anziehungskraft ist unwiderstehlich.

»Toygar? Toooygaar?! Wo sind Sie? Ach da, wie nett, Sie helfen Miriam in der Küche.«

Die Keller jubiliert: »Kommen Sie, es geht weiter!«

RINGO

»Kennen Sie die Beatles?«

Die alte Dame schüttet sich einen weiteren Schluck Cardenal Mendoza in ihren äthiopischen Kaffee. Sie bietet Toygar die Flasche an, der lehnt ab.

»Ist das eine Fangfrage? Natürlich kenne ich die Beatles. Jeder kennt die Beatles. Celâl Dinç ist übrigens ein Riesen-Fan.«

»Ach, was Sie nicht sagen.«

»Ja, er und seine Söhne verehren die Pilzköpfe. Celâl hat sogar eine Beatles-Cover-Band für meine Hochzeit engagiert, die Beatlelesques.«

»Guter Geschmack. Hätte ich dem Mann gar nicht zugetraut.«

»Er ist ein echter Beatlemaniac. Ich stehe allerdings mehr auf die Rolling Stones.«

Plötzlich fällt ihm Jan Plewka ein.

»Ich weiß, Sie mögen die Stones nicht.«

Ein Schatten fällt über Charlottes Gesicht.

»Nein. Das waren ganz schlimme Finger.«

»Sorry! Also: Ich kenne die Beatles.«

»Ja, aber KENNEN Sie die Beatles? Die Männer jenseits der Musik?«

»Nein, nicht wirklich.«

Die Keller reibt sich die Hände.

»Sehr gut.«
Sie lehnt sich zurück, verfällt wieder in ihren rhythmischen Sprechgesang.

1962

Kiezromantik? Ich schmeiß mich weg!

Die Reeperbahn ist das genaue Gegenteil von romantisch. Erst recht für eine 1,56 Meter große, 48
Kilo schwere Frau. Manchmal denke ich, dass Hasso
und ich gar nicht zur gleichen Art gehören. Wäre
ich ein Hund, wäre ich ein Pekinese, Hasso hingegen eher ein Labrador. Dreißig Zentimeter über mir
navigiert mein liebster Mann uns mit entschlosse-
nem Blick durch die Menschenmassen.»Mein liebster
Mann« – obwohl wir schon seit fast einem Jahr verheiratet sind, kann ich mich immer noch nicht daran gewöhnen, von Hasso und mir als Mann und Frau zu
sprechen. Vor allem an Tagen wie heute fällt mir das
schwer: Wie ein Kind hält er mich an der Hand, zieht
mich über den Spielbudenplatz. Wir sind auf dem Weg
zum Operettenhaus, Hasso hat Karten für *Heimweh
nach St. Pauli* ergattert. Persönlich kann ich Freddy
Quinn nicht viel abgewinnen, »Junge komm bald wieder« ist für mich genauso aufregend wie Erbsensup-
pe. Aber was tut man nicht alles für seine bessere
Hälfte. Hasso liebt Freddy, und so kämpfe ich mich
durch das Heer der Riesen. »Hey Lotti, wie ist die
Luft da unten?«
Sehr witzig, darauf antworte ich schon mal gar
nicht, ich habe sowieso ganz andere Probleme. Immer
wieder muss ich ausweichen, mich ducken, wegdrehen.
Man kann den Menschen ja nicht mal böse sein, wenn

sie mir ihre Ellenbogen ins Gesicht stecken, sie sehen mich ja gar nicht! Vor dem Operettenhaus verdichtet sich der Pulk noch mal gehörig, gleichzeitig verdoppelt Hasso das Tempo. Von oben höre ich »Freddy, Freddy!«, die Leute sind ganz aus dem Häuschen. Ich rufe: »Hasso, was ist da los?«

Hasso antwortet aufgeregt: »Freddy Quinn steht am Eingang, er gibt Autogramme! Ach du liebes Lieschen!«

Jetzt beginnt er heftig zu ziehen, reißt mir fast den Arm ab. Als der Schmerz zu groß wird, lasse ich los.

»Hasso, hallo, Hasso?!«

Meine Stimme verliert sich im Crescendo der Menge, die beginnt, sich wellenförmig zu bewegen. Eine fröhliche Panik schwappt in Richtung des österreichischen Schlagerstars. Es wird eng, ich bekomme kaum Luft. Ich habe nicht die Kraft, gegen den Strom zu schwimmen, Widerstand zwecklos. Ich winkle die Knie an, nehme die Füße hoch und lasse mich treiben. Die Fans sind so dicht gepackt, dass mich der Druck in der Schwebe hält, langsam werde ich nach außen getragen. Schließlich spuckt mich der Mob zurück auf die Reeperbahn, ich kann gerade noch einem Taxi ausweichen. Wieder schreie ich »Hasso, Hasso!«, aber ich weiß, dass das völlig sinnlos ist. Mit einem kläglichen letzten »Hasso!« gebe ich auf. Ich stehe allein auf dem Bürgersteig, während zwischen mir und Hasso weiter die Begeisterung brandet. Ich richte mir das dunkelblaue Matrosenkleid, das meine Mutter mir extra für den heutigen Abend genäht hat. Zum Glück hat mir keiner der Musical-Touristen seine Pommes rotweiß über den Kragen gegossen. Verdammt, ich hasse den Kiez! Allein schon dieser Geruch: Es stinkt nach Bratfett, altem Bier und Urin, da helfen auch die vier Tropfen Chanel No. 5 nicht, die ich mir auf die

Schlüsselbeine geträufelt habe. Als Nächstes fällt
mir ein, dass Hasso meine Handtasche über der Schulter trägt. Was als Kavaliersakt gedacht war, ent-
puppt sich jetzt als fatale Falle: Ich habe weder
Geld noch Haustürschlüssel.

»Hello, sailor!«

Die drei grobschlächtigen Typen, die mich plötzlich einkreisen, bemerke ich viel zu spät. Auch sie
sind baumlang, in schmutzigen Jeans und nur im
T-Shirt, also offensichtlich Engländer. Das seltsame
Temperaturverständnis der Briten, vor allen Dingen
der Nordbriten, ist mir schon bekannt. Für englische
Seeleute ist alles über null Grad tropisch, vor
allem, wenn sie getrunken haben. Also praktisch
immer. Die Engländer kommen mir gefährlich nahe, ihr
Atem beißt mir in die Nase, ein giftiger Mix aus
Zwiebeln, Korn und Galle.

»Na, ganz alleine?«

Wie jedes Rudel hat auch dieser Haufen einen Anfüh-
rer, er glänzt durch ganz besonders unverschämte
Hässlichkeit. Wenn ich ein Pekinese bin, ist er eine
Bulldogge. Seine traurigen Augen werfen eine Kaskade
von fleischigen Ringen in verschiedenen Grautönen,
sein Unterkiefer steht stark vor, eine violett-grüne
Zunge hängt ihm über die drei gelben Zahnstummel,
die ihm noch geblieben sind. Mit der linken Hand
greift er mich bei der Schulter, sein rechter Zeigefinger fummelt mir im Gesicht herum.

»Was haben wir denn hier? Bist du deinem Mann weg-
gelaufen, kleine Hausfrau? Hat er es dir nicht
anständig besorgt, der deutsche Schlappschwanz?
Zeit, dass dir ein paar englische Gentlemen mal
zeigen, wie's gemacht wird!«

Englische Gentlemen? Na klar. Ich spüre, wie einer
der Seeleute hinter mir seine Hände auf meinen Busen

legt, dazu eine sehr obszöne Bewegung mit dem Becken macht. Der dritte Brite versucht mir von der Seite seine Zunge ins Ohr zu stecken. Er erinnert mich an einen übereifrigen Dobermann, den sein Herrchen heute zum ersten Mal von der Leine gelassen hat. Er hoppelt auf der Stelle, hechelt im Takt.

»Nehmt die Finger von der Braut, ihr missgebildeten Arschgeburten!«

Eine tiefe Stimme mit einem starken Akzent erklingt von irgendwo hinter der Bulldogge. Die wendet sich ab, brüllt: »Bitte was?«

Auch der Dobermann lässt von mir ab. Nur der Grabscher nimmt seine Hände nicht von meinen Brüsten. Ich winde mich aus seinem Griff, mache einen Ausfallschritt nach vorne. Vor uns steht ein kleiner Junge mit einer Kamera um den Hals. Er trägt einen grauen Regenmantel, darunter einen Anzug, weißes Hemd, schwarzer Schlips, an den Füßen Chelsea Boots. Auf dem Kopf hat er eine Kappe, die ihm fast über die Ohren geht. Er sagt:

»Wenn ihr sie nicht sofort in Ruhe lasst, könnt ihr eure Gesichter im Taschentuch mit nach Hause nehmen.«

Die Bulldogge fängt an zu lachen, blickt sich demonstrativ um: »Und mit welcher Armee willst du das bewerkstelligen?«

Das frage ich mich auch, denn der Junge ist kaum größer als ich und von eher zierlicher Statur. Aber auf die Antwort muss ich nicht lange warten. Ohne Vorwarnung springt der Hänfling in die Luft, dreht sich einmal um die eigene Achse. Dabei bringt er das rechte Bein hoch, mit dem Schwung der Drehbewegung tritt er der Bulldogge mit voller Wucht ins Gesicht. Die fällt mit einem Krachen zu Boden, bleibt benommen liegen. Der Dobermann ist zunächst geschockt, dann sammelt er sich, rennt mit gesenktem Oberkörper auf den kleinen Jungen zu. Der weicht aus, lässt den Hechelhund vorbeirauschen. Die halbe Portion nutzt das Momentum des viel größeren Gegners und schickt ihn mit einem kräftigen Arschtritt auf die Bretter. Bleibt noch der Grabscher. Ich springe zur Seite, jetzt sehe ich den Widerling zum ersten Mal in all seiner Abscheulichkeit. Auch er ist fast doppelt so groß wie der Junge. Aber während Bulldogge und Dobermann noch halbwegs menschliche Züge haben, hat dieser Heini überhaupt keine. Mir gehen die Hundevergleiche aus, so etwas Hässliches gibt es gar nicht im Tierreich. Er ist dermaßen fett, dass Augen, Mund und Nase komplett in seinen dicken Backen verschwinden. Außerdem hat er starke Akne, Gesicht und Oberarme sind übersät von roten Pusteln. DAS hat mich angefasst? Der Hänfling streckt den rechten Arm aus, macht eine einladende Handbewegung.

»Komm schon, Fettkloß!«

Der Grabscher blickt unsicher um sich, macht ein paar Schritte zurück. Erst jetzt bemerke ich die Blutflecken auf seinem T-Shirt. Es ist offensichtlich nicht sein erstes Scharmützel heute Abend. Er blinzelt mit seinen Schweinsäuglein, wischt sich die schweißnasse Stirn. Dann wendet er sich ab, trottet in Richtung Davidstraße. Der Junge richtet sich die Krawatte, sagt: »Game over! Ich bin übrigens Ringo.«

Er hebt die Arme, zeigt mir seine Hände. Er trägt mindestens einen Ring an jedem Finger, das Geschmeide funkelt im Neonlicht der Straßenbeleuchtung.

»Meine Freunde nennen mich Richie.«

Ich schüttle seine Juwelen.

»Ich heiße Charlotte. Nice to meet you, Richie.«

Langsam lichtet sich der Spielbudenplatz, die Theatergänger verschwinden im Operettenhaus. Ich suche nach Hasso, aber mein liebster Mann ist nirgendwo zu sehen. Zu unseren Füßen kommen Dobermann und Bulldogge langsam wieder zu sich. Ringo sagt: »Wir sollten uns lieber aus dem Staub machen, noch mal kann ich es mit den beiden nicht aufnehmen.«

Er nimmt mich bei der Hand, wir beginnen zu laufen. Ich blicke mich noch einmal um, aber Hasso ist nach wie vor von der Bildfläche verschwunden. Wir wechseln auf die andere Reeperbahn-Seite, an der Ecke Hein-Hoyer-Straße bleiben wir stehen.

»So, das sollte reichen.«

Ringo stützt sich auf die Oberschenkel, hustet. »Was machst du in St. Pauli, Charlie?«

Charlie. Wie süß.

»Ich wollte mit meinem Mann ins Freddy-Quinn-Musical, aber die treulose Tomate ist wohl ohne mich ins Operettenhaus gegangen. Leider hat er meine Tasche dabei, ich habe weder Geld noch den Schlüssel für unsere Wohnung. Was mache ich denn jetzt?«

Ringo schmunzelt.

»Ich schätze, du kannst einen edlen Ritter gebrauchen.«

Er macht eine dramatische Verbeugung.

»Ringo Starr. Zu Ihren Diensten, Mylady!«

Mylady. Wie supersüß.

»Komm doch erst mal mit in den Star-Club. Da spielen wir, ich muss auch gleich zurück, wir haben nur eine kurze Pause.«

»Ihr spielt? Bist du Schauspieler?«

»Nein, Schlagzeuger. Ich spiele in einer Band. Wir nennen uns die Beatles.«

Eine Band? Was auch immer das ist, es klingt interessant. Ringo sagt: »Ich bringe dich in zwei Stunden zurück zum Spielbudenplatz. Da kannst du ja deinen Mann einsammeln.«

Er nimmt mich wieder bei der Hand, an der Großen Freiheit biegen wir rechts ab. Hier ist es besonders voll. Touristen, Matrosen, Partygänger und Säufer, Penner, Nutten und Koberer. Alle über 1,80 Meter. Aber Ringo ist einer von uns hier unten. Er manövriert mich ganz anders als Hasso durch das Dickicht der Leiber. Wo mein Ehemann einer geraden Linie folgt, bewegt sich Ringo im Zickzack und kommt so viel schneller voran. Hasso watet, drückt und drängelt, Ringo fließt, schlüpft und taucht. In wenigen Minuten stehen wir vor dem Star-Club, über uns leuchtet die rote Schrift mit dem gelben Stern. Ich bin beeindruckt.

»Ist das dein Club?«

Ringo lacht.

»Nein, der heißt nur zufällig genau wie ich.« Er begrüßt den Mann an der Tür: »Hallo Horst, das ist Charlie, sie gehört zu mir.«

Horst nickt wohlwollend, ich folge Ringo in die Dunkelheit des Konzertsaals.

Wie auf Stichwort verdunkelt sich draußen wieder der Himmel. Heftiger Regen trommelt gegen das Fenster, für einen Moment lauschen Miriam, Charlotte und Toygar dem Rhythmus des Naturspektakels. Die Keller hebt den beringten Zeigefinger, dirigiert den Sturm. Sie intoniert in einem seltsam tiefen Staccato, rutscht jede Silbe von unten an: »Eins und eins, das macht zwei …«

»Hey, das kenne ich auch, das ist von Hildegard Knef.«

Toygar reibt sich die Oberschenkel.

»Ihren *Geschenkten Gaul* haben wir im Deutschunterricht durchgenommen.«

»Im Deutschunterricht?«

»Ja, ich war auf einem sehr progressiven Gymnasium.«

»Interessant. Die Knef war jedenfalls meine Heldin Anfang der Sechziger.«

»Und wie kommen Sie jetzt auf einmal darauf?«

»Na, weil Paul gesagt hat, ich soll mal ein deutsches Lied singen.«

Sie trällert weiter mit verstellter Stimme: »Alles dreht sich, dreht sich im Kreis ...«

Paul McCartney hat ein Problem.

»Hey Charlie, sing das noch mal!«

Ich gebe ihm eine weitere Strophe Hilde. Zunächst versucht er, mitzuklatschen, dann fängt er an zu zählen.

»1,2,3,4. 1,2. 1,2,3 ... verdammt, ich schnall das nicht, was ist das denn für ein Rhythmus?« Ich blicke ihn mit großen Augen an.

»Wie meinst du das? Das ist ein Langsamer Walzer, ein 3/4-Takt.«

John erwacht aus seiner Trance.

»Ein 3/4? Das ist ja ungerade, wie soll denn das gehen?«

George doziert: »Der Langsame Walzer, auch Englischer Walzer, ist ein Gesellschafts- und Turniertanz im 3/4-Takt. Der Langsame Walzer ist einer der klassischen Standardtänze und wird normalerweise bei einem Tempo von etwa dreißig Takten pro Minute getanzt.«

Genau. Wir befinden uns in der Garderobe hinter der Bühne, obwohl das Wort »Garderobe« nicht ganz treffend ist, hier gibt es nicht mal Haken an der Wand. Gefängniszelle wäre der passendere Ausdruck. Zwei zerschlissene Stuhlreihen aus einem alten Kino und eine nackte Glühbirne an der Decke. Der Boden ist übersäht mit Zigarettenstummeln und leeren Bierflaschen, die Wände sind vollgekrakelt mit den krudesten Klosprüchen, die ich jemals gelesen habe. Obwohl, eine gewisse Lyrik kann man dem einen oder anderen Jambus nicht absprechen.

»Fotze lecken muss nicht schmecken«?

Ein Gossen-poetischer Leckerbissen! Ich sitze zwischen George und Paul, mir gegenüber kauern John und Ringo. Ringo sind seine Kollegen sichtlich unangenehm, immer wieder wirft er mir entschuldigende Blicke zu. Die anderen drei Beatles sind aber auch wirklich kaum gesellschaftsfähig. John Lennon hat wohl irgendein Medikament zu sich genommen, er starrt mit glasigen Augen an die Decke, führt nuschelige Selbstgespräche. George liest ein dickes Buch, aus dem er immer wieder unaufgefordert zitiert: »Die See-Elefanten (Mirounga) sind die größten Robben der Welt. Benannt sind sie nach der rüsselartig vergrößerten Nase der erwachsenen Männchen. Sie gehören zu den Hundsrobben, obwohl sie im Verhalten und in manchen Merkmalen den Ohrenrobben ähnlicher sind.« So so. Paul ist der unangenehmste der drei.

»Hey Kleine, willst du rummachen?«

Er legt den Arm um mich und grinst zahnreich. Igitt. McCartney hatte offensichtlich Currywurst zum Abendbrot, die roten Fleischreste kleben ihm noch an den Schneidezähnen. Der Rest seiner schiefen Hauer ist gelb bis grün, außerdem riecht er aus dem Mund. Ich weiche instinktiv zurück.

»Nein danke, ist schon okay.«

Ringo mischt sich ein: »Lass sie in Ruhe, Paul!«

McCartney gehorcht.

»Du weißt ja nicht, was du verpasst, Süße.« Engländer. Ich schenke Ringo ein dankbares Lächeln. Der legt sein rechtes Bein über sein linkes Knie, und jetzt sehe ich zum ersten Mal, dass er ohne Socken in seinen Boots steckt. Mir wird plötzlich ganz anders. Ohne lange nachzudenken stehe ich auf und nehme auf seinen Oberschenkeln Platz. John schreckt auf, hüpft aus seinem Sessel und ruft: »Whoa, Richie! Wo kommt die denn auf einmal her?!«

Paul applaudiert sarkastisch.

»Bravo, Charlie, da hast du dir ja zielsicher den größten Loser in der Band ausgesucht.«

Paul McCartney ist nicht nur eklig, sondern auch gemein. Außerdem ist wohl eher er der Verlierer, denn ich sitze auf Ringos Schoß. George Harrison bemerkt: »Wincenty Konstanty Kalinowski war eine der führenden Persönlichkeiten der weißrussischen nationalen Befreiungsbewegung um die Mitte des 19. Jahrhunderts.«

Aha.

»Und was war mit Hasso? Sie sitzen auf Ringo Starrs Schoß, und er guckt Freddy?«

»Ja, und da haben wir auch schon den grundsätzlichen Unterschied zwischen Hasso und mir. Unsere Lebensphilosophien haben einfach nie wirklich harmoniert. Deswegen fanden wir uns ja auch so anziehend. Sie wissen schon, Paula Abdul, ›Opposites Attract‹.«

Toygar muss passen.

»Kenne ich nicht.«

»Toller Beat. Habe ich früher immer sehr gerne zu getanzt.«

Sie schaut aus dem Fenster.

»Ich war immer neugierig, offen, tolerant. Ich mochte das Risiko; Situationen, die ich nicht im Griff hatte. Für Hasso war das das Schlimmste! Kontrolle, Planungssicherheit, Berechenbarkeit. Deshalb mochte er Freddy Quinn und ich die Beatles.«

»Na ja, das stimmt wohl nicht ganz.«

Toygar feixt: »Sie erinnern sich, ›Pipi im Tipi‹?!«

»Das war doch nur ein Ausrutscher.«

»Na gut. Also, wie verlief der Abend weiter?«

»Wie versprochen. Mein Pilzkopf hat mich zurück zum Operettenhaus gebracht, wo Hasso schon auf mich wartete. Ringo hat er gar nicht wahrgenommen. Mein liebster Mann hat sich tatsächlich ein Autogramm von Freddy geholt, dann ist er einfach ins Musical gegangen.«

Charlotte bläst sich die Locken aus der Stirn.

»Ich war ziemlich wütend. Eine ganze Weile. Und dann war da ja Ringo. Ich bekam ihn einfach nicht aus dem Kopf. Und ich muss auch einen ziemlichen Eindruck auf ihn gemacht haben.«

»Charlie, bist du das?«

»Richie? Woher hast du meine Nummer?«

»Aus dem Telefonbuch, woher denn sonst. Es gibt nur einen Hasso Keller in Hamburg.«

Habe ich den Vornamen meines Ehemannes erwähnt? Muss ich wohl. Ich lege meine Lippen ganz dicht an den Hörer.

»Du kannst hier aber nicht einfach so anrufen, ich bin verheiratet.«

»Ja, ich weiß, ich dachte nur, dass du mir vielleicht die Stadt zeigst, ich bin ja zum ersten Mal in Hamburg. Du hast es doch angeboten.«

Habe ich das? Mein Gott, zwei Glas Wein und ich mache Versprechungen links und rechts. Aus dem Flur ruft Hasso: »Liebchen, ich gehe in die Klinik, warte heute Abend nicht auf mich, es wird bestimmt wieder spät.«

Nachtschicht. Die Tür knallt ins Schloss. »Richie?«

»Ja.«

»Kannst du mich abholen? Oelkersallee 12, sagen wir in einer Stunde?«

»Was hältst du von zwei? 17 Uhr?«

»Okay.«

Da steht der Knabe. Schön ist er ja nicht gerade mit seiner großen Nase und den traurigen Augen. Aber süß. Er steht unheimlich locker auf seinen strumpflosen Füßen, hat eine ganz spezielle Körpersprache. Er weiß immer, was jeder seiner Muskeln gerade macht. Seine Bewegungen sind kontrolliert, aber fließend, sein Torso wiegt sich zum Beat seiner Worte. Er unterstützt seinen warmen Bariton mit eleganten Handzeichen, die er lässig aus dem Gelenk schüttelt. Dabei klicken seine Ringe im Takt, der Mann ist Rhythmus, auch ohne Schießbude. Außerdem kann ich nicht leugnen, dass mir seine mangelnde Körpergröße gefällt. Ringo ist ein Miniatur-Mensch, genau wie ich. Wir sind dieselbe Spezies. Mit diesem Mann muss ich keine Nackensteife fürchten, nicht permanent bergauf schauen. Er hebt den Ellenbogen, reicht mir den Arm.

»Mylady!«

Ich hake mich ein, schließe die Haustür zu unserer schnuckeligen Bude in Hamburg-Altona. Hasso hat die Wohnung von seiner Tante Tilla übernommen, sonst könnten wir uns so etwas Luxuriöses gar nicht leisten. Vierzig Quadratmeter, zwei Zimmer, sogar ein kleiner Balkon! Der Mietpreis ist immer noch auf Vorkriegsniveau. Gleich nach unserer Hochzeit in der Dorfkirche von Undeloh in der Lüneburger Heide (in der auch schon Hassos Eltern getraut wurden) sind wir hierhergezogen. Ich liebe unser kleines Refugium. Als ich bei meiner Mutter auszog, waren immer noch alle Zimmer untervermietet. Hier genieße ich zum ersten Mal in meinem Leben das Gefühl, allein zu sein. Und ich bin oft allein. Vielleicht ein bisschen zu oft. Hasso arbeitet jeden Tag vierzehn Stunden im Universitätskrankenhaus Eppendorf, außerdem ist er viel unterwegs, Kongresse, Fortbildungen oder

Forschungsaufträge. Morgen fliegt er sogar nach New York, nimmt am Harkness-Fellowship-Programm teil. Das dauert mindestens sechs Wochen, so lange waren wir noch nie getrennt. Ich freue mich darauf. Was ist bloß los mit mir? Wer ist hier bitte die treulose Tomate? Trifft sich mit einem wildfremden Mann aus Liverpool und hat nicht mal Gewissensbisse?

»Wo willst du denn hin? Zur S-Bahn geht's da lang.«
»Ich habe eine Überraschung für dich.« Zielstrebig zieht mich Ringo durch den kleinen Park zwischen Oelkersallee und Duschweg. Vor dem Kinderspielplatz bleibt er stehen. Der Grünstreifen ist Teil der Wohnanlage, die hier vor ein paar Jahren gebaut wurde. Ringo schüttelt den Kopf.
»Warum sieht es bei euch in Deutschland eigentlich so viel besser aus als bei uns in England? Ihr habt doch den Krieg verloren!«
Ich antworte: »Wahrscheinlich gerade deswegen. Verlierer müssen sich mehr anstrengen.«
Der Spielplatz ist wirklich ein Schmuckstück. Neben Schaukeln und Wippen gibt es ein Klettergerüst und eine riesige Sandkiste. Dahinter steht das Herzstück des Kinderparadieses: ein kleines Holzhäuschen, ein Bungalow in Kindergröße, eine Blockhütte für Zwerge. Die Wände sind naturbelassen, mit Rinde und Astlöchern, das Dach zieren grobe Holzschindel. Ringo führt mich zum Eingang, in der Hütte steht ein kleiner Tisch mit zwei Bänken. Ringo guckt auf die Uhr.
»Five o'clock. It's Tea Time!«
Über dem Tisch liegt eine rosa Decke, darauf steht ein ganz entzückendes Tee-Service. Weißes Porzellan mit einem filigranen Rosenmuster, die Kanne steckt in einer Stoffverkleidung im gleichen Design. Zwei

Tassen mit Untertasse, ein schnörkeliger Zuckertopf mit passendem Milchkännchen. Neben den Tassen liegen kleine Silberlöffel und Servietten mit Serviettenringen. Als Höhepunkt des Arrangements wartet ein Tablett mit seltsamen, länglichen Keksen auf uns, derartiges Gebäck habe ich noch nie gesehen. Ringo erklärt: »Das ist Shortbread. Kommt aus Schottland.«

Ich bin ganz hingerissen.

»Und das hast du alles heute besorgt?«

»Nein, das habe ich mitgebracht. Aus Liverpool. Das Service stammt von meiner Großmutter. Ist seit Generationen in der Familie.«

»Richie, das ist ja richtig romantisch! So was hat noch nie jemand für mich getan.«

Stimmt leider. Hasso käme nie auf so eine Idee. Er schenkt zum Geburtstag Kochtöpfe und zu Weihnachten Haushaltsgeräte. Ringo macht eine einladende Geste.

»Willkommen in meiner bescheidenen Behausung.« Die Hütte ist für Kinder gemacht, also passt sie für uns perfekt. Ich muss mich nicht mal bücken, marschiere aufrecht durch die Tür. Auch Tisch und Bänke haben die richtige Größe. Ringo und ich sitzen uns gegenüber, unter der Tischdecke berühren sich unsere Knie. Er senkt die Tülle, schenkt mir ein.

»Earl Grey aus dem fernen China. Nur das Beste für meine Lady.«

Wir trinken, der Tee ist köstlich. Ringo scharrt mit den Füßen, legt die Hände zwischen die Schenkel, klemmt die Knie zusammen. Er ist offensichtlich verlegen. Er schlägt die Augen nieder, flüstert:

»Ich habe ein Lied für dich geschrieben. Es heißt ›Komm, gib mir deine Hand‹.«

»O Richie!«

»Ringo Starr war all das, was Hasso nicht war. Zugewandt und romantisch. Klein und wendig. Bei ihm hatte man nie das Gefühl, dass man eigentlich nur störte, dass alles andere wichtiger war. Ich war der Mittelpunkt seiner Aufmerksamkeit, er hatte nur Augen für mich. Und Ohren. O Gott, die Gespräche. Mit Richie konnte ich über alles reden. Er hörte immer zu, ganz anders als Hasso. Bei ihm hatte man nie den Eindruck, er habe sich in Wirklichkeit schon lange in sein Turmzimmer zurückgezogen.«

»Ich dachte, Hasso wäre die Liebe Ihres Lebens.«

»Ist er auch. Aber er hat andere Qualitäten. Hasso ist kein Romantiker.«

»Und das scheint Ringo gewesen zu sein.«

Die Keller jubiliert:»O ja, das war er. Ein Galan. Und trotz seiner zierlichen Figur ein echter Ritter.«

Sie setzt sich auf, zeigt auf eine Reihe Fotos über dem Durchgang zur Küche.

»Außerdem war Ringo ein begabter Fotograf. Die Serie stammt von ihm.«

Sechs Bilder zeigen die Keller in verschieden Outfits, sie posiert wie ein Model.

»Die Kleider sind von meiner Mutter. Sie mochte Ringo.« Charlotte hebt den Ärmel, wischt sich eine Träne aus dem Augenwinkel.

»Er hatte so viel Respekt, hat mich nie bedrängt. Ein wahrer Gentleman!«

Ringo ist am Ende. Er kommt gerade noch durch die Wohnungstür in der Oelkersallee, dann stürzt er der Länge nach in mein Ehebett. Er liegt auf dem Bauch, versenkt das Gesicht in den Kissen. Ich sitze am Fenster mit meiner Ukulele, übe »Venus« von den Shocking Blue. Ringo stöhnt: »O Charlie, it's been a hard day's night, and I've been working like a dog.«

Ich setze mich zu ihm aufs Bett, massiere ihm sanft den Nacken.

»Anstrengende Nacht gehabt?«

»Ja, baby, I should be sleeping like a log.«

Er dreht sich auf den Rücken. O Gott, ich liebe diese zerknautschte Fresse! Ich nehme sein Kinn in beide Hände, küsse ihm auf die aufgesprungenen Lippen. Ich stehe auf, hole die blaue Nivea-Dose aus dem Bad, creme ihm Gesicht und Hände ein. Ich ziehe ihm die Schuhe von den nackten Füßen, auch seine Zehen bekommen eine Schicht Nivea. Ringo lächelt verlegen, seufzt: »But when I get home to you, I'll find the things that you do will make me feel alright.« Plötzlich habe ich eine Idee. Ich schnappe mir meine Ukulele, spiele den Anfangs-Akkord, den ich mir gerade aus dem Shocking-Blue-Songbook draufgeschafft habe: G7sus4, ein seltsam offener, erwartungsfroher Vierklang.

»Richie, sag das noch mal, aber exakt so wie eben.«

»Was meinst du?«

»Irgendwas mit ›hard night‹.«

»›It's been a hard day's night‹?«

»Genau.«

Ich spiele eine einfache Blues-Kadenz, »G-C-G«, dann »G-F-G«, die simplen Akkorde, mit denen auch die Band aus Holland ihre Songs begleitet. Ich singe einfach, was Ringo gerade gesagt hat.

»It's been a hard day's night ...«

Der Schlagzeuger setzt sich auf, guckt mich mit seinen unwiderstehlichen Hundeaugen an. Ich höre auf zu singen. Er lächelt.

»Nein, Charlie, mach weiter, das ist großartig.«

Er fängt an, mit den Handflächen auf seinen Oberschenkeln zu trommeln. Jetzt rutsche ich die Ukulele hoch, addiere ein »D« zu der Akkordfolge.

»But when I get home to you, I'll find the things that you do ...«

Ringo klatscht in die Hände.
»Das hast du dir einfach so ausgedacht?«
»Nein, das hast du dir ausgedacht. Ich habe nur ein paar Shocking-Blue-Akkorde untergelegt und aus deinem Wort-Rhythmus eine Melodie gemacht. Ringo, du bist ein sehr talentierter Texter.«

»Moment, wollen Sie mir weismachen, Sie hätten ›A Hard Day's Night‹ geschrieben?«
Die Keller winkt ab.
»Nein, will ich natürlich nicht. Ich war ja kein Beatle. Den Song hat Ringo sich einfallen lassen. Ich habe mir nur die Melodie und die Harmonien ausgedacht. Und der Anfangs-Akkord ist von den Shocking Blue. Ich zeig's Ihnen.«
Sie beugt sich hinab zur abgewandten Seite ihres Lehnstuhls, präsentiert eine kleine Gitarre aus Palisanderholz.
»Hier, das ist meine Ukulele. Hat mir Hasso zum zwanzigsten Geburtstag geschenkt.«
Das Instrument hat nur vier Saiten, die alte Dame beginnt zu zupfen, schrammelt einen dominanten Beat. Sie geht mit dem ganzen Körper mit, bringt ihren Sessel gefährlich zum Wackeln. Charlotte deutet mit dem Kopf auf ihre linke Hand.
»Sehen Sie, G7sus4. Der gleiche Akkord!«
Toygar schüttelt den Zeigefinger.
»›Venus‹ kam doch aber erst nach ›A Hard Day's Night‹ raus!«
»Papperlapapp!«

Wir sitzen backstage im Star-Club, gerade haben Ringo und ich den Rest-Beatles unser Lied vorgespielt. Paul McCartney sagt: »›A Hard Day's Night‹? Das macht doch gar keinen Sinn. Das ist ja nicht mal richtiges Englisch. Was meinst du, John?«
John hat auch heute wieder ein Medikament eingenommen, die Medizin scheint sich nicht mit dem Bourbon zu vertragen, den er direkt aus der Flasche

trinkt. Er starrt nur auf seine Finger, murmelt: »Zehn kleine Zappelmänner.«

Paul wendet sich an George: »Und du, Harrison?«

George blickt von seinem Buch auf.

»Als exzessives Schreien im Säuglingsalter wird das Verhalten eines Säuglings bezeichnet, der an unstillbaren, dauerhaften Schrei- und Unruheattacken leidet.«

McCartney rollt mit den Augen.

»Danke für deinen Input, George, wie immer sehr aufschlussreich.«

Er nimmt seine Höfner-Bassgitarre, zeigt auf meine Ukulele.

»Spiel das Ding noch mal, Charlie.«

»Und der Rest ist Geschichte!«

Charlotte legt die Ukulele weg.

»›A Hard Day's Night‹ wurde einer der größten Beatles-Hits. Sogar den Film von Richard Lester haben sie nach dem Song benannt. Aber Credits hat Ringo keine bekommen. Da war Paul eisenhart. Der schrieb überall ›Lennon-McCartney‹ drauf. Dabei hat Ringo noch viel mehr Titel komponiert.«

»Ach ja, welche denn?«

»Zum Beispiel ›Charlie in the Sky with Diamonds‹. Das ging über unsere Erlebnisse mit den bunten Löschblättern.«

»Sie meinen LSD?«

»Ja, so hieß das. Das waren tolle Erfahrungen. Wussten Sie, dass der Mensch nur zehn Prozent seiner Gehirnkapazität nutzt? Die Löschblätter eröffneten ganz neue Perspektiven. Hinter dem Horizont geht's weiter!«

»Sie meinen ›LUCY in the Sky with Diamonds‹.«

»Ja, so hat John es dann umbenannt. Auf Pauls Anweisung.«

»Und wie lang ging Ihre Affäre mit dem Beatles-Schlagzeuger?«

»Fünf Jahre. Allerdings nicht durchgehend. Das nennt man heutzutage eine ›On/Off‹-Beziehung. Obwohl, mehr ›Off‹ als ›On‹: Ringo war ja dauernd auf Tour. Außerdem hatte er seine Frau, Maureen. Und Zak, seinen Sohn.«

»Und warum ging die Beziehung in die Brüche?«

»Weil ich schwanger wurde.«

MARRAKESCH

1967

Marrakesch stinkt.

In den Straßen hängt der Geruch von verbranntem Fleisch und Kloake, die Luft ist verpestet von den Abgasen der Myriaden von Mopeds, die die engen Gassen und Passagen der Stadt unsicher machen. Anita trägt den weißen Kaftan, den wir ihr erst gestern auf dem Souk Semmarine gekauft haben. Er ist schon jetzt grau, was für ein Jammer, denn waschen in dem Wasser, das hier aus dem Hahn fließt, addiert höchstens einen leichten Braunton, macht aber bestimmt nicht sauber. Ich bin aufgeregt. Wir warten schon seit zwei Wochen, heute hat es endlich geklappt mit dem Termin. Zuerst aber müssen wir zum Palast, um Ringo vom Schlagzeug-Unterricht abzuholen. Die Beatles haben vor Kurzem *Sgt. Pepper's Lonely Hearts Club Band* aufgenommen und machen eine Pause. Ringo bringt gerade dem Sohn des marokkanischen Königs das Trommeln bei. Prinz Mohammed ist zwar erst drei, aber ein echtes Naturtalent. Der Job wird hervorragend bezahlt, und Kohle kann Ringo gut gebrauchen, denn er ist der ärmste Pilzkopf. Nach wie vor geben ihm die anderen Beatles kaum Anteile an ihren Kompositionen, und deshalb bekommt er wenig Songschreiber-Tantiemen. Ich habe schon lange aufgehört, mich darüber aufzuregen. Wir stürzen die Rue de la Kasbah hoch, sind etwas spät dran, ich habe Anita kaum wachbekommen, und das, obwohl es schon fast fünf Uhr nachmittags ist. Immer wieder müssen wir aus dem Weg springen, weil irgendein Eselswagen beinahe mit einer Pferdekutsche kollidiert, dabei einen Handkarren zur Seite drückt, dem ein Mopedfahrer gerade noch ausweichen kann, der uns fast über den Haufen fährt. An der Kasbah-Moschee halten wir uns links, gehen durch die Stadtmauer. Vor dem Palast wartet Ringo schon ungeduldig. König Hassan II. hat darauf bestanden, dass er für die heutige Stunde seine Sgt.-Pepper-Uniform anzieht, er sieht zu komisch aus in dem knallrosa Fantasiekostüm. Als er uns kommen sieht, ruft er: »Wo ist Keith?«

Anita zuckt nur mit den Schultern, ich sage: »Was glaubst du?« Dabei steche ich mir mit einer imaginären Spritze in die Armbeuge.

»O Gott, o Gott, ich kriege das nicht hin, ich muss mindestens einen Gitarristen dabeihaben. Hallo, wir sind in Marokko!«

Wenn Ringo nicht wenigstens George im Schlepptau hat, verliert er völlig das Selbstbewusstsein. Dabei ist er der älteste Pilzkopf. Die vielen Jahre auf Tour, als er und die anderen Beatles wie Kleinkinder von Brian Epstein und seinem Management-Team umsorgt wurden, haben ihn zu einem mit der Realität hilflos überforderten Lemming gemacht. Ich sage: »Wir kriegen das schon hin, wir haben ja Anita dabei, die war erst letztes Jahr bei Dr. Youssef.«

Plötzlich fangen die Muezzins an zu rufen, ich blicke auf meine Armbanduhr, es ist neun Minuten nach fünf, ich verstehe nach wie vor nicht, welchem Zeitplan folgend die Muslime zum Gebet antreten müssen. Wenn die Rufe von den Moscheen hallen, vermischen sich die unterschiedlichen Tonlagen jedes Mal so, dass es wie auf einer Kartrennbahn klingt. Ein hohes, blechernes Sirren, das mit den Zweitaktmotoren der Mopeds konkurriert und die sowieso schon nervtötende Kakophonie der Stadt noch verstärkt. Ringo hält sich die Ohren zu: »Das ist ja schlimmer als die Fans im Shea-Stadium in New York!«

Wir hetzen die Rue Sidi Mimoun hoch, an der Rue Saadiens biegen wir links ab. Auch diese Gasse ist ein Souk, ein marokkanischer Basar. Zwischen Auslagen von mehr oder weniger frischem Fleisch und gut geölten Moped-Ersatzteilen bleibt Anita stehen: »Hier ist es.«

Ringo ruft: »Was, das soll ein Krankenhaus sein?«

Ich stelle mir die gleiche Frage. Wir stehen vor einem Torbogen mit einer grün gestrichenen Tür, sie ist verziert mit einem Messing-Beschlag, der aussieht, als hätte jemand wiederholt mit der Spitzhacke angeklopft. Der Eingang ist kaum höher als ich, über dem Bogen steht »Hôpital Ibn Zohr«. Anita klopft. Sofort öffnet sich die Tür, eine Frau in einer blauen Niqab erscheint. Sie fragt: »Zu Dr. Youssef?«

Anita nickt. Wir folgen der Frau durch einen Innenhof, der mir schon sehr viel mehr zusagt. Ein kompetenter Gärtner hat eine angenehme Kombination von Oleander, Marokkanischer Minze und ein paar Pflanzen, von denen ich noch nicht gehört habe, in großen Tontöpfen auf dem Kopfsteinpflaster verteilt. Ich sage: »Siehst du, Richie, sieht doch schon viel besser aus.«

Ringo Starr ist nach wie vor überfordert, er hat die blaue Kordel seiner Uniform im Mund, kaut hektisch. Durch eine französische Tür betreten wir einen großen Raum mit poliertem Marmorboden, darauf liegt ein beiger Berberteppich. Es ist offensichtlich der Wartesaal, denn rings um den Teppich stehen zwölf Stühle, darauf sitzt eine bunte Gruppe Menschen, die mir alle irgendwie bekannt vorkommen. Gesichter und Namen. Noch nie meine Stärke. Die Frau in der blauen Niqab weist uns drei Plätze zu, sagt: »S'il vous plait attendre ici.«

Wir setzen uns.

»Hey Richie, du auch hier?«

Ein hübscher Junge mit wilden Locken und dümmlichem Blick hockt neben einer großen, blonden Frau mit Pony. Er trägt eine zerschlissene Lederjacke, die Blondine ist ganz in Schwarz. Ringo grüßt: »Hallo Jim!«

Er zückt die Kappe.

»Christa.«

Neben Christa sitzt noch eine Blondine, sie ist offensichtlich sehr nervös, kaut an ihren Fingernägeln. Im Gegensatz zu Christa und Anita hat sie eine Frisur, einen ordentlichen Mittelscheitel und glänzende, leicht toupierte Haare, die ihr puppenhaftes Gesicht umrahmen. Sie sieht aus wie ein Filmstar, ihr schlichtes, aber exklusives rotes Kostüm hat goldene Knöpfe. Zu ihrer Rechten sitzt der eleganteste Mann, den ich jemals gesehen habe. 17:30 Uhr an einem Dienstag in den Souks von Marrakesch, draußen ist es mindestens dreißig Grad heiß, und der Schönling trägt einen gestreiften, grauen Woll-Zweireiher mit Fliege. Er blickt mich interessiert an, seine Augen hinter einer dicken, eckigen Hornbrille blitzen intelligent.

»Was für ein wunderschönes Kleid Sie da tragen, Mademoiselle.«

Der elegante Herr spricht französisch, zeigt auf das Jersey-Kleid im Mondrian-Muster, das Mamma mir genäht hat.

»Sehr schick, diese schmalen Schultern und der abgesetzte Saum.«

»Das hat meine Mutter Coco entworfen.«

»Coco Chanel?«

Wir müssen lachen, er meint es nicht ernst. Was für ein charmanter Mann! Er sagt: »Entschuldigen Sie bitte, ich bin unhöflich. Ich darf mich vorstellen, mein Name ist Yves Saint Laurent, das ist meine gute Freundin Catherine Deneuve.«

Die Frau im roten Kostüm lächelt verkniffen, sie fühlt sich wirklich nicht wohl.

»Neben Catherine haben wir Nico, für ihre Freunde Christa Päffgen …«

Nico schnauft: »Ich hasse diesen Namen!«

Yves Saint Laurent fährt fort:

»Der Lockenkopf in dieser unmöglichen braunen Jacke ist der junge Jim Morrison von den Doors, und den lustigen Knaben in der total unpassenden Fantasie-Uniform kennen Sie wohl schon.«

Er deutet auf Ringo. Jetzt kann ich die Gesichter zuordnen, vor allen Dingen Yves Saint Laurent ist mir ein Begriff, meine Mutter verehrt ihn wie einen Gott. Ich reiche ihm die Hand, sage: »Mein Name ist Charlotte Keller, das ist meine Freundin Anita Pallenberg.«

Ich schäme mich ein bisschen für Anita, ihr grau-weißer Kaftan wirkt in Anwesenheit des kultivierten Couturiers aus Paris und seiner berühmten Begleitung wie ein Kittel. Auch die anderen Rockstars sehen ziemlich schäbig aus, ungepflegt, runtergekommen. Ringos Epauletten sind beide abgerissen, hängen über seinen Schulterblättern. Sowohl Anitas als auch Nicos Blondschopf sind eher strubbelige Matten, Nicos Kajal ist verschmiert, Anita trägt gar kein Make-up. Saint Laurent fragt:»Vous êtes allemand?«

»Ja, wir kommen aus Deutschland.«

»Genau wie Christa.«

Nico faucht entrüstet:»Ich komme aus Budapest!« Sie wird allgemein ignoriert. Saint Laurent ist weiter neugierig.

»Und was machen die Damen beruflich?«

Ringo antwortet:»Sie sind Musen.«

Jim Morrison lacht verächtlich.

»Wozu braucht ein Drummer eine Muse?«

Der Typ war mir von Anfang an unsympathisch, aber jetzt beleidigt er auch noch meinen Ringo.»Warum können nur Sänger oder Gitarristen Musen haben, warum nicht auch Schlagzeuger? Warum dürfen sich nur Modedesigner und Künstler von Frauen oder Männern inspirieren lassen und nicht auch die Jungs von der Rhythmusgruppe? Ich erinnere mich genau, wie sich Ringo den Beat von ›Ticket to Ride‹ ausgedacht hat, ich saß direkt daneben.«

Ringo bestätigt:»Ja, das ist unser Rhythmus.«

Er legt den Arm um meine Hüfte, küsst mich auf die Wange.

»Hey Richie, wer ist die Kleine?«

Auftritt Mick Jagger. Noch so ein Unsympath. Im Schlepptau hat er Keith Richards. Die beiden nennen sich die»Glimmer Twins«, aber vor allem Keith ist eher eine Funzel. Er ist noch immer zugedröhnt, taumelt, muss sich an Mick festhalten. Er zeigt auf Ringo, krächzt höhnisch:»Hey, Sergeant Pepper, hast du nicht gehört? Der Krieg ist vorbei, du kannst die Uniform jetzt ausziehen!«

Er und Mick schlagen sich auf die Schenkel, gackern wie die Hühner. Sie fläzen sich auf zwei Stühle neben der Tür. Hinter ihnen erscheint Micks Freundin, Marianne Faithful. Auch sie sieht aus, als wäre sie gerade erst aufgestanden. Schüchtern setzt sie sich neben mich. Ich frage:»Du auch?«

Sie nickt. Ich hake nach.

»Von Mick?«

»Von wem sonst?«

Anita lacht.

»Das ist keine so unberechtigte Frage. Ich zum Beispiel weiß nicht, ob meins von Keith oder Brian Jones ist.«

Keith horcht auf.

»Was?«

Anita deutet auf Catherine Deneuves Bauch. »Und deins ist von Yves?«

Saint Laurent lacht.

»Wohl kaum!«

Catherine schüttelt genervt den Kopf.

»Idiote, Yves steht nicht auf Frauen! Nein, meins ist von Alain Delon.«

Sie knurrt: »Trou du cul!«

Nico fletscht die Zähne.

»Von dem hatte ich auch schon mal ein Kind. *Der eiskalte Engel*. Kann man wohl laut sagen.«

Auf der Rückseite des Raumes öffnet sich eine Tür, ein kleiner, dunkelhäutiger Mann erscheint. Er sieht aus wie Omar Sharif, inklusive Schnurrbart und zurückgekämmten, schwarzen Locken. Er trägt einen weißen Arztkittel, um den Hals hängt ihm ein goldenes Stethoskop.

Toygar legt die Hände in den Schoß, lehnt sich zurück: »Jetzt verstehe ich – Sie waren in einer Abtreibungsklinik!«

Die Keller macht das Geräusch einer Glocke.

»Ding, ding, ding, der Kandidat hat hundert Punkte. Raten Sie mal, warum in den späten Sechzigern all die Pop- und Filmstars mit ihren Frauen nach Marokko kamen?«

»Wegen der günstigen Drogen?«

Charlotte imitiert eine Hupe.

»Öööt, falsch.«

Sie beugt sich vor, klopft Toygar mit dem knotigen Mittelfinger gegen die Stirn.

»Wegen Dr. Youssef! Klar, das steht in keiner Bio, aber wir hatten 1967. Die Pille gab es zwar schon, aber kein Arzt verschrieb sie. Und die ganzen Superstars waren natürlich immer viel zu vollgedröhnt, um aufzupassen, geschweige denn, ein Kondom überzuziehen. Das heißt, gerade unter Musen gab es viele ungewollte Schwangerschaften. Aber auch unter Schauspielerinnen. Sie alle bekamen dann die Kehrseite des Summer of Love zu spüren: den Paragraph 218. Oder ähnliche Gesetze in England, Frankreich und Amerika. Abtreibung war illegal!«

»Aber in Marokko doch erst recht!«

»Ja, genau wie jegliche Form von Drogenkonsum. Aber das Land war weit davon entfernt, ein funktionierender Rechtsstaat zu sein. Und Dr. Youssef hatte gute Beziehungen.«

Die alte Dame hebt mehrfach die Augenbrauen, macht mit Daumen, Mittel- und Zeigefinger eine schnelle Handbewegung: das internationale Zeichen für Geld.

Dr. Youssef fragt: »Madame Keller?«

Ich stehe auf.

»Das bin ich.«

»Sie sind Rhesus-negativ?«

»Ja, wieso?«

»Mmmh. Dann sollten wir Sie vorziehen. Bitte hier entlang.«

Ich drehe mich noch mal zu Ringo um.

»Baby, kommst du klar, so lange ich weg bin?«

»Mach dir keine Sorgen, Charlie. Ich bin ja nicht mehr allein. Ich spiele eine Runde Schach mit Jim. Oder Mick. Die dürften ja nicht zu schwer zu schlagen sein.«

Ich winke meinem Lieblings-Beatle zu.

»Okay, mein Schatz, bis gleich.«

»War das Ihre erste Schwangerschaft?«

»Ja, mit Hasso hat es nie geklappt. Man muss schon richtig wollen.«

»Und Hasso wollte nicht richtig?«

Die Keller schweigt. Nach einer kurzen Pause setzt Toygar nach: »Also, Ihre erste Schwangerschaft?«

Charlotte seufzt: »Ja. Und auch meine letzte.«

Es geht mir nicht gut.

Ich habe wahnsinnige Schmerzen im Unterleib, mir steht der kalte Schweiß auf der Stirn, und mir ist kotzübel. Um mich herum herrscht große Aufregung, durch den Nebel meiner Restnarkose sehe ich diverse Gestalten in Weiß, die aufgeregt meinen Puls fühlen, meinen Blutdruck messen und diverse andere Untersuchungen ausführen. Maschinen blinken, Geräte piepen, die Kittelträger unterhalten sich hektisch auf Arabisch. Ich rufe: »Was ist los, was ist los? Dr. Youssef, wo ist Dr. Youssef?«

Der Doktor erscheint in meinem Blickfeld. »Alles in Ordnung, nur eine klitzekleine Komplikation. Passiert bei höchstens zwei Prozent der Fälle. Sie sind halt Rhesus-negativ. Wir müssen Sie noch mal operieren.«

Schon spüre ich eine Nadel in meinem Arm, ich kann gerade noch flüstern:»Aber Sie haben mir doch gar nicht gesagt, dass ich rückwärts zählen soll …« Dann bin ich wieder weg.

Ich erwache in einem vollständig blau gestrichenen Zimmer.

Boden, Wände, Decke. Es ist ein leuchtendes Kobaltblau, sogar die Möbel haben die gleiche Farbe. Zu einer Seite öffnet sich der Raum zu einer Terrasse, auch sie ist blau gestrichen. Vor der Terrasse steht eine Auswahl unterschiedlichster Kakteen, ihre vielseitigen Formen und Farben überfordern fast meine Augen. Ich muss blinzeln. Dahinter liegt die Wüste, ihr endloses Beige zieht sich bis zum Horizont. An meinem Bett stehen Yves Saint Laurent und Catherine Deneuve, daneben ein Mann mit Halbglatze, die er erfolglos unter einer Überkämmfrisur zu verbergen versucht. Er trägt einen etwas zu kleinen Kamelhaarmantel, ich habe ihn irgendwo schon mal gesehen. Wo bin ich? Was machen die alle hier? Und wo ist Ringo? Der Fremde ergreift das Wort.

»Hallo Charlie, ich bin Neil, Neil Aspinall. Wir kennen uns vom Star-Club, Sie erinnern sich?«

Ich erinnere mich vage.

»Ich arbeite für die Beatles, bin so eine Art persönlicher Manager. Ich bin untröstlich, aber Ringo musste leider kurzfristig nach Hause fliegen, ein tragischer Todesfall. Mein Boss, Brian Epstein, er ist ganz plötzlich von uns gegangen, wir, wir … wissen noch gar nicht, was …«

Neil Aspinall holt ein Taschentuch aus der Manteltasche, wischt sich die Tränen aus dem Gesicht.

»Die Beerdigung ist morgen, ich muss auch sofort zurück nach Liverpool.«

Er beginnt hemmungslos zu weinen. Ich will aufstehen, ihn trösten, aber mir wird schwindelig, sofort setzt die furchtbare Übelkeit wieder ein. Ich spüre ein Stechen im Bauch, ich weiß gar nicht genau wo, mir ist, als würde mir jemand tausend Nadeln in die Magengrube schießen. Saint Laurent rauscht heran, hält mich zurück.

»Nein, Charlott, Sie sind noch viel zu schwach, Sie haben hohes Fieber. Sie müssen liegen bleiben.«

Ich frage: »Wo bin ich?«

»Sie sind in meinem Haus, im Jardin Majorelle. Keine Sorge, es ist alles gut, Sie werden wieder auf die Beine kommen. Catherine und ich werden uns um Sie kümmern.«

»Was ist denn passiert?«

»Nun, es gab Komplikationen, irgendetwas im Zusammenhang damit, dass Sie Rhesus-negativ sind. Ich bin kein Arzt, ich wusste noch nicht mal, dass es Blutgruppen gibt. Jedenfalls können Sie nie mehr …«

Er legt den Handrücken an die Stirn, in einer dramatischen Geste wendet er sich ab. Catherine Deneuve setzt sich auf die Bettkante, nimmt meine Hand. Mit ihren ausdrucksvollen braunen Augen blickt sie mich an, sagt: »Charlott, Sie müssen jetzt sehr stark sein. Um ihr Leben zu retten, musste Dr. Youssef Ihnen die Gebärmutter entfernen. Sie können nie wieder Kinder bekommen.«

Ohnmächtig sinke ich zurück in mein Kissen.

STALINGRAD

Auf einmal ist es Nacht.

Ich stehe auf der Terrasse. Es fängt an zu schnei-
en. Dicke weiche Flocken fallen auf die Wüste, die
sich vor meinen Augen in eine Winterlandschaft verwandelt. Mein Atem kondensiert in der Luft, aber
ich friere nicht. Über mir leuchten die Sterne, der
Himmel geht wie eine Hohlkehle in die schneebedeck-
ten Hügel über, die sich bis zum Horizont vor mir
erstrecken. So weit das Auge reicht, steht kein
Baum, kein Strauch, keine Häuser oder Zäune ragen
ins Blickfeld. Ich höre eine Stimme im Westwind,
ein weicher Tenor mit sanftem Timbre singt:

>»Du große Nacht, in deinem weiten Kleide
>Aus dunkler sternbetauter Seide
>Wie unter einer Glocke von Kristall
>Ruht unter dir die Erde und das All.
>Du große Nacht! Lass nicht zersprengen
>Den Traum, mit dem wir uns umhängen.«

Plötzlich bleiben die Schneeflocken in der Luft stehen.

Sie drehen sich langsam um sich selbst, aber fallen nicht zu Boden. Es herrscht absolute Stille, bis auf den Gesang, der jetzt lauter wird.

»Du duldest keinen Laut in deiner Halle
Sternschnuppen sind wie Finger, die im Falle
Sanft über Weltenharfensaiten fahren
Und so mit Sphärenklang und wunderbaren Musiken
Allen Raum erfüllen.«

Ein Harfen-Arpeggio erklingt mit Hall, auf dem übernächsten Hügel erscheint eine Silhouette, kommt näher.

»Mit Himmelstönen ohnegleichen
Des Grenzenlosen Ziel erreichen
Nach eines ewigen Schöpfers Willen
Verhülle alle Tagesschrecken
Lass dich nicht aus deinem Schlummer wecken.«

Der Schattenriss wird zu einem Mann in einer Landser-Uniform, er hat ein großes Gewehr über die Schulter gehängt. Er ist der Sänger, seine Stimme trägt durch die völlige Lautlosigkeit.

»Du, große Nacht!
Die trüben Nebel lass verwehen
In deiner hohen Zauberpracht
Lass deine Wölbung nicht zerklirren
Lass alle bangen Tageswirren
In dir verborgen bleiben, Nacht!«

Jetzt ist der einsame Soldat nur noch wenige Schritte entfernt, er blickt mir ins Gesicht. Er erschrickt: »Lotti, was machst du denn hier?«

»Pappa?«

»Natürlich, mein Rosenschnäuzchen, aber du darfst hier nicht sein, es ist Krieg!«

Er deutet mit dem Daumen hinter sich, wie als Antwort leuchtet Mündungsfeuer auf, ein paar Zehntelsekunden später höre ich Schüsse.

»Die Russen kommen!«

Mein Vater dreht sich um, geht auf ein Knie, streckt das andere Bein nach vorne. Er nimmt das Gewehr vom Rücken, klappt das Visier auf. Er legt die Waffe an die Schulter. Auf dem gleichen Hügel, auf dem er vor fünf Minuten erschienen ist, tauchen jetzt ein paar Gestalten auf, auch nur kleine Punkte in der Ferne. Ohne Warnung schießt mein Vater, ich sehe erst einen, dann den zweiten Schatten fallen. Pappa sagt: »242, 243.«

Eine dritte Silhouette erscheint, ein weiterer Schuss, auch sie kippt um.

»244.«

Er schultert das Gewehr, steht auf.

»Also, was machst du hier? Solltest du nicht mit deiner Mutter und Schwester im Alten Land südlich der Elbe sein? Glaub mir, es war gar nicht so einfach, euch aus Hamburg rauszuholen. Tante Käthe war nicht gerade begeistert, euch aufzunehmen, Bombenterror hin oder her.«

Ich bin verwirrt: »Pappa, wo sind wir?«

»Wir sind in Russland, mein Herzlieb, genauer gesagt an der unteren Wolga. Hinter uns im Osten liegt Stalingrad.«

Er deutet zum Horizont, ein lodernder, oranger Glimmer erhellt den unteren Bildrand.

»Die Stadt brennt. Ich bin gerade noch so rausge-
kommen!«

Von Stalingrad habe ich schon gehört. Auch weiß
ich, dass mein Vater dort gekämpft hat. Aber Thomas
Knoop sieht überhaupt nicht so aus, wie meine Mutter
ihn mir beschrieben hat. Er ist viel kleiner, drah-
tiger als ihre Darstellung. Außerdem hat er weniger
Haare auf dem Kopf als auf dem Foto, das bei Mamma
auf dem Nachttisch stand. Das zeigte einen freundlichen jungen Mann, Typ Gymnasiallehrer, mit leicht
teigigem, glatt rasiertem Gesicht und Hornbrille.
Leichte Geheimratsecken, aber ansonsten ein voller
Schopf dunkler Haare, den er in Künstlermanier über
die Ohren fallen ließ. Diese Version von meinem Vater
trägt einen grauen Bart, hat eingefallene Wangen und
eine Halbglatze. Außerdem hat er eine Nickelbrille
auf der großen Hakennase, an der ich ihn trotz des
verwegenen sonstigen Aussehens erkenne. Er sieht
mich mit funkelnden, braun-schwarzen Augen an.

»Lotti, wir müssen weg. Hier ist es nicht sicher.«

Pappa nimmt mich bei der Hand, wir laufen durch
den Schnee. Ich frage: »Was hast du da eben eigentlich gezählt?«

»Oh, das ist nur meine Statistik. 244 tote Russen!
Ich bin Scharfschütze in der 6. Armee unter General
Paulus. Ein großartiger Soldat! Wir haben Stalingrad
nach heftigen Kämpfen wie geplant eingenommen. Ein
sensationeller Erfolg! Leider hat Paulus den Rumänen
vertraut, unsere Flanke zu sichern. Keine gute Entscheidung. Die ziehen ihre 3,7cm-PaK-Panzerabwehrka-
nonen noch mit Pferdewagen! Überhaupt, Panzerabwehr-
kanonen, ha! Eher Panzeranklopfgeräte. Die Rote
Armee ist durchgebrochen und hat uns eingekesselt.
Schon vor zwei Monaten. Seitdem ist die Lage in der
Stadt katastrophal! Uns geht die Munition aus.

Eisige Kälte, kein Wasser, keine Lebensmittel, und der Russki steht auf jedem Dach, liegt in jedem Keller und schießt, schießt, schießt. Meine Kameraden sterben wie die Fliegen. Ich habe einen der roten Teufel mit dem Messer erwischt, ihm das Gewehr und seine Kugeln abgenommen. Seinen weißen Tarnanzug musste ich leider liegen lassen. Zuviel Blut! Dann habe ich mir den Weg freigeschossen.«

Er klopft auf die Waffe.

»Eine Mosin-Nagant. Zieht leicht nach links.« Für mich sieht die Knarre aus wie jeder andere alte Karabiner. Aber ich tue beeindruckt, ist ja schließlich mein Vater.

»Toll! Ich glaube übrigens, ich sollte nicht fragen, wo wir sind, sondern eher, wann wir sind?«

»Carissima, das ist doch klar: Januar 1943, die Schlacht um Stalingrad.«

Wir laufen weiter. Es bleibt totenstill, die Schneeflocken schweben immer noch auf der Stelle, weichen zur Seite wie ein flauschiger Vorhang. Ich betrachte meinen Vater, dem ich noch nie zuvor begegnet bin. Er sprintet über den gefrorenen Boden, lässt die blitzenden Augen prüfend über das Gelände gleiten. Er hat etwas Katzenartiges, hält den Kopf leicht gesenkt, seine Schultern rollen bei jedem Schritt mit. Sein schmaler Körper ist muskulös, seine kantigen Gesichtszüge geben ihm im Sternenlicht ein fast klassisches Aussehen. Ein Perikles in einer schmutzigen Wehrmachtsuniform. Mein Vater bleibt stehen, legt den Kopf zurück und schließt die Augen. Er beginnt zu rezitieren:

»Schon stehe ich voller Sehnsucht am Bug meines eilenden Lebensschiffes und wittre voll Freude die

Düfte der heimatlichen Oase, die ein freundlicher Südwind mir liebevoll zuträgt. Gegen das Ende der Woche wird es geschehen, dass zum Feste der heiligen Göttin Ostera mein fernher kommender Kahn den schimmernden Hafen erreicht.«

Hinter uns ertönen wieder Schüsse. Pappa nimmt die Mosin-Nagant von der Schulter, betätigt den Repetier-Mechanismus. Er schießt zweimal.
»245. 246.«

»Also war Ihr Vater ein eiskalter Killer?«

»Mein Vater war vor allen Dingen Künstler! Ein Dichter, Naturphilosoph. Deshalb war er auch als Scharfschütze so erfolgreich. Haben Sie den Film *Duell – Enemy at the Gates* gesehen?«
»Mit Jude Law und Ed Harris?«
»Respekt, Sie kennen sich aber wirklich aus!«
Toygar seufzt.
»Wie gesagt, ich wollte ja mal Filmkritiker werden.«
Charlotte guckt mitleidig, dann fährt sie fort: »Die Rolle von Ed Harris als Major König basiert auf meinem Vater Thomas Knoop.«
Toygar schüttelt den Kopf. Aber nur in Gedanken.

»O mein Juwel, fern bliebest Du mir, Trost meiner Augen, und Deine Schritte nahten nicht dem Gemach meiner Einsamkeit, Du meine Freude. Eis liegt auf meiner Seele wie ein Berg des Kummers und es klingen die Lieder der Trauer. Die Nacht steht vor meinem Fenster wie eine schwarze Mauer und der Himmel hängt darüber, wie ein dunkles Tuch.«

Wir haben uns hingesetzt, mein Vater lehnt mit dem Rücken an einem großen Findling. Er hat wieder den

Kopf in den Nacken gelegt, er flüstert wie in Hypnose, seine warme, weiche Stimme taut die Schneekristalle um uns herum. Es regnet, ich schmecke die Tropfen auf meiner Zunge, bitter und süß zugleich.

»Von wem sprichst du, Pappa?«

»Von deiner Mutter. Meine liebe kleine Corinna, meine Cocoschka. Ich beginne hier traurig zu werden. Es ist an der Zeit, dass ich meine Zelte abbreche und in ihre Nähe zurückkehre.«

Er trägt weiter vor:

»Kein Stern glitzert und der Mond hat sich verhüllt; aber in der Erinnerung leuchtet mir sanft der Glanz Deiner Augen, die strahlender sind als des hohen Sommerhimmels blaue Wölbung, mein Edelstein.«

»Was sind das denn für Lieder und Gedichte? Sind die alle von Ihrem Vater?«

Die alte Dame nickt.

»Ja, die sind aus seinem Buch. Miriam, bist du mal so lieb und holst es von Hassos Nachttisch?«

Die Keller gähnt.

»O Gott, warum bin ich bloß immer so müde?«

Sie nickt wieder ein. Miriam verschwindet, kommt zurück, reicht Toygar ein kleines, grünes Leinenbuch. Darauf steht in goldenem Prägedruck: »Thomas Knoop. Tätige Liebe zur Natur«. Toygar schlägt es auf, aber bevor er darin blättern kann, wacht Charlotte mit einem lauten Schnarcher auf.

Pappa nimmt mich in den Arm.

Ich schmiege mich ganz fest an ihn, lege meinen Kopf auf seine Brust. Seine grobe Uniformjacke kratzt mir im Gesicht, darunter spüre ich die Vibrationen seiner Stimme. Ich fühle mich so zu Hause wie noch nie zuvor, ich bin das Kind, das ich nie war. Es ist so, als hätte ich mein Leben lang ohne rechten Arm gelebt und könnte jetzt endlich klatschen. Wie zum Beweis applaudiere ich meinem Vater. Der hält den Zeigefinger an die Lippen.

»Pssst, Lottischka, wir wollen doch nicht den Wassili Saizew auf uns aufmerksam machen!«

»Wassili was? Wer ist das?«

»Wassili Saizew. Ein russischer Soldat. Der beste Scharfschütze der 62. Armee. Er ist noch immer hinter mir her.«

Er hält mich fester, küsst mich auf den Kopf. »Du hast die Haare deiner Mutter. Die gleichen Locken.«

Er zieht die Luft durch die Nase ein.

»Und du riechst auch wie sie. Zimt und Rosenöl. Wie geht es ihr und deiner Schwester?«

»Mamma und Helene geht es gut. Aber Hamburg liegt in Schutt und Asche. Wir sind auch nicht mehr im Alten Land bei Tante Käthe. Wir sind zusammen mit Tante Magda nach Altenau im Harz gezogen. Dort wohnen wir bei einer Bauernfamilie, Verwandte von unseren Nachbarn in der Breitenfelderstraße. Die mögen uns aber nicht. Behandeln uns wie Menschen zweiter Klasse.«

»Wollt ihr nicht vielleicht doch noch mal über das Angebot meiner Mutter nachdenken und nach Dänemark gehen? Auf dem Landgut der Blixen-Fineckes ist viel Platz.«

»Pappa, du weißt doch, zwischen Mamma und der Prinzessin ist das Tischtuch endgültig zerschnitten. Aber mach dir keine Sorgen: Im Harz ist's zwar hart, aber wenigstens fallen keine Bomben!«

»Das ist gut … halt, nein, nichts ist gut, denn du bist hier! Wie kann das sein?«

»Ich habe hohes Fieber. Eben war ich noch in Marokko, dann fing es an zu schneien, und plötzlich tauchtest du auf dem nächstbesten Hügel auf.«

»Ah, ein Fiebertraum. Also sind wir beide nur eine Halluzination.«

»So oder so ähnlich.«

»Warum hast du denn so ein schweres Fieber? Und warum bist du nicht in einem deutschen Krankenhaus?«

Ich schweige.

»Komm schon, Prinzessin, ich bin dein Vater, mir kannst du alles sagen.«

»Also gut: Ich hatte eine Abtreibung, und das in einem Krankenhaus in Marrakesch, wo ich mit Ringo Starr von den Beatles war.«

»Die Beatles? Nie gehört, wer soll das sein? Ein englischer Entomologen-Verein?«

Ich muss lachen.

»Nein, eine Musikgruppe.«

»Na gut. Und dieser Herr Starr hat dich geschwängert und sich dann aus dem Staube gemacht?«

»Nein, er ist ein guter Kerl, aber es gab Komplikationen.«

»Komplikationen?«

»Ja, irgendwas mit meinem Rhesusfaktor. Die Ärzte haben mir die Gebärmutter herausgenommen!«

Schon beim letzten Satz beginne ich zu schluchzen.

»Ich kann nie wieder Kinder bekommen!«

Pappa legt die rechte Hand auf mein Kinn, zieht mein Gesicht zu sich. Er küsst mir die Tränen von den Wangen.

»Sch-sch-sch, mia Bella. Verzweifle nicht, mein süßes Mädchen. Das ist nicht das Ende der Welt. Du wirst eine Tochter haben, das schwöre ich dir! Wenn

ich die Augen schließe, sehe ich dich mit einem
kleinen Mädchen auf dem Arm. Sie ist viel dunkler
als du, aber sie hat genau die gleichen Haare. Ihr
sitzt auf einem weißen Schaukelstuhl in einem himmelblauen Zimmer, die Sonne scheint seitwärts durch
das Fenster. Es ist ein wunderbarer Tag, das Kind
lacht, und du bist glücklich.«

»Wirklich?«

»Verlass dich drauf, mein liebes Herz, es wird so
eintreffen, wie ich es voraussage. Du wirst Mutter
sein, und zwar eine sehr gute!«

Er drückt mich fest, küsst mich auf die Stirn.

**Auf einmal beginnen die Schneeflocken
wieder zu fallen.**

Dunkle Sturmwolken ziehen vor die Sterne. Am östlichen Rand des Blickfelds lodert der Feuerschein
heller, erleuchtet den Himmel wie ein verfrühter
Sonnenaufgang. Mit der Stille ist es vorbei. Explosionen erklingen aus der Ferne, auch Schüsse und
Hundebellen mischen sich in den Soundtrack der wieder aufflammenden Gefechte. Die Harfenklänge weichen
jetzt dem tiefen Dröhnen von Hörnern, die bedroh-
lich aus dem Nichts schallen.

»Pappa, wir müssen weiter. Komm, lass uns aufstehen.«

Ich zeige gen Westen.

»Nach Deutschland geht's da lang!«

Mein Vater seufzt: »Ach, mein Engel der Verzweiflung, so einfach ist das nicht.«

»Willst du denn nicht Mamma wiedersehen, deine
geliebte Cocoschka, die zu Hause treu auf dich wartet?«

»Ein schöner Wunschtraum. Aber nach allem, was ich hier gesehen und erlebt habe, will es mir erscheinen, als ob es ganz unmöglich wäre, jemals wieder ›nach Hause zu kommen‹. Ich bin an zu vielen Gräbern von deutschen und russischen Soldaten vorbeigezogen, an toten Pferden und verstümmelten oder verbrannten Menschenleichen. Ich habe Männer so schnell sterben sehen, dass es kaum zu begreifen ist, wie ein Leben, das so viele Jahre zu seiner Entwicklung braucht, derartig plötzlich zu Ende gehen kann. Du kannst dieses Gefühl so wenig verstehen wie irgendein anderer, der diese Hölle nicht erlebt hat. Aber es ist ganz unvorstellbar, die Greuel, das Elend und Unglück jemals zu vergessen, das uns hier Monat und Monat umgibt. Dass man die vollkommene Gleichgültigkeit gegenüber Leben und Tod einmal wieder verliert. Charlotte, ich kann nicht zurückkehren. Ich muss hierbleiben.«

Mit gewaltigem Donner fährt ein Blitz hinter uns in den Boden, erleuchtet die Szene für eine Sekunde taghell. Wir blicken erschrocken nach oben. Über uns tut sich der Himmel auf. Die dunklen Wolken machen Platz für ein gleißendes Licht, das wie ein Nebelscheinwerfer aus dem Dunkel dahinter strahlt. Das Spektakel wird begleitet von mehr Donner und einem rhythmischen Knallen, das so klingt, als würde jemand mit dem Eisenrohr gegen eine riesige Metallfeder schlagen. Gebannt starren wir in das Spektakel, als uns plötzlich eine Strickleiter entgegenfällt. Sie schimmert silbern, baumelt im Wind, der jetzt stärker wird. Mein Vater packt die Leiter, setzt den rechten Fuß auf die unterste Sprosse. Ich springe auf.

»Nein, Pappa, bleib hier, ich brauche dich, ich habe dich doch gerade erst wiedergefunden!«

Er zieht sich hoch, lässt auch das linke Bein folgen. Er schaut mich an, spricht mit seiner weichen, warmen Stimme: »Korrektur: Du hättest mich brauchen können. Glaub mir, dass ich so früh von dir gehen musste, schmerzt mehr als der Tod selbst. Das Schicksal kann man nicht ändern. Aber zu sehen, was aus dir geworden ist, stimmt mich froh. Und ja, du hast mich wiedergefunden, aber nur, weil ich die ganze Zeit bei dir war. Ich bin dein Passagier, ich reise mit, wo auch immer du hingehst. Ich bin ein Teil von dir, du kannst dich immer auf mich verlassen.«

Er steigt weiter. Ich lege die Hände an die Strickleiter. Sie fühlt sich weich an, das grobe Seil ist mit grauem Samt überzogen. Ich schwinge mich hoch, rufe meinem Vater hinterher: »Warte, ich komme mit!«

Mein Vater stoppt, schreit von oben: »Lotti, nein, deine Zeit ist noch nicht gekommen. Du musst hierbleiben, in dieser Welt, in Marrakesch. Du musst zurück ins Leben, dein Leben! Vergiss nicht, deine Tochter wartet auf dich!«

»Pappa, ich schaffe das nicht!«

»Doch, du schaffst das! Du bist eine ganz besondere Frau! Lass dir von niemandem etwas vormachen!«

Er klettert weiter, aber ich verlangsame mein Tempo. Mein Vater ist fast im Himmel angekommen, er ist nur noch ein Schatten, seine Konturen verwischen vor dem gleißenden Licht. Er brüllt: »Ich liebe dich, meine Zuckerschnute. Jetzt, wo ich dich getroffen habe, macht alles Sinn. Ich habe nicht umsonst gelebt, denn ich hinterlasse dich.«

Ich steige wieder abwärts. Ein Abschiedsblick, Pappa verschwindet in den Wolken. Ich höre ihn ein letztes Mal singen:

»Bald ist das alles, was ich litt
Wohl fern von mir und überwunden
Und alle meine guten Stunden
Sie schwingen in der tiefen Stille mit

Nun sing mir noch ein kleines Lied
Und dann will ich den Schlaf erwarten
Der mir aus Deiner leisen zarten
Geliebten Stimme schon entgegenblüht

Gleich schweigt wohl alles nah und weit   .
Ganz selten nur noch wollen Stimmen
Die Häuserfelsen aufwärts klimmen
Ich schwebe schon in der Unendlichkeit.«

Ich wische mir die Tränen aus dem Gesicht, flüstere:
»Ich liebe dich, Pappa.«

Die Strickleiter fällt vom Himmel, schlängelt sich zischend zusammen. Auf einmal höre ich eine Stimme, sie schallt von allen Seiten: »Lotti, mein Gott, Lotti, bist du okay?«

Ich winke noch ein letztes Mal meinem Vater hinterher.

»Lotti, wach auf, ich bin es, Hasso. Komm zu dir, meine Liebste!«

Ich öffne die Augen. Ich komme zurück ins Leben.

»Hallo, mein lieber Mann.«

Hinter Hasso stehen Mick Jagger und Keith Richards.

Mick Jagger trägt mein Jersey-Kleid im Mondrian-Muster.

Er hat offenbar die gleiche Größe wie ich, ich muss zugeben, dass Cocos Kreation ihm ziemlich gut steht.

Keith hat heute noch mehr Schlagseite als üblich. Er lehnt an einer mannshohen Zimmerpalme, mit Kopftuch und Lederweste sieht er aus wie ein Pirat auf Landgang. Fehlt nur noch der Papagei auf der Schulter. Beide Stones haben einen betretenen Gesichtsausdruck, so als wären sie gerade beim Kekseklauen erwischt worden. Ich frage Hasso: »Was ist denn mit denen los?«

»Gute Frage. Als ich reinkam, waren die beiden Kapeiken gerade dabei, es sich hier gemütlich zu machen. Der Typ mit dem Pferdegebiss probierte deine Klamotten an, und der traurige Störtebecker da machte sich an deinem Valium zu schaffen.«

Hasso hält ein Fläschchen mit weißen Pillen hoch.

»Ich habe ihn gerade noch vor einer Überdosis bewahrt. Allerdings musste ich ihn mit einem Faustschlag von deinem Medikament trennen.«

Der Stones-Gitarrist versteht kein Wort außer Valium. Hoffnungsvoll blickt er zu uns rüber. Jetzt sehe ich, dass sein Augen-Make-up kein Lidstrich, sondern ein dickes Veilchen ist.

»O Lotti, was machst du für Sachen?«

Hasso hat Tränen in den Augen, er drückt meine Hand im Rhythmus seines Herzschlags. Ich streiche ihm die Haare aus dem Gesicht.

»Wie hast du mich überhaupt gefunden?«

»Na ja, als erstes musste ich natürlich feststellen, dass du nicht bei deiner Mutter in Spötze warst.«

Ich verschränke die Arme vor der Brust und senke den Blick. O Gott, ist das peinlich. Aber Hasso schüttelt nur grinsend den Kopf.

»Hauptsache, du bist in Sicherheit! Nachdem ich eine Woche nichts von dir gehört hatte, habe ich Coco in ihrer Datsche aufgesucht. Zum Glück wusste

sie, dass du nach Marrakesch wolltest. Da schwante
mir nichts Gutes, man hört ja so einiges in Medizi-
nerkreisen. Nach ein paar Recherchen in lokalen
Krankenhäusern kam ich auf Dr. Youssef. Der gute
Doktor war zunächst nicht sonderlich kooperativ,
aber mit einer kleinen Geldspritze konnte ich ihn
schließlich überzeugen. Er hat mich zum Jardin Majorelle geführt. Und hier bin ich!«

»Man kann über Hasso sagen, was man will, aber wenn's drauf
ankommt, kann man sich auf ihn verlassen. Ich war wieder schwer
verliebt.«

　　»Hat er Ihnen denn vergeben?«

　　»Hat er. Und wie! Ich hab ihm alles erzählt, nichts ausgelassen.
Er hat mich in den Arm genommen und ganz fest gedrückt. Dann
hat er mir ins Ohr geflüstert: ›Ach Lotti, das ist ja alles ganz furchtbar! Aber mach dir keine Sorgen, alles wird gut. Ich verzeihe dir.
Ich bin auch kein Engel. Du hast es bestimmt nicht immer leicht
mit mir.‹ Wir haben noch ein paar Tage drangehängt, Yves Saint
Laurent und Catherine Deneuve haben sich rührend um uns
gekümmert. Als es mir schließlich gut genug ging, flogen Hasso
und ich zurück nach Hamburg.«

Meine Heimatstadt kommt mir vor wie das Paradies.
Die Luft ist klar, es weht eine leichte Brise. Kei-
ne Mopeds, keine Muezzins, kein Müll. Im Taxi sagt
Hasso: »Ich habe eine Überraschung für dich.«
　　»Was denn?«
　　»Wenn ich's dir verraten würde, wäre es ja keine
Überraschung.«
　　Er tippt dem Taxifahrer auf die Schulter.
　　»Nach Niendorf bitte, Germanenweg.«
　　Ich protestiere: »Aber wir wohnen doch in Alto-
na!«
　　»Wohnten, mein Schatz, wohnten!«

Der Keller kippt der Kopf weg.

Sie fängt an, laut zu schnarchen. Miriam erscheint aus der Küche, wischt der alten Dame Stirn und Wangen mit einem feuchten Tuch. Sie nimmt ihr Handgelenk und guckt auf die Armbanduhr. Die Frau im grünen Hosenanzug zählt mit ihrer entzückenden Transistorstimme:

»… 14, 15, 16. Ruhepuls 64.«

Sie zieht der tief schlafenden Charlotte den Ärmel hoch, legt ihr eine graue Plastikmanschette an, misst ihren Blutdruck. Toygar schaut ihr fasziniert zu. Miriam bemerkt seine Blicke, lächelt.

»121 zu 79. Mylady ist fit wie ein Turnschuh!«

Sie kichert.

»Ey, du starrst!«

Toygar stammelt verlegen: »Du … du machst das sehr gut.«

Miriam zwinkert ihm zu.

»Danke. Ist ja schließlich mein Be…«

KABUMM!

Ein kolossaler Knall unterbricht sie, bringt die Scheiben zum klirren. Mit einem lauten Schnappatmer kommt Charlotte zurück in die Wirklichkeit.

»Ja, ist denn schon Sylvester?«

Toygar lacht.

»Wohl kaum. Das war echter Donner.«

Er steht auf, geht zum Fenster. Er schüttelt sich.

»Brrr. Bei diesem Wetter möchte man ja keinen Hund vor die Tür jagen.«

Die Keller schnauft: »Ach was, das bisschen Regen. Hinter den Wolken scheint die Sonne!«

Sie spricht mit Toygars Rücken.

»Sollten Sie nicht so langsam mal was unternehmen? Sie kommen mir seltsam passiv vor. Sind Sie vielleicht depressiv? Nehmen Sie Medikamente?«

»Was? Nein. Weder depressiv noch auf Pille.«

Toygar lehnt die Stirn an das Fenster.

»Wohl eher … mir tut es irgendwie ganz gut, mal ein wenig abzuschalten. Je mehr ich mich in Ihre Welt begebe, desto mehr Abstand gewinne ich zu meiner.«

Er haucht an die Scheibe, malt einen Smiley in seinen Atem.

»Mir gefällt diese unfreiwillige Lebensbremse. Ich trete in letzter Zeit doch ziemlich auf der Stelle. Abgesehen von meiner momentanen Notlage wüsste ich auch sonst gar nicht, was ich unternehmen sollte …«

Die Keller hebt eine Augenbraue, nickt.

»Ich verstehe.«

Miriam nimmt das Blutdruckmessgerät von Charlottes Arm, die alte Dame hält ihre Hand fest, berührt sie kurz mit den Lippen.

»Was ist eigentlich mit Ihrer Mutter? Die muss sich doch furchtbare Sorgen machen. Wie heißt sie eigentlich?«

»Defne. Und ja, na sicher, ganz bestimmt macht sie sich Sorgen. Aber kann ich es riskieren, sie anzurufen? Was ist, wenn Celâl was mitbekommt?«

»Meinen Sie, dass er Ihre Eltern bedroht?«

Toygar stöhnt: »Davon ist stark auszugehen!«

»Ein Grund mehr, mit Defne Kontakt aufzunehmen.«

Charlotte schnippt mit den Fingern.

»Sind Sie der Sohn Ihrer Mutter?«

»Was meinen Sie damit?«

»Beantworten Sie einfach die Frage: Sind Sie der Sohn Ihrer Mutter?«

»Ja.«

»Dann hätte ich da eine Idee …«

Celâl Dinç sitzt Defne im Nacken.

Und zwar nicht im übertragenen Sinne. Der Kredithai hat einen Barhocker herangezogen, sich hinter dem Stuhl niedergelassen, auf dem Defne am großen Tisch im Festzelt Platz genommen hat. Sie versucht einen späten Lunch einzunehmen, aber Celâls fauler Atem verdirbt ihr den Appetit, den sie sowieso schon kaum hat. Der große Mann knurrt böse: »Und das soll ich glauben? Der Herr Sohnemann verschwindet wie ein Geist und meldet sich kein einziges Mal bei seiner liebenden Familie? Bullshit!«

Celâl klettert vom Hocker, baut sich in Überlebensgröße hinter Latif auf, der neben Defne sitzt. Er zischt: »Ihr beide wisst ganz genau, wo der Feigling steckt, und jetzt werdet ihr's mir sagen, bei Allah, sonst …«

Defnes Mobiltelefon pfeift, es ist ihr Klingelton für Textnachrichten. Das Samsung liegt halb verdeckt unter der üppigen Käseplatte, die die Bayramoğlus kaum angerührt haben. Defne greift nach dem Handy, aber Celâl ist schneller, schnappt sich das Smartphone.

»Aha, hab ich's mir doch gedacht! Natürlich kommuniziert die kleine Memme mit seiner Mutti!«

Er drückt, scrollt, dann guckt er verdutzt. Aus dem Lautsprecher tönt eine Frauenstimme, sie singt eine Melodie, die Defne zunächst nicht zuordnen kann.

»You've got a friend in me, you've got a friend in me …«

Jetzt erkennt Defne den Song, sie muss schmunzeln. Aber Celâl Dinç hat keine Ahnung, wütend wirft er das Handy zurück auf den Tisch.

»Was soll das denn? Eine alte Frau mit einer Kindergitarre sitzt im Lehnstuhl und singt ein bescheuertes Lied! Und wer ist dieser blöde Cowboy, der dauernd ins Bild hängt? Ist das Kunst oder kann das weg? Ach, ihr Bayramoğlus seid doch alle gestört!«

»Celâl, so kann es nicht weitergehen!«

Emirhan Büyükburç rauscht gebückt heran, wie ein Hund legt er den Kopf zur Seite, senkt unterwürfig den Blick. Er winselt: »Können wir nicht zumindest den Strand am Jachthafen freigeben?«

Celâl hebt den Zeigefinger, bringt den Bürgermeister mit einer besonders brutalen Halsabschneider-Geste zum Schweigen. Er wendet sich an Defne und Latif: »Wir sind noch nicht fertig!«

Dann dreht er sich um und geht mit ausgebreiteten Armen auf Emirhan zu.

»Lieber Freund, wir werden bestimmt einen Kompromiss finden. Solange du exakt das machst, was ich dir sage ...«

Defne nimmt sich ihr Handy, spielt das kleine Video ab, von dem sie bislang nur den Ton gehört hat. Absender anonym, aber sie hat schon so eine Ahnung, worum es sich bei dieser Message handelt. Celâl hatte recht, der Film zeigt eine alte Dame, grell geschminkt und mit einem Kopf voll rot-grauer Locken. Sie sitzt in einem Lehnstuhl, spielt Ukulele und singt. Dabei wird immer wieder Woody, die lustige Cowboypuppe aus Disneys *Toy Story,* ins Bild gehalten. Er sitzt der Dame gegenüber auf einer Pianobank, trinkt Kaffee. Dann steht er am Fenster, blickt auf die stürmische Ostsee. Er scheint ein Eibrot in der Hand zu halten, jetzt winkt er und lächelt fröhlich in die Kamera. Defne streichelt das Display. Latif hat mitgeschaut.

»Was machst du denn da?«

»Latif, Toygar geht es gut!«

»Was? Woher weißt du das?«

»Erkennst du nicht die versteckte Botschaft in diesem kleinen Filmchen?«

»Botschaft?«

»Das ist der Song aus *Toy Story.*«

»Und?«

»*TOY Story.* Verstehst du nicht? TOYS Story. Toy ist in Sicherheit, wahrscheinlich bei dieser alten Dame. Die Puppe ist Woody, der Protagonist aus den Disney-Filmen. Woody ist Toygar! Er hat zu essen und zu trinken, seine Zuflucht ist warm und gemütlich. Und liegt wahrscheinlich nicht weit von hier.«

»Woran siehst du das denn nun wieder?«

Defne spult zurück zu der Einstellung am Fenster, stoppt das Bild. Sie zeigt auf die Aussicht.

»Das ist die Ostsee, Wetter wahrscheinlich von heute. Wir müssen uns um Toy keine Sorgen machen!«

DIE SAUNA

»Haben Sie die eigentlich schon gesehen?«

Charlotte Keller beugt sich zur Seite, greift das oberste von einem Stapel Fotoalben, der neben ihrem Lehnstuhl auf dem Boden liegt, wirft es zu Toygar rüber. Der hat damit nicht gerechnet, lässt das Album beinahe fallen.

»Hoppla!«, ruft die Keller und kichert. Toygar klappt den Lederband auf, wirft einen Blick hinein, schlägt ihn ruckartig wieder zu.

»Sind das … Sie?«

»Natürlich, wer denn sonst, Charlotte Keller, so wie der liebe Gott sie geschaffen hat. Nicht so prüde, junger Mann, schauen Sie ruhig hin.«

Vorsichtig öffnet Toygar das Album wieder, beginnt zu blättern. Auf zahlreichen Schwarz-weiß-Fotos präsentiert sich eine sehr wohlproportionierte junge Frau mit einem dunkelblonden Pagenschnitt. Sie ist mehr oder weniger unbekleidet, posiert an unterschiedlichsten Orten, auf dem Bett, im Garten, in der Küche. Die diversen Posen reichen von schüchtern bis provokant, manchmal ist ihr Lächeln leicht gequält, dann wieder fröhlich ausgelassen. Trotz der ungewohnten Frisur erkennt Toygar die Keller im Gesicht dieser höchst attraktiven Frau. Ihm wird heiß und kalt. Mit puderrotem Kopf blickt er auf. Charlotte lehnt sich triumphierend zurück, spricht ins Leere: »Da war ich zweiunddreißig.«

1971

»Lotti, wo bist du? Hallo, Lotti!? Mmmh, das riecht
aber köstlich!«

Ich bin im Badezimmer, stehe vor dem Spiegel,
bearbeite meinen Kopf mit der Rundbürste. Warum
kommt Hasso schon so früh nach Hause? Ich bin noch
lange nicht fertig, die Lasagne ist zwar schon im
Ofen, aber ich muss mir noch die Haare machen! Verdammte Locken! Die Prozedur, meinen knallorange
gefärbten Afro in einen rundgebürsteten Bob zu verwandeln, verschlingt ein gutes Viertel jedes Tages.
Schüttelfrisur? Schön wär's. Jeden Abend wickele
ich mir die nassen Haare um den Kopf, zwinge sie mit
einem festen Tuch ganz dicht an die Kopfhaut. Morgens drehe ich die halb-entspannten Curls dann in
extra-große Lockenwickler, die ich während des
Tages in einem Hermès-Schal aus Chiffon vor der
Öffentlichkeit verberge.

»Ich komme gleich!«, rufe ich den Flur hinunter,
aber ich muss erst noch in meine Hotpants steigen.
Ich gehe rüber ins Schlafzimmer. Um in die knappen
Shorts zu kommen, muss ich mich nämlich erst auf den
Rücken legen. Die Pants sind zwar hot, aber deswegen auch sehr eng. Hauchzartes, hellbraunes Wildleder, abgesetzt mit dunkelbraunem Lack. Sie sind
zusätzlich auch noch ziemlich zerbrechlich, und so
ist der Prozess, sie anzuziehen, halb Akrobatik und
halb Feinmechanik. Hasso hat sie mir aus London
mitgebracht, sie sind von Jean Muir, einer hippen
Designerin aus Soho, er wäre sehr unglücklich, wenn
ich sie kaputtreißen würde.

»Lotti, ich habe Raimund mitgebracht!«

Bei dem Namen Raimund macht mein Herz einen kleinen Sprung. Raimund Harmstorf ist mindestens der

zweitschönste Mann Deutschlands, der große Blonde aus Bad Oldesloe leuchtet im Dunkeln. Ich lege mich aufs Bett, stecke meine nackten Füße in die Beinlöcher, lege die Knie ganz dicht zusammen. Langsam lasse ich den Lederfetzen meine braun gebrannten Beine hochrutschen, die ich wohlweislich immer erst nach dem Einstieg eincreme. Früher blieb das Wildleder regelmäßig hängen und hinterließ auch noch Krümel auf der Haut. Zum Glück habe ich inzwischen Hotpants-Erfahrung.

»Lotti, wo versteckst du dich denn, Raimund hat seine lustigen Zigaretten dabei!«

O Gott, Hasso. Seitdem er seinen ersten Joint geraucht hat, ist er nicht mehr zu halten. Wer erst Ende dreißig mit den Drogen anfängt, ist schlimmer als der schlimmste Teenager.

»Ich bin hier hinten im Schlafzimmer, ich komme gleich! Ich muss mich nur noch anziehen.«

Die Pants habe ich knapp über meine Oberschenkel, jetzt kommt der Rest der Prozedur. Ich stehe auf, stecke meine Daumen links und rechts in das Wildleder. Mit einem beherzten Hopser springe ich in die heiße Hose und ziehe sie gleichzeitig mit aller Kraft nach oben. Noch zwei Sprünge, und ich bin drin. Ich glätte das Leder, drehe mich um, betrachte mich von hinten im Spiegel. Sitzt perfekt, bedeckt fast meinen gesamten Po, den ich kokett herausstrecke. Ich gebe mir selbst einen Klaps auf den Allerwertesten, dann betrachte ich mich von vorne. Ich lege die linke Hand auf die Hüfte, richte den rechten Zeigefinger auf mein Spiegelbild.

»Das ist für dich, Raimund!«

Ich streiche mir über den flachen Bauch, lege meine Hände unter meine Brüste, von denen Hasso immer sagt, dass sie genau richtig hängen. Ich habe mich gut gehalten! Ich gehe zum Kleiderschrank, nehme den rosa-violetten Streifenpullover vom Bügel, von dem ich weiß, dass er Hasso ganz besonders gefällt. Er ist mir im Traum eingefallen, ich habe ihn selbst gehäkelt. Das Design lässt meine Schultern frei, ich sehe wirklich traumhaft darin aus. Ich steige in meine Plateau-Sandalen aus Kork. Die Schuhe machen meine Beine länger, addieren gut zehn Zentimeter dazu. Ich gehe zurück ins Bad, setze erneut die Rundbürste an. Mit aller Kraft ziehe ich meine orange Frisur in Position, nehme auch den Fön noch mal zur Hand. Ich verziehe das Gesicht vor Schmerzen, die Curls wollen immer noch nicht so recht glatt werden, aber mit einer finalen Anstrengung sitzt alles. Als letzten Schritt greife ich zur Dose L'Oreal-Haarspray, versorge meinen gesamten Kopf mit dem klebrigen Nebel. Ich überlasse keine Strähne dem Zufall! Mittlerweile lege ich mein Make-up immer auf, bevor ich mir die Haare mache, zu oft hat sich mein Bob in meinen teuren Chanel-Compacts verfangen. Schwarzer Kajal, blauer Lidschatten, Rouge für meine Wangenknochen, rosa Lippenstift. Tagsüber verzichte ich auf die falschen Wimpern, ein bisschen Tusche muss reichen. Halt, da fehlt doch noch etwas: Ich nehme mir den Metallschimmer und highlighte meine Lidränder mit etwas Gold.

»Lotti, nun komm doch endlich. Ich glaube, die Lasagne ist fertig, es riecht schon leicht verbrannt!«

So schnell die hohen Schuhe es erlauben, laufe ich den Flur hinunter. Dabei kündige ich mein Erscheinen schon mit den typischen Quietschlauten an, die meine Kork-Botten machen. Hasso und Raimund sitzen im Innenhof am Holztisch, trinken den Beaujolais, den wir uns eigentlich für besondere Momente aufbe-

wahren. Es ist ein sonniger Samstagnachmittag Mitte
Juni. Hasso steckt in einem seiner drei identischen
grauen Anzüge und den immer gleichen schwarzen Halb-
schuhen, aber Raimund trägt einen hellblauen Baum-
woll-Rollkragenpullover zu braunen Feincord-Hosen,
seine Füße stecken in beigen Wildleder-Hush-Puppies
mit Krepp-Sohle. Im Gegensatz zu Hasso ist er
unrasiert, trägt seine blonden Locken lang im Nacken.
Er hat ein Bein über das andere geschlagen, ich sehe,
dass er keine Socken anhat. Mir wird plötzlich ganz
schlecht vor Lust. Ich fange an zu schwitzen, muss
mich hinsetzen. Ich stülpe die Unterlippe vor, blase
mir den gerade rund geföhnten Pony aus der Stirn. Ich
zirpe: »Hallo Raimund.«

»Raimund Harmstorf? Der Seewolf?«

»Derselbe. Wir haben zusammen an der Staatlichen Hochschule
für Musik und darstellende Kunst in Harvestehude studiert. Ich
Gesang, er Schauspiel. Gehen Sie mal zur Anrichte, das große
Foto hinten.«
Toygar gehorcht. Charlotte dirigiert: »Nein, nicht das, das im
Silberrahmen. Genau, das.«
Toygar setzt sich wieder hin, betrachtet das Bild. Ein muskulö-
ser blonder Mann mit Bart hält die junge Keller im Arm. Sie trägt
ein langes Tuch in blau-rosa um den Hals. Die Keller hält ihren
Schal in die Höhe.
»Hier, den habe ich immer noch. Den hat Raimund mir gestrickt.
Er war so verliebt in mich. Und so geschickt mit den Nadeln.
Sehen Sie sich mal die Fransen an! Das hätte meine Mutter nicht
besser gekonnt. Sie war sehr beeindruckt von Raimund.«
Toygar muss lachen.
»Ein strickender Seewolf, wer hätte das gedacht!«
Er stellt das Foto zurück.

»Sie haben Gesang studiert? Das haben Sie noch gar nicht erwähnt.«

»Habe ich nicht?«

**»Donna donna donna do-on-na
donna donna donna-a donn ...«**

Hasso hat das Jackett ausgezogen und die Krawatte gelockert. Er spielt seine alte Alhambra-Gitarre mit den goldenen Saiten. Ich singe Joan Baez mit meiner kräftigen Kopfstimme, gebe ihr einen Touch Zauberflöte, ein Vibrato, wie die Baez es selbst nie hinbekommen hat. Mein Sopran wird unterstützt durch Hassos weichen Bariton, er singt die Harmoniestimme eine Oktave unter mir: »How the winds are laughing, they laugh with all their might ...«

Hasso hört auf zu spielen. Ich frage: »Was ist los, Schatz?«, aber auf eine Antwort brauche ich gar nicht zu warten. Mit glasigen Augen starrt mein geliebter Ehemann zu dem bärtigen Hünen rüber, der wie der Marlboro-Cowboy im Gegenlicht steht und an seinem Joint zieht. Der würzige Duft weht zu uns rüber, ich sauge ihn aus der Luft, dieser Rauch kommt direkt aus Raimunds Lunge.

Der Seewolf wendet uns den Rücken zu, lehnt mit ausgestrecktem Arm an der Pergola, Gewicht auf dem linken Fuß, das rechte Bein locker davorgeschlagen. Mit einer lässigen Bewegung schnippt er seine Asche ins Blumenbeet. Auch ich beginne zu starren. Mein Blick fährt von seinen massiven Schultern den Rücken runter, ich zähle seine Muskeln, die sich deutlich unter seinem himmelblauen Pullover abzeichnen.

Meine Augen wandern weiter, streicheln seine schmalen Hüften, landen auf seinem Knackpo, der

leicht aus den zu weiten Feincord-Hosen lugt. Sein
Hintern-Dekolleté bringt mein Blut zum Kochen, ich
denke: »O Gott, bin ich unterversorgt!«

»Unterversorgt?«
Toygar senkt die Augenbrauen. Die Keller richtet sich in ihrem
Lehnstuhl auf, stützt sich auf die Ellenbogen, dreht den Kopf zur
Seite. Mit einem konspirativen Lächeln flüstert sie:
»Ja, Hasso war ein ziemlicher Sex-Muffel. Zumindest mit mir.
Egal, was ich veranstaltet habe, ich habe ihn einfach nicht in Fahrt
gebracht. Da hatte es der Seewolf einfacher!«

**Raimund lässt einen weiteren Spliff im Mund-
winkel verglimmen.**

Ich nehme ihm den Stängel aus den Lippen, inhaliere
tief, behalte den Rauch einen Moment in der Lunge.
Wir sitzen nebeneinander auf der Holzbank vor unserer kleinen Klafs-Sauna, beobachten meinen Götter-
gatten bei seiner Version von Drogenrausch.
»Lotti, Lotti, ich kann durch die Fugen steigen!«
Hasso hat *Play Bach* von Jacques Loussier aufgelegt, »Toccata et Fugue en ré mineur«, und er steigt
wirklich durch die komplizierte Komposition. Mit
geschlossenen Augen erklimmt er eine imaginäre Wen-
deltreppe.
»Ich sehe die Töne! Sie sind wie Kleckse im Nichts,
jeder hat eine andere Farbe!«
Ein großer Tänzer war Hasso nie, aber unter Can-
nabis-Einfluss wird er noch mal eine Nummer ungelen-
ker. Er schwingt die Beine wie John Cleese in Monty
Pythons Sketch »Das Ministerium für alberne Gangar-
ten«. Dazu spreizt er die Finger, flattert mit den
Armen wie ein Kolibri. Er ruft: »Hey Lotti,

wusstest du, dass der Seewolf eine rohe Kartoffel mit nur einer Hand zerquetschen kann?«

Wusste ich nicht. Ohne Kommentar stehe ich auf und hole eine Knolle Ackersegen aus der Küche. Als ich zurückkomme, klebt Hasso an der Mauer.

»Habt ihr schon mal gefühlt, wie exquisit der Handwerker hier gearbeitet hat? Was für eine wunderbare Textur, so einfach und doch anspruchsvoll. Wie filigran die Ziegel ineinandergreifen! Genau wie Bachs Noten. Dieser Maurer war ein echter Künstler! Stein auf Stein, dazwischen diese fein gemörtelten Fugen. Ha! Es heißt wohl nicht umsonst Fuge, wenn da mal kein Zusammenhang besteht …«

Ich ignoriere kurz meinen entrückten Ehemann, reiche Raimund die Kartoffel. Der winkt ab.

»Nein, bitte nicht!«

»Ach, komm schon. Zerquetsch die Knolle. Tu es für mich!«

»Weißt du eigentlich, wie oft ich darum gebeten werde?«

»Nur ungefähr jedes Mal?«

»Genau.«

Hasso umarmt mittlerweile die Geigenfeige.

»Figgy, du bist mein bester Freund!«

Er kniet vor der Pflanze nieder, beginnt, sie von unten nach oben zu streicheln.

»So magst du es, stimmt's, Figgy? Immer in Blattrichtung, im stetigen Rhythmus, mit leichtem Druck.«

Hasso quietscht: »Figgy liebt das! Pflanzen sind auch Menschen!«

Er dreht sich zu uns um.

»Hey Raimund, jetzt zermatsch die Kartoffel schon, tu uns den Gefallen!«

Der Seewolf seufzt und nimmt die Knolle. Er stellt sich breitbeinig in die Mitte des Innenhofs, wirft

232

sich in eine Art Bodybuilder-Pose, stemmt die linke Faust in die Hüfte und hebt den rechten Arm, macht einen Schwanenhals. Seine Hand ist der Kopf, er hält die Kartoffel im Schnabel. Für einen kurzen Moment lässt er die Muskeln spielen, Bizeps und Trizeps flexen um die Wette. Hasso hört auf, die Feige zu liebkosen. Mit offenem Mund starrt er den Seewolf an. Der drückt zu. Ganz so einfach scheint die Aktion aber nicht zu sein, Raimund fletscht die Zähne, auf seiner Stirn schwillt fingerbreit eine vertikale Vene an. Er grunzt: »Verdammt!«

Die Knöchel seiner rechten Hand sind schneeweiß, die Sehnen in seinem Unterarm spannen wie Klaviersaiten. Ganz langsam fließt Saft zwischen seine Finger, dann tritt gelbes Fruchtfleisch aus.

Der Seewolf schwitzt, Kopf und Hals verfärben sich blaurot. Er scheint am Ende, keucht: »Arrrgrrrh, das tut weh!«

Aber er gibt nicht auf. Er drückt weiter, zerquetscht die Kartoffel zu Püree. Wie einen leeren Basketball wirft er die Schale über die Mauer. Ich reiße die Arme hoch, juble: »Bravo, Raimund! Ein Hoch auf völlig überflüssige Kraftbeweise!«

Ich springe dem Seewolf an den Hals, auch Hasso eilt heran, legt seine Arme um uns beide.

Er atmet schwer, stöhnt: »Soll ich die Sauna anmachen?«

Ich bin gerade sehr froh, eine Frau zu sein.

Ich liege auf dem Bauch auf der obersten Stufe unserer Sauna, auf der Bank gegenüber sitzt breitbeinig ein sehr entspannter Raimund Harmstorf. Eine Etage unter mir hockt Hasso, er ist das genaue Gegenteil von entspannt, hat die Knie unterm Kinn, umschlingt seine Schienbeine. In Hassos Haut möchte ich nicht stecken. Selber schuld, lieber Ehemann, du wolltest ja unbedingt mit dem Seewolf in die Sauna. Im Vergleich zu diesem Adonis ist jeder Mann ein Zwerg. Seine massive Brust ist dicht behaart, darunter wartet ein Waschbrettbauch, auf dem man wirklich Wäsche waschen könnte. Mein Blick rutscht tiefer, bleibt in seinem Schritt hängen. Schreck lass nach! Unweigerlich reiße ich die Augen auf, denn so was hat die Welt noch nicht gesehen! Raimund Harmstorf hat den schönsten Penis, dem ich jemals begegnet bin.

»Genug, genug, aufhören, bitte!!«

Toygar ist aufgesprungen, tigert zwischen Fensterbank und Anrichte hin und her, wischt sich die feuchten Hände an der Hose ab. Charlotte zuckt mit den Schultern, faltet die Hände, klimpert mit ihren Klunkern. Sie tut unschuldig.

»Was denn? Wir haben doch noch gar nicht richtig angefangen!«

»Puh, zum Glück! Ich kann mir schon vorstellen, was als Nächstes kommt. Hat die Droge Sie so enthemmt?«

Die alte Dame schnauft verächtlich.

»Ach Quatsch, Haschisch ist doch keine Droge. Außerdem hat das Zeug bei mir sowieso nicht gewirkt. Ein paar Gläser Wein reichten mir meistens. Ich brauchte auch keine Entschuldigung, so wie Hasso.«

Ich stehe nackt im Garten.

Es ist Juli, die Sonne scheint, der Hibiskus blüht. Stolz betrachte ich meine tiefbraune Haut, so dunkel war ich um die Zeit noch nie. Ich habe meine Ukulele umgehängt, singe ein Potpourri der größten Hits von

Peter, Paul und Mary. Mein zehnköpfiges Publikum ist locker im Innenhof unseres Atriumhauses verteilt, steht zwischen den Rosen und Begonien oder macht es sich auf Liegen und Klappstühlen gemütlich. Die sechs Frauen und vier Männer sind genauso unbekleidet wie ich, Hasso und Uwe haben ebenfalls Instrumente in den Händen. Sie begleiten mich auf Gitarre und Bongos, Uwe, genannt »Bluesy«, ist ein virtuoser Percussionist. Gerade bin ich mit »Lemon Tree« fertig, bekomme artigen Applaus. Es ist immer wieder lustig, nackten Menschen beim Klatschen zuzusehen. Brüste wackeln, Hoden schaukeln, die Bewegung der Arme und Hände sendet Stoßwellen durch das gesamte Bindegewebe des menschlichen Körpers. Der Eindruck ist besonders dramatisch bei meinen Freundinnen Mieke und Belinda, die beide keine Twiggys sind. Mieke ist zusätzlich schwanger, was die üppige Blondine aber nicht davon abhält, enthusiastisch an dem Joint in ihrer linken Hand zu ziehen. Mit der rechten prostet sie Belinda zu, der Beaujolais fließt heute wieder mal in Strömen. Belinda sieht aus wie ich in einer Nummer größer, sie wird öfters für meine jüngere Schwester gehalten. Sie hat etwas mit Raimund angefangen, was mir überhaupt nicht schmeckt. Und gleichzeitig sehr schmeichelt, denn augenscheinlich hat er sich für eine Ersatz-Charlotte entschieden. Apropos Raimund, wo ist der Seewolf? Seitdem die gleichnamige Fernsehserie mit ihm in der Hauptrolle zum absoluten Straßenfeger geworden ist, genießt Raimund Prominentenstatus und ist auch auf unserer kleinen Party der Stargast. Bluesy hat lange, schwarze Haare und einen Bart, der ihm über die eingefallenen Wangen bis unter die Augen wächst. Er ist nur Haut und Knochen, genau wie seine Freundin Brigitte, die neben ihm steht. Sie ist Anfang vierzig und damit gut zwanzig Jahre älter als ihr Lover.

Unter ihrer feuerroten Su-Kramer-Frisur prangt ein blaues Auge; die Streite zwischen ihr und ihrem Beau sind legendär. Bei der vorletzten Auseinandersetzung hat er ihr das Nasenbein gebrochen, was ihr einen Touch Max Schmeling verpasst. Bluesy hat die Bongos zwischen seine knotigen Knie geklemmt, beginnt mit dem Intro von »Sympathy for the Devil« von den Rolling Stones, aber Hasso unterbricht ihn, legt ihm die Hand auf den Arm. Mit fester Stimme sagt er: »Keine Stones in meinem Haus!«

Er guckt mir fest in die Augen, ich schenke ihm ein dankbares Lächeln. Hasso greift wieder in die Saiten, er spielt das Intro von »Don't Think Twice, It's Alright« von Bob Dylan. Er beginnt zu singen:

»Es hat keinen Sinn
Zu fragen, warum, Schatz
Es ist doch sowieso egal
Es macht keinen Sinn
Zu fragen, warum, Schatz
Wenn du's immer noch nicht weißt
Wenn der Gockel kräht im Morgengrau'n
Sieh aus dem Fenster,
Ich bin schon lange weg
Du bist der Grund
Weswegen ich weiterreise
Denk nicht zweimal
Es ist schon recht.«

Großer Aufschrei im Innenhof.
»Was soll das denn?«
»Dylan auf Deutsch? Frevel!«
»Wenn der Bob das wüsste!«
»Das würde ihm bestimmt nicht gefallen. Ist der nicht Jude?«

Hasso hört auf zu spielen, legt die Ellenbogen auf seine Alhambra, breitet die Handflächen aus. Er blickt sich um, erklärt: »Sorry, oder besser, Entschuldigung, aber mal im Ernst: Wie viele von euch sprechen Englisch? Hände hoch!«

Außer mir melden sich nur Hassos Arbeitskollegen Ulle und Rüdiger, der Rest schweigt betreten. Hasso legt die Finger wieder auf die goldenen Saiten, zupft weiter.

»Siehste wohl! Ich dachte mir, ich bringe euch Dylans Songtexte mal etwas näher. Ich habe sie übersetzt, damit auch die Nicht-Fremdsprachler unter euch in den Genuss dieses großartigen Poeten kommen. Seine Prosa ist mindestens die Hälfte seiner Kunst, und das auch ohne die nervige Mundharmonika.«

Brigitte protestiert: »Ja, aber ›Gockel im Morgengrauen‹?«

»So hat Dylan es geschrieben: ›When your rooster crows at the break of dawn.‹«

Auch Belinda macht ihrem Unmut Luft.

»Das klingt ja alles so banal, wie schlechter Reinhard Mey, der reimt ja wenigstens ›Annabelle‹ mit ›unkonventionell‹. ›Denk nicht zweimal, es ist schon recht‹? Das ist irgendwie … enttäuschend.«

Hasso wehrt sich.

»Ich finde das fundamental. Direkte Sprache in der Tradition Woody Guthries, knappe Worte, die einfache Emotionen beschreiben. Das ist tief, das ist essenziell, das ist Folk. Was meinst du, Lotti?«

Ich lege mir die Ukulele über die rechte Schulter, schiebe die Hüfte nach links. Ich denke an Ringo, wie der sich immer lustig gemacht hat über Johns Bob-Manie, wie ich mit der Dylan-Kappe für ihn das »Subterranian Homesick Blues«-Filmchen nachgespielt habe.

»Ich habe das Gefühl, Dylan schreibt meistens nur auf, was er gerade sieht. Und dann, was sich darauf reimt. Ich wette, er ging auf irgendein Kneipenklo und konnte nicht abziehen. Darüber hat er sich geärgert und ›the pump don't work cause the vandals took the handle‹ getextet. Oder er hat so Abreiß-Kalendersprüche verwendet, absolute Füller, quasi Blindtext: ›You don't need a weatherman to know which way the wind blows‹? Bedeutungsschwangerer Wort-Müll. Außerdem hat er ganz bestimmt irre schnell geschrieben, ist nicht noch mal drübergegangen. Deshalb klingt es oft so, als könnte er beim Singen seine eigene Schrift nicht lesen. Diesen ganzen Mischmasch haben dann die Kritiker zerlegt, interpretiert, mit Sinn gefüllt, Doktorarbeiten darüber geschrieben. Wahrscheinlich verleihen sie ihm irgendwann mal den Nobelpreis. Ich wette, Bob sitzt in seiner Villa in Upstate New York und lacht sich tot, während er sein Geld zählt.«

Stille. Die Runde guckt mich an, als hätte ich gerade laut gefurzt. Hasso hebt den Finger, will etwas sagen, aber bevor er dazu kommt, klingelt es an der Haustür. Ich lasse die sprachlosen Nackedeis zurück, gehe in die Diele, öffne die Tür. Es ist Raimund, neben ihm steht eine zierliche, brünette Frau ganz in Schwarz. Schwarze Loafer, schwarze Strümpfe, schwarzes Wollkostüm, schwarzer Rollkragenpullover. Sie trägt die Haare in einer seltsamen Struwwelpeter-Frisur, ein bisschen so, als hätte sie sie selbst mit einer Gartenschere geschnitten. Sie starrt mich an, lässt kurz den Unterkiefer fallen. Erst jetzt fällt mir ein, dass ich ja nackt bin. Ich halte mir die Hände vor den Busen.

»Hallo Raimund, wie schön, dass du gekommen bist.«
»Ich freu mich auch, dich so zu sehen, Charlotte.«

Er hustet.

»Ich meine, äh … dich zu sehen. Ist die Sauna noch an? Das ist übrigens Ulrike.«

Ich nehme eine Hand von den Brüsten, reiche sie der zarten Brünetten.

»Hallo Ulrike.«

Die zögert kurz, dann schlägt sie ein, schüttelt zaghaft.

»Ulrike Meinhof.«

Irgendwo habe ich den Namen schon mal gehört.

»Charlotte Keller. Kommt doch rein, wir diskutieren gerade über Bob Dylan.«

Ulrike stöhnt: »O Gott, Dylan, völlig überschätzt.«

Ich mag Ulrike.

Toygar pfeift durch die Zähne.

»Ulrike Meinhof? Die Terroristin? Wer kommt als nächstes – Ludwig der XIV.?«

Charlotte winkt ab.

»Der Sonnenkönig? Das wäre doch absurd.«

»Aber Ulrike Meinhof? Kein Wunder, dass Sie den Namen schon mal gehört hatten!«

»Ja, aber glauben Sie bloß nicht, dass ich zu der Zeit wusste, wer das ist. Für mich war sie nur ›die Ulrike‹, eine Freundin von Raimund Harmstorf. Ich dachte, sie wäre Schauspielerin.« Toygar hat lange aufgegeben, sich über Charlottes Tunnelblick zu wundern. Er wechselt das Thema.

»Übrigens stimmt ihre Zeitleiste nicht: Die LP *Mein Achtel Lorbeerblatt* von Reinhard Mey mit der Single ›Annabelle, ach Annabelle‹ kam erst 1972 raus.«

Die Keller lächelt milde.

»Ach, die paar Monate. Lieber Toygar, ich dachte, wir wären mittlerweile ein Stück weiter. Nun lassen Sie mir mal den Soundtrack meines Lebens.«

Sie schnippt mit den Fingern.

»Mir fällt gerade das Zitat ein, nach dem ich schon seit gestern suche. Es ist von Mark Twain: ›Never let the truth get in the way of a good story.‹«

Wieder sackt Charlotte der Kopf auf die Brust, sie schläft.

»Und wie kommen wir ins Mayfair-House rein?«

Die drei Dinç-Brüder laufen die Torstraße hoch, das Mayfair-House liegt ganz am Anfang der Straße. Bora hat keine Ahnung, wovon Cem spricht.

»Was meinst du mit reinkommen? Wir gehen einfach durch die Tür.«

»Bullshit! Das Mayfair-House ist ein englischer Club, da muss man Member sein.«

»Member?«

»Ja, das heißt Mitglied. Das geht nur mit Aufnahmeprüfung und monatlichem Beitrag. Da kommt man nicht so einfach rein. Nur, wenn man von einem Mitglied eingeladen wird.«

»Mist.«

Ömer geht zwei Schritte hinter den beiden, mit einem Hüsteln meldet er sich zu Wort:

»Äh … Ich hätte da eine Lösung. Allerdings dürft ihr's nicht Baba sagen.«

Cem und Bora bleiben stehen und drehen sich um. Ömer tanzt von einem kleinen Fuß auf den anderen.

»Ich kenne da jemanden, der ist Mitglied. Ich tue ihm ab und zu mal einen Gefallen.«

»Ömer, ich dachte, wir hätten aufgehört mit dem Zeug!«

Boras Roboterstimme zerrt vor Wut. Ömer flüstert kleinlaut: »Haben wir ja. Aber manchmal helfe ich meinen Kumpels aus der Patsche. Wenn die schlechte Laune haben. Oder noch ein bisschen länger feiern wollen.«

Cem guckt entgeistert.

»Heißt das, dass du immer noch dealst? Weißt du, was passiert, wenn Baba das erfährt? ›Wer dealt ist doof‹!«

»Ja, ja, ich weiß. Der reißt mir den Kopf ab. Deshalb müsst ihr's ja auch für euch behalten.«

Bora beruhigt sich.

»Okay, Hauptsache, wir kommen rein.«

Die Brüder setzen sich wieder in Bewegung. Bora fragt: »Woher weißt du eigentlich, ob dein Spezi gerade im Laden ist?«

Ömer grinst.

»Der ist fast immer da. Entweder er trainiert im Gym oder er säuft an der Bar.«

»Hat der keinen Job?«

»Doch, der ist Schauspieler. Ihr erkennt ihn bestimmt. Der spielt einen Tatort-Kommissar.«

Miriam öffnet das Fenster:
»Ich lass mal ein bisschen Luft rein.«

»Ist dir das nicht unangenehm?«

»Was meinst du?«

»Diese ganzen ›Freie Liebe‹-Geschichten.«

»Nein, wieso? Bei uns in Sachsen-Anhalt war das ganz normal. Auf dem Zeltplatz sind im Sommer immer alle nackt rumgelaufen.«

Mit einem Zucken wacht die Keller wieder auf.

»Moment, Sie kennen Reinhard Mey?«

»Ja, hat mein Vater immer gehört. Um Deutsch zu lernen.«

»In der Türkei?«

»Ich sagte doch schon, mein Vater ist AUS der Türkei, Betonung auf ›aus‹. Er kommt aus einem kleinen Dorf in Zentralanatolien, aber er lebt schon sehr lange in Deutschland.«

»Nun seien Sie mal nicht so empfindlich. Soll ich jetzt weitermachen?«

»Ja, solange Sie mir weitere Intimitäten ersparen.«

Die alte Dame schnauft entrüstet.

»Achtung, werden Sie bitte nicht respektlos. Ich entwerfe hier mal eben ein Sittenbild der frühen Siebzigerjahre für Sie, gebe Ihnen wertvolle Zeitzeugen-Informationen über die sexuelle Revolution. Wenn Ihnen Einzelheiten nicht gefallen, sind Sie im falschen Beruf. Außerdem waren wir ja keine Swinger!«

»Und wie wollen Sie Ihr Tun dann beschreiben?«

»Wir haben experimentiert. Oder besser: Hasso hat experimentiert.«

Sie denkt kurz nach.

»Und ich habe immer brav mitgemacht. Bis Ulrike aufgetaucht ist.«

Ulrike schwitzt.

Sie hat sich nicht mal die Schuhe ausgezogen, sitzt in Rolli und Strumpfhosen in der Ecke und raucht. Sie hat die Beine übereinandergeschlagen, beobachtet das fröhliche Bacchanal mit einem mitleidigen Blick. Ich sitze schräg gegenüber zwischen Hassos Arbeitskollegen, habe ein Bein über Ulles Oberschenkel gelegt, lehne an Rüdigers Schulter. Sie tut mir leid, so ganz allein im Wollkostüm in einem Heer von Nackten. Ich stehe auf, gehe zu ihr rüber.

»Ist hier noch frei?«

Ulrike rutscht zur Seite, ich setze mich neben sie. Sie hält offensichtlich Abstand, vermeidet jede Berührung.

»Stört es dich, dass ich nackt bin?«

Ich zeige auf die Truppe im Garten.

»Dass wir … alle nackt sind?«

Ulrike guckt mich nicht mal an.

»Mich stört schon mal grundsätzlich gar nichts. Oder alles. Je nachdem, wo der Mond steht.« Oha. Ich bin für einen Moment konsterniert. Sie knurrt: »Der Mensch ist immer nackt. Egal ob mit oder ohne Kleidung. Hast du vielleicht einen Tampon für mich?«

Jetzt bin ich komplett sprachlos. An Ulrike muss ich mich erst gewöhnen. Sie flippt die Fluppe auf den Boden, tritt sie mit der Hacke aus. Sie wendet sich zu mir: »Und, hast du?«

»Einen Tampon? Ja. Komm mit ins Bad.«

Wir gehen ins Haus, den Flur runter. In unserem Atriumhaus gehen alle Zimmer zum Innenhof, inklusive Glastüren. Ulrike zieht die Vorhänge zu. Ich gebe ihr einen o.b. Mini.

»Ist das okay?«

Sie nickt. Mit einer Daumenbewegung Richtung Fenster fragt sie: »Und welcher von den Clowns gehört zu dir?«

»Clowns?«

»Männer. Typen. Kerle.«

»Ach so. Der mit der Gitarre. Hasso.«

»Echt jetzt? Ich dachte, der wär schwul.«

»Das ist nur eine Phase.«

Ulrike lächelt spöttisch.

»Na klar. Wieso hängt hier eigentlich ein Bild von Rudi Dutschke über dem Klo?«

»Das hat Hasso da hingehängt. Er ist Fan.«

»Fan? Ist Rudi jetzt ein Rockstar? Verdammter Personenkult. Da kann man sich ja auch gleich Adolf Hitler an die Wand kleben.«

»Hasso hat den Führer mal kennengelernt.«

»Sicher. Und ich bin die erste weibliche Päpstin.«

Ich lasse das Thema.

»Du kannst doch Rudi Dutschke nicht mit Adolf Hitler vergleichen.«

»Inhaltlich vielleicht nicht. Aber die Götzen-Anbetung ist genau gleich bescheuert.«

»Wo stehst DU denn so politisch?«

»Im Nirvana.«

»Was?«

»Ich führe keine politischen Diskussionen mehr. Schon gar nicht mit nackten Frauen. Wir zirkeln alle im Ausguss. Nur der Tod ist sicher!«

Das stopft mir wieder kurz das Maul, ich lasse Ulrike im Bad zurück. Draußen setze ich mich neben Raimund, der gerade unter der Schwallbrause hervorgekommen ist, leise vor sich hin dampft.

»Was ist denn mit Ulrike los? Sie ist so …«

»Schroff? Fatalistisch? Faszinierend?«

»Ja, alles drei.«

»Ich weiß, eine tolle Frau. Abgründig, geheimnisvoll, mysteriös. Zurzeit hat sie allerdings große Probleme. Sie wird von der Polizei gesucht.«

»Wie bitte?«

»Ja, aufregend, oder?«

»Na, ich weiß nicht.«

Ich weiß wirklich nicht. Habe ich schon mal jemanden kennengelernt, der von der Polizei gesucht wird? Eher nicht. Ich frage: »Ist sie kriminell?«

»Nein, überhaupt nicht. Sie wird politisch verfolgt. Sie ist Journalistin, hat wohl einmal zu oft ihre Meinung gesagt. Ich weiß auch nicht genau. Ich lese ja keine Zeitung.«

Ich auch nicht, aber das muss ja nicht jeder wissen. Brigitte setzt sich zu uns.

»Moin. Worüber redet'n ihr?«

»Über Ulrike.«

»Ey, wassis eigentlich mit der Usse los. Sitzt hier im Rollkragenpullover rum und rollt mit die Augen. Glaubt die, dass sie was Besseres iss als wir?«

Ich antworte: »Nein, bestimmt nicht. Aber sie wird von der Polizei gesucht.«

Brigitte Rosinski hat schon mindestens eine Flasche Rotwein in der Birne, je mehr sie trinkt, desto mehr kommt ihre Hamburger Schnodderschnauze zum Klingen.

»Na und, wird Bluesy auch. Und deshalb behält sie die Klamodd'n an? Ach, na klar, domit sie besser flüchd'n kann!«

Raimund findet ihre Logik überhaupt nicht komisch.

»Kinder, das ist kein Witz. Wir müssen Ulrike helfen. Sie hat die letzte Woche über bei mir in Bad Oldesloe gepennt, aber ihr wisst ja, ich wohne noch bei meiner Mutter, und die kommt morgen zurück von ihrer Kur am Weissenhäuser Strand. Mamma erlaubt doch keinen Damenbesuch.« Raimund zieht die Augenbrauen zusammen, das Gesicht kenne ich schon, der Seewolf ist sozial überfordert. Aber ich kann auch nicht in die Bresche springen.

»Bei uns geht das gar nicht! Wenn Hasso erfährt, dass Ulrike auf der Fahndungsliste steht, schmeißt er sie sofort raus. Wir müssen jetzt schon aufpassen, dass er nichts davon mitbekommt!«

Brigitte lacht verächtlich: »Pfff! Wo iss das Problem? Die Beatnik-Tussi kann bei mir unterschlüpf'n, oin Kriminälla mehr odä weniger mach den Kohl auch nich fett. Solange sie die Fingä von Bluesy lässt!«

»Miriam, bist du mal so gut?«

Charlotte zeigt auf einen großen Holzrahmen, der in der untersten Reihe an der Wand hängt, knapp über dem Boden. Miriam bückt sich, reicht ihn der Keller. Die wischt mit dem Ärmel den Staub vom Glas, dann berührt sie mit den Fingerspitzen zärtlich das Gesicht dahinter. Sie seufzt leise. Toygar steht auf, stellt sich hinter die alte Dame, betrachtet das Bild. Es ist das leicht unscharfe Schwaz-weiß-Foto einer Frau irgendwo zwischen dreißig und fünfzig. Sie hat ein rundes Gesicht, ihr kurzes Haar ist strubbelig und ungekämmt. Sie trägt ein grobes Wickelkleid, hält die Arme über den Kopf. Charlotte dreht sich um, schaut zu ihm auf.

»Das ist Ulrike. Sie war über vierzig Jahre meine beste Freundin.«

APOLLO 11

Ulrike und ich sitzen auf Brigitte Rosinskis Sofa.

Kaum zu glauben, dass dieser Raum die exakt gleichen Dimensionen hat wie mein Wohnzimmer zwei Häuser weiter. Aber Brigitte hat aus dem Niendorfer Reihenhaus eine Londoner Hipster-Bude gemacht, ihr Interieur bewegt sich irgendwo zwischen Carnaby Street und *Barbarella*. Sie hat die Wände mit Alufolie bezogen, auf dem Boden liegt ein schwarzer Teppich. Die violette Samt-Couch thront auf einem Holzpodest, über das sie ein Kuhfell geworfen hat. Davor steht ein Regal mit mindestens zweitausend Schallplatten. Der Raum wird nur durch die Kerzen beleuchtet, die überall auf verschieden hohen Metallständern stehen. Ich habe mir einen Joint gerollt, blase Ringe in Richtung der Stereoanlage. Auf dem Plattenspieler dreht sich *Blue* von Joni Mitchell, erste Seite, erstes Lied, »All I Want«. Ich singe mit, rutsche genau wie Joni hin und her zwischen Brust und Kopfstimme, lege mindestens ein gleich gutes, wenn nicht besseres Vibrato hin.
 »I wanna knit you a sweater, wanna write you a love letter, wanna make you feel free-ee …«

Ich segele durch die Zeilen, wenn ich singe, bin ich frei, genau wie Joni, ich schwebe, fliege, ich …

»Joni Mitchell ist so eine primitive Schwanzanbeterin.«

Ulrike reißt mich unsanft aus meinen Koloraturen. Sie streicht sich die Haare, die ihr langsam wieder nachwachsen, hinter die Ohren.

»›I wanna knit you a sweater‹? Ich will dir einen Pullover stricken? Und wieso will sie ihren Macker, aber nicht sich selbst befreien?«

»Das ist doch nur ein Lied. Und Joni Mitchell nur eine Sängerin.«

»Mit Millionen von Fans, die meisten davon Frauen. Warum muss sich so eine erfolgreiche Künstlerin zum Knecht der Männergesellschaft machen? Das gleiche gilt für Carole King und die meisten anderen amerikanischen Liedermacherinnen. Anstatt ihre Popularität für feministische Ziele einzusetzen und sich gegen Patriarchat und Sexismus auszusprechen, gerieren sie sich in ihren Texten als liebesbedürftige Playboy-Bunnys, machen sich zu Hausklaven und umarmen die klassische Frauenrolle, als hätte es Simone de Beauvoir nie gegeben. ›Man kommt nicht als Frau zur Welt, sondern wird es‹. Kennst du Dory Previn?«

»Nein.«

»Ich wette, Brigitte hat eine ihrer Platten.«

»Apropos, wo ist Brigitte eigentlich?«

Ulrike deutet mit dem Finger quer über den Innenhof, der bei Brigitte Rosinski noch im Originalzustand mit Goldfischteich und kleinem Springbrunnen vor sich hin rottet.

»Im Schlafzimmer. Sie fühlt sich nicht so gut.«

»Ach, die Arme.«

»Du weißt, dass Brigitte und Bluesy Heroin spritzen, oder?«

»Was?«

Mir ist zwar schon öfter aufgefallen, dass mit den beiden was nicht stimmt, dass sie oft wie Zombies durch die Landschaft taumeln und generell sehr ungesund aussehen, aber Heroin? Da wäre ich nie draufgekommen. Um ehrlich zu sein, weiß ich gar nicht, was Heroin eigentlich ist. Nur dass es wohl eine schlimme Droge sein muss. Ulrike nickt: »Ja, die beiden sind ganz schön hart drauf. Und Bluesy dealt, hier tauchen immer wieder zwielichtige Gestalten auf. Allerdings habe ich den Bongo-Mann schon eine ganze Weile nicht mehr gesehen. Ich glaube, er hat sich aus dem Staub gemacht.«

Ich will aufstehen, nach Brigitte sehen, aber Ulrike hält mich zurück.

»Du kannst ihr gerade nicht helfen. Sie ist im chemischen Jenseits, im lila Lalaland. Sie reitet den Drachen, nimmt den Zug nach Nirgendwo. Der Kuss des Todes, das große Vergessen. Ich beneide sie.«

»Wen benei'ssu?«

Wie ein Geist erscheint Brigitte Rosinski im Türrahmen, sie sieht fürchterlich aus. Die roten Haare hängen ihr strähnig ins Gesicht, ihr Mittelscheitel schimmert gut einen Zentimeter tief in mausgrau. Ihre Augen sind entzündet, die Nase läuft, in ihren Mundwinkeln ist Blut festgetrocknet. Ulrike begrüßt sie: »Oh, hallo Brigitte, ich dachte, du schläfst. Hey, hast du zufällig was von Dory Previn?«

»Ich ha' alles von Dory.«

Brigitte dreht sich um, schlurft in die Küche. Sie öffnet Schränke, zieht Schubladen heraus. Ulrike steht auf, geht an das Plattenregal. Sie verschränkt die Arme, lehnt sich zurück.

»Immer wieder interessant, wie obsessiv so ein Junkie Ordnung halten kann. Die Scheiben sind alphabetisch sortiert. M, N, O, hier, Dory Previn. Und sogar ihr aktuelles Album, *Mythical Kings and Iguanas*.«

Sie holt das Vinyl aus der Hülle, legt es auf den Philips-Plattenspieler. Ich frage: »Mythische Könige und Leguane? Das klingt eher nach Led Zeppelin!«

Ich blase ein paar Rauchsignale in Richtung Zimmerdecke. Ulrike wedelt mit der Hand durch die Luft.

»Blödsinn, Dory Previn ist keine Fantastin. Sie ist sicher spirituell und manchmal auch spinnert, aber sie ist vor allen Dingen Feministin. Kein Wunder, bei dem, was sie durchgemacht hat.«

Brigitte ist zurück.

»Ha'jemand von euch moin'n kloin'n Boidl gesehen, ihr wis'schon, den aus rod'm Ledär mip'm Pink-Floyd-Stigger drauf?«

Ich antworte: »Nein, leider nicht. Du, Ulrike?«

Die Meinhof schüttelt den Kopf, fragt: »War da was Wichtiges drin?«

»Das kannssu laud sag'n. Scheise!«

Sie verlässt das Wohnzimmer, jetzt hören wir sie den Flurschrank durchsuchen. Ulrike schließt die Tür hinter ihr, geht zurück zum Plattenspieler. Sie setzt die Nadel in die Rille, eine warme Alt-Stimme singt, nicht so virtuos wie Joni, aber mit einer Intensität, die weniger aus dem Kopf, sondern mehr aus der Brust klingt. Ich fühle mich sofort zu dieser Musik hingezogen. Ulrike doziert mit dem Zeigefinger in der Luft: »Dory war mit André Previn verheiratet, dem berühmten Komponisten und Dirigenten. In den Sechzigerjahren haben sie viele Songs zusammen geschrieben, genau wie Gerry Goffin und Carole King. Mein Lieblingssong von den Previns ist ›(Theme from) Valley of the Dolls‹ aus dem Film *Tal der Puppen*. Hast du den mal gesehen?«

»Nein.«

»O Charlotte, unter welchem Stein lebst du eigentlich? Das war DER Film 1967! Drei erfolgreiche, selbstbestimmte Frauen zerbrechen an der chauvinistischen Welt des Showbusiness und zerstören sich selbst mit Amphetaminen und Barbituraten, die sie euphemistisch ihre ›Puppen‹ nennen. André und Dory Previns Musik war sogar für den Oscar nominiert!«

»Ist komplett an mir vorbeigegangen. Aber Bennies habe ich auch schon genommen. 1967 war ich übrigens in Marrakesch.«

Ulrike macht eine Pause, guckt mich verdutzt an.

»Du meinst im Urlaub.«

»Nein, ich war da mit Ringo Starr.«

Ulrike verliert kurz den Faden.

»Von den Beatles? Na, sicher doch. Und ich bin der erste weibliche Schah von Persien.«

»Ist 'ne lange Geschichte. Erzähl ich dir ein anderes Mal. Was ist denn jetzt Schlimmes passiert mit Dory Previn?«

Die singt gerade von »lemon haired ladies of twenty or so«. Frauen mit Zitronen-Haaren? Interessant.

»Als Dory fünfundvierzig war, hat André sie mit der fünfundzwanzigjährigen Mia Farrow betrogen, die er dann auch noch gleich geschwängert hat. Ganz bittere Geschichte!«

Brigitte schlägt energisch die Tür auf, stolziert zurück ins Wohnzimmer. Sie wedelt mit dem roten Lederbeutel.

»Ich hab ihn gefund'n. Bis spädär, Schwessern!«

»Wollen Sie mir wirklich erzählen, dass Sie mit Ulrike Meinhof nur über Showbiz-Trivia und Hollywood-Tratsch geredet haben? Ulrike Meinhof, radikale Linke, militante Aktivistin, Mitglied der Roten Armee Front?«

Charlotte lächelt spöttisch.

»Sie meinen wohl die Rote Armee Fraktion. Aber nein, ich habe mit Ulrike wirklich nie über Politik gesprochen. Wenn das Thema aufkam, flüchtete sie sich regelmäßig in kryptische Metaphern, fatalistische Allegorien, apokalyptische Parabeln und mystische Wortnebel.«

»Mystische Wortnebel? Ich verstehe kein Wort. Zum Beispiel?«

»Hasso schmückte sich gerne mit seiner Nähe zur APO. Bei den Studentenprotesten 1968 war er ein paarmal mitmarschiert, bezeichnete sich als ›RAF-Sympathisant‹. Das war damals Mode, unter den Assistenz-Ärzten an der Universitätsklinik galt es als schick, links-außen zu sein. Hasso hat die Meinhof immer wie einen Promi behandelt. Das hat sie schwer genervt. Wenn er versuchte, sie in eine politische Diskussion zu verwickeln, hat sie Dinge wie ›Lemminge, die Klippe ruft‹, ›Utopie ist Dystopie‹ oder ›Wem die Stunde schlägt, den beißen die Hunde als Letzten‹ gesagt. Ulrike Meinhof wirkte auf mich traumatisiert. War ja auch kein Wunder. Hasso ging ihr jedenfalls nur auf den Zeiger.«

»Wenn ich früher gesagt habe, mir ist kalt, ist immer sofort jemand losgerannt und hat mir einen Pelz gekauft.«

Ich habe einen Schnupfen, leichten Schüttelfrost, verbringe den lauen Spätsommerabend ausnahmsweise mal im Hosenanzug.

»Genau das ist dein Problem.«

Ulrike sitzt neben mir in ihrem schwarzen Existenzialisten-Outfit. Sie raucht, liest das ZEITmagazin. »Tratschke fragt: Wer war's?« ist ihre Lieblings-Rubrik. Sie lacht: »Das ist einfach: Jean Cocteau natürlich!«

»Mit Jean Cocteau haben wir 1957 in Cap Ferret auf dem Campingplatz wild gefeiert.«

Wieder guckt mich Ulrike an wie ein Auto. »Sicherlich, und ich bin die erste weibliche Ministerpräsidentin von Bayern.«

Hasso, Raimund, Belinda und Mieke sind in der Sauna. Ulrike fragt: »Was bist du eigentlich von Beruf?«

»Ich habe Gesang studiert.«

»Natürlich, aber was arbeitest du?«

»Nichts. Männer sind, was sie tun, Frauen tun, was sie sind.«

»Interessant. Hast du irgendwas geerbt oder sonstiges Vermögen? Einen Lottogewinn vielleicht?«

Ich zucke nur mit den Schultern.

»Das heißt, du bist vollständig von deinem Ehemann abhängig. Das ist eheliche Sklaverei! Ihr habt ja nicht mal Kinder!! Hasso kann dich jederzeit verlassen. Was in seinem Fall nicht unwahrscheinlich ist, er ist nämlich schwul.«

Raimund und Hasso kommen aus der Sauna, mein Ehemann beobachtet den Seewolf unter der Schwallbrause mit gierigen Blicken. Ich sage: »Das ist nur eine Phase.«

»Wann habt ihr das letzte Mal miteinander geschlafen?«

»Nur wir beide?«

»Igitt, was ist das denn für eine Frage? Aber ja, nur ihr beide.«

»1969.«

»Ha ha, nur eine Phase, na klar.«

Sie zieht an ihrer Gauloises.

»Aber egal – das Problem ist nicht, dass dein Mann schwul ist, sondern dass du von ihm finanziell abhängig bist.«

Ich sage trotzig: »Ich finde jederzeit wieder einen Mann!«

»Das glaube ich dir aufs Wort, so ein süßes Ding wie du.«

Sie stupst mir mit dem Zeigefinger auf die Nasenspitze.

»Aber was wäre, wenn du gar keinen Mann brauchen würdest? Außer für dein Vergnügen. Du hast so viele Talente, du bist jung, dir stehen alle Wege offen für eine unabhängige Karriere.«

»Ich werde Hasso nicht verlassen!«

»Auch wieder falsch gedacht. Um dein eigenes Geld zu verdienen, musst du nicht Single sein. Du musst dich nur emanzipieren.«

Hasso und Raimund kommen zu uns rüber. Mieke und Belinda verlassen die Sauna, gehen zusammen unter die kalte Dusche.

Jetzt bekommt der Seewolf Stielaugen. Hasso fragt: »Worüber redet ihr?«

Ich antworte: »Ulrike meint, ich solle mich emanzipieren, mein eigenes Geld haben.«

»Aber du hast doch dein eigenes Geld, Haushaltsgeld, Taschengeld, ich habe dir sogar ein Sparbuch eingerichtet!«

Ulrike prustet verächtlich.

»Nicht haben, verdienen!«

Hasso wird sauer.

»Nun setz ihr mal keine Flausen in den Kopf!«

»Flausen? Was bist du bloß für ein hoffnungsloser Chauvinist!«

Sie mustert ihn von Fuß- bis Haarspitze. »Obwohl, wenn du wenigstens ein Chauvi wärst. Aber du bist einfach nur ein Spießer.«

»Ich dachte, Hasso durfte nicht mal wissen, dass sie von der Polizei gesucht wurde. Jetzt scheint sie ein regelmäßiger Gast in Ihrem Haus zu sein.«

»Ja, das mit der Fahndungsliste hat ihn tatsächlich immer wieder sehr gestresst. Aber er fand sie eben auch sehr faszinierend. Wie gesagt, er war Rudi-Dutschke-Fan.«

»Sie hat ihm aber offensichtlich ganz schön Zunder gegeben.«

»Die Meinhof ist nicht immer fair umgegangen mit Hasso. Nach all dem, was er für sie getan hat!«

»Was hat er denn so Bedeutungsvolles für sie gemacht?«

»Er hat ihr das Nasenbein gebrochen.«

»Charlotte, Charlotte, komm schnell, schnell, bitte …«

Ich stehe in der Küche, sehe Ulrike den Weg vor unserer Häuserreihe runterrennen. In der Kurve unter der Trauerweide vor unserem Eingang legt sie sich fast auf die Fresse, der Boden ist glitschig, die dichten Blätter des alten Baumes lassen keine Sonne an die moosigen Steinplatten. Ich mache gerade mein legendäres Hühnerfrikassee, wische mir die Hände an der Schürze ab. Ich öffne die Tür.

»Ulrike, was ist denn los? Du bist ja völlig durcheinander.«

»Es ist Brigitte, ich bekomme sie nicht wach! Ich glaube, sie atmet nicht mehr!«

Ich stürze aus dem Haus, gemeinsam rennen wir zu Brigitte Rosinskis Atrium, es ist das Erste in unserer Reihe. Die Tür steht offen, ich folge Ulrike in das Schlafzimmer.

»Du liebe Güte!«

Mir wird schwindelig, kalter Schweiß bildet sich auf meiner Stirn. Brigitte liegt nackt auf dem Bett mit dem grauen Hasenfell-Bezug, der linke Arm ist oberhalb des Ellenbogens mit einem Gummischlauch abgebunden, in ihrer Armbeuge steckt noch die Nadel einer kleinen, halbaufgezogenen Spritze. Ihre Augen sind weit aufgerissen, die Pupillen sind nach hinten gerutscht, verschwinden fast in ihrem Hinterkopf. Ihr Mund formt ein erstauntes »O«, aus ihrer gebrochenen Nase tropft Blut, das neben ihrem Ohr auf dem blaugrünen Kissen gerinnt. Ich nehme ihr Handgelenk, suche nach einem Puls, kann nichts finden. Ich greife mir einen Taschenspiegel vom giftgelb gestrichenen Nachttisch, halte ihn vor Brigittes Gesicht. Er beschlägt nicht. Ulrike bekommt selber kaum Luft.

»Wir müssen sie wiederbeleben, Mund-zu-Mund-Beatmung, Herzmassage. Kannst du so was?«

»Nein. Du?«

Ulrike schüttelt den Kopf. Ich laufe auf den Flur, schnappe mir den Hörer von dem beigen Telefon, das neben dem roten *Blow Up*-Poster an der Wand befestigt ist. Ulrike fragt: »Was machst du?«

»Na was schon. Ich rufe Hasso an. Der ist Arzt!«

»Nein, tu das nicht, der holt doch bestimmt gleich die Polizei, lass uns erst mal überlegen …«

Ich packe Ulrike bei den Schultern, schüttele sie ein paarmal durch.

»Süße, jetzt denk mal nach: Es geht nicht immer nur um dich. Hier steht ein Menschenleben auf dem Spiel, und vielleicht ist Brigitte noch zu retten. Außerdem rufe ich ja Hasso und nicht den Krankenwagen. Hab mal ein bisschen Vertrauen in meinen Ehemann.«

»Ach du kriegst die Tür nicht zu!«

Hasso hat nicht mal den Kittel ausgezogen, er ist direkt von der Visite hergekommen. Er beugt sich über Brigitte, fühlt ihren Puls, checkt ihren Atem.

Er nimmt das Stethoskop vom Hals, steckt es sich in die Ohren und legt ihr das runde Ende auf die nackte Brust. Er beißt sich auf die Unterlippe.

»Brigitte ist tot. Und zwar bereits eine ziemliche Weile. Sie ist schon ganz kalt.«

Mir schießen Tränen in die Augen, ich muss mich anlehnen, rutsche mit dem Rücken die Wand runter, lande mit dem Po auf dem weißen Flokati-Teppich. Ulrike fängt an zu kreischen: »Verdammt, ich bin so am Arsch, jetzt haben sie mich!«

Ich schluchze: »Ist das alles, was dir einfällt? Dass die Bullen dich jetzt kriegen? Hier ist gerade ein Mensch gestorben. Eine gute Freundin. Meine, unsere gute Freundin!«

»Hallo, hallo, jemand zu Hause?«

Aus der Diele hören wir Raimund rufen, seine schweren Schritte hallen durch den Flur. Er erscheint im Türrahmen.

»Hey, wisst ihr, dass ihr die Haustür offengelassen habt? Ihr … heiliger Joseph, was ist denn hier los?«

Hasso bleibt erstaunlich ruhig.

»Brigitte hat sich eine Überdosis verpasst. Sie ist schon seit ein paar Stunden tot.«

»Jesus, Maria …«

Warum werden die Leute im Angesicht des Todes eigentlich immer plötzlich katholisch? Der Seewolf setzt sich neben Brigitte, nimmt ihre Hand.

»Mensch, Rosinski, du machst Sachen! Habt ihr schon die Polizei gerufen?«

Ulrike schreit:

»Nein!«

Raimund brüllt: »Hallo, Betäubungsmittelgesetz!?«

Dann plötzlich kleinlaut: »Oh …«

Er begreift die Situation. Hasso geht an die Glastür, blickt auf den verwahrlosten Garten. Er spricht mit dem Rücken zu uns: »Lasst uns erst mal überlegen. Eine Drogentote inmitten unserer kleinen Interessengemeinschaft steht keinem sonderlich gut. Bei einer polizeilichen Ermittlung wird nicht nur Ulrike verhaftet, sondern wir kommen alle in den Knast, wegen Beihilfe zur Flucht oder wie das heißt. Selbst wenn Ulrike sofort verschwindet, finden sich bestimmt noch genügend Beweise für ihre Anwesenheit, Fotos, Zeugenaussagen. Ulrike ist sowieso nicht unser einziges Problem, wer weiß, wo Bluesy seine Drogen versteckt hat, und was er sonst so auf dem Kerbholz hatte. Und dann gibt es ja auch noch unsere flotten Sauna-Partys. Die *Bild*-Zeitung wird ein Fest feiern, wenn sie herausfindet, dass der Seewolf ein zugedröhnter Hippie ist! Für meine Karriere wäre es ebenfalls nicht sonderlich förderlich. Nicht nur Ulrike hat hier eine ganze Menge zu verlieren. Also: Was machen wir?«

Ich melde mich. Tatsächlich hebe ich den Arm, wie in der Schule.

»Ich habe eine Idee.«

»Ich glaube, das ist jetzt tief genug!«

Der Seewolf steht in dem Loch im Blumenbeet, das er in den letzten drei Stunden ausgehoben hat. Trotz seiner fast 1,90 Meter sieht man nur noch seinen Kopf und seine Schultern. Er blickt zu mir rüber, fragt: »Und du bist sicher, dass sie wirklich keine Angehörigen hat?«

»Ganz sicher. Sie war Waise, hat sich immer wieder darüber beschwert, dass sie keine Verwandten hat.«

Ulrike und ich sind im Bad, unsere Glastür ist am nächsten an Raimunds Erdloch dran. Ulrike sitzt auf dem Badewannenrand, ich massiere ihr eine Tube

Schwarzkopf »Kaschmir Rot« in die Haare. Sie trägt eine Original-Schlaghose aus der Rosinski-Kollektion, Brigitte pflegte ihre Jeans mit einem Stück Stoff in Blumenmuster nach unten zu verlängern. Diesen Extra-Schlag schlug sie über ihre Plateau-Schuhe. Die hautenge Hose sitzt perfekt, Ulrike kann den obersten Knopf ohne Probleme knapp über ihrem Bauchnabel schließen. Brigitte hat überhaupt eine sehr ähnliche Figur, und so passt auch die bunte Laura-Ashley-Bluse, die ich aus dem Kleiderschrank herausgesucht habe. Ulrike übt: »Moin. Moi-en. Moinsen. Weissu. Issas? Kannssu ma? Nej? Tach. Hamburch. Ham-buarch. Loide. Loi-dee. Roimund, komma raus aus'm Bee-it, bidde, mussas so lange dauan? Nich ssu fassn!« Ich fange an, hysterisch zu glucksen.

»Ulrike, wo kommssu eigentlich wech?«

»Aus Oldenburch.«

Ich wasche ihr die Farbe aus den Haaren.

»So, fertig. Jetzt kommen die Lockenwickler.« Hasso ruft aus dem Schlafzimmer: »Raimund, bist du durch? Dann hilf mir.«

Der Seewolf legt die Hände auf den Rand seiner Grube, schwingt sich wie ein Barrenturner aus dem Erdreich. Während ich Ulrike die Lockenwickler in die Frisur drehe, sehe ich die beiden Männer meine tote Nachbarin durch den Innenhof tragen. Es ist eine wolkenlose Nacht, der Mond taucht die unwirkliche Szene in ein viel zu romantisches Licht. Die Glyzinien, die die Mauerwände überwuchern, duften süßlich, die Grillen zirpen ein Sommernachtskonzert. Hasso gibt weiter Anweisungen: »Eins, zwei, drei.«

Er hält Brigitte unter den Schultern, Raimund hat ihre Füße. Mit einem Schwung werfen sie die Leiche in das Erdloch. Ich höre ein trockenes Plumpsen, dann beginnen die beiden, mit Spaten und Harke die von Raimund aufgetürmte Erde wieder in das Loch zu schaufeln. Der Seewolf wird nicht müde, die gesamte Situation mit »O Gott!«, »Jesus Christus, ich kann nicht glauben, was ich hier tue« oder »Wir kommen alle in die Hölle« zu kommentieren. Ich rufe: »Sollten wir nicht kurz noch ein paar Worte sagen?«, werde aber komplett ignoriert, so konzentriert sind die Männer bei der Sache. Das also zum Stand des Christentums. Hasso beginnt, leise zu pfeifen, ich erkenne »People Are Strange« von den Doors. Passend. Ich finde meinen Mann gerade richtig cool. Er klopft das Erdreich platt, legt zum Abschluss ein paar Zweige über die Grabstelle. Fertig.

Ulrike ist die neue Brigitte.

Mit ihrer roten Su-Kramer-Frisur und in den bunten Hippie-Klamotten sieht die Meinhof der Rosinski tatsächlich zum Verwechseln ähnlich. Ich klatsche in die Hände.

»Perfekt! Gleiche Frisur, gleiche Figur. Gleiche Klamotten, gleiche Schnodderschnauze. Jetzt fehlt nur noch eins.«

»Was denn?«

Ich zeige auf Ulrikes Nase. Erschrocken verbirgt sie ihren Riecher hinter ihrer Hand. »Nein!«

»Ulrike, es muss sein.«

Raimund und Hasso kommen ins Wohnzimmer, die beiden haben sich umgezogen, Raimund trägt eins von Hassos weißen Seidensticker-Oberhemden mit der schwarzen Rose. Er sieht auch im Spießer-Outfit umwerfend aus. Er fragt: »Was muss sein?«

»Du musst Ulrike das Nasenbein brechen.«

»Bist du wahnsinnig?«

»Nein, denkt mal drüber nach. Es heißt nicht
umsonst ›Besondere Kennzeichen‹. Der Mensch merkt
sich immer das Außergewöhnliche, Andere, Anomale.
Narben, Glasaugen, Verbrennungen, fehlende Gliedma-
ßen. Und gebrochene Nasen. Gebt's doch zu: Wenn ihr
Brigitte beschreiben müsstet, würdet ihr immer mit
ihrem schiefen Zinken anfangen. Also, Raimund, du
bist der Seewolf, hau ihr eine rein!«

»Was? Nein, das kann ich nicht!«

»Ach ja, eben noch eine Kartoffel zerquetscht und
sich jetzt vor einem simplen Faustschlag drücken?
Komm schon, baller ihr eine!«

»Ich schlage keine Frauen.«

»Aber diese Frau will es ja nicht anders, stimmt's,
Ulrike? Beziehungsweise Brigitte.« Ulrike/Brigitte
zuckt mit den Schultern, seufzt: »Es lässt sich
wohl nicht vermeiden.«

Ich pflichte ihr bei.

»Nein, lässt es nicht. Raimund, mach endlich,
zimmer ihr eine!«

Der Seewolf wimmert zur Antwort nur leise. Hasso
schiebt ihn zur Seite, raunt: »Verdammte Memme, lass
mich mal ran.«

Mit einem kolossalen rechten Haken trifft er die
Meinhof links auf die Nase, schiebt ihren Riecher
zwei Zentimeter zur Seite. Blut spritzt, Ulrike und
vor allen Dingen Raimund schreien laut auf. Hasso
wischt sich die Hände an der Hose ab.

»Alles muss man selber machen!«

Charlottes Kopf kippt zur Seite, Toygar ist wieder allein mit Miriam.
»Was ist denn eine Su-Kramer-Frisur?«

Miriam lächelt.

»Su Kramer war eine Schlagersängerin, Anfang der Siebzigerjahre des letzten Jahrhunderts. Sie spielte in der deutschen

Originalbesetzung des Musicals *Hair* mit. Später hatte sie noch ein paar Hits. Eine sehr schöne Frau. Weiß. Mit einem relaxten Fro, den sie rot färbte.«

»Was ist ein relaxter Fro?«

»Eine Afro-Frisur, aber mit großen Locken. Wahrscheinlich hatte sie eine Dauerwelle.«

»Ich verstehe.«

»Heiliger Strohsack!
Das ist ja wirklich der Typ aus dem Tatort!«

Cem ist beeindruckt. Auch Bora erkennt den schlanken Mann mit dem schütteren Haar sofort. Er trägt sogar die gleiche Lederjacke wie im Fernsehen. Der Kommissar steht an der Bar im siebten Stock, strahlt einmal quer durch den Raum. Aber Cem ist nicht nur Promi-geblendet, das ganze Ambiente überwältigt ihn. Verdammte Scheiße, ein echter englischer Club! Mit lila Samtsofas und braunen Ledersesseln! Mit grünen, dick gepolsterten Barhockern und einem riesigen schwarzen Flügel! Und wie das Licht durch die hohen Fenster fällt! *Wie das Licht durch die hohen Fenster fällt?* Cem reißt sich zusammen. Vorsichtig setzt er einen Fuß vor den anderen, im Mäuseschritt tippelt er hinter seinen Brüdern her. Ömer geht voran, er scheint sich auszukennen, begrüßt nicht nur den Fernsehkommissar mit einem Lächeln.

An der Bar angekommen, gibt's ein großes High five, auch für Cem und Bora.

»Na Jungs, ohne Probleme reingekommen?«

Ömer nickt zufrieden.

»Ja danke, Ömer Dinç plus zwei, wie besprochen.«

Der Kommissar kommt zur Sache.

»Und, hast du was dabei?«

Ömer flüstert: »Nicht so laut!«

Cem sieht, wie sein mittlerer Bruder dem Schauspieler unter der Gürtellinie ein kleines Papierheftchen zusteckt. Der Kommissar verzieht sich augenblicklich in Richtung Toilette. Bora zischt: »Und das hattest du die ganze Zeit dabei?«

Ömer verfällt wieder in seinen verlegenen Wiegeschritt, diesmal begleitet von einem nervösen Schulterzucken. Er verzieht sich an das andere Ende der Bar.

»Cem! Cem Dinç, bist du das?«

Ein Mädchen mit langen Rastalocken, tätowierten Armen und einer schwarzen Schürze stellt sich neben Cem an den Tresen, lächelt ihn an. Er erkennt sie sofort.

»Hey Nisel.«

»Was machst du im Mayfair-House?«

»Mein Bruder Ömer hat hier einen Freund.«

»Freund? Du meinst wohl Kunden.«

»Das weißt du?«

»Das weiß hier jeder. Und Kommissar Koks ist auch nicht der Einzige, der von Ömer versorgt wird. ›Resident Dealer‹ nennt man das. Ich wundere mich, dass die Geschäftsleitung ihm noch nicht Hausverbot erteilt hat. Wahrscheinlich ziehen die selber.«

Cem betrachtet sein Gegenüber. Wie kann sich eine so schöne Frau bloß derart selbst entstellen? Nisel hat mit Anlauf alles zerstört, was ein Mädchen in Cems Augen attraktiv macht. Sie trägt kein Make-up, zupft sich weder die Augenbrauen, noch lackiert sie sich die Nägel. Sie hat einen kleinen Ring im Nasenflügel. Ihre verfilzte Matte findet er nur abstoßend. Wahrscheinlich rasiert sie sich auch nicht unter den Armen. Und diese Tattoos! Cem hat eigentlich nichts gegen Tätowierungen, aber geschmackvoll müssen sie sein. Nisel trägt die bunten Bilder auch auf der Brust und im Nacken, am Hals kommen sie gefährlich in Gesichtsnähe. Sein Handy vibriert in der Tasche, er nimmt es heraus. Es ist Bora, irritiert dreht er sich zu seinem Bruder um, der neben ihm sitzt. Der hebt nur zweimal die Augenbrauen, zeigt mit dem Finger auf das iPhone. Cem liest die SMS: »*Die mag dich. Frag sie nach Toygar.*«

Er antwortet Bora mit einem bösen Blick, aber er gehorcht, wendet sich wieder an Nisel:

»Das war schon was, häh? Wie Toygar einfach abgehauen ist!«

»Ja, der Abgang war episch. Aber hey, die ganze Sache war doch sowieso eine Totgeburt. Arrangierte Hochzeiten sind so was von Mittelalter! Wenn Toy so dämlich ist, sich auf ein derartiges Steinzeit-Ritual einzulassen, hat er es auch nicht besser verdient. Aber dass sich mein werter Bruder dann so dramatisch verabschiedet, finde ich erst recht absurd! Das hätte man bestimmt auch anders regeln können, egal wie sauer dein Vater ist. Vor allen Dingen für die Braut tut mir das ganze echt leid.«

Cem denkt an Gülşen. »*Vielleicht hätte ich lieber dich heiraten sollen.*« Einen Moment ist er durcheinander, dann sagt er: »Mir auch. Aber so ist das eben mit der Liebe: Man kann sie nicht erzwingen.«

Er lehnt sich zurück, faltet die Hände hinter dem Kopf.

»Mein Vater ist auch schon gar nicht mehr so wütend. Es ist ja trotzdem ein schönes Fest.«

»Dein Vater ist Toygar nicht mehr böse? Bist du sicher? Und die Feier läuft immer noch?«

Cem nickt.

»Ja. Was Baba plant, das zieht er auch durch.«

»Was macht ihr denn dann in Berlin?«

Cem kommt kurz aus dem Konzept.

»Äh …«

Sein Blick fällt auf Nisels Schürze.

»Das gleiche wie du – arbeiten. Voll nervig, oder? Vor allen Dingen am Wochenende.«

Sie zwinkert ihm konspirativ zu.

»Auf die Arbeit schimpft man nur so lange, bis man keine mehr hat.«

Über den Spruch muss er erst mal nachdenken. Plötzlich spürt er Boras Ellenbogen im Rücken, sein großer Bruder wird ungeduldig. Cem dreht sich zu ihm um, flüstert: »Ja, ja, ich weiß schon …«

Er schenkt Nisel sein schönstes Elyas-M'Barek-Lächeln.

»Sag mal, ist Toygar auch schon wieder in der Stadt?«

»Wieso willst du das wissen?«

»Ach, nur so. Du hast ihn nicht vielleicht nach Hause gefahren?«

Die Rastafrau wird misstrauisch.

»Hey, was ist das denn für eine Frage? Seid ihr etwa hinter ihm her?«

»Nein, wie kommst du denn darauf? Es interessiert mich nur einfach.«

»Mmh ... okay. Also: Ich habe ihn nicht nach Hause gefahren. Ich dachte allerdings schon, dass er wieder in Berlin ist. Aber jetzt bin ich mir nicht mehr so sicher. Wir haben zwar vorhin miteinander gesprochen und uns hier verabredet, aber der Penner ist schon eine Stunde überfällig. Ich glaube, der wollte mich nur abwimmeln. Ich hab ihn auf der PlayStation erwischt, auf Anrufe und Messages reagiert er nämlich nicht. Ich bin mir ziemlich sicher, dass er sich irgendwo versteckt. Der hat Angst vor deinem Vater.«

Cem schüttelt vertrauenswürdig den Kopf.

»Wie gesagt, muss er gar nicht haben.«

Er rutscht dichter an Nisel heran.

»Hast du wirklich keine Ahnung, wo er sein könnte?«

»Nein. Ich habe schon alle unsere gemeinsamen Freunde angerufen, von denen hat auch keiner was gehört. «

Wieder summt Cems Handy, wieder ist es Bora: » *Verabrede dich mit ihr. Nach der Arbeit.*«

Unwillkürlich stöhnt der jüngste Dinç, Nisel fragt: »Was ist los?«

»Ach, nichts. Nur was Jobmäßiges. Ich muss leider los.«

Sie verzieht enttäuscht die Lippen.

»Ach schade.«

Cem legt seine Hand auf den Kopf von Johnny Depp, der Nisels rechten Unterarm ziert.

»Hey, wenn du Lust hast: Wir könnten uns doch vielleicht später noch treffen.«

Nisel lacht: »Ich dachte schon, du würdest niemals fragen! Sehr gerne.«

»Ich kann dich ja nach der Arbeit abholen. Wann hast du Schluss?«

»Um 19 Uhr«

»Okay, dann bis nachher. It's a date!«

»Willkommen in Ihrem neuen Zuhause.«

Die freundliche Sprecherfee ist zurück.

»Die Lilienhof Seniorenwohnanlagen ermöglichen Ihnen ein angenehmes Leben im Alter in einer familiären Atmosphäre. Dabei müssen Sie auf nichts verzichten. Es ist alles da, was Sie brauchen. Und noch viel mehr. Wie unser liebevoller Service. Jeden …«

Miriam hat sich am Lichtschalter zu schaffen gemacht, die Abdeckung abgenommen, irgendein Kabel rausgezogen. »Diese Scheiß-Gehirnwäsche geht mir so aufs Schwein!« Charlotte Keller wird wieder wach.

»Oh, das hat ihm Spaß gemacht.«

Toygar fragt: »Spaß gemacht? Wem?«

»Hasso. Er hat Ulrike mit Inbrunst eine geschallert. Da hatte sich einiges aufgestaut!«

»Und wie ging's weiter mit Ulrike Meinhof?«

»Von da an war sie Brigitte Rosinski. Die Verwandlung war so perfekt, dass sogar unsere engsten Freunde sie nicht wiedererkannt haben. Das Geheimnis um Ulrikes Verschwinden haben alle Beteiligten mit ins Grab genommen.«

Sie schmunzelt.

»Bis auf mich und Hasso natürlich.«

»Sie wissen aber schon, dass die Meinhof 1972 verhaftet wurde und sich 1976 im Gefängnis Stammheim erhängt hat?«

»Fake News! Genau wie die Mondlandung.«

»Wie meinen?«

»Waren Sie mal im Space & Rocket Center in Huntsville, Alabama?«

»Nicht, dass ich wüsste.«

»Ich schon. Die Apollo-11-Mondkapsel ist aus Holz und Zelttuch, die Landefähre aus Draht und Alufolie. Damit ist keiner zum Mond geflogen!«

»Und was hat das mit der Rote Armee Fraktion zu tun?«

»Genau wie die Amis es nicht auf den Mond geschafft haben, hat die deutsche Polizei die Meinhof nie erwischen können. Diese

Schmach konnten sie nicht auf sich sitzen lassen. Also mussten sie das Ganze inszenieren. Innenminister Hans-Dietrich Genscher gab den Auftrag, gezielt Falschmeldungen über ihre Festnahme an die Presse zu geben. Inklusive gefälschtem Foto- und Filmmaterial. Sein Nachfolger Werner Maihofer beendete dann die Farce auf die einzig mögliche Art: Ihr Selbstmord wurde getürkt. Die Umstände ihres Freitodes waren nicht umsonst sehr umstritten!«

Charlotte richtet sich das Bademantel-Revers.

»Nein, Ulrike Meinhof war bis zu meinem Umzug in den Lilienhof meine Nachbarin, hat als Brigitte Rosinski zwei Türen weiter von meinem Flachdachhaus am Germanenweg in Hamburg-Niendorf gelebt.«

1973

Ich liebe meinen Garten.

Vor allen Dingen meine Rosen. Bis zu dreimal im Jahr blühen diese bildschönen Blumen, verwandeln meinen Innenhof abwechselnd in Gemälde von Renoir, Van Gogh und Monet. Ich stehe auf meiner kleinen Leiter mit den drei Stufen, schneide wie jeden Sommer die verblühten Triebe aus den verschiedenfarbigen Büschen, die sich an der Mauer meines Atrium-Hauses hochräkeln. Sie haben Namen wie »Meteor«, »Merci Cherie« oder »Mildred Scheel«, und das sind nur die mit »M«. Ich höre den Schlüssel in der Haustür, Hasso erscheint im Innenhof. Er hat einen Mann im Schlepptau, bei dem ich sofort an Robert Redford denken muss, und zwar als Sundance Kid. Hasso gibt einen etwas weniger glamourösen Butch Cassidy, er sieht seltsam zerknautscht aus, hat eine tiefe Sorgenfalte auf der Stirn, man könnte schon fast von einem Gesichtskrampf sprechen. Er beginnt zu nuscheln, ich verstehe kein Wort. »Was? Du musst schon lauter sprechen. Und willst du mir nicht deinen Begleiter vorstellen?«

Hasso kommt näher.

»Entschuldigung, das ist Anton. Ich habe dir doch schon von ihm erzählt.«

Anton? Ich erinnere mich an keinen Anton.

»Ein Arbeitskollege?«

»Nein, wir waren zusammen in der Napola, wir haben uns erst vor ein paar Monaten durch Zufall wiedergetroffen. Er war nach dem Krieg in französischer Gefangenschaft, ist dann in Frankreich geblieben. Wegen des Paragrafen 175, du weißt schon, der Homosexuellen-Paragraf. Bis vor kurzem war Sex unter Männern in Deutschland grundsätzlich verboten. In Frankreich nicht. Anton ist schwul.«

Mir wird plötzlich ganz schummrig, ich falle fast von der Leiter. Mein Gleichgewichtssinn weiß wohl schon, was jetzt folgt. Ich muss mich an Hasso festhalten, er hilft mir die Stufen runter. Anton tritt vor, wir schütteln uns artig die Hände. Er trägt zum offenen weißen Hemd einen dreiteiligen Anzug aus einem mir unbekannten, leicht glänzenden Material. Auch die Farbe kann ich nicht festmachen, sie changiert irgendwo zwischen Grün und Violett. Sein Eau de Toilette ist mir allerdings ein Begriff, denn ich trage zurzeit dasselbe: Yves Saint Laurent Paris. Und da dachte ich, ich hätte einen exklusiven Geschmack …

»Sie sind also Charlotte. Ich habe schon so viel von Ihnen gehört.«

Ich blase die Locken aus der Stirn.

»Schön Sie kennenzulernen. Darf ich Ihnen etwas anbieten, Limonade, Blaubeerquark?«

Hasso mischt sich ein:

»Nein, Lotti, das ist nicht nötig, wir sind auf dem Sprung. Ich wollte nur ein paar Sachen einpacken, dann fahren wir nach Paris.«

Klick, Klick, Klick – in meinem Kopf rasten die Zahnräder ein, ich kann mich denken hören. Es ist ja nicht so, dass ich es nicht habe kommen sehen. Hasso hat die letzten Monate kaum zu Hause geschlafen, ein weiteres »Forschungsprojekt« hat ihn so furchtbar beschäftigt, dass er die meisten Nächte in der Klinik verbracht hat. Außerdem sind seine gleichgeschlechtlichen Tendenzen mittlerweile nicht mehr zu ignorieren. Hasso hat mich das letzte Mal vor einem Jahr auf den Mund geküsst, jetzt bekomme ich nur Bussis auf die Stirn. O Gott, jetzt nimmt Hasso Anton bei der Hand, befeuchtet sich die Lippen, so wie immer, wenn er eine seiner pompösen Reden halten will.

»Charlotte, eigentlich bist ja du schuld …« Ich unterbreche ihn: »Ich bin schuld? Dass du schwul bist?«

»Nein, natürlich nicht. Das war ich von Anfang an. Aber du hast Ulrike in unser Leben gebracht, und … nun ja, Ulrike hat einfach so eine Art, die Dinge beim Namen zu nennen, sie …«

Das stimmt. Ulrike wirkt wie ein Balkenmäher in einem Kornfeld aus Lügen. Sie hat auch mir so einige Flausen ausgetrieben, mir klargemacht, was für eine fremdbestimmte Person ich bin. War. Ich lasse mir nicht mehr alles gefallen. Hasso und ich sind seit der Ulrike/Brigitte-Transformation im Dauerclinch. Neuerdings muss er sogar seine Hemden selber bügeln.

»… sie hat mich davon überzeugt, mich zu ›outen‹.«

Ich habe kurz nicht zugehört, außerhalb meines Kopfes ist Hasso schon ein paar Sätze weiter.

»So nennt man es, wenn ein bislang heterosexuell lebender Mann sich offen zu seiner Homosexualität bekennt.«

Pompös bis zum Ende: bislang heterosexuell lebend? Guter Witz. Aber Schwamm drüber, ich bleibe konstruktiv.

»Liebster Mann, und was bedeutet das praktisch? Trennst du dich von mir?«

Auf einmal fällt mir das Wort »Scheidung« ein, und jetzt werde ich leicht panisch. Ich fange an zu zittern. Hasso nimmt mich bei den Unterarmen.

»Sch, sch! Nicht verzweifeln, liebste Lotti. Du brauchst keine Angst zu haben, ich kümmere mich auch weiterhin um dich. Aber zusammen sind wir doch schon lange nicht mehr. Und wohnen tue ich auch kaum noch hier. Also wird sich nicht viel ändern. Ich werde bei Anton einziehen, er hat eine schnuckelige Wohnung in St. Georg.«

Ich bibbere weiter. Puh, Charlotte, nun beruhige dich mal. Ist doch bestimmt wieder nur eine Phase. Über zehn Jahre Ehe schmeißt man doch nicht einfach so weg. Robert Redford hin oder her, aber ein Heim kann einem Mann nur eine Frau bieten. Kann sie? Anton ist mittlerweile im Schlafzimmer, faltet Hassos Pullover und legt sie fein säuberlich in unseren braunen Rimowa-Koffer. Verdammt, das macht er gut. Jetzt laufen mir die Tränen über die Wangen.

»Hasso, nein, tu das nicht, wir finden einen Weg, ich komme schon zurecht, Anton kann doch auch einfach hier einziehen, ich schlafe im Gästezimmer. Wer soll denn für dich kochen, dir die Eibrote machen?«

Jetzt greift sich Hasso meine Hände, bringt sie hinter seinem Nacken zusammen. Er legt seine Stirn gegen meine.

»Liebste Lotti, das tust du doch sowieso schon lange nicht mehr. Und was entwirfst du denn da für ein absurdes Szenario? Nein, so ist es viel besser. Ich bin ja auch nicht aus der Welt, nur ein paar Kilometer weiter südlich, du kannst mich jederzeit besuchen. Vergiss nicht, du bist meine beste Freundin. Ich brauche dich.«

Anton klappt den Koffer zusammen, trägt ihn zur Tür. Hasso löst sich von mir, die beiden treten auf den Plattenweg vor unserem Haus. Mein liebster Mann dreht sich noch einmal um.

»Auf Wiedersehen, Charlotte. Ich liebe dich.« Dann ist er verschwunden.

»Früher haben einen die Männer wegen einer jüngeren Frau verlassen. Ich war neidisch auf Dory Previn, können Sie sich das vorstellen? Denn meine Mia Farrow war ein knackiger Bursche mit blonder Schwanzbürste, sogar ein paar Jahre älter als ich! Zum Glück war es wirklich nur eine Phase, Hasso ist ja zu mir zurückgekommen.«

Sie nimmt Hassos Foto vom Kaffeetisch, umarmt den Holzrahmen. Mit einem Seufzen schläft sie ein. Miriam streicht ihr über die Haare.

»Ach, Charlotte. Sie hat schon so einiges aushalten müssen mit diesem Mann. Aber er ist ja tatsächlich zurückgekommen.«

»Nein, wirklich?«

»Mm-hm, aber nicht so, wie Charlotte es erinnert. Oder erinnern will.«

Dabei belässt sie es.

»It's a date?«

Bora kichert, die multiplen Talente seines kleinen Bruders machen ihm zunehmend Spaß.

»Wo nimmst du das bloß alles her?«

»Keine Ahnung, YouTube? Ich merk mir halt Sachen.«

Die Brüder sitzen in Celâls Q7 gegenüber vom Mayfair-House. Bora am Steuer, Cem auf dem Beifahrersitz, Ömer auf der Rückbank. Cem muckscht:»Warum musste ich mich denn mit Nisel verabreden, sie weiß doch gar nicht, wo Toygar ist!«

Bora beißt grimmig die Zähne zusammen.

»Weil wir sie kidnappen werden.«

Ömer und Cem schreien im Chor:»Was?«

Bora trommelt auf die vier Audi-Ringe.

»Uns läuft die Zeit weg. Der Samstag ist fast vorbei, selbst wenn wir Toygar heute noch kriegen, haben wir ihn frühestens um Mitternacht in Damp 2000. Was gerade noch reichen würde, dann könnte die Trauung morgen Mittag stattfinden. Aber irgendwann morgen Nachmittag reisen die Gäste ab. Und ich muss euch ja nicht sagen, was Baba dann mit uns macht!«

Cem rauft sich die Haare.

»Aber kidnappen? Ist das nicht etwas extrem?«

Bora schlägt ihm auf die Schulter.

»Hast du eine andere Idee? Sie ist sowieso schon misstrauisch. Und ganz im Ernst: Dass niemand Toygar die Sache übel nimmt, glaubt doch kein Mensch. Jedenfalls keiner, der Baba kennt.«

Ömer sagt von hinten:»Was ist das eigentlich für ein Zeichen neben der Hupe.«

Er zeigt mit dem Finger darauf.

»Da, dieser gebogene Knochen?«

Bora und Cem schauen ihn ungläubig an. Bora sagt:»Das ist ein Telefonhörer.«

»Was ist ein Telefonhörer?«

Wie auf Befehl klingelt die Freisprechanlage. Bora drückt auf den gebogenen Knochen, sofort erklingt Celâl Dinç' tiefe Stimme.

»Lagebericht, ihr Nieten: Was ist Stand der Dinge? Die Hochzeitsgäste werden ungeduldig. Ich konnte sie bislang hinhalten, aber langsam gehen mir die Erklärungen aus. Wenn ihr mir

Toygar nicht bald herbringt, fällt die Party nicht nur wegen des schlechten Wetters ins Wasser. Und ich muss euch ja nicht sagen, was ich dann mit euch mache! Also: Habt ihr ihn?«

Bora buckelt: »Noch nicht ganz, Baba, noch nicht ganz. Aber mach dir keine Sorgen, wir haben alles im Griff. Du hast Toygar spätestens morgen Mittag. Die Trauung geht pünktlich um zwölf über die Bühne.«

»Dann wisst ihr also, wo er ist?«

»Fast, Baba, fast, wir sind ganz dicht an ihm dran. Mach dir keine Sorgen, die Hochzeit findet statt!«

»Das will ich hoffen, auch in eurem Interesse. Verdammte Loser!«

Ohne ein weiteres Wort legt Celâl auf. Er hinterlässt ein akustisches Vakuum im Geländewagen. Cem hört nur das Rauschen der vorbeifahrenden Autos auf der Torstraße. Ömers leichtes Hyperventilieren. Das nervöse Klicken von Boras Fingernägeln auf dem Lenkrad. Nach einer Weile sagt er mit zitternder Stimme: »Entführung ist vielleicht doch keine so schlechte Idee.«

»*Der Blaumilchkanal* von Ephraim Kishon, gelesen von Robert Stadlober.«

Miriam hat das Kabel wieder reingesteckt, den Lichtschalter zusammengebaut. Sofort beginnt die Stimme aus der Decke zu säuseln: »Bayrischer Filmpreisträger, DIVA-Award-Winner und Deutscher-Filmpreis-Nominee: Die Liste seiner Erfolge füllt mehrere Seiten. Heute Abend gibt sich Robert Stadlober die Ehre und liest aus seinem Lieblingsroman des israelischen Bestseller-Autors Ephraim Kishon. Genießen Sie diesen Ausnahme-Mimen in einer unserer preisgekrönten Lilienhof-Skype-Konferenzen. Mit freundlicher Genehmigung von Amazon Prime Video übertragen wir aus dem neuen Palast der Republik in Stuttgart. Beginn pünktlich 20 Uhr. Es sind noch ein paar Karten zu haben, aber warten Sie nicht zu lang: Die Plätze im Ballsaal sind begrenzt!«

Charlotte frohlockt: »Palast der Republik? Da bin ich auch mal aufgetreten.«

EIN KESSEL BUNTES

1978

Das Logo ist ein schwarzes Loch.

Der Musik-Club an der Grindelallee ist das übriggebliebene Erdgeschoss eines ehemaligen Patrizierhauses, seit dem Krieg ist immer noch keiner dazu gekommen, das Gebäude wiederaufzubauen. An der Bar stehen drei Männer mittleren Alters, ihre Kluft identifiziert sie sofort als Abgesandte der Plattenindustrie: Alle drei tragen knallenge Lederhosen, Ballonhemden und Lederschlipse. Das ist mehr oder weniger kleidsam, vor allem Robert Kümmerle von der Phonogram sprengt beinahe seine hellbraunen Pants, sein gewaltiger Bauch spannt gefährlich gegen seinen zitronengelben Seiden-Blouson. Hansi Bloch von der WEA ist heute ganz in korrespondierenden Fliedertönen gekleidet, er fragt: »Wie heißt die Kleine?«

Kümmerle antwortet: »Charlie Braun, glaub ich.«

Klaus-Peter Laub von der RCA, ein echter Rocker in Schwarz, korrigiert: »Nein, das Sahnehäubchen heißt Charlie Keller, und ich würde ihr gerne mal die Kirsche von der Auslage schlürfen.«

Hansi Bloch guckt leicht irritiert, Laub hat wie üblich einen im Tee, aber sein Kommentar ist nicht ganz von der Hand zu weisen. Das hübsche »Ding« mit der Ukulele ist wirklich entzückend. Wenn sie bloß nicht in ihrer Muttersprache singen würde. Kümmerle liest seine Gedanken.

»Den Udo Lindenberg haben wir doch schon, was sollen wir denn jetzt noch mit seiner Schwester?«

Ich bekomme diese Konversation natürlich nicht mit, denn ich stehe mit meinen Jungs auf der Bühne: Steffen am Klavier, Dirk am Bass und Matthias am Schlagzeug. Und ich spiele auch keine Ukulele, ich spiele eine Elektrolele, ein spezielles Instrument, das mir mein Kumpel Schmiddl gebaut hat. Ihr Korpus ist eine Keksdose der Marke »Pischinger Ecken«, die mir Ulrike Meinhof zum siebenunddreißigsten Geburtstag geschenkt hat. Die Dose kommt allerdings weder aus Pischingen, noch ist sie eckig. Sie ist ein Erzeugnis der VEB Backwaren Eisenach und kreisrund. Schmiddl hat sie einfach so gelassen, wie sie ist, das schlichte Blech ist ziemlich verkratzt und trägt sogar noch den originalen lila Aufkleber. Genau wie meine Ukulele hat sie nur vier Saiten und ist in C6 gestimmt, aber da hören die Gemeinsamkeiten auch schon auf: Ich habe die Klampfe in einen fetten Marshall-Verstärker gesteckt, sie klingt wie Jimi Hendrix' Fender Stratocaster auf »Voodoo Child«. Ich singe mein Lied über Lopo do Nascimento, den ersten Premierminister der Volksrepublik Angola. Den Text hat Ulrike geschrieben, aber die Musik ist von mir, ein Mix aus Chanson und Rock, sehr dramatisch, die Dynamik perfekt zugeschnitten auf meine Stimme. Die Strophe ist die gefährliche Ruhe vor dem Sturm, zu einem sparsamen Beat spielen Dirk und

Steffen nur vereinzelte Töne, darüber flüstere ich, knurre, halte die Noten an der unteren Grenze meiner Stimmlage. Zum Chorus brechen wir aus wie ein Vulkan, ich zimmere in die Saiten, Matthias haut auf die Becken. Ich nutze das gesamte Spektrum meiner Stimme, verlasse mich auf meine Gesangsausbildung, schmettere die Zeilen mit opernhafter Intensität:

»Lopo, Lopo, Lopo do Nascimento
Lopo, Lopo, Lopo do Nascimento.«

Klaus-Peter Laub bestellt sich noch ein Holsten.
»Ein süßer Käfer. Aber warum muss sie diese Polit-Nummer abziehen? Über wen singt sie da eigentlich gerade?«
Hansi Bloch zuckt mit den Schultern.
»Keine Ahnung, aber ein Song über die Befreiungsbewegung in irgendeinem afrikanischen Scheißloch-Land ist total unkommerziell. Ich würde sie ja unter Vertrag nehmen, meinetwegen kann sie auch über Afrika singen, aber dann bitte sowas wie ›Ich höre das Echo der Trommeln in der Nacht‹ oder ›So wahr sich der Kilimandscharo gleich dem Olymp über der Serengeti erhebt‹.«
Robert Kümmerle wirft ein: »›Lopo do Nascimento‹. Klingt brasilianisch. Eigentlich kein schlechter Chorus. Nur die Angola-Story nervt. Vielleicht könnte man daraus eine Samba-Romanze machen, so was wie ›Zwei Apfelsinen im Haar und an der Hüfte Bananen‹?«
Neben den drei Plattenfirmenbossen erscheint ein vierter Musikfreund, auch er in der weltweit gültigen Uniform des Record-Business. Seinen Lederschlips ziert sogar eine Klaviertastatur. Bloch begrüßt den Neuankömmling: »Hey, Marcel, haben sie dich mal wieder rausgelassen?«

Kümmerle und Laub gucken fragend. Hansi Bloch schlägt Marcel auf die Schulter.

»Kollegen, darf ich vorstellen: Das ist Marcel Lüttner, seines Zeichens Chefredakteur der AMIGA, größte Plattenfirma der DDR.«

Laub fragt: »Chefredakteur?«

Lüttner erklärt: »Das ist unser Wort für Geschäftsführer.«

Man reicht sich die Flossen. Robert Kümmerle verlängert den Handschlag.

»Hey, Marcel … oh, darf ich dich überhaupt duzen?«

»Natürlich, wir sind doch alle aus derselben Branche.«

»Gut. Also, Marcel, was machst du hier im Logo?«

»Na, was wohl, das gleiche wie ihr – das ist doch ein Showcase heute Abend, neue Talente und so.«

Die anderen drei Bosse haben längst vergessen, warum sie eigentlich hier sind. Wenn sie es denn jemals wussten. Hansi Bloch lacht.

»Ach ja, na klar. Aber das kannst du knicken. Hier gibt's nichts zu holen. Alles Schrott.« Marcel Lüttner betrachtet das Mädchen mit der elektrischen Ukulele eindringlich. Er kratzt sich am Kinn.

»Alles Schrott? Ich weiß nicht.«

Es klopft an der Garderobentür. Ein kleiner Mann in einem komischen Outfit schiebt sich in die Kabine. Er ist ein seltsames Hybrid aus Buchhalter und Hippie, zu einer dunkelblauen Kunstlederhose trägt er Birkenstock-Sandalen, in der Brusttasche seines gestärkten Oberhemds klemmen drei Kugelschreiber. Er hat einen Schlips mit Klaviermuster um den Hals, seine Oberlippe ziert ein spärlich wachsender Schnäuzer. Ihm gehen die mausgrauen Haare aus, aber was ihm noch bleibt, hat er in einem winzigen Pferdeschwanz zusammengebunden. Kaum steht er im Raum, beginnt er zu klatschen. »Bravo, Bravo! Ihr wart großartig!«

Er wendet sich an mich: »SIE waren großartig! Darf ich Sie Charlie nennen?«

Ich bin skeptisch, der Mann ist nicht gerade ein Sympathieträger. Aber bevor ich antworten kann, macht der Lederschlips weiter: »Mein Name ist Marcel Lüttner, ich vertrete die Plattenfirma AMIGA. Charlie, haben Sie schon mal über eine Karriere in der DDR nachgedacht?«

Die Keller hebt die Hände, macht eine abwehrende Geste.

»Ja, ja, ich weiß schon, was jetzt wieder kommt …«

Toygar sagt:

»Nein, ich wollte gar nichts sagen, ich war ganz Ohr. ›Lopo, Lopo, Lopo do Nascimento‹ – das klingt nach einem wirklich guten Song.«

»Oh, das war er. Ist er! Miriam, magst du mal die Anpressung holen?«

Charlotte zieht einen Schlüssel aus der Bademanteltasche, reicht ihn Miriam. Die verschwindet im Flur. Die alte Dame erzählt: »Ulrike Meinhof und ich waren ein tolles Songschreiber-Team. Ihre Themen standen im starken Kontrast zu meiner Stimme. Hätte ich Liebeslieder gesungen, wären es Schlager geworden. Aber in der Kombination mit ihren Texten hatte ich eine Intensität, eine Tiefe, die es so vorher nicht gab.«

Miriam kommt zurück, gibt Toygar eine weiße Plattenhülle. Auf dem Label steht in handgeschriebenen Druckbuchstaben: »Charlie Keller – Lopo do Nascimento (Rosinski/Keller)«. Die Keller nimmt Miriam beim Ellenbogen.

»Magst du die mal auflegen?«

Kurze Zeit später erklingt ein Vinyl-Knistern, dann hört man ein rumpelndes Schlagzeug-Intro. Die Keller schnauft: »Oh, jetzt erinnere ich mich: Das ist Walter Mylius von den Moodies. Ein furchtbarer Drummer.«

Der Song beginnt, aber irgendwie ist keiner der Musiker besonders virtuos. Charlotte bemerkt Toygars Befremden.
»Die restlichen Moodies waren auch keine sonderlich guten Instrumentalisten. Aber Marcel bestand darauf, dass die DDR-Superstars mitspielen. Mein erstes Album hatte deshalb diesen dicken roten Sticker ›Featuring Die Moodies!!‹. Mit zwei Ausrufezeichen. Auch im Osten gab es Crossover-Marketing.« Im Hintergrund singt eine exaltierte Frauenstimme: »Lopo, Lopo, Lopo do Nascimento.« Toygar erkennt die Keller, aber sie klingt eher wie eine junge Nina Hagen.

Ich sitze im Besuchersessel vor Marcel Lüttners Sekretär in seinem Büro im Reichstagspräsidentenpalais, direkt an der Ostseite des Reichstages.

»Liebe Charlie, so wie Sie jetzt, saßen sie reihenweise vor meinem Schreibtisch: Frank Schöbel, Peter Schreier, City, Karat, die Moodies. Und jetzt sind sie alle Millionäre, wohnen in ihren eleganten Häusern in Glienicke und Lehnitz und machen feudalen Nackt-Urlaub in Prerow auf dem Darß. Ja, es gibt nichts Besseres, als Kapitalist im Sozialismus zu sein. Erfolgreiche Musiker verdienen beinahe mehr als Tischler oder Maurer hier in der DDR. Das kann Ihnen auch passieren, verehrte Charlie. Und haben Sie keine Sorge, ich meine nicht die DDR-Mark, ich spreche von blauen Kacheln, westdeutschen Hundertern!«

Lüttner spielt etwas übergeistert auf seinem Klavierschlips. Ich frage: »Sind Sie auch Millionär? Gehört Ihnen diese Firma?«

Der Musikmogul lacht.

»Nein, die AMIGA gehört natürlich dem Volk der Deutschen Demokratischen Republik. Ich verdiene läppische 2000 Mark im Monat. Aber meine Millionarios sind davon abhängig, ob ich sie presse oder nicht! Und diese Entscheidung fälle ich ganz alleine, im

Einverständnis mit dem Ministerium für Staatssicherheit.«

Diese Definition von »ganz alleine« ist mir neu, aber ich halte mich zurück, er gibt mir ja einen Plattenvertrag. Lüttner spricht weiter: »Liebe Charlie, ich kann Ihnen gleich sagen: Die Genossen von der Stasi sind begeistert von Ihren Texten! Der Song über die Massenaktionen gegen das Somoza-Regime in Nicaragua, ihre Hymne auf Sigmund Jähn, den ersten deutschen Bürger im All, der Aufruf zu verstärkter Solidarität mit dem Widerstand des chilenischen Volkes gegen die faschistische Diktatur – alles Themen, die im Ministerium eine Saite zum Schwingen gebracht haben. Wie kommen Sie nur auf diese großartigen Sujets? Und wann lernen wir endlich ihre Co-Autorin Brigitte Rosinski kennen?«

Wie wär's mit niemals?

»Das wird wohl leider schwierig, Brigitte leidet unter einer starken Sonnenallergie, sie verlässt nie das Haus. Aber Sie können jederzeit mit ihr telefonieren.«

»Wunderbar! Da unsere Vorlaufzeiten bis zu einem halben Jahr dauern können, sollten wir sofort ins Studio, einen Termin beim Fotografen habe ich auch schon gebucht. Das Schallplattencover wird wie immer von unserer firmeneigenen Gestaltungsabteilung entworfen, wir produzieren beim VEB Gotha-Druck. Die Staatssicherheit und ich sind sehr aufgeregt!« Er hebt den Arm, schreibt meinen Namen mit der Hand in die Luft: »Charlie Keller, ›A Star Is Born‹!«

Er applaudiert sich selbst.

Die Keller reibt sich die Hände.

»Ach, das waren herrliche Zeiten! Meine erste Platte schlug ein wie eine Bombe. Tourneen, Interviews, Radio-Auftritte – ich war so oft in Ost-Berlin, der Marcel hat mir eine Zweiraumwohnung in der Simon-Dach-Straße in Friedrichshain zur Verfügung gestellt. Außerdem nahm ich als einzige Westdeutsche an der jährlichen AMIGA-Freizeit auf der DDR-eigenen Ernst-Thälmann-Insel vor der Küste Kubas teil. Das allergrößte aber war mein Auftritt bei *Ein Kessel Buntes.*«

Walter Mylius stimmt sein durchsichtiges Plexiglas-Schlagzeug. Wiederholt schlägt er auf das Hängetom, der dumpfe Klang hallt durch den Saal, erzeugt eine Rückkopplung. Er rümpft die Nase.

»Wer hat diesen Schuppen bloß zusammengekloppt? Da hat bestimmt kein Akustiker mitgewirkt. Furchtbarer Sound. Was haben die hier eigentlich als Dämm-Material verwendet?« Moodies-Sänger Herbert »Dampfwalze« Dürr antwortet: »Soweit ich weiß, nur Top-Zeug aus der Weltraumforschung. Asbest oder so. Hier wurde an keiner Decke gespart.«

Mylius nickt anerkennend.

»Na ja, wahrscheinlich wird es besser, wenn hier erst mal Leute drin sind.«

Der Palast der Republik ist schon beeindruckend. Die Moodies haben mitten auf dem riesigen weißen Stern mit dem grün-roten Rand in der Mitte des Saals aufgebaut, im Dreiviertelkreis steigen die Ränge auf. Ich kann das Ende des Raumes kaum erkennen. Um uns herum hängen schwere Vorhänge in Weinrot, Schwarz und Silber, dahinter die stilisierte Silhouette von Ost-Berlin. Ich frage: »Seid ihr nicht schon mal bei *Ein Kessel Buntes* aufgetreten?«

Dampfwalze antwortet: »Ja, das stimmt, aber das war noch im alten Friedrichstadt-Palast Da gab es eine schöne klassische Bühne. Sehr viel überschaubarer. Hier gucken die Leute ja von drei Seiten auf uns drauf.«

Eine flotte Blondine im roten Trainingsanzug tritt
heran, stellt sich vor: »Hallo, ich bin Cindy, Pro-
duktionsassistentin. Darf ich euch eure Garderoben
zeigen?«

Dampfwalze legt die Gitarre auf den Boden, fragt:
»Wann gibt's was zu essen?«

Cindy erläutert: »Wir haben eine wunderbare Kantine, Künstler werden dort jederzeit verköstigt.
Kommt doch einfach mal mit.«

Wir folgen der sportlichen Assistentin, der Weg
führt durch Vorhänge und Kulissen, Treppen, Gänge,
schließlich landen wir in einem niedrigen Raum mit
unverputzten Betonwänden. Hier stehen Klapptische
und -bänke aus unbehandeltem Holz und nur mit Rost-
schutzfarbe gestrichenem Metall. Neben ein paar mir
unbekannten Künstlern sehe ich die Sängerinnen von
Boney M. mit Tänzer Bobby Farrell, und, o Schreck,
den hoch aufgeschossenen Gilbert O'Sullivan. Ich bin
ja so ein Fan! O'Sullivan ist ziemlich aufgekratzt,
tigert in einem kurzärmeligen, beigen Hemd und weißen Schlaghosen durch die Kantine. Aus irgendeinem
Grund hat er die rechte Hand in der Tasche, operiert
fast einarmig. Ich stelle mich neben ihn an die Theke. Er blickt zu mir runter.

»Hello there!«

Er zeigt auf das Schild an der Rückwand der offenen Küche, fragt auf Englisch: »Was bitte ist ›Kar-
toffelsalat‹?«

Ich lache. »Potato salad.«

»Du sprichst Englisch?«

»Ja, habe ich in der Schule gelernt.«

»Oh, ein Glück, hier scheint mich sonst keiner zu
verstehen. Wo bin ich bloß hingeraten? Mein Manager
sagte Berlin, aber ich komme mir vor wie auf einem
anderen Planeten.«

»Du bist in Ost-Berlin, Hauptstadt der DDR.«
O'Sullivan runzelt die Stirn.

»Mmmh.«

»Du weißt aber schon, dass es zwei Deutschlands gibt, oder?«

Ich erkenne an seinem Blick, dass er im Geschichtsunterricht nicht aufgepasst hat. Ich erkläre: »Seit dem Zweiten Weltkrieg, oder genauer seit 1949, ist die ehemalige sowjetische Besatzungszone die Deutsche Demokratische Republik, ein realsozialistisches Land. Der Rest Deutschlands ist die Bundesrepublik Deutschland, die mehr nach westlichen Prinzipien funktioniert. Du kommst doch aus Irland, oder?«

»Ja.«

»Ist dein Land nicht auch geteilt?«

»Ja, aber nicht so.«

O'Sullivan hat schlagartig das Interesse verloren. Seine Augen werden trübe, er kratzt sich die Armbeuge, zieht mehrfach hintereinander die Nase hoch. Mit einem genuschelten »Excuse me …« wendet er sich ab, verschwindet in der Herrentoilette. Auf einmal bin ich kein so großer Gilbert-O'-Sullivan-Fan mehr. Ich bestelle mir eine Bockwurst mit Gurkensalat, setze mich zu Boney M. Auch Bobby Farrell ist nervös, schwitzt und blinzelt in einem unnatürlichen Rhythmus. Als er O'Sullivan in Richtung Klo gehen sieht, springt er auf und folgt ihm im Laufschritt. Marcia Barrett und Liz Mitchell schütteln nur die Köpfe. Maizie Williams stöhnt: »Arme Irre.«

Wir machen uns bekannt, die Sängerinnen stehen reihenweise auf und umarmen mich zur Begrüßung. Liz fragt: »Wer hat Lust, sich die Show anzugucken?«

Die anderen Boney Girls winken ab, aber ich bin dabei. Ich nehme meine Knackwurst in die Hand, wir laufen zurück zur Bühne. Liz trägt ein langes weißes Kleid, es umfließt sehr raffiniert ihre Kurven.

»Kann ich auch mal abbeißen?«

Ich gebe ihr mein Würstchen.

Sie fragt: »Und wo kommst du her? Du klingst nach Rostock.«

Liz Mitchell kann deutsche Dialekte unterscheiden?

»Nein, ich bin aus dem Westen, Hamburg.«

»Das ist aber seltsam, ich habe noch nie von dir gehört.«

»Kein Wunder, ich bin nur hier in der DDR ein Star. In der BRD kennt mich kein Schwein.«

Wir kommen oben an. Auf der Bühne steht O.F. Weidling, die Kostümbildnerin hat den Conferencier in einen knappen Smoking mit breitem Revers und Weste gesteckt. Der Komiker trägt eine große Fliege und ein Rüschenhemd, die Hosen sind weit ausgestellt. Er trippelt unsicher über die Bühne, verspricht sich oft. Er hält sich an einem riesigen Funkmikro fest, reißt seine Witzchen.

»Man darf ja nicht alles ins Ausland schicken, ich hab das mal gelesen, in Karl-Marx-Stadt am Hauptbahnhof, da stand drauf, was ein DDR-Bürger alles nicht ins Ausland schicken darf: Da standen ja Sachen drauf, die kannte ich noch gar nicht.«

Verhaltenes Lachen.

»Sie dürfen zum Beispiel ins Ausland keine Munition schicken. Aber auch keinen Räucheraal.«

Mehr Lachen.

»Na gut, Munition werden Sie vielleicht noch kriegen, aber …«

Großes Gelächter, Applaus. Liz guckt mich an. »Versteh ich nicht.«

Bevor ich ihr den Witz erklären kann, erklingen spanische Gitarren, ein Intro wie aus einem Italowestern. Ein sehr muskulöser Mann in einem kurzärmeligen Hosenanzug aus beigem Wildleder erscheint. Er hat Ähnlichkeit mit Pierre Brice, dem Winnetou aus den Karl-May-Verfilmungen der Sechzigerjahre. Er schreitet mit großen Schritten über die Bühne, um ihn herum liegen als Cowgirls verkleidete Tänzerinnen. Sie mimen ein morgendliches Erwachen. Der Wildleder-Mann beginnt zu singen: »Löscht das Feuer, die Sonne weckt die Pferde. Trinkt noch, trinkt, wir ziehen durch trockene Erde.«

Liz und ich gucken uns an, wir müssen unfreiwillig lachen. Liz fragt: »Wer ist der Vogel?«

Neben uns steht Cindy, sie hat ein Clipboard vor der Brust. Sie schaut nach.

»Das ist Gojko Mitic aus Jugoslawien. Was für ein aufregender Mann!«

Aufregend, wenn man auf Indianerhäuptlinge steht. Gojko ist fertig, frenetischer Applaus, vereinzelte Verzückungsschreie aus dem weiblichen Publikum. O.F. Weidling erklimmt die Bühne, stakst unbeholfen zur Mitte des weißen Sterns. Er legt gleich los: »Ein Baby ist auch für einen DDR-Bürger die einzige mögliche Neuanschaffung, bei der er sich keine Sorgen um die Ersatzteile zu machen braucht.«

Der saß, die Gäste grölen und klatschen voller Inbrunst. O.F. Weidlings Humor trifft den Geschmack des Publikums, aber Liz und ich finden seine Jokes eher traurig. Weidling kommt trotz des Zuspruchs nicht richtig in seinen Rhythmus, er stammelt ein bisschen vor sich hin, dann verkündet er: »Das ist der fünfunddreißigste Kessel, das ist auch eine große Sache, das ist einmalig in der Welt und in der DDR – ist ja das Gleiche, und da begrüßen wir, liebe, liebe Gäste, in unserem Programm: die Moodies!«

Die Jungs von meiner Backing-Band sind ganz in Rot und Gold, von weitem sehen sie recht passabel aus. Wer allerdings Dampfwalze mal essen gesehen hat, wird diesen Mann niemals attraktiv finden. Singen ist ebenfalls nicht so sein Ding. Aber bei solchen Texten würde ich wahrscheinlich auch verzweifeln:

»Frei wie ein Adler
Möchte ich fliegen
Mich von meinem Geist treiben lassen
So wie der Philosoph es sagt.«

Jetzt muss auch Cindy lachen.
»O Mann, die Moodies. Aber immer noch besser als Karat. Liz, Sie müssen sich übrigens fertigmachen.«
Die Moodies sind durch, O.F. Weidling bereitet sich gerade für eine weitere Salve launiger Bemerkungen vor, als ein völlig überkandidelter Gilbert O'Sullivan im Publikum auftaucht. Weidling guckt sich verdattert um, Cindy ruft geistesgegenwärtig zur Technik: »Harry, fahr das Band ab!«
Die Anfangsakkorde von »Get Down« erklingen, O'Sullivan joggt durch die Reihen, er hat das Mikro in der linken Hand, die rechte ist immer noch in seiner Hosentasche. Er ist total durchgedreht, wirft sich den Gästen quer auf den Schoß, klettert über Stuhlreihen, fällt mehrfach fast hin. Er klaut einer Frau die Brille, mit einer anderen tanzt er den »Bump«, stößt sie dabei beinahe um. Er bewegt die Lippen zum Text, vergisst aber immer wieder, das Mikro an den Mund zu halten. Als sein Auftritt endlich vorbei ist, herrscht eher betretenes Schweigen, der irische Sänger trollt sich ohne Verbeugung zurück hinter den Vorhang. Er ist völlig außer Atem, schwitzt wie in der Sauna. Er ächzt: »Ich muss mich hinlegen.«

Er schlägt sich in die Requisiten, verschwindet hinter einer blaugestrichenen Welle aus Sperrholz. O.F. Weidling ist wieder an der Reihe. Er erzählt davon, wie er von einem Verkehrspolizisten angehalten wurde: »Und da habe ich ihm gesagt: ›Ich freue mich, dass ich Sie hier treffe, ich befinde mich in einem ideologischen Zwiespalt. Unsere Straßenverkehrsordnung schreibt vor, man darf auf der Autobahn hundert Stundenkilometer fahren. Aber unsere sowjetischen Freunde, die mir den Wagen zur Verfügung gestellt haben, die schreiben in ihr Büchlein, ab 3000 Kilometer darf ich 120 fahren …‹«

Ich warte die Pointe nicht mehr ab, denn es wird eng, um mich versammelt sich das Ballett des Friedrichstadt-Palasts. Ich zwänge mich durch die Truppe mehr oder weniger bekleideter Tänzer und Tänzerinnen, vermeide nicht sonderlich erfolgreich Hautkontakt mit den halbnackten Ballerinas und Ballerinos. Ich schleiche mich zurück in die Kantine. Herbert »Dampfwalze« Dürr begrüßt mich.

»Und, wie fandst du unseren Auftritt?«

Ich lüge: »Episch! Toller Text, so allegorisch!«

Dampfwalze freut sich. Walter Mylius zieht die buschigen Augenbrauen zusammen.

»Wie kommt es eigentlich, dass du systemkonformere Lieder singst als jeder DDR-Künstler hier? Du kommst doch aus dem Westen.« Ich überlege kurz.

»Jeder streikt, wo er kann. In der BRD sind meine Texte überhaupt nicht systemkonform. Da bin ICH die Außenseiterin. Deshalb wollte mich auch niemand unter Vertrag nehmen. Zum Glück war Herr Lüttner auf meinem Showcase.«

Dampfwalze schüttelt sich.

»O Gott, der Marcel! Lass mich bloß mit dem in Ruhe. Was für ein selbstherrlicher Kerl! Der kann gar nicht früh genug in den vorzeitigen Ruhestand gehen.«

Die Moodies lachen, auch der Rest der anwesenden DDR-Künstler stimmt zu. Cindy erscheint in der Kantinentür.

»Frau Keller, Ihr Auftritt.«

Als wir am weißen Stern ankommen, sind Boney M. noch auf der Bühne. Sie singen »Sunny«. Cindy rollt die Schultern, schwingt die Arme über dem Kopf. Sie schließt die Augen.

»Was für ein außergewöhnlicher Song! So romantisch, so tief, so berührend. Was diese Gruppe immer wieder raushaut, unglaublich.«

Ich blende sie aus, konzentriere mich auf mein neues Lied »Die Ballade von der Überlegenheit der sozialistischen Wissenschaft«.

Die Boneys kommen von der Bühne, Liz, Maizie und Marcia klatschen mich ab. Ich höre O.F. Weidling: »Und hier ist er nun, der Moment, auf den wir den ganzen Abend gewartet haben. Eben noch der Newcomer des Jahres, mit ihrem zweiten Album *Das Mädchen mit der Elektrolele* schon ein Superstar – meine Damen und Herren, begrüßen Sie Charlie Keller!«

»Und, sind Sie Millionärin geworden?«

»Mmmh, sagen wir es mal so: Ich habe genügend blaue Kacheln verdient, um nach meiner Sängerkarriere nicht mehr arbeiten zu müssen. Und das, obwohl der Lilienhof nicht gerade billig ist.«

Die Keller beugt sich vor, nimmt Toygars Hand: »Ja, es lief gut für mich. Ich kann mich nicht beschweren. Trotzdem fehlte mir etwas zu meinem Glück.«

DIE **NUBISCHE** PRINZESSIN

1979

**»Happy birthday to you,
happy birthday to you.«**

Ja, es ist mein Geburtstag, aber eigentlich habe
ich überhaupt keine Lust zu feiern. Ich habe
beschlossen, den Tag in meiner Wohnung in der Simon-
Dach-Straße zu verbringen und möglichst mit niemandem zu kommunizieren. Auf meinem Pioneer Auto Re-
verse Tapedeck dreht sich die Kassette mit Ulrikes
Krautrock-Mix im Dauerloop, gerade nudelt wieder
»Für Immer« von Neu!. Der monotone Dröhn-Beat passt
1A zu meiner Stimmung. Heute werde ich vierzig, und
das deprimiert mich mehr, als ich es erwartet hätte. Ein starkes Tiefdruckgebiet hängt schon seit
Tagen über meiner sonst so unerschütterlichen
Frohnatur, verhagelt mir die Laune. Schwarze Wolken verdunkeln mein sonniges Gemüt, meine Seele
weint, es regnet in meinem Herzen, und mehr Metaphern fallen mir nicht ein, denn Marcel Lüttner
steht unten vor der Haustür und singt in die Gegen-
sprechanlage.

»Geh weg!«, flüstere ich in den grau-weißen Hörer, hänge mit Nachdruck auf. Marcel lässt sich nicht abwimmeln, er klingelt Sturm. Meine Rauhaardackeldame Krümel bekommt bei jedem Bimmeln einen hysterischen Anfall, verschluckt sich an ihrem eigenen Gebell. Diesmal antworte ich mit einem giftigen Zischen.

»Lass mich in Ruhe!«

»Charlie, halt, leg nicht auf, ich habe eine Überraschung für dich.«

»Ich hasse Überraschungen!«

»Nein, diese wirst du lieben, ich bin mir absolut sicher! Ich weiß, was dich so bedrückt!«

»Ach ja, was denn?«

»Lass mich rein, ich habe die Lösung für all deine Probleme!«

All meine Probleme? Ich habe kein Problem, geschweige denn Probleme. Mir geht es gut! Bis darauf, dass es mir schlecht geht. Aber hoch kommt der AMIGA-Chefredakteur trotzdem nicht, ich habe seit Tagen nicht aufgeräumt, abgewaschen oder gesaugt. Überall steht schmutziges Geschirr, die Spüle quillt über mit dreckigen Töpfen und Pfannen. Außerdem müsste ich bestimmt mal lüften, aber das rieche ich gar nicht mehr, ich schmore schon so lange im eigenen Saft. Wann habe ich eigentlich Krümel das letzte Mal Gassi geführt? Ich knurre in die Muschel: »Warte eine Viertelstunde, ich komme runter.«

Zwanzig Minuten später stehe ich frisch geduscht und in halbwegs akzeptablen Klamotten auf dem Bürgersteig. Ich habe Krümel auf dem Arm, als sie Marcel Lüttner sieht, beginnt sie wieder zu kläffen. Marcel lehnt an einer gewaltigen Citroën-CX-Prestige-Limousine, er hält mir die Tür zum Fond auf. Ich sinke in die komfortablen Lederpolster, er nimmt

neben mir Platz. Bevor ich überhaupt bemerke, dass
wir fahren, zieht schon die Stadt an den Fenstern
vorüber. Marcel grinst.

»Hydropneumatische Federung, bequemer geht es
nicht!«

Ich bin nicht beeindruckt.

»Wo fahren wir denn überhaupt hin?«

Er schüttelt den Zeigefinger.

»Na, na, na! Wie gesagt, das ist eine Überraschung. Lehn dich einfach zurück, entspann dich, es
ist nicht weit.«

Ich blicke aus dem Fenster. Auf den Straßen ist
ungewöhnlich wenig Verkehr, außerdem stelle ich
fest, dass außer uns nur blaue Volvos unterwegs zu
sein scheinen. Marcel bemerkt mein Erstaunen.

»Wir haben Begleitschutz.«

Das erklärt nicht wirklich, was hier eigentlich
los ist, aber ich entschließe mich, nicht weiter
nachzuforschen. Ich genieße die Fahrt in der Luxus-
Limousine. Sogar Krümel entspannt sich, schläft auf
meinem Schoß ein. Zwischen Chauffeur und Passagieren
ist eine getönte Scheibe angebracht, der Wagenlenker
ist nur ein Schattenriss mit NVA-Schirmmütze. Marcel
öffnet eine Tür in der Rückwand der Fahrerkabine,
holt eine Flasche und zwei Gläser heraus.

»Rotwein?«

Warum nicht, es ist ja mein Geburtstag. Wir stoßen an. Wir verlassen Berlin, fahren weiter auf der
A11 in Richtung Norden. Brandenburg ist wunderschön. Rollende Hügel wechseln sich ab mit Heide-
landschaften, Seen folgen auf Wälder.

»Das ist der Barnim. Ein starker Landkreis!«, erläutert der Chefredakteur. Nach ungefähr einer halben Stunde verlassen wir die Autobahn an der B273.
Ein paar Kilometer weiter kommen wir zu einer

unmarkierten Abzweigung. Das einzige Schild sagt:
»Ausfahrt verboten«. Wir halten uns nicht daran,
fahren durch einen dichten Wald, bis wir zu einem
schmiedeeisernen Tor kommen. Neben der Einfahrt
steht ein graues Glashäuschen, sofort stürmt ein
NVA-Soldat in grüner Uniform auf uns zu. Er sieht
aus, als wäre er gerade in den Stimmbruch gekommen,
und so ist es auch. Mit kippender Stimme und ohne
Begrüßung herrscht er uns an: »Papiere!«

Marcel zeigt dem Wachmann ein Schreiben, wie vom
Blitz getroffen schlägt der die Hacken zusammen.

»Willkommen in Wandlitz!«

Er läuft zum Eingang und öffnet das Tor. Wir rollen
in eine kleine Siedlung, zur Rechten lugen ein paar
gutbürgerliche Villen durch das Dickicht, Häuser,
wie man sie sonst nur in Westdeutschland zu sehen
bekommt. Nicht unbedingt schön, aber protzig. Zur
Linken verläuft eine Mauer, die schon bessere Tage
gesehen hat, der Beton hat Risse und ist stark von
Grünspan befallen. Wir nähern uns einer Art Klubhaus, durch hohe Glasfenster sehe ich ein Restaurant, einen wohlsortierten Laden, sogar einen Pool.
Vor dem Gebäude stehen sechs Herren in Anzügen, winken freundlich. Der Fahrer hält an, stellt den Motor
aus. Der größte der Männer öffnet die Wagentür, zieht
uns aus dem Citroën. Er schüttelt erst Marcel, dann
mir die Hand.

»Hallo, ich bin der Egon, ich freue mich ganz wahnsinnig, Sie hier begrüßen zu dürfen, liebe Charlie!«

Egons ölige Art ist mir auf Anhieb unsympathisch.
Er trägt einen hellblauen Anzug mit Schlaghosen und
einem Revers, das aussieht wie ein Schmetterlingsflü-
gel. Das Sakko kombiniert er mit einem dunkelroten
Hemd und einer Krawatte in der gleichen Farbe. Die
braunen Locken hat er hinter die Ohren gekämmt, sein

breites Lächeln entblößt ein paar goldene Backenzäh-
ne. Er sieht aus wie ein Zuhälter. Salbungsvoll
stellt er die übrigen Herren vor, deren Namen ich mir
aber nicht merken kann. Sie scheinen alle hohe Tiere
in Politbüro, Zentralkomitee oder Staatsrat zu sein.
Sie sind ähnlich extravagant gekleidet wie Egon,
schwingen sich aber nie zum Niveau seiner Flamboyanz
auf. Egon will meine Hand gar nicht mehr hergeben.
Er beginnt wie ein Zirkusdirektor vorzutragen, wiegt
den Oberkörper von ganz weit hinten nach ganz weit
vorne. Zur Bekräftigung seiner Worte holt er immer
wieder mit der linken Hand aus, legt sie auf meine
rechte und schüttelt mich mit beiden Pranken. Er
verkündet voller Inbrunst: »Charlie, was Sie für die
jungen Menschen in der DDR getan haben, ist unglaublich. Wie Sie der Jugend so wichtige Themen wie die
deutsch-sowjetische Freundschaft oder die Beendigung
des weltweiten Wettrüstens in lockerer Form vermit-
telt haben, ist bemerkenswert. Gerade in meiner Funk-
tion als Erster Sekretär des Zentralrates der FDJ
weiß ich, wie stark die Verbindung zwischen Rockmu-
sik und ideologischer Botschaft wirken kann. Sie
haben mit Ihren Melodien die Herzen der freien deutschen Jugend erreicht und ihr gleichzeitig mit Ihren
Texten die zahlreichen Errungenschaften des Sozialismus nahegebracht. Dafür sind wir Ihnen unendli-
chen Dank schuldig.«
    Er lässt endlich meine Hand los, beginnt zu applau-
dieren. Auch diese eigentlich simple Aktion bekommt
Egon nicht ohne Drama hin, er begleitet sein Klatschen mit gleichzeitigem Schulter- und Augenbrauen-
zucken. Seine Begleiter tun es ihm gleich, die ganze Gruppe ruft theatralisch: »Bravo, Bravo!«
    Mir ist der Beifall etwas peinlich, aber ich ver-
beuge mich brav. Der Lärm weckt meinen Dackel:

Krümel springt aus dem Citroën. Instinktiv erfasst sie die Situation, knurrt und fletscht die Zähne. Mit einem hohen Bellen will sie sich auf Egon stürzen, ich kann sie gerade noch einfangen, beinahe hätte seine Wade dran glauben müssen. Er trällert »Ach, was für ein süßer Hund!«, aber er hält gesunden Sicherheitsabstand. Die Tür zum Klubhaus öffnet sich, ein Arzt im weißen Kittel erscheint. Er wendet sich an Egon: »Herr Krenz, wir wären dann so weit.«

Egon wedelt mit den Ellenbogen, reibt sich lautstark die Hände.

»Ah, hervorragend.«

Er bringt Kopf und Schultern in eine übertriebene Schräglage, streckt den rechten Arm vom Körper und macht eine seltsame Flatterbewegung mit den Fingern. Er wäre ein guter Maître d'hôtel in einem schlechten Restaurant. Er weist mir den Weg in die Eingangshalle.

»Nach Ihnen.«

Wir gehen hinein. Egon wird rührselig.

»Mein lieber Freund Marcel hat mir in einer stillen Stunde anvertraut, dass Sie schon sehr lange einen brennenden Wunsch mit sich herumtragen, der aber bislang leider nicht in Erfüllung gegangen ist.«

Ich durchkrame kurz die diversen Schubladen in meinem Kopf, in denen ich meine Sehnsüchte und Träume verwahre. Ich finde nichts. Ich frage: »Welcher Wunsch?«, dabei gucke ich Marcel leicht irritiert an. Ich nehme einen Notizblock aus einer der Schubladen und notiere: »Keine Geheimnisse mehr an Marcel Lüttner!« Egon bleibt stehen. Er blickt mir sehr intensiv ins Gesicht, dabei bemerke ich, dass die Haut um seine Augen eine seltsam grau-braune Farbe hat. Er sieht aus wie ein Panda. Der Panda stemmt die linke Faust in die Hüfte, fuchtelt mit der rechten

Hand in der Luft herum. Er erinnert mich an einen Degenfechter. Er trompetet: »Den Kinderwunsch.«

Damit habe ich nicht gerechnet. Egon Krenz trifft ins Schwarze. Die Erkenntnis knallt mir wie eine Faust in die Magengrube, haut mir von hinten in die Knie, ich klappe zusammen. Ich lasse Krümel fallen, mit der rechten Hand kann Marcel sie gerade noch auffangen, mit der linken umfasst er meine Taille, hält mich fest. Ich fühle mich wie ein Beutel Knochen. Egon hebt beschwichtigend die Hände, schwingt die Hüften wie eine Bauchtänzerin. Er posaunt: »Bei Lenins Mumie, da scheinen wir ja wohl einen Nerv getroffen zu haben.«

Langsam kommt die Spannung zurück in meinen Körper, ich kann wieder alleine stehen. Sprechen geht allerdings noch nicht.

»Ich … wollte … was?«

Egon macht wieder seine Schwertkämpfer-Pose, flötet: »Gnädigste, wenn Sie mir bitte folgen wollen …«

Wir gehen in das Innere des Klubhauses, vorbei an dem luxuriösen Schwimmbad, einer Sauna, mehreren Trainingsräumen mit den neuesten Sportgeräten. Es herrscht Totenstille. Marcel setzt Krümel auf den Boden, das Tapsen ihrer Dackelpfoten hallt durch die hohen Räume. Es riecht nach Chlor und Männerschweiß, Pfeifentabak und Blumenkohl. Wir gelangen zu einer Tür mit der schlichten Aufschrift »Arztpraxis«. Kaum eingetreten, höre ich schon etwas, das meinen Puls fast verdoppelt: Babygeschrei. Wieder bin ich der Ohnmacht nahe, diesmal hält Egon mich am Ellenbogen, führt mich durch eine zweite Pforte. Ein hoher, fensterloser Raum tut sich vor uns auf, Decke, Wände und Boden sind weiß gestrichen. Er wird hell erleuchtet durch eine Kette von Neonleuchten, die an langen Drähten hängen. Darunter stehen in Viererreihen zwanzig Kinderkrippen. Die kleinen Betten sind rosa und hellblau bezogen, darin liegen die entzückendsten Säuglinge, die ich jemals gesehen habe. Ich weiß gar nicht, wo ich hinschauen soll, der Eindruck ist derart überwältigend. Noch nie habe ich etwas so Schönes gesehen. Ich fange an zu weinen. Schluchzend sage ich: »O mein Gott!«

Egon lacht wie ein Lachsack. Jovial legt er mir die Hand auf die Schulter.

»Der Allmächtige hat damit wohl eher wenig zu tun, es ist vielmehr die Sozialistische Einheitspartei Deutschlands, die diesen unvergleichlichen Moment für Sie möglich macht.«

Er fuchtelt mit dem Zeigefinger, als hielte er einen Zauberstab.

»Liebe Charlie, im Namen des Zentralkomitees der SED: Suchen Sie sich eins aus! Die Mädchen sind zuckerwatterosa, die Jungs kornblumenblau.«

Ich kann mein Glück kaum fassen. Ich gehe durch die Reihen. Ich sehe blonde und brünette Kinder, auch ein paar asiatische sind dabei. Eins ist zauberhafter als das andere. Ganz hinten rechts liegt ein dunkelhäutiges Baby in einer rosa Krippe. Ihr Haar ist tiefbraun, steht in kleinen Locken vom Kopf ab. Plötzlich meldet sich mein Vater in meinem Schädel: »Du wirst eine Tochter haben, das schwöre ich dir! Wenn ich die Augen schließe, sehe ich dich mit einem kleinen Mädchen auf dem Arm. Sie ist viel dunkler als du, aber sie hat genau die gleichen Haare.«

Ich zeige auf das Kind in der Ecke.

»Das ist meine Tochter.«

»Komm her, mein schönes Kind.«

Miriam lächelt leicht säuerlich, zögert, aber dann stellt sie sich neben die alte Dame. Die Keller nimmt ihre Hand, tätschelt sie zärtlich mit ihren knorrigen Fingern.

»Und so kam Miriam in mein Leben. Meine allerliebste Tochter, mein strahlender Glücksstern, das Licht meiner späten Tage.« Sie blickt auf zu der Frau im grünen Overall. Miriam ist die Situation sichtlich unangenehm, sie saugt ihre Lippen in den Mund, verschränkt die Arme vor der Brust und lässt sie wieder fallen. Die Geste ist so hilflos wie bezaubernd, Toygar bleibt kurz das Herz stehen. Als er sich wieder unter Kontrolle hat, fragt er: »Egon Krenz? Der letzte Generalsekretär des ZK der SED?«

»Genau der. 1979 saß er noch ganz oben auf seinem hohen Ross. Als ich ihn fast dreißig Jahre später wiedertraf, sah die Sache ganz anders aus. Das war im Lustgarten auf der Museumsinsel in Berlin. Ich arbeitete zu der Zeit in der Senatsverwaltung für Kultur und Europa, Abteilung Kultur in der Hauptstadt ...«

»Halt, was? Das ist ja erst zehn Jahre her!«

»Elf Jahre, um genau zu sein.«

2008

Es ist ein Bilderbuchtag im Wonnemonat Mai. Die Sonne scheint, die Vögel zwitschern, der süße Geruch von Haschisch weht durch die Luft. Egon Krenz sitzt auf einer Bank, füttert die Tauben. Ich bin schon an ihm vorbeigegangen, da ruft er: »Charlie, sind Sie das?«

Charlie hat mich lange keiner mehr genannt, ich drehe mich um, und da steht er. Er sieht nicht gut aus. Ein gebrochener Mann, schütteres, schlohweißes Haar, abgemagert. Von der modischen Extravaganz, die ihn einst auszeichnete, ist nichts übriggeblieben. Er steckt in der Uniform, auf die sich wohl alle deutschen Männer im Ruhestand stillschweigend geeinigt haben: kurzärmeliges Hemd, beige Weste mit Taschen, braune Breitcordhose und Sandalen mit Socken. Ich frage: »Egon?«

Er sieht vielleicht aus wie ein Durchschnittsrentner, aber seine Bewegungen sind blümerant wie eh und je. Statt einer Antwort steht er auf, lässt die Hand mehrfach vor dem Bauch rotieren, macht einen Schritt zurück und verbeugt sich. Ganz der Alte! Ich habe es eilig und grüße nur kurz, eine weitere Krisensitzung in der Volksbühne wartet auf mich. Aber Egon lässt nicht locker.

»Wie geht's der nubischen Prinzessin?«

Ich bleibe stehen, spreche über die Schulter: »Nubische Prinzessin?«

»Ja. Ihre Tochter. Haben Sie sich nie gefragt, wo das Mädchen herkam?«

Habe ich mich natürlich oft, auch Miriam wurde nicht müde, nach ihren Wurzeln zu forschen. Aber wir waren nie fündig geworden, scheiterten immer wieder an fehlenden Unterlagen und störrischer Bürokratie. Ich drehe mich um, komme zurück, setze mich auf die Bank. Der letzte Generalsekretär des ZK baut sich vor mir auf, verschränkt die Finger, lässt die Gelenke knacken. Er beginnt zu erzählen, illustriert seine Story mit vollem Körpereinsatz. Seine Hände und Füße sind permanent in Bewegung, sein Kopf rotiert wie der eines Papageien auf Speed. Er ist in seinem Element, spielt um sein Leben; der alternde Darsteller in seiner letzten Rolle.

Die Keller streichelt Miriams Arm, schiebt sich mühselig aus ihrem Sessel. Sie stellt sich vor das Fenster, imitiert die schwülstige Pose des greisen Politikers. Die alte Dame beginnt im Ton des Möchtegern-Mimen zu rezitieren:

»Miriams Vater Edward war ein Prinz aus Westafrika. Er weilte auf diplomatischer Mission in der Deutschen Demokratischen Republik, verhandelte auf höchster Ebene über die Lieferung von Maschinenteilen im Austausch für exotische Edelhölzer. Auf einer Veranstaltung im Modeinstitut der DDR lernte er die Abiturientin Christiane Friedrichs kennen. Christiane war die Tochter eines angesehenen Frauenarztes aus Berlin-Pankow. Ein bildhübsches Mädchen, das schon seit ihrem fünfzehnten Lebensjahr im Rahmen diverser Modenschauen auf dem Laufsteg brillierte. Edward saß direkt am Bühnenrand, als Teil einer Delegation der sozialistischen Bruderstaaten Afrikas. Ein derart himmlisches Geschöpf hatte er noch nie gesehen. Ihre Haut schimmerte wie das weißeste Meißener Porzellan, war beinahe transparent, fast schien es ihm, als könne er durch sie hindurchblicken. Sie ging nicht, sie schwebte, bewegte sich wie ein weißer Leopard. Ihre silbrig blonden Haare strömten wie in Zeitlupe um ihre zarten Schultern, erinnerten ihn an die Beschreibungen seines Onkels Winston, der katholischer Priester war und ihm schon als Kind von Engeln und heiligen Jungfrauen erzählt hatte. Christiane war ebenfalls sofort fasziniert von dem Mann in seiner leuchtend roten Boubou. Sie hatte zuvor noch nie einen Menschen anderer Hautfarbe gesehen. Immer wieder lächelte der Prinz sie mit blitzend weißen Zähnen an, bei ihrem dritten Auftritt in einem Kostüm der besten Studentin des Jahrgangs 1978 passierte es dann: Mit den viel zu hohen Plateauschuhen verfing sie sich in ihrem wallenden Plisseekleid, stolperte und fiel in einer dramatischen Flugrolle vom Laufsteg. Mit den Reflexen eines afrikanischen Kriegers sprang Prinz Edward auf und breitete die kräftigen Arme aus. Keine Sekunde zu früh, denn die jugendliche Model-Aspirantin hätte diesen Sturz zweifellos nicht ohne erhebliche Blessuren überstanden. So aber landete Christiane Friedrichs sicher zwischen Bizeps und Deltoideus des Königssohnes vom schwarzen Kontinent.

›Mein Name ist Edward‹, flüsterte der Prinz. Der gefallene Engel blinzelte, hauchte zurück: ›Angenehm, Christiane.‹

Es war Liebe auf den ersten Blick.

Von diesem Moment an waren sie unzertrennlich.

Soweit es ging. Denn genau so, wie für Dr. Friedrichs die Bekanntschaft seiner Tochter mit einem derart fremden Mann inakzeptabel war, untersagte der Onkel des Prinzen Edward jeglichen Kontakt mit der »weißen Hexe«, wie er sie nannte. Christiane und Edward konnten sich nur heimlich treffen. Zum Glück wurde das Mädchen aus Pankow zu einem Studium der Gesellschaftswissenschaften an der Martin-Luther-Universität Halle-Wittenberg zugelassen, wodurch sie der Aufsicht ihres strengen Vaters zumindest teilweise entkam. Auch Edward konnte immer wieder der Obhut seines Onkels entfliehen, und so begab es sich schließlich, dass die Liebenden in einem kleinen Hotel an der Saale eine Nacht miteinander verbrachten. Leider bemerkte Onkel Winston die Abwesenheit seines Neffen schon am nächsten Morgen, und nach telefonischer Rücksprache mit seinem Bruder, dem König, wurde Edward noch am selben Tag in die Heimat zurückgeschickt. Christiane sah ihn nie wieder. Sie war untröstlich. Ihr Herz zerbrach in tausend Teile. Sie verließ kaum noch das Bett, hatte keine Motivation, sich ihre Mahlzeiten zuzubereiten, bald war sie nur noch Haut und Knochen. Schließlich vertraute sie sich ihrem Vater an, der entsetzt sofort eine eindringliche Untersuchung vornahm. Sein schlimmster Verdacht bestätigte sich. Mit ernster Miene führte er Christiane in sein Behandlungszimmer und eröffnete ihr mit zitternder Stimme: ›Christiane, du bist schwanger‹.

Das Mädchen aus Pankow war überglücklich. Wie neugeboren sprang sie von der Pritsche, hatte sie doch zumindest teilweise ihren Prinzen zurück, denn nun wuchs in ihr das gemeinsame Kind. Aber ihr Vater hatte andere Pläne. Ein uneheliches Kind, dazu auch noch schwarz, das war für die gesellschaftliche Position der Familie Friedrichs undenkbar. Zum Glück hatte der gute Doktor hervorragende Verbindungen zur Staatssicherheit, eine Karriere, wie sie Christianes Vater hingelegt hatte, ging sowieso nicht ohne Parteibuch. Sein guter Freund Dr. Schnippen war Leiter der medizinischen Station in der Waldsiedlung Wandlitz, in der das gesamte Politbüro der SED residierte. Hier gab es auch einen Kreissaal, und so arrangierte Dr. Schnippen nicht nur die diskrete Geburt, sondern auch die Vermittlung des Kindes an ein gutes, Regime-konformes Elternhaus. Nur die verdientesten Stasi-Informanten hatten Anspruch auf ein ›Wandlitz-Baby‹, und so war gewährleistet, dass Christianes Tochter in gute Hände kam. Das ehemalige Fashion-Model wusste allerdings nichts von diesem Arrangement. Nach der Geburt wartete sie sehnsüchtig, dass die Hebammen ihr das Kind in die Arme legten, aber sie wartete vergebens. Zwei Tage und Nächte rief sie nach ihrer Tochter, die sie nur ganz kurz vor der Durchtrennung der Nabelschnur gesehen hatte. Das Kind war wunderschön! Dann wurde es von den Ärzten mit den Worten ›sie hat Fruchtwasser in der Lunge‹ entführt. Christiane war zu schwach, das Bett zu verlassen, all ihr Bitten und Flehen blieb unerhört. Die Schwestern der Krankenstation schwiegen eisern, am dritten Tag wurde die junge Mutter im Rollstuhl zu einem blauen Volvo gerollt, wo im Fond ihr Vater schon auf sie wartete. Sie war immer noch zu müde, um sich zu wehren, und dieser Zustand sollte noch mehrere Wochen anhalten. Die Medikamente, die Dr. Friedrichs ihr gab, halfen nicht, im Gegenteil, sie hatte eher das Gefühl, dass sich ihr Zustand verschlechterte. Auch um ihre Erinnerung war es nicht gut bestellt. Immer mehr verschwammen die Schnappschüsse, die Christiane von Prinz Edward und ihrer gemeinsamen Tochter gespeichert hatte, irgendwann konnte sie die Bilder überhaupt nicht mehr heraufbeschwören. Schließlich hatte sie ganz vergessen, jemals den Edelmann aus dem fernen Westafrika getroffen zu haben, das schöne Kind aus dem Kreissaal in Wandlitz war vollständig gelöscht. Eines Morgens erschien sie auf der Terrasse ihres Elternhauses in Berlin-Pankow, wo ihre Eltern beim Frühstück saßen. Sie küsste ihre Mutter auf die Stirn, nahm ihren Vater in den Arm. Mit einem tiefen Seufzer verkündete sie: ›Mamma, Pappa, ich bin geheilt.‹«

Abgang Egon Krenz.

Ohne ein weiteres Wort tänzelt er auf Zehenspitzen rückwärts, legt den rechten Unterarm vor die Stirn, macht eine Pirouette und verlässt mit ein paar beherzten Grandes jetés die Szene. Ich bleibe atemlos zurück, überwältigt von dieser epischen Tragödie.

Die Keller ist sichtlich erschöpft. Sie klettert auf ihren Stuhl, zeigt auf das Handy auf dem Kaffeetisch.

»Haben Sie das alles?«

Toygar nickt. Er stoppt die Aufnahme. Charlotte erklärt: »Von dieser Geschichte konnte ich bis zu dem Moment natürlich nichts wissen. Für mich war Christiane und Edwards Tochter mein Gottesgeschenk, mein Achtes Weltwunder, meine Miriam.«

Sie tätschelt stolz die Hand ihrer Adoptivtochter.

»Diese Frau ist der absolute Überflieger. Was sie für eine phänomenale Karriere hingelegt hat, ist kaum zu glauben. Goldschmiedin, Geschmeide-Künstlerin, Schmuck-Designerin der Stars. Alles, was im internationalen Showbusiness Rang und Namen hat, trägt ihre Kreationen.«

Sie klappert mit ihren Juwelen.

»Auch für mich hat sie einige exquisite Stücke angefertigt. Ich bin SO stolz auf sie. Erst recht, weil sie sich vor ein paar Jahren entschlossen hat, eine Auszeit zu nehmen, um sich um ihre alte Mutter zu kümmern. Ich habe die beste Tochter, die man sich wünschen kann!«

APO*CALYPSO*

Mit einem kehligen Grunzen taucht die Keller zurück in die Tiefschlafsee.

Ihr Kopf rollt zur Seite, hängt in einer sehr unnatürlichen Position von der Sofalehne. Ihre Lippen stehen offen, im Mundwinkel sammelt sich ein kleiner Sabberfaden. Miriam holt ein Taschentuch aus der Hosentasche, wischt Charlotte die Spucke aus dem Gesicht, bringt ihren Kopf zurück in die Senkrechte. Toygars Handy summt. Miriam sagt: »Willst du nicht mal rangehen. Irgendjemand versucht schon seit einiger Zeit, dich zu erreichen.«

Toygar seufzt.

»Lieber nicht.«

Er drückt das Gespräch weg. Das Display zeigt sieben Anrufe von »Anonym«. Miriam schiebt den Lehnstuhl in die Waagerechte, klappt die Fußstütze hoch.

»Ich glaube, das war's für heute.«

Sie macht zwei Anführungszeichen in der Luft.

»›Mutti‹ ist müde, sie hat den Tag über ja kaum geschlafen.« Toygar fragt: »Wieso sagst du das so spöttisch?«

»Charlotte ist nicht meine Mutter. Sie hat mich 1979 nicht adoptiert. Überleg doch mal: Dann wäre ich ja vierzig. Sehe ich so alt aus?«

Toygar zuckt zusammen.

»Nein. Entschuldigung.«

»Ist schon okay. Ich bin achtundzwanzig Jahre alt, 1990 geboren. Ich komme zwar wirklich aus dem Osten, aber mein Vater ist kein Prinz und auch nicht afrikanischer Herkunft. Meine Großeltern kamen aus Magdeburg, wollten Ende der Sechzigerjahre aus der DDR flüchten. Eine Freundin meiner Oma war Stasi-Spitzel, verriet die junge Frau, die zu diesem Zeitpunkt schwanger mit meinem Vater war. Sie wurde verhaftet und wegen versuchter Republikflucht verurteilt. Mein Vater wurde im Gefängnis geboren. Gleich nach seiner Geburt haben sie ihn meiner Großmutter weggenommen und zur Adoption freigegeben.«

Toygar ist fassungslos, er unterbricht Miriams Redefluss.

»Du erzählst das einfach so, als wäre es der Wetterbericht. Dabei ist das die Horrorgeschichte des Jahrhunderts!«

»Ach was, Zwangsadoption, das war in der DDR ganz normal. Zum Glück war der Onkel meines Großvaters ein hohes Tier in der SED, und mit seiner Hilfe gelang es Opa, nach vier Jahren meine Großmutter aus dem Knast zu holen. Es dauerte aber noch mal zwei Jahre, bis die beiden meinen Vater aufspürten. Der lebte mittlerweile bei seiner dritten Pflegefamilie in Eisenhüttenstadt. Wieder hatten meine Großeltern Glück, denn er war nie offiziell adoptiert worden.«

Miriam schnauft verächtlich.

»Na ja, Glück ist relativ. Pappa war sechs, als er seine Eltern kennenlernte.«

Toygar zittern die Hände.

»Wie schrecklich!«

Miriam macht eine Bewegung, als würde sie eine lästige Fliege verscheuchen.

»Realsozialismus eben. Was für ein Potpourri der Crème de la Crème! Irgendwann muss ich die Story der alten Dame wohl mal erzählt haben. Außerdem heiße ich zufällig auch Keller. Der Nachname ist ja nicht gerade selten. Für Charlotte reicht so was schon als Inspiration.«

»Als Inspiration?«

»Für ihre Geschichten.«

Miriam beugt sich über die alte Dame, mit spitzen Fingern fischt sie den Schlüssel aus ihrer Bademanteltasche. Sie gibt Toygar ein Zeichen, er folgt ihr in den Flur. Sie sagt: »Ich bin auch keine Schmuck-Designerin. Charlottes Ringe kommen aus dem Kaugummiautomaten in der Spielhalle in Damp. Ich bin Krankenschwester, habe an der Charité gelernt.«

»Mmh – für eine Krankenschwester nimmst du dir aber ganz schön viel Zeit für Charlotte. Du bist ja durchgehend anwesend. Hast du nicht noch andere Patienten?«

»Nein. Ich arbeite ausschließlich für Mylady, bin direkt bei ihr angestellt. Ich bin auch nicht nur ihre Krankenschwester. Ich führe ihr den Haushalt, kaufe ein, erledige kleine Reparaturen. Außerdem mache ich ihre Buchführung.«

»Ihre Buchführung?«

»Ja, Steuern und so. Die alte Dame ist auch finanziell bestimmt keine Durchschnittsrentnerin.«

»Und was ist mit deiner richtigen Mutter?«

Miriam murmelt: »Was heißt hier ›richtige‹ Mutter? Meine Mom kommt aus Äthiopien, und ja, sie ist Tigray. Ihr Mädchenname ist Gebretsadik. Die Kaffee-Connection ist von mir. Genau wie der Prospekt – der stammt von meinem Großvater mütterlicherseits.«

Toygar ist verwirrt.

»Warum hast du denn die ganze Zeit nichts gesagt?«

Miriam antwortet nicht. Sie bleibt stehen. Gegenüber des Schlafzimmers gibt es noch eine Tür, sie steckt den Schlüssel in das Schloss. Mit einer geübten Bewegung hebt sie die Klinke hoch und schließt gleichzeitig auf. Sie drückt die Schulter gegen das Holz, langsam öffnet sich die Pforte. Miriam und Toygar betreten das dritte Zimmer, aber das ist es dann auch schon. Zusammen haben sie kaum Platz für ihre Füße. Etwas unbeholfen stehen sie voreinander, kommen sich gefährlich nahe. Leicht verlegen blickt sich Toygar um. Der kleine Raum ist bis zur Decke gefüllt mit Büchern und Zeitschriften, Platten und DVDs. Unter dem Fenster ist eine kleine Arbeitsplatte angebracht, darauf liegen Bilderrahmen und Fotobücher, dazu verschieden große Scheren und ein Pritt-Stift. Auf der Fensterbank steht ein weißer Braun-PS-400-Plattenspieler, auf dem Teller befindet sich immer noch die Anpressung von »Lopo do Nascimento«. Daneben liegt ein tragbarer Sony DVD-Spieler für Kinder. Toygar dreht sich hundertachtzig Grad um die eigene Achse, betrachtet den Inhalt der Regale. Jetzt steht Miriam hinter ihm.

»Das ist Charlottes Arbeitszimmer. Ihr Archiv. Ihre Sammlung. Ihre Schatzkiste. Das Futter für ihre Vorstellungskraft. Das Gerüst für ihre Fantasie. Der Stoff, aus dem ihre Träume sind. Schau mal genau hin, alle ihre Geschichten fangen hier an.« Sie gibt ihm eine DVD aus dem Regal. *Duell – Enemy at the Gates* mit Ed Harris und Jude Law. Daneben steht *Witwer mit fünf Töchtern*. Toygar sagt: »Das beweist ja noch gar nichts. Die Keller hat selbst erklärt, dass die Ed-Harris-Figur auf ihrem Vater basiert. Und aus dem Heinz-Erhardt-Film haben sie sie vollständig herausgeschnitten. Also kann sie gar nicht darin vorkommen.«

»Sie ist clever. Das muss man ihr lassen. Die Fakten stimmen. Aber ich bin mir ziemlich sicher, dass Charlotte nicht zu einem Filmdreh nach Göttingen gereist ist, sondern zu einem Schwimmwettbewerb.«

Miriam zieht einen grünen Ringordner aus der Bücherwand, schlägt Seiten um, sucht, findet.

»Hier, bitte schön!«

Sie zeigt auf ein Foto, darüber prangt in geschwungener Schrift »Hamburger Schwimm-Club von 1879 – Schwimmfest Göttingen, 1957«. Sieben junge Frauen stehen nebeneinander auf einem Podest, alle in türkisen Badeanzügen mit dem kleinen HSC-Abzeichen. Toygar erkennt die Keller an ihren dichten Locken.

»Mmmh.«

Er ist nicht überzeugt. Miriam blättert ein paar Seiten weiter. Sie zeigt auf ein vergilbtes Stück Papier in einer Klarsichthülle. Es sieht offiziell aus, jemand hat darauf mit einer antiken Schreibmasche getippt:

Oberstabsarzt Prof. Dr. Nordmann
O. U. d. 23.10.44
Feldpost Nr. 29395

Sehr geehrte gnädige Frau Knoop!

Ihr Herr Gemahl hatte am Ende seines Lebens tatsächlich einen Nierenstein, der ihm Schmerzen bereitete, und litt noch an den Folgen einer Ruhr. Beide Leiden waren aber nicht etwa tödlich. Gestorben ist er an den Folgen einer Kranzaderverkalkung. Er gehörte zu jenen Menschen, die sehr frühzeitig diese Erkrankung der Adern im Herzen bekommen und oft überraschend sterben. Es ist sogar dieses Leiden weitgehend unabhängig von den Schädigungen des Lebens und beruht auf einer persönlichen Konstitution. Eine Erblichkeit ist aber für dieses Leiden nicht festgestellt. – Die Schädlichkeiten des Lebens, z. B. Zigarettenrauchen, können es aber beschleunigen. Nach dem Stande der wissenschaftlichen Forschung darf man eine Ruhr und die Strapazen eines Feldzuges als ursächliche »verschlimmernde« Momente ansehen. Diese Diagnose bei Ihrem Manne ist in den letzten Lebenstagen an deutlichen Erscheinungen gestellt und ist durch eine militärfachärztliche Autopsie bestätigt worden.

Indem ich hoffe, Sie mit dieser Auskunft befriedigt zu haben, wünsche ich Ihnen noch einmal alles Gute für die nächste und weitere Zukunft und recht viel Freude an Ihren Kindern.

Mit herzlichen Grüßen und Heil Hitler

Ihr Nordmann

Toygar schießen die Tränen in Augen.

»Also war Thomas Knoop kein Scharfschütze und ist auch nicht vor Stalingrad gefallen?«

»Nein, er war zwar in Russland, aber aufgrund seiner Gesundheit nie an der Front. Er ist eines natürlichen Todes gestorben, deshalb bekam Coco Knoop auch keine Kriegswitwenrente.«

Sie reicht Toygar ein Taschentuch, der schnäuzt sich. Er deutet auf den Plattenspieler.

»Und was ist mit ›Lopo do Nascimento‹?«

Miriam nimmt das Vinyl vom Teller, streicht über das staubige Label.

»Schau mal genau hin, hier unten: ›Studio Haus der Jugend Mümmelmannsberg‹. Die Scheibe hat Charlotte im Rahmen des Flüchtlingsprojekts ›Brennpunkt Hamburg-Ost‹ aufgenommen. Die Musiker waren alle angolanische Kindersoldaten.«

Sie legt die Platte zurück. Toygar fährt mit dem Finger über die Buchrücken. Hunter Davis – *Die Beatles*, Carl Hagenbeck – *Von Tieren und Menschen*, Baedeker Smart – *Marrakesch*, *Hamburger Abendblatt: Operation Gomorrha*, *La Vilaine Lulu* von Yves Saint Laurent. Dazwischen stecken ein paar alte VHS-Kassetten, *A Hard Day's Night* von Richard Lester, *Ein Kessel Buntes* (Volume 1 bis 3), *Salto Mortale* (Staffel 1 und 2), *Der Graf von Monte Christo*. In Hüfthöhe liegen diverse alte Ausgaben *Bravo*, *Bunte* und *Brigitte*, daneben ein Stapel *Neues Deutschland*. Ein Regal weiter steht Charlottes DVD-Sammlung, Toygar erkennt *Butch Cassidy and the Sundance Kid*, *Belle de Jour – Schöne des Tages*, *Little Big Man* von Arthur Penn, *Forrest Gump*, *Fantomas* und *Fantomas gegen Interpol*. Darüber lagert Jean Cocteaus *Kinder der Nacht*, *Die Pest* von Camus und das Gesamtwerk von Hermann Hesse als Box-Set. Noch weiter oben sieht Toygar Simone de Beauvoir, Virginia Woolf und Erica Jong, *Angst vorm Fliegen*. Dazwischen zwängt sich eine zerfledderte Ausgabe von Karl Marx *Das kommunistische Manifest*. Toygar hat ein Déjà-vu, das sich noch verstärkt, als er sich den Schallplatten zuwendet. An der hinteren Wand steht das Vinyl, wie erwartet in alphabetischer

Reihenfolge. Toygar zieht ein paar heraus: Cat Stevens – *Tea for the Tillerman*, Roxy Music – *Country Life*, Elvis Presley – *G.I. Blues*, *Ball Pompös* von Udo Lindenberg. *Die Seeräuber-Jenny* von Hildegard Knef, Jacques Loussier *Play Bach*, *Chelsea Girl* von Nico, The Rolling Stones *Aftermath*, *Autobahn* von Kraftwerk. Miriam singt leise:»Wir fahrrrn, fahrrrn, fahrrrn auf der Autobahrrrn ...«

Sie legt Toygar von hinten den Kopf gegen die Schulter, lehnt sich an ihn. Ihre Wärme fließt in seinen Körper, erfüllt ihn mit einem Glücksgefühl, das er so noch nicht erlebt hat. Sie hat die Hände auf seinen Hüften, dreht ihn zurück zum Bücherregal. Sie greift unter seinen Armen hindurch, nimmt sich *Hans und Grete – Bilder der RAF 1967 – 1977* von Astrid Proll. Sie blättert, kommt zu einer schwarzen Seite mit weißer Handschrift, unten rechts steht der Name Ulrike. Die gegenüberliegende Seite ist fein säuberlich herausgetrennt.

»Na, was folgert Sherlock Holmes?«

»War da das Foto von Ulrike Meinhof drin, das bei Charlotte an der Wand hängt?«

»Was meinst du? Soll ich es holen?«

»Nein, lass mal.«

Miriam stellt den Bildband zurück. Sie zeigt auf einen dicken weißen Buchrücken, auf dem in altertümlichen goldenen Buchstaben *Adolf Hitler* steht. Toygar stemmt den Wälzer aus der Wand.

»Von Joseph Goebbels?«

»Ja, er war ja nicht umsonst Propagandaminister: *Bilder aus dem Leben des Führers*. Schöner Titel, oder?«

»Pfff. Und da fehlt jetzt bestimmt ein Bild von Adolf Hitler mit einem kleinen Jungen auf dem Arm, vorzugsweise auf dem Heiligengeistfeld, was?«

Miriam hat immer noch die Arme vor Toygars Körper. Sie dreht die Handflächen nach oben, er fühlt, wie sie hinter ihm mit den Schultern zuckt. Toygar lacht.

»Na, das ist ja jetzt ein echter Keyser-Söze-Moment!«

»Ein Kaiser-was-Moment?«

»Keyser Söze. Hast du nie *Die üblichen Verdächtigen* gesehen?«

»Nein.«

»Guter Film.«

Toygar lehnt sich in ihre Umarmung.

»Ich versteh das nicht: Warum hast du Charlotte alle ihre Geschichten erzählen lassen, ohne auch nur einmal zu widersprechen?«

Wieder antwortet sie nicht. Sie legt ihre Hände auf seinen Bauch, stellt sich auf die Zehenspitzen, küsst ihn sanft auf den Nacken. Sie flüstert in sein Ohr: »Ist das wichtig? Macht das einen Unterschied?«

Für Toygar ist gerade gar nichts wichtig und alles macht einen Unterschied. Was ist bloß los mit ihm? So eine Wirkung hatte noch keine Frau auf ihn. Hat Miriam Keller Superkräfte? Er dreht sich um, nimmt sie in die Arme. Er fühlt eine seltsame Vibration, so als würden die beiden von dem gleichen Stromschlag geschüttelt. Ein sehr angenehmer Stromschlag. Er küsst Miriam, bevor sich ihre Lippen überhaupt berühren, und als es endlich so weit ist, spürt er keinen Widerstand, es ist, als würden sie verschmelzen. *Verschmelzen?* Hilfe, in was für einen Schmachtfetzen ist er hier geraten? Ganz weit hinten in seinem Schädel formt sich ein Gedanke, erst verschwommen, dann wird er immer klarer, fängt an zu leuchten: »Ich bin das erste Mal verliebt!« Dahinter erscheint ein weiterer Gedanke, diesmal blinkt der Schriftzug: »Mit dreißig! Wurde ja auch Zeit!« Die Erkenntnis lässt ihn knapp an der Ohnmacht vorbei schrammen. Er schwankt, Miriam hält ihn fest. Sie löst sich von seinem Mund, nimmt sein Gesicht in die Hände, streicht ihm die Haare aus der Stirn.

»Selbst wenn du wolltest, Baby – hier könntest du gar nicht umfallen. Lass uns ins Schlafzimmer umziehen.«

Sonntag, der 1. September 2019. 9 Uhr

»Matilda, Matilda, Matilda …«

Harry Belafonte reißt Toygar aus einem tiefen, traumlosen Schlaf. Er liegt auf dem Rücken, blickt sich erstaunt um. Wieder weiß er nicht, wo er sich befindet. Im Gefängnis? Er ist von Gittern umgeben. Langsam dämmert es, Charlottes Arbeitszimmer, Miriam, der Umzug ins Gitterbett. Neben ihm sagt eine Stimme wie aus einem kleinen Lautsprecher: »Ich musste das Gitter hochschieben, du wärst beinahe aus dem Bett gefallen.«
Das iPhone vibriert. »Anonym«. Wieder ignoriert Toygar den unbekannten Anrufer. Er blickt nach links, neben ihm liegt ein Wesen aus einer anderen Welt. Die Morgensonne trifft Miriams Kopf von der Seite, ihre eng anliegenden Zöpfe schimmern wie eine Linsenreflexion. Das Licht wirft tiefe Schatten in ihrem fein gemeißelten Gesicht, der Wechsel von Hell und Dunkel ist höchst dramatisch, sie sieht aus wie gezeichnet. Toygar sagt: »Silver Surfer.«
»Wie bitte?«
»Du siehst aus wie der Silver Surfer. Aus den Marvel Comics.« Miriam legt sich auf die Seite, lehnt den Kopf auf ihre rechte Hand.
»Ich weiß, wer der Silver Surfer ist. Besonders charmant ist das aber trotzdem nicht. Seh ich aus wie ein Mann?«
»Nein, überhaupt nicht. Wenn man bei Wikipedia ›weiblich‹ eingibt, erscheint ein Bild von dir.«
Miriam lacht.
»Na, das üben wir aber noch mal. Lange nicht mehr neben einer Frau aufgewacht, was?«
Jedenfalls nicht neben so einer Frau.
»Wo wir schon bei ungelenken Komplimenten sind: Du erinnerst mich an Zachary Quinto.«
»Der neue Mr. Spock?«
»Ja, genau der.«
Miriam kennt sich aus mit *Raumschiff Enterprise*? Toygar ist im siebten Himmel! Es klopft an der Tür.

»Hallo, Kinder, darf ich reinkommen?«

Charlotte steckt den Kopf durch die Zarge.

»Ach, ihr Süßen, das ist aber toll! Ich habe mir doch schon die ganze Zeit so was gedacht. Man sah ja praktisch die Funken fliegen.«

Die Keller stellt sich vor das Bett.

»Miriam, ich muss sagen, ich bin etwas eifersüchtig.«

Sie zwickt Toygar in die Wange.

»Und Toygar, Sie haben den Hauptgewinn gezogen. Meine Tochter ist die absolute Traumfrau. Dazu sehr wählerisch. Habe ich dich überhaupt schon mal mit einem Mann gesehen, Miriam?«

Die Traumfrau rollt nur mit den Augen. Charlotte flötet:

»So, genug gefummelt!«

Sie lässt das Gitter herab.

»In zwei Stunden kommt Hasso, dann muss sein Zimmer tipptopp in Schuss sein.«

Sie hat sich umgezogen, die Robe gegen ein elegantes Leinenkleid in einem hellen Lavendel-Ton getauscht. Dazu trägt sie eine Kette mit Perlen aus hellgrauem Stein. Die alte Dame bemerkt Toygars Blick, sie zeigt auf die Kette.

»Weißer Türkis, mein Halschakra. Gibt mir Zufriedenheit.«

Sie öffnet das Fenster.

»Ihr habt eine halbe Stunde. O Harry Belafonte, was für ein schöner Mann!«

Sie verlässt das Zimmer, singt zusammen mit dem Sänger aus der Karibik:

»Matilda, Matilda …«

»Hasso wird nicht kommen.«

»Wird er nicht?«

»Nein.«

Miriam macht eine kreisende Handbewegung in der Luft.

»Das war wirklich Hassos Zimmer. Und dies sein Bett. Das Gitter sollte seine nächtlichen Exkursionen verhindern. Nicht nur einmal ist er nachts nackt baden gegangen. Dabei ist er mehrfach fast ertrunken, außerdem hat er sich immer schon hier ausgezogen, turnte hüllenlos durch die Seniorenanlage. Ich habe es selbst noch erlebt. Kein schöner Anblick.«

»Moment, das geht mir zu schnell. Er ist also tatsächlich zu Charlotte zurückgekehrt?«

»Ja, das ist er. Aber wie gesagt, nicht so, wie sie sich daran erinnert. Oder erinnern will. Hasso war dement. Sie hat ihn gepflegt, nachdem er nicht mehr für sich selbst sorgen konnte. Das war schon 2011. Sie sind zusammen hier in den Lilienhof gezogen. Er ist vor zwei Jahren von uns gegangen. Charlotte beharrt allerdings darauf, dass er sie weiterhin besucht. «

Toygar kommt kurz aus dem Konzept.

»Und was wurde aus Anton?«

»Ach der, der ist schon vor sechzehn Jahren gestorben. Aber bis dahin waren Hasso und er ein Paar. Sie haben sogar geheiratet.«

»Dann hat er sich von Charlotte scheiden lassen?«

»Muss er wohl. Aber auch das findet in Charlottes Erinnerung nicht statt. Er war immer ihr ›liebster Mann‹. Lieb, dass ich nicht lache. Er war ein schlimmer Grabscher! Wurde in der Demenz übergriffig, keine Schwester und kein Pfleger war vor ihm sicher. Es musste extra ein Streichel-Therapeut für ihn engagiert werden.«

Toygar ist etwas benommen. Er setzt sich auf die Bettkante.

»Ich glaube, ich mag Charlottes Version lieber. Da sind eine ganze Menge bunter Luftballons geplatzt seit gestern Abend.«

»Du hast doch nicht wirklich all diese Geschichten geglaubt, oder?«

»Mmmh, ehrlich gesagt: nicht alle, aber einige. Am Anfang war ich ja noch skeptisch, aber sie war so überzeugend. Und sie hatte all die Fotos als Beweise.«

Toygar muss über sich selbst lachen.

»Irgendwann war ich derartig im Flow dieser fantastischen Lebensgeschichte, ich habe kaum noch hinterfragt. Vielleicht wollte ich auch dran glauben. Alles ging immer so gut aus, auf irgendeine Art gab es jedes Mal ein Happy End.«

»So ist Charlotte. Eine unverbesserliche Optimistin. ›Das Leben ist eine Schachtel Pralinen‹. Sie ist der weibliche Forrest Gump. Sie lebt in ihrer eigenen Welt und ist darin glücklich. Ihre Realität zählt. Und ist zusätzlich sehr unterhaltsam. Keine Ahnung, wie ihr Leben wirklich verlaufen ist. Es war bestimmt kein Zuckerschlecken.«

Miriam küsst Toygar auf die Nasenspitze.

»Früher habe ich oft gedacht: ›Die hat doch ne Panne‹. Aber mittlerweile empfinde ich das nicht mehr so. Sie kommt ja hervorragend zurecht. Besser als die meisten von uns. Wie heißt es so schön: ›Geistige Gesundheit ist völlig überbewertet!‹«

Toygar nimmt ihre Hand, flicht seine Finger in ihre.

»Du hast sie ziemlich gerne, oder?«

»Ja. Auch wenn sie nicht meine Mutter ist.«

Toygar legt die Arme hinter den Kopf. Miriam spielt Klavier auf seiner Brust, zeichnet mit dem Zeigefinger seine Schlüsselbeine nach. Aus dem Wohnzimmer trällert die Keller: »Kiiiiiinderchen!«

»I wanna smoke a cigarette first, smoke a cigarette first.«

Charlotte steht vor dem Fenster und raucht. Und singt. Und tanzt. Tanzt? Ja, und wie! Die alte Dame ist höchst beweglich. Sie wiegt sich im Rhythmus des Calypso-Lieds, macht Ausfallschritte, dreht sich um einen imaginären Tanzpartner. Toygar hat ein bisschen Angst um sie.

»Ah, da seid ihr ja, ihr Turteltäubchen! Das ist übrigens Lord Kitchener. King of Calypso! Hasso und ich haben diese Musik geliebt. Die Texte sind immer so herrlich zweideutig. Dieser geht darüber, dass der Mann erst eine Zigarette rauchen möchte, bevor die Frau ihn zum Liebesspiel verführt.«

Der Mann aus Trinidad croont: »Smoke a cigarette first, before you begin with your pinching and biting and squeezing and tickling.«

Miriam und Toygar gesellen sich zu Charlotte. Draußen stürmt es wieder. Am Horizont türmen sich schwarze Wolken auf, ein starker Wind weht durch die Lilienhof-Parkanlage. Die ersten Tropfen plattern auf den Balkon. Die alte Dame hebt die Faust.

»Verdammter Sturm!«

Der Himmel verdunkelt sich weiter, es blitzt und donnert. Der Regen fällt stärker, klatscht mit stetigem Stakkato ans Fenster. Die Keller schnippt ihre Zigarette in die Birkenfeige.

»Das geht jetzt schon seit drei Tagen so. Was für ein apokalyptisches Wetter!«

Miriam steht in der Mitte, sie legt den rechten Arm über die Schulter ihrer vermeintlichen Mutter. Mit der linken Hand umfasst sie Toygars Hüfte, zieht ihn dichter an sich heran. Sie schmiegt sich an seine Schulter, er küsst ihre Cornrows. Miriam sagt: »Herzlichen Glückwunsch zum Geburtstag, liebe Charlotte.« Toygar beugt sich vor und zur Seite, gratuliert der alten Dame: »Auch von mir herzlichen Glückwunsch zum Achtzigsten!«

»Vielen Dank, ihr Süßen. Zum Glück feiern wir im Ballsaal, nicht auszudenken, wenn ich das Fest im Garten geplant hätte! Das hätte Hasso bestimmt nicht gefallen. Oh, wie sehr ich den Moment herbeisehne, an dem ich meinen geliebten Mann wiedersehe!«

Toygars Handy summt, diesmal hört es auch Charlotte. Sie zeigt auf seine Hosentasche.

»Cher ami, sollten Sie nicht vielleicht mal wieder Kontakt mit der Außenwelt aufnehmen? Wie sagt der Engländer? ›Denial is not just a river in Egypt‹ – Leugnen lohnt sich nicht. Geh'n Sie mal ran, könnten ja auch gute Nachrichten sein!«

Toygar holt sein iPhone aus der Tasche, schaut auf das Display: »Anonym«. Er zögert kurz, dann schiebt er den Balken zur Seite. Boras Roboterstimme erklingt: »Wird auch Zeit, du Penner! Ich ruf dich schon seit gestern Abend an, das hast du auch gesehen, denn du hast mich weggedrückt! Deine Schwester ist dir wohl total egal, oder?«

»Nisel?«

»Ja, Nisel, oder hast du noch 'ne andere Schwester? Wir haben sie. Oder besser: Ömer hat sie, und das gefällt ihr gar nicht!«

Im Hintergrund hört man erst ein lautes Wimmern, dann schreit eine Frauenstimme: »Toygar, Hilfe, hiiiilf mir …«

Toygar wird es heiß und kalt, er bekommt Gänsehaut auf den Unterarmen.

»Seid ihr wahnsinnig? Das ist Kidnapping! Wenn ihr ihr nur ein Haar krümmt …«

»Halt's Maul! Außerdem kann man dem Rasta-Freak gar kein Haar krümmen. Mit ihren Knochen ist das was anderes! Pass auf: Bis du uns verrätst, wo du dich versteckst, bricht Ömer ihr alle zehn Minuten einen Finger. Von außen nach innen. Kleiner Finger, Ringfinger, Mittelfinger … du verstehst das Prinzip, oder?«

Toygar ignoriert die Frage.

»Und wenn ich euch sage, wo ich bin, lasst ihr Nisel gehen?«

»Im Austausch mit dir, natürlich. Mach dir keine Sorgen, sobald wir dich gefunden haben, kommt deine Schwester wieder frei. Solltest du aber weiter einen auf tough guy machen …«

Wieder Schreie im Hintergrund. Toygar erkennt Nisels Stimme. Bora zischt: »Denk nicht zu lange nach, Freundchen, mit Ömer ist nicht zu spaßen! Also, wo bist du?«

Angstschweiß bildet sich auf Toygars Stirn. Er ist völlig überfordert, weiß nicht, was er sagen soll. Vor lauter Verzweiflung legt er auf. Mit aufgerissenen Augen schaut er Miriam und Charlotte an, flüstert: »Das war Bora Dinç. Er und seine Brüder haben Nisel, meine Schwester. Sie haben sie entführt, wollen sie gegen mich austauschen. Sie drohen, ihr die Finger zu brechen, wenn ich ihnen nicht sage, wo ich bin.«

Miriam ist entsetzt.

»Und dann legst du einfach auf?«

Charlotte löst sich aus Miriams Umarmung, stellt sich vor das frischgebackene Liebespaar. Sie nimmt Miriams rechte Hand in ihre linke, Toygars linke in ihre rechte. Sie spricht mit ruhiger Stimme:

»Der ruft sowieso gleich wieder an.«

Sie lässt die Hände los, dreht sich um, schaut aus dem Fenster. Die alte Dame verschränkt die Arme vor der Brust, blickt in die Wolken. Einen Moment lang hört man nur den Regen gegen die Scheibe klopfen, das Grollen des Sturms, den Wind in den Bäumen. Die Keller fragt: »Sie haben doch gesagt, dass Celâl Dinç Beatles-Fan ist, oder?«

»Ja, und wie. Die ganze Familie liebt die Pilzköpfe.«

»Dann habe ich da eine Idee. Ich mache schnell mal ein paar Anrufe. Wenn Bora sich wieder meldet, sagen Sie ...«

»Toygar, Hilfe, hiiiilf mir ...«

Bora lacht sich halbtot. Nisel ist etwas unsicher.

»Habe ich übertrieben?«

Sie sitzt auf der Rückbank neben Ömer, der leise vor sich hin schnarcht. Die angebliche Geisel beobachtet Cem im Rückspiegel. Der antwortet: »Überhaupt nicht. Dein Bruder hat Boras Worte gegessen wie Scooby-Doo seine Snacks.«

Die Brüder und Nisel sitzen vor dem Burger King an der Autobahn-Raststätte Brokenlande Ost, kurz vor Neumünster. Bis auf Bora kämpfen alle mit einem heftigen Hangover.

Die Entführung ist nicht ganz so verlaufen, wie sich die Gebrüder Dinç das eigentlich vorgestellt haben. Das Opfer war einfach zu kooperativ!

Berlin-Mitte, am Abend zuvor

Kaum sitzt Nisel in Celâls SUV, fängt sie auch schon an zu lästern: »Schicke Kiste. Wäre mir persönlich zu klein. Hier passt ja kaum meine Golfausrüstung rein!«

Cem geht die Kleine brutal auf die Nerven.

»Haha! Sehr witzig. Wo willst du hin?«

»Don Dinç, du bist mir ja mal ein ganz besonders charmanter Kavalier! So wortgewandt und sprühend vor Ideen. Der perfekte Gentleman führt die Dame seines Herzens in ein edles Restaurant aus und spendiert ihr anschließend ein paar Cocktails mit Spree-Blick!«

Cem fährt wortlos die Torstraße runter. Ecke Schönhauser Allee bleibt er an der roten Ampel stehen. Plötzlich öffnen sich die beiden hinteren Türen, Bora und Ömer steigen ein. Nisel frotzelt: »Oha, das Date wird ja immer romantischer!«

Die beiden Brüder verziehen keine Miene, auch Cem guckt versteinert geradeaus. Nisel macht einen letzten Versuch: »Na gut, interessant bin ich selber, aber die Getränke gehen auf euch!«

Cem herrscht sie an: »Schnauze, Bitch! Wir fahren nirgendwo hin, und Drinks werden auch keine bestellt.«

Er haut mit der Faust auf das Schlüsselsymbol in der Fahrertür, der Verriegelungsmechanismus klackt nach unten. Nisel ist einen Moment schockiert, dann fängt sie an zu lachen.

»Ach, daher weht der Wind – ihr wollt mich entführen, um an meinen Bruder zu kommen!«

Cem guckt erst sie, dann Bora entgeistert an. Aber der ist genauso überrascht, auch Ömer ist sprachlos. Nisel hat ihren großartigen Plan schon auf den zweiten Blick durchschaut, was jetzt? Bevor sich die Brüder überhaupt sammeln können, zwitschert Nisel begeistert: »Toller Plan. Ich bin dabei!«

Cem kommt wieder zu sich.

»Wirklich? Du schmeißt deinen Bruder aber ganz schön locker mal eben so unter den Bus!«

»Ach, ist doch lustig. Versteht mich nicht falsch, ich habe meinen Bruder lieb und so. Aber der kann ruhig mal ein bisschen was auf die Mütze bekommen. Wer so einen Mist verzapft, sollte nicht komplett schmerzfrei davonkommen. Auch wenn es Gülşen das Herz bricht: Er muss die Kleine ja nicht wirklich heiraten, sie ist noch jung, sie kommt drüber hinweg. Aber ein bisschen Angst könnt ihr Toygar von mir aus gerne einjagen!«

Bei der Erwähnung Gülşens durchzuckt es Cem mit der ihm schon vertrauten Schmetterlingspower. Nisel legt ihm die Hand auf den Unterarm, macht ihm schöne Augen.

»Außerdem habe ich schon jetzt einen schlimmen Fall von Stockholm-Syndrom!«

Ömer fragt: »Ist das ansteckend?«

Nisel grinst verschmitzt.

»Ja. Aber das kriegen fast nur Frauen. Okay, nachdem wir so erfolgreich unsere Agenden abgestimmt haben: Gehen wir jetzt feiern oder was?«

Bora wählt wieder Toygars Nummer.

Der nimmt schon nach dem ersten Klingeln ab.

»Bora?«

»Wer sonst? Wo bist du? Und leg nicht wieder auf, sonst knacken hier die Knochen!«

»Mach ich nicht. Ich bin noch in der Nähe von Damp 2000. Ich schick dir die Koordinaten. Wie lange braucht ihr?«

»Ungefähr eine Stunde.«

»Gut. Hey, du bringst besser Nisel mit. Wenn du ihr auch nur einen einzigen Finger gebrochen hast, schlag ich dir alle Zähne aus, verstanden?«

Bora lacht: »Du und welcher Trupp Elitesoldaten? Hä? Hast du Ömer schon mal in Aktion gesehen? Also mach hier nicht den Dicken. Und piss dir nicht ins Hemd: Wir werden deine kleine Schwester dabeihaben!«

Er legt auf.

»Nisel, du hattest recht: Toygar ist nie in Berlin gewesen, hat schön seine Freunde für ihn lügen lassen. Er ist immer noch in Damp.«

Nisel klopft sich selber auf die Schulter.

»Ein Hoch auf die weibliche Intuition!«

Sie rülpst.

»Und auf Tequila. Ein Glück, dass wir gar nicht erst ins Bett gegangen und gleich los gefahren sind. Wenn wir uns beeilen, schaffen wir sogar noch die Hochzeit!«

Zu Hause im Lilienhof

Ömer ist verwirrt. Er zeigt auf die Schrift über dem Tor.
»Hier waren wir doch schon mal!«
Auch Cem ist verunsichert.
»Stimmen die Koordinaten?«
Bora nickt.
»Absolut!«
Er grinst.
»Diese kleine Zecke – ganz schön schlau, unser Herr Bayramoğlu! Genau hier hat er uns mit seinem Instagram-Post in die Irre geführt. Der war natürlich fake! Toygar war wahrscheinlich die ganze Zeit hier. In diesem … Altersheim?«

Die drei Entführer und ihre Geisel zwängen sich durch den Spalt in der Tür, betreten das Gelände. Ein Plattenweg führt geradewegs auf ein größeres Haupthaus zu, links und rechts davon stehen Nebengebäude, die wie Apartment-Häuser aussehen. Glas und Waschbeton, im steten Wechsel mit gelben Ziegeln und weinroten Verbundplatten. Das Haupthaus ziert ein Wintergarten, darin steht verstreut bunt zusammengewürfeltes Mobiliar in Petrol und Mauve, das man wahrscheinlich selbst beim Sperrmüll nicht mehr loswerden würde. Der Wintergarten macht in der Mitte Platz für den Haupteingang, an der Glastür hängt ein Din A4 großer Zettel, darauf steht in einer leicht altertümlichen Druckschrift:

»Liebe Gäste, liebster Hasso!
Meine große Geburtstag-Feier (ja, keiner glaubt es, aber ich werde heute 80!) findet aus besonderem Anlass nicht im Ballsaal, sondern am Strand von Damp 2000

statt. Der ist nur 10 Minuten von hier entfernt, siehe Karte unten.

Ich freue mich schon sehr auf euch (und auf dich, mein liebster Mann) und ich verspreche euch als Belohnung für den kleinen Fußmarsch ein paar ganz vortreffliche Überraschungen! Also, schnürt die Schuhe und genießt den kurzen Spaziergang runter zur Küste. Bis gleich, in freudiger Erwartung, eure

Charlotte Keller!«

Ömer schnauft: »Am Strand von Damp 2000? Aber da ist doch auch unsere Party!«

Bora herrscht ihn an: »Sei still. Ich höre was!«

Nisel fragt: »Wo habt ihr euch eigentlich verabredet?«

»Na ja, hier, irgendwo auf dem Gelände. Ich hab nur die Adresse. Was Genaueres haben wir nicht ausgemacht. Psst, was ist das für ein Sound!«

Jetzt hat Cem es auch gehört.

Ffft-ffft-ffft-ffft-ffft-ffft ...

Das Geräusch klingt wie eine Fliege in Zeitlupe. Eine sehr große Fliege. Der Klang kommt schnell näher, wird exponentiell lauter, Cem klingeln die Ohren. Ein starker Wind beginnt zu wehen, haut ihn beinahe von den Füßen. Mit einem monströsen Fauchen erscheint das Insekt über dem Lilienhof-Tor und senkt den Kopf zum Angriff. Der Luftzug drückt die Buchsbäume neben dem Eingang zu Boden und entwurzelt ein paar Grasbüschel, schleudert sie in Richtung der Brüder. Cem duckt sich, nimmt instinktiv die Hände vor das Gesicht. Vorsichtig lugt er durch seine Finger. Das Ungeheuer ist keine Fliege, sondern eine Libelle. Sie scheint direkt aus *Earth Defense Force: Insect Armageddon* zu kommen, einem PlayStation-Spiel, das sogar Cem manchmal unheimlich wurde.

Die Bestie streckt ihren langen Schwanz kerzengerade nach hinten, lässt die schmalen Flügel in einem irren Tempo schwirren. Sie riecht nach Rauch und Benzin, ihre roten Augen funkeln böse, mit scharfen Krallen greift sie nach dem Quartett vor ihr. Cem will gerade die Flucht ergreifen, als die Monster-Libelle in der Luft stehen bleibt. Sie verlangsamt ihren Flügelschlag und landet mit einem sanften Ploppen auf dem Rasen vor dem Haupthaus. Der ohrenbetäubende Lärm lässt etwas nach, es hört auf zu stürmen. Cem blickt sich um. Bora klammert sich panisch an Ömer, aber auch sein mittlerer Bruder scheint die Hosen voll zu haben. Mit weit aufgerissenen Augen und offenem Mund starrt er auf das riesige Insekt. Nur Nisel hat keine Angst. Sie kreischt begeistert: »O mein Gott, ein Bell 47!«

Cem versteht nicht.

»Libelle siebenundvierzig?«

»Nein, ein Bell 47. Der coolste Helikopter, der jemals gebaut wurde.«

Er hat immer noch keine Ahnung, wovon Nisel spricht, als der Libellenkopf seitwärts aufklappt und ein kleiner Mann mit einem großen Hut aussteigt. Jetzt dämmert es Cem: Die Libelle ist ein Hubschrauber! Die Augen sind die Treibstofftanks, die Krallen die Kufen. Der Kopf ist eine Kugel aus Plexiglas, darin sitzt ein zweiter Mann mit Kopfhörern und einer dunklen Sonnenbrille. Er ist offensichtlich der Pilot, denn er hat einen silbernen Steuerknüppel in der Hand, den er jetzt nach hinten zieht. Gleichzeitig bedient er mit den Füßen zwei kurze Pedale, die Libellenflügel, nein, halt, Rotorblätter nehmen wieder Fahrt auf.

Diesmal ist Cem auf den Höllenlärm vorbereitet, auch die orkanartigen Böen überraschen ihn nicht mehr. Er spürt, wie sich sein Puls langsam wieder beruhigt, auch Ömer und Bora lösen sich aus ihrer Schockstarre. Der Pilot hebt zum Abschied noch einmal den Daumen, dann lenkt er den Hubschrauber rückwärts in die Luft, dreht ihn um hundertachtzig Grad und verschwindet in Richtung Strand.

Der Mann mit dem Hut hat sich von dem Getöse kaum beeindrucken lassen. Mit festem Schritt nähert er sich Nisel und den Brüdern. In der linken Hand hält er eine runde Schachtel, mit der rechten schwingt er einen Stock mit Elfenbeingriff, den er aber anscheinend nicht als Gehhilfe benötigt. Den Hutträger als extravagant gekleidet zu beschreiben, wäre untertrieben. Er trägt einen blauen Nadelstreifenanzug mit knielangem Jackett und Pelzkragen, seine Hosen haben Hochwasser, seine Füße stecken ohne Socken in einem Paar Adidas Stan Smith. Er hat eine getönte Nickelbrille auf der Nase, an seinen Händen glitzern bunte Ringe, er trägt an jedem Finger mindestens einen. Was Cem aber am meisten fasziniert, ist sein Hut. Es ist eine Art Zylinder, schwarz, gut dreißig Zentimeter hoch, aber mit einem runden Deckel. Unter der Krempe sitzt die Kopfbedeckung auf einem wulstigen Stoffkissen, das schwarz-weiße Muster erinnert ihn an den Spirographen, mit dem er als Kind gezeichnet hat. Je näher der Mann kommt, desto mehr hat Cem das Gefühl, ihn schon mal irgendwo gesehen zu haben. Aber bevor er ihn einordnen kann, haut Ömer ihm auf den Rücken. Er brüllt: »Ringo fucking Starr!«

Der Hutträger legt die Hand an die Krempe, salutiert.

»In the flesh!«

»Zu Fuß nach Damp? Das hat ja auf dem Dromedar schon mindestens eine halbe Stunde gedauert.«

Toygar ist konsterniert. Charlotte flötet: »Ich kenne eine Abkürzung.«

Sie geht voran. Hinter dem Haupthaus führt ein kleiner Trampelpfad zu einer Art Hinterausgang in der Hecke, die das gesamte Lilienhof-Areal umgibt. Die alte Dame öffnet das hölzerne Tor, dahinter verläuft der gleiche Pfad weiter durch eine wilde Blumenwiese. Charlotte trägt eine abgewetzte, alte Tasche über der Schulter, der Behälter hat eine seltsame Form, sie erinnert Toygar an eine Aubergine. Es hat aufgehört zu regnen, aber die dunklen

Wolken hängen weiter tief, verbreiten eine bedrückende Atmosphäre. Der Himmel verheißt nichts Gutes. Toygar ist besorgt.

»Charlotte, Sie kennen Celâl Dinç nicht. Mit dem ist nicht zu spaßen.«

»Papperlapapp, wird schon nicht so schlimm werden. Schließlich haben wir Ringo dabei.«

Wie eine Bergziege springt die alte Dame durch das unebene Terrain, Toygar hat Mühe, mit ihr Schritt zu halten, seine Lackschuhe sind für den schweren Boden nicht gemacht. Hinter den beiden folgen Nisel und Miriam, die ihre Schwesternuniform gegen ein etwas festlicheres Outfit ausgetauscht hat. Immer wieder dreht sich Toygar zu ihr um, er kann sein Glück kaum fassen. Sie hat die Enden ihrer Cornrows geöffnet, ihre schwarzen Locken wehen im Wind. Sie trägt ein armfreies Wickelkleid in einem grün-blauen Muster, dazu silberne Sandalen mit schmalem Absatz. Sie ist absolut unwiderstehlich! Danach kommen die Gebrüder Dinç und Ringo Starr. Der Beatle ist fast so groß wie Ömer, allerdings mit Hut. Toygar hat schon erlebt, dass Promis im richtigen Leben kleiner sind als auf der Leinwand, aber Ringo ist wirklich ein Miniatur-Mensch. Er ist zierlicher als Bora, und das will etwas heißen. Toygar hat das plötzliche Auftauchen des Beatles-Schlagzeugers immer noch nicht ganz verarbeitet. Der Mann ist eine lebende Legende, aber benehmen tut er sich überhaupt nicht so. Er ist höflich und bescheiden, scherzt mit den Brüdern, als wäre er einer von ihnen. Sein unbekümmerter Charme hat die drei Möchtegern-Gangster vom ersten Moment an verzaubert, sein Auftauchen hat sie offensichtlich ihren Entführungsplan völlig vergessen lassen.

»Richie hat nichts von seinem Charisma verloren.«

Charlotte zeigt rückwärts mit dem Daumen auf Ringo.

»Und wie gut er immer noch Deutsch spricht! Das habe übrigens ich ihm beigebracht.«

Die Gruppe gelangt an ein Holzgatter, dahinter weiden ein paar Kühe. Charlotte duckt sich und klettert durch den Zaun. Der Rest der Truppe folgt ihr, nur Ömer hat Probleme, er ist einfach zu dick. Cem bildet die Nachhut, er drückt seinen Bruder durch das Gatter. Auf der anderen Seite ist Charlotte stehen geblieben, sie packt das Schwergewicht bei den Händen. Gemeinsam manövrieren die beiden Ömer auf die Kuhweide. Ohne ein Dankeschön klopft sich der dickste Dinç-Bruder den Staub von der Trainingshose und schließt in Windeseile wieder zu Ringo Starr auf. Cem will ihm folgen, aber Charlotte stellt sich ihm in den Weg.

»Wie heißen Sie, junger Mann?«

Cem hat zum ersten Mal Gelegenheit, sich die alte Dame genauer anzusehen. Unter dem imposanten Afro blitzen zwei hochintelligente Augen, ihr weißgeschminktes Gesicht strotzt trotz der tausend Falten vor jugendlicher Energie. Sie lächelt ihn an, er findet sie sofort sympathisch. Er lächelt zurück.

»Cem. Cem Dinç.«

»Sehr erfreut, Sie kennenzulernen, Cem Dinç. Wissen Sie, Sie haben eine ganz andere Aura als Ihre Brüder. Ich sehe in Ihren Augen viel Liebe, aber auch eine große Angst. Ich weiß zwar noch nicht, worum es geht, aber ich glaube, dass ich Ihnen helfen kann. Wenn Sie mir helfen. Wissen Sie, was Karma ist?«

Cem ist überfordert. Erstens hat ihn noch nie jemand so angesprochen, und zweitens weiß er weder was Aura noch Karma bedeutet. Er öffnet den Mund, um zu antworten, aber ihm fällt nichts ein. Die Keller fährt fort: »Karma bezeichnet ein spirituelles Konzept, nach dem jede Handlung – physisch wie geistig – unweigerlich eine Folge hat.«

Sie nimmt Cems Hand mit der Rechten, tätschelt sie mit der Linken.

»Sie tun Gutes und Ihnen wird Gutes widerfahren. Das ist Karma. Also, ich fang mal an: Wo liegt ihr Problem?«

Cem hat immer noch keine Ahnung, wovon die alte Dame redet, aber rein instinktiv fasst er Vertrauen, fühlt sich auf eine Art verstanden, von der er noch nicht wusste, dass sie existiert.

»Ich habe mich in die Braut verliebt.«

»Was für ein architektonisches Fiasko!«

Nisel fasst sich an die Stirn. Auf der anderen Seite der Weide fangen die seltsamen Dreiecks-Hütten des Ostsee-Resorts an. Die Phalanx von Einfamilien-Ferienhäusern hat den Charme einer Nissenhütten-Siedlung. Oder eines Schlumpf-Dorfes. »Welche fehlgeleitete Kommunalverwaltung hat bloß dieses stilistische Armageddon autorisiert?«

Die wenigen Spätsaison-Gäste, die bei diesem Wetter vor ihren Schlumpf-Häusern sitzen, beobachten die Prozession von ungewöhnlichen Gestalten mit Argwohn, einige verziehen sich ängstlich in ihre Hütten. Hinter den Dreiecken kommt das Pyramiden-Hotel, die Weggenossen lassen auch dieses Design-Desaster links liegen. Sie erreichen den Strand. Von der Bühne weht Musik zu ihnen herüber, Toygar erkennt »Yesterday«. Charlotte bleibt stehen. Sie hebt den knotigen Zeigefinger, zeigt zum Horizont. Voller Freude ruft sie:

»DA VORNE WIRD'S
SCHON WIEDER HELL!«

Toygar ist nicht ganz so zuversichtlich.

»Für mich sieht die Situation genauso aussichtslos aus wie am Freitag. Bis auf die Tatsache, dass Celâl nochmal zwei Tage wütender ist.«

»Nun seien Sie mal nicht so pessimistisch. Vertrauen Sie mir, ich habe einen Plan.«

Die Keller tritt zurück, wendet sich an die gesamte Gruppe: »Liebe Leute, jetzt kommt's drauf an. Ich werde mit Ringo und Cem da runtergehen und mit Celâl reden. Ihr wartet hier.«

Bora ist nicht einverstanden.

»Hey, hey, alte Frau, das bestimmst du nicht!«

Er zeigt auf Toygar.

»Der lange Lulatsch schuldet uns noch eine Hochzeit. Und sein Vater meinem Vater 41 000 Euro!«

Charlotte nimmt Cem am Oberarm, schiebt ihn zwischen sich und Bora.

»Cem?«

Der jüngste Dinç blickt zu Boden, räuspert sich verlegen. Bora zischt:

»Na, was kommt jetzt?«

Er haut Cem mit der flachen Hand auf die Brust, bringt ihn aus der Balance. Cem schlägt seinen Arm weg.

»Lass das, du Penner!«

Er stellt sich breitbeinig vor seine Brüder.

»Jungs, können wir mal einen kleinen Moment darüber nachdenken, wie wir zu der Sache stehen. Was haben wir eigentlich gegen Toygar? Ich meine persönlich. Ömer, bist du sauer auf ihn?«

Ömer zuckt mit den Schultern.

»Nicht wirklich. Ich kenn ihn doch gar nicht.«

»Genau. Bora, hast du was gegen Toygar?«

»Persönlich? Nein, der Typ ist mir völlig egal. Aber was Baba will, das bekommt Baba. Hier geht's nicht ums uns. Ihr wisst beide genau, was passiert, wenn wir Celâl nicht gehorchen.«

Bora macht die typische Halsabschneider-Handbewegung seines Vaters. Charlotte mischt sich ein: »Wo ist eigentlich das Problem? Toygar ist ja hier, Mission erfüllt, Baba kann nichts sagen. Alles, was wir wollen, ist die Chance, erst mal mit Celâl zu reden, bevor Toygar runter zum Strand geht. Das nennt man Deeskalation, wir nehmen etwas Dampf aus der angespannten Situation.«

Bora wird wütend.

»Wir? Was heißt denn hier wir? Cem, wir haben diese Oma vor zwanzig Minuten das erste Mal gesehen und jetzt schmiedest du schon Pläne mit ihr?«

»Bora, Bruder, denk mal einen kleinen Moment an dich. Ist es nicht vielleicht an der Zeit, damit aufzuhören, immer nur Babas Erfüllungsroboter zu sein? Wie alt bist du jetzt?«

Bora grummelt: »Siebenundzwanzig.«

»Genau. Höchste Zeit, mal eine eigene Entscheidung zu fällen.«

»Das hat dir doch alles diese alte Mumie eingeflüstert!«

»Und wenn schon, sie hat ja recht. Wir müssen uns emanzipieren!«

»Emanzi-was?!«

Es ist zwölf Uhr mittags, und die Hochzeitsfeier ist schon wieder in vollem Gange.

Die Feierwut ist ungebrochen, allerdings sind die Gäste am dritten Tag dieses Marathons kräftemäßig leicht am Ende. Deshalb konzentriert sich die Band auch auf ihr Engtanz-Material. So mancher Tänzer stützt sich auf seinen Partner, die Bewegungen taumeln irgendwo zwischen Schlingern und Wanken. Das allgemeine Torkeln bricht schlagartig ab, als Charlotte und ihre Begleiter das Sperrholz-Parkett betreten. Wie Moses das Meer, teilt das ungleiche Trio die tanzenden Pärchen, Ringo verbreitet akute Promistarre. Auch die Beatlelesques haben ihr Vorbild sofort erkannt, sie brechen mitten im Gitarrensolo von »And I Love Her« ab, lassen Kinnladen und Arme hängen. Der Schlagzeuger sieht den Original-Beatle als Letzter, ihm fallen die Trommelstöcke aus der Hand, landen mit einem lauten Scheppern auf den Becken. Stille. Dann setzt ein leises Tuscheln ein, in dem immer wieder das Wort »Ringo« zu hören ist. Der geht zur Bühne, dreht sich um und begrüßt die Hochzeitsgäste mit einem zweihändigen Friedenszeichen.

»Peace and love, everybody!«

Im Zelt neben dem Dancefloor hat sich die Familie Dinç an einem langen Tisch versammelt und genießt ein spätes Frühstück. Celâl sitzt ganz am hinteren Ende der Tafel, als er Ringo sieht, springt er auf, dabei bleibt der Tisch an seinem massiven Bauch hängen, er hebt ihn kurz in die Luft, lässt ihn wieder fallen. Geschirr klappert, Teller scheppern, Defne kann gerade noch die Erdbeerbowle retten. Celâl befreit sich vom Tischtuch, wetzt mit schnellen Schritten durch die Bresche auf der Tanzfläche. Seine kleinen Füße tippeln im hellen Stakkato über den Holzboden, darüber schnauft der schwere Mann wie eine Lokomotive. Er beginnt im Rhythmus seiner Schuhe zu klatschen, je näher er dem Beatles-Schlagzeuger kommt, desto höher wird sein Tempo.

»Ringo, Ringo Starr, ach du liebe Güte, sind Sie es wirklich?«

Der Berliner Kredithai ist auf einmal ganz Fanboy. Er streckt die Arme aus, schüttelt dem zierlichen Drummer beide Hände.

»Sie sind es, was für eine Freude, ach, ich bin ganz überwältigt. Sie waren immer mein Lieblingsbeatle!«

Ringo ist etwas überfordert von der Begeisterungsattacke. Celâl ist mindestens dreimal so breit und doppelt so hoch wie der Beatle, er drückt ihn gegen den Bühnenrand. Ringo duckt sich aus dem Händedruck, macht einen Schritt zur Seite. Celâl lässt los.

»Oh, Herr Starr, Sie müssen entschuldigen, aber von diesem Moment habe ich immer geträumt! Meinem großen Idol so nahe sein zu dürfen, ich kann es noch gar nicht glauben. Sie wissen ja gar nicht, was Sie uns minderbegabten Beatles-Fans bedeuten! Das war schon in der Schule damals in meinem Heimatort Tepeköy so – während die coolen Kinder Lennon und sogar McCartney mitsingen konnten, hielten wir ›Brummer‹ uns an Ihre Songs.«

Ringo fragt: »Brummer?«

»Ja, so hießen die Sänger mit begrenztem Tonumfang, die regelmäßig aus dem Schulchor flogen und auch sonst nicht sonderlich beliebt waren. Bis zu Ihrem ›Act Naturally‹.«

Der Kingpin beginnt zu singen.

»They're gonna put me in the movies …«

Er hält drei Finger hoch.

»Nur drei Töne, das schafften auch wir Brummer. Später haben meine Söhne und ich den Song immer auf unseren langen Autofahrten in die Türkei gesungen. Meine Jungs sind nämlich auch alle Brummer. Stimmt's, Cem?«

Er singt weiter: »… they're gonna make a big star out of me …«

Er gibt seinem Sohn einen kleinen Klaps auf den Hinterkopf.

»Komm schon, Junge!«

Cem steigt widerwillig ein: »… we'll make a film about a man who's sad and lonely …«, aber für die letzte Zeile ist Celâl wieder allein.

»… and all I gotta do is act naturally … ähem …«

Er bemerkt, dass die gesamte Hochzeitsgesellschaft ihn verwundert anstarrt. Er hat sich wohl etwas zu sehr mitreißen lassen. Er stammelt: »So … befreiend! Wie gesagt, äh, ich liebe die Beatles.«

Der Kingpin lächelt verlegen.

»Herr Starr, was verschafft mir die Ehre Ihres Besuches? Oder sind Sie rein zufällig an der Ostsee?«

»Ich bin hier mit Charlotte.«

»Wer ist Charlotte?«

Die Keller steckt sich zwei Finger in den Mund und pfeift wie ein Schiedsrichter.

Sie stellt sich vor den Berliner Kredithai, richtet sich zu ihrer vollen Größe auf. Bei jeder anderen Frau ihrer Dimension würde das lächerlich aussehen, denn die Keller reicht Celâl gerade mal bis zum Bauchnabel. Aber nicht bei ihr. Sie tippt sich mit dem Zeigefinger auf die Brust.

»Ich bin Charlotte. Haben Sie sich noch gar nicht gefragt, um wen es sich bei der attraktiven älteren Dame an der Seite Ihres großen Idols handeln könnte? Und warum wir zu allem Überfluss auch noch Ihren jüngsten Sohn im Schlepptau haben?«

Celâl hält inne. Die seltsame Frau mit den rot-grauen Locken hat recht. Wer ist das? Und warum hat sie Cem dabei? Der Kredithai schnauft, jetzt kommt Leben in den massigen Körper. Mit einer schnellen Handbewegung packt er Cem am Kragen.

»Du verdammter Versager, du nichtsnutziger Idiot! Schande meiner Lenden! Wo ist Toygar?«

Charlotte spitzt die Lippen.

»Tss, tss, tss, wer spricht denn so mit seinen Kindern?«

Sie befreit Cem aus Celâls Griff.

»Keine Sorge, mein lieber Celâl – ich darf Sie doch Celâl nennen, oder?«

Der perplexe Kingpin nickt.

»Also Celâl, das Rätsel wird sich gleich lösen. Aber zunächst darf ich mich vorstellen, mein Name ist Charlotte Keller. Sagen Sie aber bitte Charlotte, Frau Keller war meine Schwiegermutter.«

Sie zeigt auf Cem.

»Ich glaube, es ist am besten, wenn ihr Sohn Ihnen jetzt mal den Stand der Dinge erklärt. Sie denken doch bestimmt: ›Die kann mir ja viel erzählen, irgend so eine dahergelaufene, wildfremde Frau‹. Ha! Aber Ihr eigen Fleisch und Blut? Wem können Sie vertrauen, wenn nicht Ihrem geliebten Sprössling, stimmt's?«

Wieder schiebt sie den jüngsten Bruder vor, der zögert, stottert: »Äh, ja … Baba, es ist nämlich, ist nämlich so … äh, wir hätten Toygar beinahe gehabt, seine Schwester hat uns geholfen. Aber, äh … dann kam Ringo. Mit dem Hubschrauber.«

»Mit dem Hubschrauber? Sonst noch was?«

Celâl will gerade zu einer saftigen Ohrfeige ansetzen, da fällt sein Blick auf Ringo. Der ehemalige Pilzkopf legt die beringte Faust an die Wange, schaut ihn mit seinem berühmten Hundeblick an. Der knallharte Kredithai wird weich.

»Na gut, ich hör zu.«

Cem setzt sich auf den Bühnenrand. Er klemmt die Hände zwischen die Oberschenkel, konzentriert den Blick auf die Möwen über dem Jachthafen.

»Okay, als Erstes waren wir in der Marheineke Markthalle in Kreuzberg …«

»Also war Toygar nie in Berlin, er hat uns die ganze Zeit an der Nase herumgeführt.«

Cem ist mit seiner Geschichte wieder in Damp, aber Celâl ist noch nicht zufrieden. »Und wo war er dann?«

Charlotte baut sich wieder vor dem Zwei-Meter-Mann auf.

»Da komme ich ins Spiel. Ich habe Toygar unter meine Fittiche genommen, er hat das Wochenende bei mir verbracht. Ich wohne gleich da hinten, im Lilienhof. Das ist eine wunderbare Seniorenwohnanlage, vielleicht später auch mal was für Sie. Da ist er allerdings jetzt nicht mehr, er weilt in Sicherheit, bis wir uns hier geeinigt haben. Zusammen mit Ihren anderen beiden Söhnen übrigens, die auch nicht sonderlich auf Ihr Wohlwollen vertrauen.«

Der Kingpin wird wieder sauer.

»Dieses elende Pack, verwöhnte Nichtsnutze, die sollen bleiben, wo sie sind, von mir aus können die verrecken, die sind mir so was von egal …«

Die Keller lächelt mitleidig.

»Cher ami, kein Mensch nimmt Ihnen ab, dass Ihnen Ihre Kids egal sind. Wenn ich mir diese Feier angucke, stelle ich fest, dass genau das Gegenteil der Fall ist: Sie sind ein ganz großer Familienmensch! Sehen Sie doch nur, was Sie für Ihre Nichte hier veranstalten. Und ich muss Ihnen gratulieren: Dieses Fest ist Ihnen absolut gelungen. Sie haben nur einen Fehler gemacht: Sie haben sich den falschen Bräutigam ausgesucht!«

Sie scannt die am Tisch sitzenden Gäste.

»Wer ist die Braut?«

Cem zeigt auf Gülşen. Charlotte geht um die Tafel herum, stellt sich neben sie, fragt: »Sprichst du Deutsch?«

Gülşen versteht kein Wort. Die Keller sagt: »Macht nichts, ich spreche Türkisch. Rutsch mal.«

Sie nimmt sich einen Stuhl, setzt sich neben die Braut. Sie winkt Gülşen dichter zu sich heran, die beiden beginnen, leise zu tuscheln. Nach ein paar Minuten ruft Charlotte quer über den Tisch: »Cem! Komm her.«

Cem gehorcht.

»Celâl, mio caro, ich habe eine gute und eine noch bessere Nachricht für Sie! Welche wollen Sie zuerst hören?«

Celâl grunzt: »Was soll der Scheiß?!«

»Sehr wohl! Dann also zuerst die gute Nachricht: Die Hochzeit findet statt, juchhe! Und jetzt die noch bessere Nachricht: Sie werden Schwiegervater!«

»Wie bitte?«

»Wie es sich herausstellt, sind nämlich Ihr jüngster Sohn und Ihre Nichte das eigentliche Liebespaar. Die beiden sind zwar

335

Cousin und Cousine ersten Grades, und das ist vielleicht genetisch fragwürdig, aber rechtlich absolut in Ordnung. Ich hätte sowieso eher ein Problem mit dem Alter der Braut, aber das ist ja zumindest in der Türkei legal.«

»Ist das nicht etwas unromantisch?«

»Das sagen Sie? Eine arrangierte Ehe ist immer etwas unromantisch. Wobei es bei Gülşen und Cem wohl tatsächlich Liebe ist. Doppel-Juchhe!«

Celâl Dinç muss sich erst mal sammeln. Die alte Dame hat ein Tempo drauf, da kommt er nicht mit. Er holt tief Luft, schließt die Augen. Wie immer sortieren sich seine Gedanken gemäß der üblichen Prioritäten: business first.

»Die Bayramoğlus schulden mir nach wie vor Geld. Mit Zins und Zinseszins sind wir mittlerweile bei 44 000 Euro.«

»Nur 44 000 Euro? Sie sind ja ein wahrer Samariter, ein Philanthrop, ein echter Menschenfreund. Ich denke, die Summe ist verhandelbar?«

»Absolut nicht!«

Charlotte tritt gegen einen Stuhl, positioniert ihn hinter Celâl. Sie drückt ihn in die Sitzgelegenheit, jetzt sind die beiden auf Augenhöhe.

»Ich denke schon.«

Sie ruft: »Richie!«

Ringo Starr hat mittlerweile Freundschaft mit den Beatlelesques geschlossen, zeigt gerade dem Schlagzeuger, wie er die Begleitung von »Come Together« zu spielen hat.

»Yes, honey?«

»Könntest du mal herkommen? Und bring die Hutschachtel mit.«

Ringo verlässt die Bühne, kommt rüber zur Hochzeitstafel. Er zeigt auf den Beatlelesques-Drummer.

»Der Mann ist Rechtshänder. Der kriegt das nie richtig hin.«

Charlotte zirpt: »Baby, es wird Zeit für deinen Vorschlag.«

Ringo Starr stellt die runde Schachtel auf den Tisch. Sie ist mit einem grün-grauen Filz überzogen, Ringo schiebt die Ärmel hoch und nimmt vorsichtig den Deckel ab. Mit einer behutsamen Bewegung hebt er einen Hut aus der Box, der seinem bis auf die Farbe exakt gleicht.

»Das ist ein Bowler von meinem Hutmacher Max aus Chiswick in London. Spezialanfertigung. Max ist Jamaikaner, da ist es üblich, unter der Krempe so ein dickes Tuch zu tragen.«

Er zeigt auf das bunte Kissen, das unter dem Hut angebracht ist.

»Ich habe für dich Eukalyptus ausgesucht, das ist die Farbe der Heilung, bringt Gesundheit für dich und deine Liebsten. Nimm mal die Kappe ab.«

Celâl will etwas sagen, aber ihm fehlen die Worte. Er zieht sich die Takke vom Kopf, Ringo ersetzt sie mit dem grünen Bowler.

»Passt perfekt. Charlotte, was meinst du?«

Charlotte macht einen Kreis um Celâl, betrachtet ihn von allen Seiten.

»Absolut kleidsam. Werter Celâl, Sie sind ein Huttyp. So eine extravagante Kopfbedeckung kann nicht jeder tragen, aber Sie haben die nötige Präsenz, um von dieser Kreation nicht erdrückt zu werden.«

Ringo holt zwei Gläser Erdbeerbowle, reicht eins an den immer noch sprachlosen Kingpin weiter.

»Lieber Freund, was halten Sie davon, zumindest die Zinsen zu vergessen. Dafür bekommen Sie von mir einen 1A-Ringo-Starr-Auftritt, meine größten Beatles-Songs und auch noch ein paar meiner Solo-Hits. Ich habe schon mit den Beatlelesques gesprochen, wir haben ungefähr eine halbe Stunde Programm.«

Celâl schießen die Tränen in die Augen.

»Was, wirklich? Auch ›Yellow Submarine‹?«

»Natürlich! Kein Ringo-Konzert ohne Unterseeboot.«

Charlotte übernimmt.

»Also, cher ami, haben wir einen Deal?«

Celâl nimmt den Hut ab, betrachtet das Stirnkissen, streicht über den mit Schellack verstärkten Filz.

»Ja, aber nur für die Zinsen.«

»Wie viel hat Latif Bayramoğlu sich denn ursprünglich von Ihnen geliehen?«

»20 000 Euro.«

»20 000 Euro. Das ist fair. Überweise ich Ihnen sofort.«

Die Keller zückt ihr iPhone.

»Kontonummer? Ich mach das gleich hier mit meiner Sparkassen-App.«

»Cem, Gülşen! Auf ein Wort.«

Celâl Dinç' tiefe Stimme schallt seltsam brüchig durch das Festzelt. *Auf ein Wort?* Cem ist etwas irritiert. Seit wann kann Baba auch was anderes als Befehlston? Wo ist der ungnädige Wüterich, den der jüngste Dinç sein Leben lang hat ertragen müssen? Der untypische Eindruck verstärkt sich, als sein Vater näherkommt. Celâl hat einen Gesichtsausdruck aufgesetzt, den Cem noch nie bei ihm gesehen hat. Celâl lächelt versonnen, sein Blick ist weich, seine Augen sind feucht. Weint sein alter Herr? Ein weiteres Novum. Vielleicht liegt es an dem seltsamen Hut, den sein Vater auf einmal auf dem Kopf hat.

»Cem, mein Junge, seitdem deine Mutter bei deiner Geburt gestorben ist, hatte ich immer ein besonderes Verhältnis zu dir.«

Hatte er? Cem kneift ein paarmal die Augen zusammen, er weiß nicht so recht, wie er mit der Situation umgehen soll. Solche Worte hat er von seinem Vater noch nie gehört. Celâl seufzt: »Deshalb muss ich dich fragen: Bist du dir absolut sicher, dass du Gülşen heiraten willst? Dass du weißt, was das bedeutet? Liebe ist das größte Glück in diesem Leben. Aber auch die größte Gefahr!«

Celâl greift seinen Jüngsten bei den Oberarmen und beugt sich zu ihm herab. Vater und Sohn schauen sich mindestens zwanzig Sekunden an, ohne sich zu bewegen. Dann sagt Cem: »Ja, ich bin mir sicher.«

Celâl nickt.

»Ich glaube dir.«

Er nimmt die Hände von Cem und wendet sich an Gülşen. »Und du, kleine Prinzessin? Ich dachte, du wärst so fürchterlich verschossen in Toygar Bayramoğlu!? Seit fünf Jahren hören dein Vater und ich nichts anderes, als dass er der größte und schönste Mann ist, den du jemals gesehen hast und dass du ihn unbedingt heiraten willst!! Und jetzt auf einmal die 180-Grad-Drehung zu Gunsten meines Sohnes? Obwohl, ich bin ja sehr froh darüber. Er ist sicher die viel bessere Partie. Ich habe Toygar nie gemocht. Aber trotzdem: Warum?«

Gülşen stemmt die Fäuste in die Hüften.

»Weil Toygar eine Lusche ist. Onkel Celâl, hast du dir mal seinen Instagram-Account angesehen?«

»Nicht wirklich. Bis vor Kurzem wusste ich noch nicht mal, was das ist.«

»Nichts als Bücher, Schallplatten und Bilder von seinen Füßen in irgendeiner blöden Landschaft. Außerdem hat er nur 368 Follower!«

Gülşen klimpert entrüstet mit ihren verlängerten Wimpern. »Cem hat 2793!«

»Und?«

Die Braut reißt die messerscharf rasierten Augenbrauen hoch. »Zwei. Tausend. Sieben. Hundert. Drei. Und. Neunzig!«

Mit ihrem grün-golden lackierten Fingernagel tippt sie ihrem fast doppelt so großen Gegenüber jede Ziffer einzeln auf den Bauch. Für Gülşen wäre damit alles gesagt. Sie verschränkt die Arme vor der Brust, nickt triumphierend.

»Mm-mh!«

Sie ist offensichtlich am Ende ihrer Ausführungen. Celâl ist fassungslos. Seine zukünftige Schwiegertochter holt ihn zurück in die Realität, sein leichter Anflug von Sentimentalität verdrückt sich in die emotionale Besenkammer. Er zwinkert sich die Tränen aus den Augen, dann bellt er: »Was steht ihr hier so dämlich rum? Macht euch rüber zum Hochzeitstisch. Und Cem, du Penner, zieh dir was Vernünftiges an, du siehst ja aus wie eine Bahnhofstranse!«

Celâl ist wieder der Alte.

Defne ist überglücklich.

Schon von weitem hat sie Toygar gesehen, er schlendert mit Nisel und zwei Dinç-Brüdern den Strand runter. Er hält eine dunkelhaarige Frau im Arm, Defne hat sofort verstanden, dass die beiden mehr als nur befreundet sind. Sie läuft ihrem Sohn entgegen, streicht ihm über das Haar, küsst ihn auf den Mund. Er schiebt sie weg, wischt sich den Kuss von den Lippen.

»Igitt! Mamma, lass das!«

Defne ignoriert ihn.

»Toygar, mein Engel, ich hab mir solche Sorgen gemacht! Was war das bloß für ein abstruser Plan? Du heiratest eine völlige Unbekannte, nur damit dein Vater seine Schulden bezahlen kann?«

»Pappa hat dir davon einfach so erzählt?«

»Nein, ich musste es aus ihm herausprügeln. Kleiner Witz.«

Keiner lacht.

»Na, Hauptsache, du bist wieder da. Und in interessanter Begleitung!«

Toygar löst sich aus Miriams Umarmung.

»Ach ja, Entschuldigung. Mamma, ich darf vorstellen, das ist Miriam Keller. Miriam, das ist meine Mutter Defne.«

»Sehr angenehm.«

Defne schüttelt Miriams Hand.

»Miriam scheint wohl nicht deine einzige neue Bekanntschaft zu sein.«

Sie zeigt auf Charlotte, die sich auf der Tanzfläche angeregt mit Ringo unterhält.

»Die Dame kenne ich ja schon aus dem Toy Story-Video. Übrigens ein genialer Schachzug. Anschließend ging's mir schon viel besser.«

Toygar schmunzelt.

»Ja, das ist Charlotte. Sie ist nie um eine gute Idee verlegen.«

»Was für ein entzückendes Brautpaar!«

Die Hochzeitsgäste sind begeistert.
»War das nicht die schönste Hochzeit, die wir je erleben durften?«
»Dafür hat es sich wirklich gelohnt, so lange zu warten!«
»Und wie just im Moment der Trauung der Himmel aufgerissen ist und die Sonne angefangen hat zu scheinen.«
»Ja wirklich, ein Zeichen Allahs!«
»Was hat Celâl Dinç da eigentlich für einen seltsamen Hut auf?«
»Der Bürgermeister hätte etwas mehr bei der Sache sein können.«
»Wer hat das Bouquet gefangen?«
»Die attraktive Dame im grünen Kleid, mit der der junge Bayramoğlu hier wieder aufgetaucht ist.«
»Der Bräutigam vom ersten Versuch?«
»Genau der.«

Charlotte raucht Wasserpfeife.

Sie sitzt neben Celâl. Die beiden haben es sich im Shisha-Zelt auf einer Couch gemütlich gemacht. Die Keller freut sich: »Ende gut, alles gut, nicht wahr, sevgili arkadaşım?«
Sie zeigt durch das Plastikfenster auf den strahlend blauen Himmel.
»Und sogar die Sonne hat endlich ein Einsehen!«
Celâl nimmt einen tiefen Zug, beobachtet das muntere Treiben auf der Tanzfläche, wo sich Gülşen und Cem zu »I'm Happy Just to Dance with You« drehen. Die Hochzeitsgäste stehen um sie herum und klatschen im Takt. Er sagt:
»Ja, meine liebe Charlotte, ich muss zugeben, so habe ich es zwar nicht geplant, aber besser hätte ich es mir nicht ausdenken können.«
Die alte Dame kichert.

»Unverhofft kommt oft. Wussten Sie eigentlich, dass heute mein Geburtstag ist?«

»Was Sie nicht sagen.«

»Ja, ich werde achtzig.«

»Das ist kaum zu glauben!«

»Ich weiß, ich sehe höchstens aus wie sechzig. Ich hoffe, es stört Sie nicht, dass ich ein paar meiner Freunde eingeladen habe?«

»Hierher?«

»Ja, ich habe eine Art Umleitung eingerichtet, wir wollten erst im Ballsaal im Lilienhof feiern, aber es ist ja dann anders gekommen.«

»Kein Problem. Wir haben genug zu essen und zu trinken, die Band ist noch bis 18 Uhr engagiert, danach kommt ein DJ. Ich habe keine Kosten gescheut!«

Miriam und Toygar betreten das Zelt. Toygar fragt vorsichtig: »Dürfen wir uns setzen?«

»Aber sicher, bitte, nehmt Platz!«

Celâl wirft ein paar Kissen von dem aufblasbaren Sofa, das nach drei Tagen Dauereinsatz in der Shisha Lounge schon etwas Luft gelassen hat. Er rückt dichter an Charlotte heran, dabei verlagert sich der Schwerpunkt, die alte Dame wird fast von der Couch geschleudert. Sie muss lachen, auch Celâl kann sich kaum halten, vor allen Dingen, als sich Toygar neben ihn fallen lässt und auch ihn in die Höhe katapultiert. Er legt dem jungen Bayramoğlu den Arm um die Schulter, zeigt auf Miriam, die sich gegenüber niedergelassen hat.

»Ich dachte, du bist Single.«

»Jetzt nicht mehr.«

Ringo erscheint in der Lounge, er hat einen Umschlag unter dem Arm. Er kommt rüber zum Sofa, vor Charlotte bleibt er stehen.

»Hey Charlie, ich hab dir auch ein kleines Geschenk mitgebracht.«

Die Keller steht auf. Sie hält die Hände vor der Brust gefaltet, legt den Kopf zur Seite. Ringo reicht ihr den Umschlag.

»Habe ich selbst gemacht.«

Sie öffnet das Couvert, zieht ein rosa-grünes Bild heraus. Toygar erkennt ein grob gezeichnetes Gesicht, das ein Auge zukneift. Daneben steht »YER BABY«. Ringo lächelt.

»Happy birthday, Charlie.«

Charlotte findet keine Worte. Sie gibt Toygar das Gemälde, senkt den Kopf und vergräbt das Gesicht in Ringos Brust. Der ehemalige Pilzkopf legt die Arme um sie, sagt zu Toygar: »Das Bild habe ich auf meinem Computer gemalt, mit MS Paint. Tolles Programm!«

Er nimmt Charlottes Kopf in die Hände, gibt ihr einen Kuss auf den Mund.

»Bist du so weit, Baby?«

Die Keller nickt, sie greift sich ihre Tasche und legt sie auf den Couchtisch. Toygar fragt sich schon die ganze Zeit, warum Charlotte so eine schäbige Handtasche mit sich herumträgt, jetzt bekommt er die Antwort. Der auberginenartige Beutel hat einen Reißverschluss, Charlotte öffnet ihn mit einer geübten Bewegung. Darin liegt eine kleine, violett-silberne Gitarre, sie nimmt das Instrument und reicht es Toygar.

»Das ist meine Elektrolele, Sie erinnern sich?«

»Dieser Song ist für Gülşen und Cem!«

Ringo steht am Bühnenrand, hält sich etwas unbeholfen am Mikrofon fest. Leadsänger ist nicht gerade seine Lieblingsposition. Neben ihm steht Charlotte, sie hat sich ihre Elektrolele um den Hals gehängt. Das Instrument ist tatsächlich aus einer Keksdose gefertigt, unter den vier Saiten prangt immer noch das Logo: *Pischinger Ecken, mit 30 % Schokoladenüberzug, VEB Backwaren Eisenach.* Die Keller zählt an: »One, two, three, four …«

Die Band setzt mit einem holprigen Boogie-Rhythmus ein. Ringo zeigt auf Gülşen, die unten im Publikum vor ihm steht. Er beginnt zu singen: »You come on like a dream, peaches and cream, lips like strawberry wine …«

Charlotte steigt ein: »… you're sixteen, you're beautiful and you're mine …«

Mittlerweile hat sich der Altersdurchschnitt der Hochzeitsgesellschaft erheblich in die Höhe geschraubt, ein steter Strom von grauhaarigen Pensionären fließt vor die Bühne. Die Neuankömmlinge sind offensichtlich Charlottes Geburtstagsgäste, die Frau mit der Elektrolele lässt zur Begrüßung den Arm kreisen wie Pete Townsend.

Neben ihr debütiert ein entfesselter Ömer am Tambourin. Der mittlere Dinç-Bruder hält den Schellenkranz über dem Kopf wie ein Flamenco-Tänzer, dreht schwindelige Pirouetten um den sichtlich genervten Ersatz-Paul der Beatlelesques. Ömer kann es immer noch nicht glauben. Er brüllt dem Bassisten ins Ohr: »Ringo fucking Starr!«

Ersatz-Paul lächelt säuerlich, konzentriert sich auf die letzten Basstöne von »You're Sixteen«. Mit einem finalen Crescendo endet der Song, tosender Applaus brandet auf. Charlotte schnurrt ins Mikro: »Vielen Dank, ihr Lieben.«

Charlottes Gäste applaudieren ganz besonders laut. Sie rufen: »Rede, Rede!«

Die Keller nimmt abwehrend die Hände hoch: »Nein, Kinder, nein, ich habe der Familie Dinç schon genug Zeit gestohlen! Dieser Tag gehört Gülşen und Cem, und für die beiden möchte ich jetzt einen Song singen, den ich zusammen mit Ringo für Joe Cocker geschrieben habe. Er heißt ›With a Little Help from My Friends‹ und ist ein langsamer Walzer. Für alle, die nicht wissen, was das ist, zitiere ich den großen George Harrison: ›Der Langsame Walzer, auch Englischer Walzer, ist ein Gesellschafts- und Turniertanz im 3/4-Takt. Der Langsame Walzer ist einer der klassischen Standardtänze und wird normalerweise bei einem Tempo von etwa dreißig Takten pro Minute getanzt.‹«

Die Party tanzt im 3/4-Takt.

Pärchen haben sich gebildet, man dreht sich individuell um sich selbst und kollektiv um die Tanzfläche. Defne schwoft mit Latif, Dursun mit Leyla, vorneweg schwingen Gülşen und Cem die Beine. Cem fragt: »Was hast du eigentlich die ganze Zeit gemacht, während du auf deinen Bräutigam gewartet hast?«

»Du meinst auf dich?«

Cem ist kurz verwirrt.

»Äh, ja.«

»Ich habe mit meinen kleinen Brüdern Nintendo gespielt, *Super Smash Bros. …*«

»Du spielst *Super Smash Bros.*? Wer ist deine Lieblingsfigur?«

»Ich bin immer Prinzessin Peach.«

»Na klar. Ich spiele am liebsten als Samus von Metroid. Der ist echt cool.«

Er macht ein paar Karate-Moves. Gülşen hebt die Augenbrauen: »Du weißt, dass Samus ein Mädchen ist, oder?«

Toygar hat den Rhythmus nicht drauf, deshalb führt Miriam.

»1-2-3, 1-2-3, das kann doch gar nicht so schwer sein.«

»Ich hab's nicht so mit dem Tanzen.«

Sie rückt ihm die Brille zurecht.

»Und, was hast du jetzt vor?«

Toygar lacht.

»Du meinst, nachdem ich überraschenderweise den heutigen Tag überlebt habe? Keine Ahnung. Ich gehe bestimmt nicht zurück zu BLSTR. Vielleicht schreibe ich ein Buch.«

»Ach echt. Über was?«

»Über Charlotte.«

Nisel ist als einziger Gast übriggeblieben, sie hat keinen Tanzpartner abbekommen. Sie schlingt die Arme um die eigenen Schultern, wiegt sich im Takt des langsamen Walzers. »Schöne Schildmaid, darf ich es wagen, Sie zum Tanz aufzufordern?«

Nisel schaut sich um, aber erst als sie den Blick senkt, findet sie Bora. Sie grummelt: »Von mir aus.«

Lust hat sie keine, aber das ändert sich schnell. Bora ist ein erstaunlich guter Tänzer, führt mit sicherer Hand. Seine Bewegungen sind fließend, er schwingt den Kopf elegant mit jeder Drehung. Nisel ist beeindruckt.

»Wow, Bora, das hätte ich nicht erwartet!«

Bora grinst.

»Ja ja, ich weiß, du stehst auf meinen kleinen Bruder. Die Geschichte meines Lebens. Hast du mal den Film *Sabrina* gesehen?«

»Mit Humphrey Bogart und Audrey Hepburn?«

»Genau der. Ich bin Humphrey Bogart, der ältere Bruder. Cem ist William Holden, der jüngere.«

»Und wer ist Audrey Hepburn?«

»Na wer wohl? Du natürlich!«

Das Lied ist vorbei, Charlotte kommt von der Bühne. Sie gibt Ömer ihre Elektrolele, legt zwei Finger an die Lippen.

»Jetzt muss ich erst mal eine rauchen.«

Nisel gesellt sich zu ihr. Die beiden stellen sich an einen der Hussen-Tische vor den Zelten. Nisel gibt der alten Dame Feuer.

»Charlotte, darf ich Sie etwas fragen?«

»Natürlich, schießen Sie los.«

»Auf dem Zettel, den Sie an die Eingangstür vom Lilienhof geheftet haben, stand ›Liebe Gäste, liebster Hasso ...‹. Einen Hasso habe ich aber heute nicht kennengelernt. Wer ist Hasso?«

Charlotte schüttelt die Locken.

»Hasso ist mein Ehemann, Dummchen, die Liebe meines Lebens. Er hatte eigentlich fest zugesagt, aber nun hat er gerade angerufen, er kann leider doch nicht kommen. Eine dringende Notoperation, das hat natürlich Priorität. Er leitet eine Kinderklinik in Uganda, ein tolles Projekt für Ärzte ohne Grenzen. Aber er hat versprochen, dass wir nachfeiern, nur wir zwei, ganz romantisch. Wir machen ein Picknick.«

Kopenhagen, 3.9.2019

Mit einem lauten Quietschen kommt die voll besetzte Straßen-
bahn zum Stehen. Die Fahrgäste taumeln ineinander, ein älterer
Herr verliert das Gleichgewicht, kann gerade noch von seiner
Tochter aufgefangen werden. Kinder schreien, ein empörter Vater
ruft: »Was ist denn da los, verdammt noch mal?«

Der Schaffner steht leicht unter Schock, er dreht sich um, stammelt: »Da … da … da steht ein Kamel auf den Gleisen!«

Die Fahrgäste drängen nach vorne, betrachten voller Erstaunen
das große Tier, das seelenruhig auf dem Mittelstreifen grast. Ein
kleiner Junge meldet sich: »Das ist kein Kamel, das ist ein Dromedar!«

Ich danke

Mehtap Kücük für die Geschichte ihrer arrangierten Hochzeit und die tiefen Einblicke in türkische Traditionen und romantische Komödien.

Meinem Vater Werner ›Acho‹ Blunck für die Aufzeichnungen zu seiner Zeit in der Napola am Bodensee und seiner Flucht 1945 zurück nach Hamburg.

Wolfgang Zechner für seine Übersetzung ins Wienerische in ›Die sechste Schwester‹.

Meinem Großvater Otto ›Toli‹ Schröder für die Lieder und Gedichte in ›Stalingrad‹.

Meiner Tante Helene ›Leni‹ Keller für Tolis Briefe aus dem Russlandfeldzug und die Unterlagen zu seinem Einsatz und Tod an der Ostfront.

Knut Dietz für seine Storys zur ostdeutschen Musikszene und die sonstigen Einsichten zum Leben in der DDR in den späten Siebzigern.

Ingrid Leuckert für ihre Schallplattensammlung.

Den Familien Keller, Schröder, Sörensen, Knoop und Blunck für Inspiration und Namensgebungen.

Markus Naegele für die konstruktive Kritik, den kreativen Input, seinen guten Musikgeschmack und natürlich den Buchtitel *Die Optimistin*.

Joscha Faralisch für die tollen Ideen und seine orthografische Expertise.

Dem Heyne-Hardcore Team für den unermüdlichen Einsatz.

Carsten Friedrichs, Gunther Buskies und allen bei Tapete Records für ihre Freundschaft und fortwährende Unterstützung.

Kim Meyer, Michael Robb, Robert Hosp, Jakob Klotz, John Engehausen und Jan Komorowski @BLUT für die Geduld mit ihrem verrückten Chef.

Marcus Müntefering für die Einsichten in die Realität des modernen Journalismus und seine großartigen Krimi-Tipps.

Simone Buchholz für ihre Einführung in das Buch-Biz.

Meinem Agenten Lars Schultze-Kossack für sein literarisches Wissen, die exzellente strategische Beratung und seine schrägen YouTube-Links.

Alex Biglane, Nic and Elliot Blunck for the meaning of life.

Corona für Franziska Herrmann.

Detlef Diederichsen, Ralf Hertwig, Rocko Schamoni, Thorsten Nagelschmidt, Mimi Erhardt, John Niven, Alice Hanimyan, Jörg Pensberg, Britta Manchot, Khay Arrieta, Annmagrit Möller, Jenée Esquivel, Yoko, Matti und meiner Schwester Rica Blunck.

»Timo Blunck hat den ersten
Yacht-Rock-Porno geschrieben!«
Rocko Schamoni

978-3-453-27137-1

Leseproben unter **www.heyne-hardcore.de**